百家文库

伶工之词——唐五代宋初词史

LingGong ZhiCi: TangWuDai SongChu CiShi

木斋 著

中国书籍出版社
China Book Press

图书在版编目(CIP)数据

伶工之词:唐五代宋初词史 / 木斋著. -- 北京:中国书籍出版社,2018.11
ISBN 978-7-5068-7082-5

Ⅰ.①伶… Ⅱ.①木… Ⅲ.①词(文学)—词曲史—中国—唐代②词(文学)—词曲史—中国—五代(907-960)③宋词—词曲史 Ⅳ.① I207.23

中国版本图书馆 CIP 数据核字(2018)第 249740 号

伶工之词:唐五代宋初词史

木 斋 著

责任编辑	毕 磊
责任印制	孙马飞 马 芝
封面设计	中联华文
出版发行	中国书籍出版社
地 址	北京市丰台区三路居路 97 号(邮编:100073)
电 话	(010)52257143(总编室) (010)52257140(发行部)
电子邮箱	eo@chinabp.com.cn
经 销	全国新华书店
印 刷	三河市华东印刷有限公司
开 本	710 毫米 × 1000 毫米
字 数	288 千字
印 张	17
版 次	2019 年 4 月第 1 版 2019 年 4 月第 1 次印刷
书 号	ISBN 978-7-5068-7082-5
定 价	85.00 元

版权所有 翻印必究

代序·马兴荣[①]

  词的起源是词学研究的基本理论问题，也是词学研究的热门问题。从宋代王灼的《碧鸡漫志》起到现当代许多词学家都有论说。我早年从刘尧民先生学词，对刘先生主张的词的起源不是突变，而是一个长期的进程，它是汉魏以来的诗歌长期进化的结果，是诗与音乐由冲突到接近，到融合的结果。使诗在形式和系统都达到融合的是燕乐。印象很深。后来陆续对燕乐、对敦煌曲子词有所接触，感到谈词的起源，还必须注意民间词。这也就是说，我认为词起源于燕乐与民间词。这在拙著《词学综论》中已有论述。

  在华东师范大学第四次举办国际词学讨论会上碰到好几年没有见面的木斋先生，他谈起他对词的起源的新看法。会后不久他就寄来他的新著《唐五代声诗曲词发生史》稿，通读一遍，深感这部书稿观点非常鲜明。

  木斋确认词起源于宫廷，而不是起源于民间，时间是盛唐天宝初年。正由于词起源于宫廷，整个唐五代曲词的本质属性都是宫廷文化的产物。李白词、花间词、南唐词正是盛唐宫廷、西蜀宫廷、南唐宫廷三大宫廷文化的产物。并以为影响词体发生的音乐因素不是以胡乐为主的燕乐，而是经过法曲变革之后所形成的清乐（吴声西曲）为主体，以声乐曲为本质属性，以内宴、家宴演唱为主要形式的音乐品类。认为曲词在发生史阶段，主要是一种江南文化的产物。江南文化中小巧艳丽等特点，构建成为曲词

[①] 此序原为马兴荣先生为拙作《唐五代声诗曲词发生史》所赐写的序言之一。

发生时代的基本特质。认为敦煌曲子词既非早于李白之作，也非主要是民间之作。同时认为唐五代词以后，以柳永为标志，才发生了曲词市井化的变革，随后发生了士大夫群体对曲词形式改造的运动，即张先、晏、欧、苏东坡对伶工之词、市井俗词的改造，从此，词这种形式才真正成为士大夫的词，诗人的词。木斋先生在多年积累的基础上以超人的才识，力辟旧说，为词的起源、发展开辟了一个全新的境界，很值得词学界的朋友们（包括我）深思、探讨。

　　木斋年富力强，功力扎实，识见敏锐，深望在此书基础上继续钻研下去，为词学作出新的贡献。

马兴荣
于沪西丽娃河畔忆邛泸斋

代序·刘崇德[①]

木斋先生《唐五代声诗曲词发生史》书成,嘱为之序,允予一席之地略摅浅见。前拙著《燕乐新说》刊行后,多次接到木斋先生探讨词乐与词体起源的电话,多获教正,知其于此学当有突破。故颇欲其高论卓识公诸同好。后读其《古诗十九首与建安文学研究》一书,深深叹服其高屋建瓴之架构,摆落旧说、颠覆积习的胆识,亦为木斋先生完成汉魏六朝乐府史论的一次飞跃而备感鼓舞。于是,益加欲其一纵健笔,再申高论,在词学研究领域更辟一新境界。

接到木斋先生书稿,一气读过,确有柳暗花明之感。书题为《唐五代声诗曲词发生史》,其中心则是探讨词体起源发生之过程。近百年来关于词体及其起源,可谓丛论胜说,界石林立。一涉词乐,又大多于误区盲点中摸象扪烛。拙著《燕乐新说》虽探词曲之源于燕乐声乐化、娱乐化的曲子,然仅止于就乐论乐。木斋先生此书则以穿透历史的眼力,过人之才识,综观词乐与词体。近辨法曲清乐于"消费""功能"之间,远溯法曲乃魏晋宫廷清乐之流亚,继又深察"艳体"与齐梁南朝宫体之关系,以无可置疑的论据驱去笼罩在词体起源上所谓民间文学说这一"怪物",明确提出"词体非源于民间,而起源于宫廷","词非源于燕乐胡乐,而是新兴声乐曲子的产物",而这一新兴声乐则是由魏晋宫廷清乐发展而成的法曲,"宫廷""女性"则是曲子的禀赋本貌。书中又将曲子的写作追溯到盛唐,

---

① 此序原为刘崇德先生为拙作《唐五代声诗曲词发生史》所赐写的序言之二。

论述了李白对曲子的写作对词体发生的奠基到中晚唐曲辞《花间集》的体格流衍，进一步申明词体与帝王宫廷的关系，探讨曲辞，即词体从宫廷向民间的转移，指出其本为唐宫廷文化的产物，随后，才由帝王宫廷向外转移，渐次进入到一般士大夫阶层和青楼北里，成为一种市民文化。秦楼楚馆实为词曲播散之地，而非其源。此说一出，不仅词体起源发生这一千古之谜得以破解，而且，词体本质何以为"艳科"，"以清切浅丽为宗""要眇宜修"自然明朗矣。

　　前面提到木斋先生强调曲子之乐即词乐为法曲，不是以胡乐为主的燕乐，不为无据。除书中所言，倘证之今乐，如昆曲为宋元词曲遗存之话本，其主奏为曲笛，即A调笛，以A为黄钟（王季烈先生于此有考订，见拙著《燕乐新说》）日本古律黄钟亦为A，盖传自唐前清乐。昆曲自称为梨园法曲。（见叶堂《纳书楹曲谱·自序》）可见以法曲谓词曲之乐，由来已久。李白《菩萨蛮》《忆秦娥》二词真伪的争论，也已近一个世纪，詹锳先生以"无征不信"的态度，认为此二词并非李白所作。作为詹锳弟子，本人亦一直持此论，故《燕乐新说》论词乐断自中唐。然此一争论既已成为词体起源发生史的瓶颈，必须正视，亦必须摒弃门户之见。十年前在武汉一见李昌集先生，即达成于此停止争论，先暂定（传为）李白所作，今后待有新发现、新成果，再作确定的共识。今木斋先生此书对所及文献的梳理与考辨，以及盛唐时期曲词宫廷性质的揭示，已使这一疑案大白天下，仅差一步之隔，吾辈勉之。

刘崇德
于津门南郭书屋

前 言

王国维"伶工之词"反思[①]

本书名为《伶工之词——唐五代宋初词史》，是认为：词体的起源发生阶段，在于唐五代宫廷文化之中，并延续到宋初词坛。"伶工之词"，原本的含义仅仅是以宫廷乐工代指宫廷文化背景之下的的词作，曲词形式在其产生初期，主要是李白在盛唐玄宗宫廷，以宫廷乐府《清平调》基础改造而为《清平乐》，遂为词体形式的最早创制；到西蜀花间词、南唐后主词，乃为唐五代时期的三个高峰。期间经历了一个不断下移的历程，经历张志和《渔歌子》的乐府歌诗而为词，白居易代表的江南地方乐舞的曲词演唱，到五代末期敦煌曲词的西北疆域的地方州府佛寺的乐舞歌唱，最后到宋初柳永的都市市井青楼楚馆的音乐歌舞曲词消费形式的兴起，中国早期的词曲史完成了一个完整的周期。到此后的晏殊、欧阳修、张先、苏东坡词兴起，开启了另一个词体形式的周期，即士大夫词的时代。

元好问曾记载唐五代词"多宫体"，一直到苏东坡才改变了这种曲词的宫体性质："唐歌词多宫体，又皆极力为之。自东坡一出，情性之外，不知有文字，真有'一洗万古凡马空'气象。虽时作宫体，亦岂可以宫体概之。人有言，乐府本不造词难作，从东坡放笔后便难作。"[②] 所说"唐歌词多宫体"，正是此意。本书的主旨正在于阐述这一词史历程。

根据元好问之说，则本书所撰写的词史，应该是截止于东坡词之前，但晏殊、张先、欧阳修等人的词体写作，已经进入到士大夫词的奠基阶

[①] 本前言主体部分，为笔者一篇论文，因吻合于本书对"伶工之词"的辨析，经修改而借用为前言。
[②] 元好问：《新轩乐府引》，《遗山先生文集》卷三十六，四部丛刊初编本。

段；同此，隶属于"伶工之词"的词史阶段的词人，还有李后主在"一旦归为臣虏"之后，"遂变伶工之词而为士大夫之词"，也已经进入到士大夫词，包括柳永词的部分词作、划分为宋初体的范仲淹词，也都应在士大夫词之内，进入到笔者的这一词史系列之第二卷似乎更为适宜。但词史、文学史的阶段划分，从来都是相对的，很难断然截开。因此，笔者乃以晏欧、张先为士大夫词之开端，而以李后主词、范仲淹词为之滥觞。至于"伶工之词"与"士大夫词"之分野，详论参见以下的论证。

王国维有言："词至李后主而眼界始大，感慨遂深，遂变伶工之词而为士大夫之词"。[①]以王国维之见，李后主是一个分界点，后主之前的唐五代词，称之为"伶工之词"，李后主之后的北宋词，则称之为"士大夫词"。王国维关于"伶工之词"的说法影响深广，以至于现在当我们讨论唐五代词的属性之时，我们就会直觉地认为，这个时期词的属性是伶工之词。

什么是伶工之词，罕见有人认真来给予界说；唐五代词，使用伶工之词是否准确，也罕见有人思考和辨析。伶工，或称伶人，伶官，本义为古乐官名，相传黄帝时乐官名伶伦，故以为称。后称供奉内廷的伶人及伶人授有官职的为"伶官"，[②]欧阳修《五代史伶官传》记载："庄宗既好俳优，又知音，造造词词能度曲，……又别为优名以自目，曰李天下。自其为王，至于为天子，常身与俳优杂戏于庭，伶人由此用事，遂至于亡。"王国维所说的"伶工之词"，当主要指供奉内廷的伶人之词，但由于伶工同时也指戏子歌女，遂使"伶工之词"这一概念具有某种模糊性，容易理解为青楼楚馆的歌者之词。胡适就曾经说："苏东坡之前，是教坊乐工与倡家妓女歌唱的词"，"《花间词》五百首，全是为倡家歌者作的，这是无可疑的。"[③]这一说法显然受到王国维《人间词话》"伶工之词"的说法，王国维《人间词话》，最早只有上卷，刊载在1908年的《国粹学报》上，分三期登完。[④]而胡适《词选》的编选始于1923年，断断续续进行了三年多，至

[①] 王国维：《人间词话》，人民文学出版社，1960，第197页。
[②] 参见《辞海》，上海辞书出版社，1989，第611页。
[③] 胡适：《词选》，中华书局，2007，第3、4页。
[④] 参见王国维：《人间词话·重印后记》，人民文学出版社，1960，第261页。

1927年始由商务印书馆出版。① 则胡适的"苏东坡之前，是教坊乐工与倡家妓女歌唱的词"的说法，极有可能是从王国维这里来的，但经过胡适的重新表述，已经将王国维的说法走样了。王国维所说的"伶工之词"，其本义就应该是宫廷乐工，或是胡适所说的"教坊乐工"的意思，而教坊乐工与"倡家妓女歌唱的词"又怎能相提并论？一个是发生在宫廷的文化行为，另一个则是民间底层青楼楚馆歌舞伎女。

胡适更进一步说："《花间词》五百首，全是为倡家歌者作的"，花间中的一些词人，以小词侍奉君王，被称为"五鬼"，怎么能说"全是为倡家歌者所作"？词人写出来的曲词当然需要乐工演唱给帝王，但连同词人带乐工，都是为了侍奉君王所劳作，怎能说是为倡家歌者所作？也经常看到有学者将教坊与青楼并谈，或是教坊乐工与歌舞伎并谈。这里面本身还含有对教坊文化，特别是教坊史的误读。

宫廷词与士大夫之词的区别，首先是写作的主体不同：唐五代词主要是帝王以及围绕帝王写作的朝臣，而宋型文化下的宋词，主要是由科举产生的士大夫来写作；其次是写作的对象不同，前者不论是帝王自己所写，还是朝臣为帝王所写，都带有宫廷宴享文化的性质，而后者，则是士大夫之间进行交往的士大夫文化；其三是写作环境、氛围的不同，前者的词体写作，主要发生在宫廷之中，伴随帝王而来，后宫的脂粉气息极大地影响了词体的性质，词体的女性文化特征，正与宫廷的女性文化特征密切相关联；其四，唐五代词与宋词，是两种不同的"以诗为词"，也就是说，有着不同的诗体借鉴因素。唐五代词的产生，来源于宫廷文化，特别是宫廷音乐变革与六朝隋唐宫廷诗变革的产物，词体文学直接的源头可以说是初唐宫廷诗的继续，因此，其文学的构成因素，只能是从初唐宫廷诗而来，其中主要有三大要素：（1）运用唐诗的近体诗的格律改造成为词调的格律，从而成为词律；（2）传承梁陈隋的宫廷诗题材和风格，改造初盛唐诗的山水题材而为艳科题材和女性风格；（3）采用唐诗的意象描写方式，改造唐诗的阔大场景而为狭深意境。此三点，正是唐五代宫廷词的主要构成要

---

① 刘石：《胡适的词学思想与词选》，胡适《词选》，中华书局，2007，第6页。

素；而北宋士大夫词的主要写作来源则是宋诗，于是，将宋诗的士大夫日常生活、思想怀抱融合词体自身具有的女性特征，就成为了士大夫词的题材主流，变唐人的意象描写方式而日趋向以议论为主干的抒发怀抱写法演进，则成为北宋士大夫词的主流线索。

王国维所说唐五代词向北宋士大夫词的"遂变"，应该是开始于北宋士大夫群体的觉醒，而这一觉醒，据钱穆先生所指出，是以范仲淹的"先天下之忧而忧"命题为标志的，而词史演进的客观情形是：宋初体漫长的六七十年的时光，仍然延续着唐五代宫廷词的走向。换言之，北宋的士大夫词也不是随着北宋朝廷的建立而产生的，而是经历了几个阶段演化的。在宋初时代，宋初体仍然延续唐五代宫廷词的路数而下，主要是以宫廷为其活动中心，写作者主要是上层人物，宫廷应制词占据了一定的比重。但宋初体并非是唐五代词的复现，而是有着一些比较重要的区别，其词体的写作者，虽然是宫廷的上层人物，但已经不是唐五代时期意义上的宫廷新贵，而是北宋新型科举制产物下的士大夫高层人物，他们是台阁重臣；宋初时代的另一个侧面，是柳永代表的应歌词。士大夫宋初体的偶然之作和柳永的大量写词与广泛流传，恰恰成为鲜明对比，这也可能充分说明了士大夫词还没有真正起来。

王国维的这一论述，潜移默化地影响了几代学者，其具体表现：（1）将唐五代词的研究中心，定位在"歌妓文化""伎歌之辞"；（2）由于这个基本定位，从而认为词出身于青楼楚馆，并由此认定由于词的伎歌之辞的性质，决定了词体的艳科性质。胡适曾论断说，苏东坡之前的词是"歌者之词"，这显然是受王国维"伶工之词"所受的影响。笔者对此原本也是深信不疑，就是在写作这本词体演进史的过程之中，也没有对此进行反思，因此，在行文之中仍然使用传统含义的"伶工之词"这个概念。但在具体的论述之中，笔者强调了早期宫廷应制词的重要作用，也强调了李白宫廷应制词的对于词体的奠基地位，在随后分析飞卿体和花间体的时候，也注意到飞卿体的宫廷贵族的词体属性。一直到全部书稿写作完成之后，回首整个唐五代词的发生和演进历程，这才注意到：词体在后主之前，根本就不是胡适所谓的"伶工之词"或是"歌者之词"，恰恰相反，词体在整个唐五代，几乎都是围绕着宫廷运行的。

词并非产生于民间，也并非主要由歌女伶工所创造，而是产生于宫廷，首先是初唐宫廷诗在盛唐的延续和嬗变结果。词体的产生，大体是两个方面与时俱进、交错嬗变的结果。

首先是初唐宫廷诗孕育了近体诗的最后形成，近体诗中的佼佼者可以享受配乐演唱的殊荣，随着四杰、子昂的革新，以张九龄、孟浩然、王维、李白等为线索，成功地实现了由初唐宫廷诗向盛唐文人诗的转型，而初盛唐之际原本由宫廷诗承担的角色，出现了历史性的空缺，宫廷文化的歌诗传唱急需大量的歌词演唱，这是词体产生的诗体原因。

其次，是初盛唐音乐变革之于词体文学产生的促进。一向所说，是燕乐的盛行，特别是外来音乐的流行取代传统清商乐引发了曲子辞的产生，这种说法是完全错误的，燕乐极盛于隋唐之际，特别是隋代和初唐，已经完成了以外族乐对本土清商乐的取代："龟兹乐和其他外族乐的最盛时期，实为北朝齐周和隋代，其最高峰应数大业，唐初虽还盛行着，然而局势已在转变，因为法曲就在唐代已经崛起了，盛唐实法曲的全盛时期。"[①]

那么，是什么音乐影响了曲子辞的发生？笔者认为，应该是盛唐新兴的法曲。何谓法曲，"法曲出自清商，以清商为基本再融合部分的道曲佛曲以及若干外族乐而成的一种新乐。"[②]法曲是是对清商乐的回归，或说是在清商乐基础之上糅合里巷胡夷之曲，借鉴外来燕乐对传统清商乐的改造。因此，可以概括说，到玄宗开天之际，宫廷音乐的消费形式发生革命性的变化，这就是法曲的盛行。开天之际，宫廷乐工为了适应这新的法曲流行，专门成立梨园，专门演练新兴法曲。法曲流行，不仅仅是其曲目由初唐大曲走向教坊曲目，而且，更为重要的，是法曲更为具有君王的享乐性、随意性和俗乐性。这一点，更是词体发生的直接音乐原因。

在李白宫廷应制词之前，大体有两种形式的铺垫：

首先是盛行于中宗景龙时期的著辞歌舞，著辞歌舞的特点还是参与皇帝宴会的大臣的即席演唱，创作者和歌唱者为一体，语词多为口语，还不

[①] 丘琼荪：《燕乐探微》，上海古籍出版社，1989，第49页。
[②] 丘琼荪：《燕乐探微》，上海古籍出版社，1989，第99页。

具备审美意义和歌词的文学意义，可以视为词体产生之前的声诗形态，也可以视为初唐宫廷诗向盛唐曲子辞转型的中间环节之一。

其次，是声诗绝句的传唱。绝句兴起于开、天之际，其原因正是由于上述两个方面因素的交错嬗变引发的，由于音乐向法曲转型，而盛唐诗坛转向高雅的士人诗歌，篇幅较长的乐府诗、古风体和七言律诗，都不能吻合新兴的法曲演唱的需要，于是，教坊或者是歌女，直接从当时流行的近体诗中大量截取四句歌诗作为声诗传唱，这也是绝句形成的一个主要原因。换言之，近体诗的最后形态与早期的声诗曲词，曾经共同孕育在初盛唐之际的宫廷文化之中，到了开、天之际，两者才最后走向各自独立的道路。

这个时期的歌伎，具有重要的作用，她们常常决定着哪些诗作可以入选为声诗传唱，但不论是著辞歌舞还是声诗演唱，都不能说成是伶工之词，或者是歌者之词。即便是开、天之际的声诗传唱，歌伎起到了选择和传播的作用，但歌词的写作者并非伶工，著辞歌舞中有一定的作品为优人所作，但不论数量还是质量，都不能成为曲子辞写作队伍的主体，同时，歌女的选择近体诗为声诗传唱，表面看是歌伎成为了评判者和选择者，实际上，却仍然受着听者的制约，而这个时代的主体消费，并没有形成柳永时代的市井消费群体，其主体消费仍然是帝王贵族所在的宫廷。

唐五代词大抵有三个里程碑，他们都是与帝王宫廷息息相关的：第一个是李白的应制词，标志了词体写作由声诗形态的著辞歌舞向文人写词、诗人写词的正式转型，其转型的具体内涵：由早期著辞歌舞的自编自唱而为写作者与演唱者的分离，这是词体史有明确记载的第一次分离，意义重大，标志了词体写作的正式开端，所谓"百代词曲之祖"，所言不虚；同时，它也带有浓郁的宫廷文化性质，女性文化性质。此前一向所说的词体产生于青楼楚馆，地位卑贱，这种说法似是而非，因为，这种情况，是需要经过由朝廷大臣著辞歌舞自编自唱向李白应制词标志的文人词阶段之后，才真正发生的历史文化现象——词体的产生，不仅不是地位卑贱，恰恰相反，而是地位非常高贵，是帝王宫廷文化的产物，随后，才由帝王宫室向外辐射，渐次进入到一般士大夫家庭和各类教坊青楼，成为一种市民文化。

李白应制词之后的第二个阶段，是飞卿代表的花间体。飞卿与西蜀花间词人的共同属性，其中最为基本的特质，就是两者之间共同拥有的为帝王应制的特征，也就是两者共同的帝王宫廷文化特征，飞卿之作通过令狐的媒介而达于宣宗，而《十国春秋》记载，鹿虔扆与阎选、欧阳炯、韩琮、毛文锡等因皆以小词供奉前蜀后主王衍而被称为"五鬼"，共同的写作背景、写作对象，使他们的词作拥有了共同的艳词特质和共同的香软华贵的审美特征。

第三个里程碑，就是后主体的出现。后主的词作，达到了整个晚唐五代词的高峰，标志了晚唐五代帝王词时代的终结，也开启了宋代士大夫词的出现。纵观整个晚唐五代词，自帝王入，而又自帝王出，划出了一个圆满的弧线。

唐五代词与宋词，不仅仅是时代之别，而且具有本质的不同：唐五代词，我们可以称之为帝王宫廷之词，而宋代之词，虽然帝王宫廷文化背景下的词作仍然延续着，但已经不是本质了，本质乃是新兴起的士大夫阶层的文化，可以称之为士大夫词；同此，北宋词与南宋词也不同，是由士大夫词而演化为词人之词。

就诗词关系而言，唐五代词可以借鉴的是唐诗，尤其是唐诗的意象方式，将唐诗的近体诗方式改造成为词调格律，将唐诗的山水题材改造为艳科题材，同时，使用唐诗的意象描写方式。此三点，正是唐五代宫廷词的主要构成要素；而北宋士大夫词的主要写作来源，则是宋诗，于是，将宋诗的士大夫日常生活、思想怀抱融合词体自身具有的女性特征，就成为了士大夫词的题材主流，变唐人的意象描写方式而日趋向以议论为主干的抒发怀抱写法演进，则成为北宋士大夫词的主流线索。宫廷帝王之词与士大夫之词的区别，首先是写作者不同，帝王以及围绕帝王写作的朝臣与离开宫廷的士大夫，这是写作的主体不同；其次是写作的对象不同，前者不论是帝王自己所写，还是朝臣为帝王所写，都带有宫廷宴享文化的性质，而后者，则是士大夫之间进行交往的士大夫文化；其三，是写作环境、氛围的不同，前者的词体写作，发生在宫廷之中，伴随帝王而来，后宫的脂粉气息极大地影响了词体的性质，词体的女性文化特征，正与宫廷的女性文化特征密切相关联；其四，由此决定了两者之间在写作题材方面的不同：唐五代词由于是帝王宫廷文化的产物，先天地决定了前者题材的宫廷色彩，题材方面的艳科性质，正是由宫廷宫怨的主题，而走向贵族女性的外形摹写——内心写照，从而形成了艳科传统，而词体进入北宋之后，特别是张先、晏欧、东坡之后，渐次形成了以表现士大夫情怀为主体的词体题材。更为深入的一个问题，就是词体写作方法的变化。与艳科小词的基本属性相吻合，唐五代词呈现了主要以意象描写的方式来写词，而张先之后的词作，开始呈现了由意象描写方式向议论叙说方式的转型。

　　北宋的士大夫词和南宋的词人之词则大体经历了六个阶段。

　　1. 首先是宋初体的时代，宋初体仍然延续唐五代宫廷贵族词的路数而下，主要是以宫廷为其活动中心，写作者主要是上层人物；其次，宫廷应制词占据了一定的比重。但宋初体并非是唐五代词的复现，而是有着一些比较重要的区别，首先是词体的写作者，虽然是宫廷的上层人物，但已经不是唐五代时期意义上的宫廷贵族，而是北宋新型科举制产物下的士大夫高层人物，他们是台阁重臣，在诗坛领域，宋初三体特别是西昆体，占据了宋初诗坛的统治领域，而宋初三体的主要诗人，如白体中的代表诗人王禹偁，晚唐体诗人中的寇准、西昆体诗人的代表钱惟演等，也都同是宋初体中的词人。宋初体还不是严格意义上的士大夫词，而仅仅是初步实现了词体作者的士大夫构成。

　　2. 以张先、晏欧为代表，开始体现了士大夫在群体觉醒之后的士大夫词。其中的主要标志：首先是士大夫应社词的兴起，其次，是词体写法的朦胧化。词作的朦胧化，其主要的产生原因，正在于士大夫发生群体觉醒之后，需要对词体进行士大夫化的改造。其中一个重要的内容，就是对词体艳科属性的改造，一方面需要实现"去艳科化"的改造，另一方面，又需要保持已经基本形成的词体艳科属性。对这一两难的选择，其必然的艺术指向，就是将词体的写作背景的朦胧化，朦胧的作者，朦胧的描述场景，朦胧的主人公性别，并且，常常采用通过女性化的器物，如"红绡""彩笺""香径"，女性化的场景，如"槛菊愁烟"，女性化的动作和心境，如"花弄影"等，来表达男性主人公的胸襟怀抱。朦胧词是士大夫词的开端，也促进了婉约词风的进一步深化。此时期的诗坛，主要是欧阳修代表的庆历诗风，出现诗歌的散文化、议论化的宋诗特点，而这些特点，也潜移默化地进入到词体写作的领域。

3. 东坡体的出现，标志了北宋士大夫词的一个高峰。其主要特征，是把晏欧、张先时代的词体的士大夫群体表达，蜕变而为东坡的士大夫个体表达。词体如同诗体，具有东坡其人的个人自传性质，其中去除一些赠送歌伎之作，其他的词作，基本都带有东坡其人的个人生活经历背景，是东坡其人独特的性格、思想、人生经历的真实写照。其次，东坡的诗歌写作，完成了由传统的意象方式写作向议论方式写作的转型。东坡体的成功，也同样依托于议论化写作。

4. 美成体的出现，标志了士大夫词向南宋词人之词的转型，这一转型，同样需要着诗的中介。在北宋的词诗领域，首先发生了由士大夫之诗向诗人之诗的转型，这就是由欧王到苏的士大夫诗，发生了黄庭坚开天辟地的法则革命，并由此开创了江西诗派。江西诗派的诗学精神，通过黄庭坚本人的山谷体，并进一步影响到方回体，再到周邦彦的美成体，词人之词的诗学精神已经基本确立。另一方面，从少游体到美成体，词人之词低调冷色的特征，也渐次奠定。

5. 美成体之后，词体的主流走向是要走向词人之词，但在金人渡河、北宋士大夫遭遇了前所未有的家国之痛，历史的车轮强行撑过了词史的内在演进轨迹，于是，出现了二安代表的南宋中前期词风，但仍然能看出诗体之于词体的深刻影响。从易安体的日常化写作，细节性写作，以及以俗为雅、提炼口语、熟语入词等，无不能看出江西诗派诗学精神的词体表现。稼轩体的悲郁壮烈，典故入词，也同样与诗体文学发生着密切关联。

6. 白石体的出现，标志了词人之词开始占据词坛的主流地位。白石体以及白石之后的南宋后期词风，与南宋后期诗坛的审美追求惊人的一致，姜吴词派的本质精神正是四灵和江湖诗派诗歌美学追求的词体表现。

目 录
CONTENTS

绪　论　词的界说与词的兴起……………………………………… 1

第一章　百代词曲之祖：李白词的真实性及其创制历程……… 6
　第一节　李白词真伪的学术梳理…………………………………… 6
　第二节　李白入宫前后的乐府诗准备……………………………… 8
　第三节　李白宫中词体之首创：《清平乐》……………………… 13
　第四节　李白宫廷词体创制的个人化书写：《忆秦娥》《菩萨蛮》……15
　结束语………………………………………………………………… 22

第二章　中唐中前期文人词的渐次兴起…………………………… 25
　第一节　概说………………………………………………………… 25
　第二节　张志和……………………………………………………… 26
　第三节　韦应物……………………………………………………… 28
　第四节　戴叔伦……………………………………………………… 33
　第五节　刘长卿……………………………………………………… 34
　第六节　王建的宫词和曲词写作…………………………………… 37

第三章　佛经俗文化在中唐兴起及元白词 ········· 42
第一节　概说 ········· 42
第二节　中唐俗文化的兴起 ········· 44
第三节　白居易刘禹锡元和长庆时期的诗词写作 ········· 48
第四节　白居易的曲词写作及其意义 ········· 51

第四章　温庭筠为词体发生史初步完成标志 ········· 59
第一节　概说 ········· 59
第二节　温庭筠生平与其大力写词的原因 ········· 60
第三节　飞卿词的本质特征及其形成原因 ········· 66

第五章　韦庄词 ········· 76
第一节　概说 ········· 76
第二节　韦庄生平 ········· 76
第三节　韦庄入蜀之前的曲词写作 ········· 78
第四节　韦庄入蜀之后的曲词写作 ········· 84

第六章　花间体与《花间集》 ········· 93
第一节　概说 ········· 93
第二节　《花间集序》解读 ········· 95

第七章　西蜀之外的花间词人 ········· 100
第一节　概说 ········· 100
第二节　皇甫松的声诗为词 ········· 100
第三节　和凝代表的北方曲词写作 ········· 103
第四节　孙光宪 ········· 112

第八章　西蜀花间词人群体 ········· 115
第一节　概说 ········· 115

第二节　薛昭蕴、牛峤、张泌 …… 116
第三节　欧阳炯、毛文锡词 …… 120
第四节　顾敻、鹿虔扆词 …… 124
第五节　阎选、牛希济、李珣词 …… 125

第九章　南唐后主词 …… 127
第一节　概说 …… 127
第二节　后主词产生的原因 …… 128
第三节　后主的前期宫廷词 …… 136
第四节　后主后期词作 …… 141
第五节　后主词的词史意义 …… 144

第十章　冯延巳《阳春集》真伪辨析 …… 148
第一节　《阳春集》真伪概说 …… 148
第二节　正中体的超越时代现象 …… 152
第三节　《阳春集》与《寿域词》关系辨析 …… 159
第四节　余论 …… 163

第十一章　敦煌曲词的产生时间和阶层属性 …… 168
第一节　概说 …… 168
第二节　关于《云谣集》可能的产生时间 …… 170
第三节　从《破阵乐》到《破阵子》的变化看敦煌词的产生时间 …… 172
第四节　从《云谣集》看敦煌词的阶层属性 …… 174

第十二章　北宋初期的词和宋初体 …… 177
第一节　概说 …… 177
第二节　宋初体的词人词作 …… 180
第三节　范仲淹对北宋士大夫词的开启 …… 186
第四节　宋初体的应制品性 …… 190

第十三章　柳永及其词·· 198
　　第一节　柳永的生平及其人格意义······························ 198
　　第二节　柳词的慢词长调及与歌妓词的关系···················· 207
　　第三节　柳词题材的广泛性及其词史影响······················ 215

附录 1　曲词发生史研究述评··· 220

附录 2　系统揭示曲词起源发生的历史图景
　　　　　——评木斋先生《曲词发生史》························· 241

后　记·· 249

绪　论
词的界说与词的兴起

一、词的界说

词的界说是什么？词这种文体形式什么时候起源发生的？又是怎么形成的？胡念贻在《中国大百科全书》中对词的解释：词是"合乐的歌词"，这似乎是对词较为权威的解释，也可以说是对词的曾用名"曲词"的现代语阐释。

但这一阐释，并不能将曲词和中国诗歌的其他样式区别出来。中国诗歌的传统就是合乐，从《诗经》到乐府，乃至后来的元曲，都是合乐演唱的，因此，"合乐的歌词"并不能作为词体文学之专有，胡先生继续解释说："但和汉魏以来古乐府不同，它是隋唐时期音乐革新的产物。隋唐时期，从西域（还有外国）传入的音乐逐渐和汉民族传统的音乐融合，产生了燕乐。……当时的词，就是和这种新兴音乐的乐曲相配的歌词。"[1]将前后的论述结合起来，则胡先生的界说大致是："合燕乐而产生的歌词。"

这里的燕乐，主要是指隋代初唐宫廷中演奏的胡乐，主要用于宴饮，燕乐的燕，和宴饮的宴通用，因此称之为燕乐。这么说来，中国文学最为优美的文体形式——词，却是从胡乐——外国乐和西域少数民族音乐中来，这可能么？胡乐的繁音复节，原本配合没有四声多音节的外语演唱的歌曲，怎么就能产生一字一音，音分平仄、抑扬顿挫的词呢？

恰恰相反，另一种音乐品类的兴盛和曲词形式的起源发生具有直接的联系，这就是作为华夏正声的江南清乐在盛唐开元天宝时期的复兴，成为曲词形式诞生的温床和摇篮，而盛唐时代近体诗格律的形成和成熟，成为曲词生命诞生的催生剂，促进了歌诗配词与音乐结合方式的革命性飞跃，从而造成

---

[1]《中国大百科全书·中国文学》，大百科全书出版社1986年版，第97页。

了曲词的产生,并推动了曲词的兴盛和繁荣。

因此,词也许应该这样界说:词,是借鉴近体诗格律以词调来将其音乐节奏定型的一种诗歌体裁。

词的基本要素有二:首先,词是音乐的文学。这是指的词体形式产生的早期阶段,每一首词都是配乐歌唱的,或说是词体作品的产生目的和传播形式,都是借助音乐来加以歌唱的,因此,词的本源含义确实就是歌唱的歌词。其次,词在其后的创作和传播过程之中,产生了它的第二属性,或说是第二要素,那就是词是依靠近体诗的格律方法将其定型成为词牌、词调,这样,那些原本不懂音乐乐理的士大夫文人,就能根据平仄等格律按图索骥,参加进来,成为词体文学的主要创造者。并且,在词的传播中,也就并不完全依赖于音乐的翅膀,而是和诗体文学一样,成为案牍文学或说是吟诵的文学。因此,词的第二个要素:词是以近体诗定型或说是律化的结果。词体写作与传播,脱离于曲,却又合于曲,靠的是词调,或说是格律化的词牌来实现定型。词的发生史,乃是近体诗格律化的结果。律化因素之所以重要,是由于其不仅仅是歌词的文学形式问题,而且涉及词的创作依据/传播方式/模仿方式。我们说,任何一种文学样式,或是文学体裁,都需要形成一定的规范形式才能被其他的作者给予广泛的模仿和采用,这样才能使其成为一种文学体裁。词体文学之所以产生在近体诗之后,正是由于近体诗的律化因素构成了词体的定型化。

曲词的律化方式,使得大量并不精通音乐,甚至不懂音乐的文人诗人,能够依靠借鉴近体诗格律的方式,参加到词体文学的写作中来,从而使得原本密切联系于宫廷文化的音乐文学,红杏出墙,脱颖而出,成为士大夫的案头文学和市井的表演文学。有一种说法甚为流行,说是词是起源于民间的,认清了词体文学的这两个本质,特别是第二个要素,就可以知道,这也是不可能的。因为,近体诗和格律,天生就是宫廷文化和贵族文化的产物,随后是士大夫文人的专擅,没有文化教养的民间,与复杂的词牌词调没有产生可能性的桥梁。

二、乐府亡而曲词兴:曲词的起源史概述

曲词这种文学形式,乃为中国之所独有,其起源发生史的历程,也必然

为中国文化之独特背景下方能产生。概言之，曲词之出现并兴盛，乃为两大历史阶段：自曹魏时代乐府诗兴起，到盛唐新兴法曲兴起，为曲词的起源史阶段；从李白于唐玄宗天宝元年创制曲词，方才开始了曲词的发生史阶段。

起源阶段的基本历程大体如下：自建安曹魏时期铜雀台开始清商乐兴起，文人乐府诗兴起，已经奠定了曲词产生的生命胚胎。这里说了两个概念：清商乐，这是从音乐角度来说。文人乐府诗，这是从文学角度、诗歌角度来说。两者之间是什么关系呢？两者之间是一而二、二而一的关系。就像我们说诗歌，是歌唱的诗（音乐的文学）、诗的歌唱（文学的音乐）一样。

就音乐史而言，曹魏时代之前的音乐背景，产生不了文人乐府诗，也产生不了所谓的文人五言诗。原因很多，其本质的原因，曹魏之前的音乐，其本质是宫廷雅乐，是礼乐制度之下的礼仪音乐、政治音乐、严肃宫廷音乐。它的本质是群体的，而非个体的；是郊庙祭祀等礼仪的，而非娱乐的；是言志的，而非缘情的。建安十六年铜雀台建成之后，伴随曹操求贤令颁布，曹魏版图发生传统儒家意识形态国家哲学统治的解构，娱乐型的清商乐方才可能兴起，伴随清商乐兴起，抒发和表达个人情怀的文人乐府诗和文人抒情五言诗才能兴起。《南齐书·王僧虔》记载王僧虔的上表奏章："今之清商，实由铜爵，三祖风流，遗音盈耳，京、洛相高，江左弥贵。"[1]这是对清商乐始自曹魏三祖的最为明确，也是最为准确的记载。魏徵等的《隋书》记载，关于清乐，乃是演唱曹魏三祖的旧曲古辞："清商其始即清商三调是也，并汉来旧曲。乐器形制，并歌章古辞，与魏三祖所作者，皆被于史籍。"[2]说得很对，清商乐和文人乐府诗在曹魏时代并蒂孪生，从而共同成为未来曲词发生的渊薮。

江南清乐是曲词起源史的第二阶段：从音乐史角度而言，六朝梁武帝时期江南清乐兴起，江南清乐是曹魏清商乐的苗裔，或说是曹魏清商乐在六朝时代的蜕变与转型，它们原本就是一个生命体，在不同时代所呈现的不同形态而已。可说是从曹魏清商乐向唐玄宗法曲兴起的转型或是传递；从诗歌史的角度而言，江南清乐孕育了六朝乐府小诗，与江南清乐共同奠定了五言诗体的近体诗格律形态和曲词发生的胎儿形态。

---

[1]［梁］萧子显：《南齐书·王僧虔》，中华书局1982年版，第594页。
[2]［唐］魏徵等：《隋书·音乐中》卷十四，中华书局1982年版，第377页。

初唐时代宫廷燕乐胡乐兴盛，声乐歌唱式微，初唐后期著辞歌舞兴起，盛唐开元天宝之际绝句歌唱形式兴盛，显示了江南清乐歌舞的再度兴盛，为曲词在盛唐时代诞生并在李白手中实现完成的使命做出了充分的准备，从而成为孕育曲词生命形态的温床和摇篮，这是曲词发生史的第三个阶段。

换言之，曲词的曲，来源于江南清乐，而江南清乐，来源于建安曹魏铜雀台的清商乐，而曲词的表演形式与娱乐文化的品性，是以曹魏乐府诗为发端，六朝梁陈梁武帝陈后主接续光大，至盛唐演变而为江南清乐绝句声诗，从而成为盛唐曲词发生的起源史历程。

总括以上，可知：曲词的发生史，奠基于曲词的起源史，也就是真正配有音乐的乐府诗。这里所说的乐府史，是掐头去尾的乐府史。掐头，指的是对两汉乐府诗搁置不论，因为，如前所述，一向所说的两汉乐府诗，实际上都还仅仅停留在宫廷雅乐郊庙祭祀所用的政治化的礼仪乐府歌诗和同样具有礼仪性质的宫廷燕乐乐府歌诗，当下流传和书写于文学史的极富艺术色彩、富于生活气息的所谓民间乐府诗作，既非民间之作，亦非两汉诗作，它们其实都主要是建安曹魏时期的所谓文人乐府诗。这些乐府诗，都是建安文学自觉之后的产物，它们摆脱了中国诗歌自先秦以来政治教化、礼乐仪式附庸的桎梏，成为了审美的、娱乐的、自由的伟大音乐文学作品，从而成为了词体形式的起源和滥觞。而去尾，指的是初唐之后的乐府诗，初唐之后，乐府诗已经名存实亡，乐府已经走向了渐次去音乐化的历史阶段。乐府诗，开始成为了一种文人复古、思古、学古的诗体形式，所谓采用乐府旧题，其实，基本都是不入乐的。因为，古代还没有留声设备，歌唱的曲谱没有保存下来，就只能模仿旧题揣摩其内容写作。与音乐无关了。

乐府在初唐之后，名存实亡，但宫廷总是需要歌唱表演的，乐府形式在初唐逐渐演变成为七言歌行体，这就造成了宫廷音乐中对于和新时代音乐能配词的文学形式出现。这一新的文学形式，后来我们称之为曲词，也就是词。当然，也不是一下子就从乐府蜕变而为曲词的，中间经过了初唐的著辞歌舞和盛唐的绝句这两种形式的过渡。著辞歌舞是盛行于唐中宗时期的宫廷歌舞演唱形式，基本都是大臣歌唱给皇帝听，现编现唱，伴随程式化的舞蹈，集中歌舞创作于一身，因此，文学的审美性不强，也很难具备为广泛的文人仿效性质；绝句兴盛于唐玄宗开元时代。玄宗是音乐家、艺术家，具有较高的审美欣赏需求，初唐以来的胡乐燕乐的器乐曲、歌舞曲（主要是舞蹈，其中尤为主要的是胡舞，歌唱极少）不能满足他的审美趣味，传统的中国音乐形式，也就是声乐表演的歌唱舞蹈形式死灰复燃，于是，江南清乐重新兴起，歌词方面短缺，先是从适合歌唱的名篇中截取四句，加以叠唱等形式在宫廷表演。一时之间，朝野诗人竞相写作歌词，其实都主要是这个背景之下的产物。胡应麟《诗薮·内篇》卷六说：唐乐府所歌绝句，多截取名士篇什，如"开箧泪沾臆"，乃高适五言古首四句。又有载律诗半首者，如《睦州歌》取王维"太乙近天都"后半首，《长命女》取岑参"云送关西雨"前半首，与题面全不相涉，岂但取其声调耶？① 故，绝句是传唱歌诗向曲子辞转型的重要环节。

后来学者如任半塘先生，将初唐以来的著辞歌舞、歌唱绝句连同杂类能演唱的乐府诗统称之为唐声诗。唐声诗其实就是乐府诗在初唐走向去声乐化之后，而曲词尚未兴起之前的过渡性歌诗之总称。也把曲词发生之后的能演唱的歌诗类型容纳进去，就是声诗。至李白天宝元年入宫而为歌词，自然首先也从这种所谓乐府宫词写起，逐渐与音乐相互协调，并依照近体诗声律平仄定型，词体就正式产生了。

乐府和曲词，同样都是音乐文学作品，读者不禁要问，乐府和曲词有何不同？既然乐府和曲词的音乐品类相似，皆为华夏民族自身的清商乐和清乐，为何乐府不能直接成为曲词，一定要到盛唐时候的清乐盛行，才能产生曲词呢？这是因为，乐府诗时代，近体诗的格律形式还没有产生，文人效法乐府诗，还没有学会要去效法形式，而非效法内容。效法内容，自然就脱离了音乐，从而失去了诗歌音乐性的源头活水。越是时代久远，就越是远离原先的意味，这就失去了乐府诗之音乐性，从而不可避免地走向了衰亡。此乃时代之限齐，无人可以超越者。而曲词发生于盛唐天宝年间，近体诗的格律形式已经深入人心，采用近体诗格律替代文人不能普及的乐谱形式记载其原本的音乐节奏，从而发生了诗歌形式的革命性变革，这就极大地方便了写作者、传播者、接受者，从而诞生了曲词这一新兴的文学形式。

---

① ［明］胡应麟《诗薮》，上海古籍出版社1958年版，第112页。

第一章

百代词曲之祖：李白词的真实性及其创制历程

第一节 李白词真伪的学术梳理
——以胡应麟、胡适为中心

李白词其中最为关键的问题之一，是李白词的真实性问题。对于李白词真实性的质疑，古今以来，当属明代之胡应麟，以及现代之胡适、胡云翼之所论最有典型意义。

胡应麟："余谓太白在当时，直以风雅自任，即近体盛行，七言鄙不可为，宁屑事此？且二词虽工丽，而气衰飒……盖晚唐人词，嫁名太白。"[①]胡应麟以风格论词之真伪，显然是一种个人的推断，任半塘先生认为："自明胡应麟申其主观之后，人皆不敢信李白或盛唐人有《菩萨蛮》词"。如同任先生所说，李白词的真实性问题，唐宋人未尝质疑，从明代胡应麟方才开始质疑的；其次，胡应麟对李白词真实性的质疑，并没有拿出像样的证据，而是"申其主观"，主观猜测。一直到王国维，还是相信李白词为真实的。李白词之所以被认为是一个传说，是从胡适开始的。

胡适编纂《词选》，书后附录《词的起原》一文（1924年12月发表于《清华学报》第一卷第二期）。胡适关于词体起源问题，原本是为了中唐说，为了证明之，也为了他所主张的白话文学和民众创造的政治思想，胡适借用胡应麟"申其主观"对李白应制词的怀疑，将原本个人化的怀疑，演变成为对

---

① ［明］胡应麟：《少室山房笔丛》卷二五《庄岳委谈》卷下，文渊阁《四库全书》本。

将近一个世纪的否定:"长短句的词起于中唐,至早不得过西历第八世纪的晚年。旧说相传,都以为李白是长短句的创始者,那是不可靠的传说。"①

胡适之后的另一位学者胡云翼来进行所谓"系统提出",他综合前人之说,其主要证据:《李太白集》未载《菩萨蛮》等词,"后蜀赵崇祚编《花间集》,遍录晚唐诸家词,而不及李白,是必李集未刊词无疑。直至南宋黄升编《花庵词选》始载白词。"②《花间集》之所以不选李白词,是由于编选《花间集》的体例"因集近来诗客曲子词五百首,分为十卷",清楚说明仅仅从"近来"的诗客曲子词中编选,并不包含盛唐中唐之作。而赵崇祚《花间集序》中却明确指出李白应制词作为词统之首的地位:"在明皇朝,则有李太白应制《清平乐》调四首"。至于所谓"《李太白集》未载《菩萨蛮》等词",对此,任二北先生论之颇为中的:殊不知唐人自编之诗集内,除一二特例外,向不载俗乐歌辞。③

胡云翼认为:"李白为盛唐诗人,文誉甚著,创新体词,当时必有唱和。何以不但当时诸诗人无唱和之作,李白之后,亦绝无继响。直到晚唐,填词始风行?中间孤绝百年,这是无法解释的。"所谓李白"为盛唐诗人,文誉甚著,创新体词,当时必有唱和",这是将宋代张先之后词体被改造成为士大夫之间唱和往来载体之后的现象来考量唐五代时期的曲词。曲词在唐五代时期,其主流在宫廷文化范畴之内,谈不上士大夫词人之间的唱和。

所谓"李白之后,亦绝无继响。直到晚唐,填词始风行?中间孤绝百年",李白之后,并非"绝无继响",而是从张志和、韦应物、刘长卿、戴叔伦、王建到白居易、刘禹锡、李德裕、韩琮、杜牧等,可以说是环环相扣,不绝如缕,只不过,由于曲词在这个阶段,主要是由宫廷乐舞外延到地方州刺史府宴、家宴的范畴,因此,皆为偶然制作,直到飞卿方为有意之作。虽然如此,从李白到飞卿之间的演变历程是清晰的,是吻合于曲词发生史阶段的基本形态的。

---

① 胡适:《词选·词的起原》,中华书局,2007年版,第339页。
② 参见胡云翼:《宋词研究》,岳麓书社,2010年版,第8页。
③ 任二北:《敦煌曲初探》,上海文艺联合出版社,1954年版,第245页。

第二节　李白入宫前后的乐府诗准备

　　关于李白的生平，特别是关于李白天宝元年入宫的人生经历，参看傅璇琮先生的考证：李白于唐玄宗天宝元年（742）秋应诏入长安，为翰林供奉，天宝三载（744）春离开长安。《旧唐书·文苑传》说李白"待诏翰林"，《新唐书·文艺传》说李白"供奉翰林"，都未有"翰林学士"一词。李白自己也只称"翰林供奉李白"（《为宋中丞自荐表》），从来没有说过自己做过翰林学士。实际上，玄宗于开元初建立翰林院时，所谓翰林供奉、翰林待诏，实为同一职名，并非如《新唐书·百官志》所说，先有待诏，后改供奉。如《资治通鉴》卷二一七天宝十三载正月记："上即位，始置翰林院，密迩禁廷，延文章之士，下至僧、道、书、画、琴、棋、数术之工皆处之，谓之待诏。"清顾炎武《日知录》卷二四有《翰林》一条，即据两《唐书》，记唐代历朝工艺书画之士，及僧、道、医官、占星等，均入"待诏翰林"之列，而这些人又称之为翰林供奉。……因此，尽管历史上记载唐玄宗如何对他宠遇，却始终不给他一个官衔，实际上只不过把他当作一个陪同宴游的侍者。[①]

　　作为唐代乃至中国古代最为伟大的诗人之一的李白，于天宝元年入宫而为翰林供奉，这一奇特的人生经历，结合当时宫廷音乐体制的由胡乐作为主体的燕乐向以声乐作为主体的六朝清乐的复兴的文化背景，李白入宫而为词臣，正是中国词体发生的背景和契机。

　　李白入宫前后的作品，说明了李白之前中国无词的状况，李白的这种写作准备，应该是从接到玄宗的诏命之后就开始的。当时，李白并无可兹借鉴的歌诗形式，换言之，若是像有些学者所描述的那样，曲词已经在初唐就普遍出现于民间，李白自然可以借鉴，譬如以一些《菩萨蛮》之类的词调进行练习。而从目前所见到的李白词作，明显携带了从《清平调》向《清平乐》过渡的痕迹——事实证明，李白创制曲词，是由于传统的七言绝句歌诗不能吻合于乐曲，因此，他借鉴乐府诗的长短不齐的句式，加以近体诗的格律定型，从而创制出来曲词的形式。从目前所能得到的资料来看，李白从接到诏

[①]　傅璇琮：《李白任翰林学士辨·唐翰林学士传论》，辽海出版社2005年版，第78—88页。

书，一直到入宫前后的开始阶段，始终是以乐府歌诗作为自己的功课来加以准备的。

兹以《乌栖曲》为例：

> 姑苏台上乌栖时，吴王宫里醉西施。
> 吴歌楚舞欢未毕，青山欲衔半边日。
> 银箭金壶漏水多，起看秋月坠江波。东方渐高奈乐何！①

《乌栖曲》，梁简文帝、梁元帝、萧子显，并有此题之作，《乐府诗集》列于西曲歌中《乌夜啼》之后。《本事诗》记载：李太白初自蜀至京师，贺知章见其《蜀道难》，号为谪仙，"贺又见其《乌栖曲》，叹赏苦吟曰：'此诗可以泣鬼神矣。'"②李白自南陵而至京师，非自蜀中来。此作的写作时间，当为李白应诏行前在吴越江淮一带之时，由于即将去宫廷生活，故李白悬想宫廷生活，而以身之所在的吴越之地的吴王西施情爱故事作为写作对象，并为去京城宫廷做创作上的准备，这是合于情理的事情。

此诗一改太白昔日的阔大雄奇、纵横飘逸的诗风，而以吴侬软语为基本风格，描述和想象当年吴王宫里醉西施的场景。大抵由于尚未有切实的宫廷生活经验，因此，诗中的两位人物，吴王和西施，还都是虚写，以姑苏台、乌栖曲、吴歌楚舞、银箭金壶、秋月江波等场景映衬，至于两位主人公的具体形象以及具体心态，李白都未曾着笔，但即便如此，已经可以"泣鬼神矣"。李白的此首乐府诗应是天宝元年的作品，否则，就不会有李白出示诗篇的事情，也不会有贺知章一见叹赏的效应。——李白在接诏之后所做入宫前的创作准备，正是构思和写作乐府诗。乐府原本就是宫廷文化的产物，也容易吻合于宫廷文化的氛围，因此，李白准备选用乐府诗的形式，来写作宫廷文化的题材，是一个完全正确的抉择。

李白入宫后的宫廷诗有两类，一类是文人类型的宫廷诗，另一类为宫廷乐府诗。两类之间，有所不同。一类是操着文人诗的语言和诗歌体制来抒发

---

① [清]王琦注《李太白全集》，中华书局1977年版，第176—177页。
② [唐]孟棨：《本事诗·高逸第三》，古典文学出版社1957年版，第15页。

自我情怀，另一类则是效法传统的乐府诗，以乐府旧题来写宫廷生活场景和宫怨题材。不论是以李白自我的身份写作还是以女性她者的身份写作，这些宫廷诗都不是真正入乐的。

李白写在这个时期的宫廷歌诗，可以分为两个层次：首先是宫中的行乐歌辞，以五言、七言的歌诗为主，如《宫中行乐词八首》，兹选其前六首：

小小生金屋，盈盈在紫微。山花插宝髻，石竹绣罗衣。
每出深宫里，常随步辇归。只愁歌舞散，化作彩云飞。

柳色黄金嫩，梨花白雪香。玉楼巢翡翠，金殿锁鸳鸯。
选妓随雕辇，徵歌出洞房。宫中谁第一，飞燕在昭阳。

卢橘为秦树，蒲桃出汉宫。烟花宜落日，丝管醉春风。
笛奏龙吟水，箫鸣凤下空。君王多乐事，还与万方同。

玉树春归日，金宫乐事多。后庭朝未入，轻辇夜相过。
笑出花间语，娇来竹下歌。莫教明月去，留著醉嫦娥。

绣户香风暖，纱窗曙色新。宫花争笑日，池草暗生春。
绿树闻歌鸟，青楼见舞人。昭阳桃李月，罗绮自相亲。

今日明光里，还须结伴游。春风开紫殿，天乐下朱楼。
艳舞全知巧，娇歌半欲羞。更怜花月夜，宫女笑藏钩。①

此一组歌诗为我们提供了极为丰富的信息。《全唐诗》在诗前有"奉诏作"。可知，这是一组入宫之后的应制诗。从其诗作反映的时间背景来看，显然是早春之作。李白天宝元年秋入宫，天宝三载春离京，已经失宠，显然只有天宝二年春天是这首诗写作的时间。在李白入宫半年左右时光所作，乃为

---

① ［清］彭定求：《全唐诗》，中华书局，1999年版，1703页。

李白入宫之后最为得意的时间点位。而此时奉诏写作，仍然是传统的宫廷乐府诗形式，以此以及李白入京之前的乐府歌诗练习共同显示出：在天宝二年春天这个时间点位，还没有所谓曲词形式的存在。

这一组诗提供了详尽的写作背景，时间显然是早春："柳色黄金嫩，梨花白雪香""绣户香风暖，纱窗曙色新。宫花争笑日，池草暗生春。绿树闻歌鸟，青楼见舞人。""春风开紫殿，天乐下朱楼。"等，显然是早春景色；背景显然是宫廷："玉树春归日，金宫乐事多""昭阳桃李月，罗绮自相亲。今日明光里，还须结伴游。"等；写作对象：显然是宫女群体为主体，这与后来的主要写杨贵妃有着由群体到个人，由浅而深的写作历程痕迹。

组诗其六："今日明光里，还须结伴游。春风开紫殿，天乐下朱楼。艳舞全知巧，娇歌半欲羞。更恋花夜月，宫女笑藏钩。"此诗已为《清平乐》其一之雏形。只不过游戏由此诗的宫女藏钩，改为《清平乐》的端午斗花。时间上，春风开紫殿，正为初春季节，随后，《清平调》为盛春，《清平乐》为晚春初夏。紫殿，帝王宫殿，为天上紫微垣省称，《晋书·天文志》："紫微垣，在北斗北，一曰紫微，大帝之座也。天子之常居也。"①藏钩，来自汉武钩弋夫人，后为藏钩游戏，每月下九为藏钩游戏。古代风俗，指农历每月的十九日。古代以每月二十九日为"上九"，初九日为"中九"，十九日为"下九"。下九为汉代妇女欢聚的日子。故此诗当为天宝二年三月下九之作。

李白入宫随后的作品应该是《清平调》三首：

云想衣裳花想容，春风拂槛露华浓。
若非群玉山头见，会向瑶台月下逢。

一枝红艳露凝香，云雨巫山枉断肠。
借问汉宫谁得似，可怜飞燕倚新妆。

名花倾国两相欢，长得君王带笑看。

---

① 房玄龄：《晋书》，中华书局，1974年，第290页。

> 解释春风无限恨，沉香亭北倚阑干。

王灼《碧鸡漫志》引《松窗梦语》：开元中，禁中初重木芍药，得四本：红、紫、浅红、通白，繁开，上乘照夜白，太真妃以步辇从。李龟年手捧檀板押众乐前，将欲歌之，上曰："焉用旧词为？"命龟年宣翰林学士李白，立进清平调词三章，白承诏赋词，龟年以进，上命梨园弟子约格调、抚丝竹，促龟年歌。太真妃笑领歌意甚厚。"①

李白先有《清平调》，这是即兴应景所写，故木芍药、"飞燕新妆"之句，都能与眼前之景物、人物吻合；但在"上命梨园弟子约格调、抚丝竹，促龟年歌"的过程中——可能这个过程并非当即，而是在即兴演唱李白新作《清平调》之后，再从容"约格调、抚丝竹"，也就是要进一步追求音乐声调与歌词之间的吻合。在这个创作过程中，李白在即兴之作《清平调》三首之后，再精心写作了几首《清平乐》，由于原先的七言绝句并不能吻合声调旋律，因此，借鉴乐府诗长短句的形式，写出长短不齐的句式，另再借鉴近体诗格律的经验，将句内之字，以平仄的方式，来对应词乐的"平"与"不平"的规律，于是，反复创作若干首，词的主题皆以贵妃为摹写对象，写贵妃对玄宗的思念之情。这可能是李白创制词体《清平乐》的过程。

《清平乐》的曲调、词牌，应来源于《清平调》。郁贤皓先生根据《松窗杂录》记载，认为"此三首诗当是天宝二年（743）春天李白在长安供奉翰林时所作"。② 这是准确的。就具体的时间而言，则为四月仲春，正与前一组宫中行乐八首接续。使用飞燕典故来写宫廷生活和杨贵妃，是李白此时期习惯的写法。李白入宫写作《宫中行乐词》八首、《清平调》三首等，随后是前文所列李白应制《清平乐》词，《李太白全集》列此两首题为《清平乐令》，词牌下注"翰林应制"。

宫词八首、清平调三首、清平乐四首三组之间，一贯而下，皆为杨贵妃与明皇爱情取材。就题材而言，宫词重在宫女行乐，贵妃乃在其中，时间为初春，三月下九，《清平调》三首，已经是倚声而为声诗。题材则专写贵妃；

---

① 王灼：《碧鸡漫志》，中华书局，1958年，第89–90页。
② 郁贤皓：《李白集》，凤凰出版传媒集团，凤凰出版社，2006年，第108页。

至《清平乐》，则开始了词的体式，内容方面从第二首开始，以贵妃思恋为题材，写作时间为春天芍药花开季节，（长安牡丹花开大概为仲春季节），而《清平乐》大抵在端午节，乃为暮春时节。两者题材衔接，时间衔接。

《清平乐》词牌，以音乐品类作为词调，正显示了《清平乐》四首，正是最早的词作。显示了由清乐声诗绝句向曲词蜕变的痕迹。清人宋翔凤(1779-1860)《乐府余论》："谓之诗余者，以词起于唐人绝句，如太白之《清平调》，即以被之乐府。太白《忆秦娥》《菩萨蛮》，皆绝句之变格，为小令之权舆。"[①] 认为词之所以被称之为"诗余"，是由于词起于唐人绝句，盛唐绝句正是词体发生之前夜。此论首先指明：李白的《清平调》是被之于乐府，是歌唱的声乐歌诗；其次，指明最早的曲词作品，包括清平乐等，都不过是"绝句之变格"；再次，指明词体初起，为何皆为小令，盖因源于绝句。此论可以参见南宋初王灼《碧鸡漫志》"古歌变为古乐府，古乐府变为今曲子"[②]，则更为宏观阐发了中国诗歌史由乐府——曲词兴替的历史。《钦定曲谱》序云："自古乐亡而乐府兴，后乐府之歌法至唐不传，其所歌者，皆绝句也。"[③] 可以补充这一细节。

第三节　李白宫中词体之首创：《清平乐》

清平乐

禁庭春昼。莺羽披新绣。百草巧求花下斗。只赌珠玑满斗。日晚却理残妆。御前闲舞霓裳。谁道腰肢窈窕，折旋笑得君王。

禁闱清夜。月探金窗罅（音夏）。玉帐鸳鸯喷兰麝。时落银灯香炧（音谢）。女伴莫话孤眠。六宫罗绮三千。一笑皆生百媚，宸衷教在谁边。

烟深水阔。音信无由达。惟有碧天云外月。偏照悬悬离别。

---

① 《诗·秦风·权舆》："今也每食无余，于嗟乎！不承权舆。"朱熹："权舆，始也。"参见朱熹集注《诗集传》。
② 王灼：《碧鸡漫志》，中华书局，1958年，第52页。
③ 朱谦之：《中国音乐文学史》，上海世纪出版集团，2006年，第160页。

尽日感事伤怀。愁眉似锁难开。夜夜长留半被，待君魂梦归来。

鸾衾凤褥。夜夜常孤宿。更被银台红蜡烛。学妾泪珠相续。花貌些子时光。抛人远泛潇湘。欹枕悔听寒漏，声声滴断愁肠。

画堂晨起。来报雪花坠。高卷帘栊看佳瑞。皓色远迷庭砌。盛气光引炉烟，素草寒生玉佩。应是天仙狂醉。乱把白云揉碎。①

以上《清平乐》五首，《全唐五代词》等均题为李白之作，但实际上应该是前四首为李白之作。此四首，即为中国词体形式的开山之作，是李白创作于天宝二年（公元743年）暮春之际，乃为唐玄宗宫中应诏之作。

欧阳炯《花间集序》："在明皇朝，则有李太白应制《清平乐》调四首"，②可知，李白应制《清平乐》原本仅有四首，故有学者提出："是五代宋人皆以为李白曾作《清平乐》应制词。然今存五首，未知除此二首外哪两首属欧阳炯所见、《遏云集》所载之四首。"③此处所说已经确定之两首，指的是此五首中的前两首"禁庭""禁闱"两首。

其实，此五首之间的真伪，不难辨析，既然为宫廷应制，必定携带着浓厚的宫廷气息，前四首中的三四首，显然和前两首风格一致，主题相似，并且具有前后顺承关系，显然是一气贯下而得。唯有第五首，与前四首不类，而且结尾两句"应是天仙狂醉。乱把白云揉碎"，天仙应是李白谪仙之别样说法。此词应为后人阅读李白这一组《清平乐》词作有感而作。"《词综补遗》卷二误作宋袁绹词，《全宋词》九八七页已订正。"此作既然为后人词作掺入，则《词综补遗》应有所本，还应暂时回归原作。（《尊前集》载为五首，似可说明《尊前集》之此一首连同李王之作，皆为后来之添加，这与《尊前集》可能原本作为演出脚本的性质有关。）

或云，其四"抛人远泛潇湘"，有与宫女偷情之嫌，然否？这是论者之奇特解会。潇湘，"潇湘水阔二妃愁"，帝舜巡游，二妃娥皇女英追到洞庭，舜死于苍梧，葬于九嶷山，二妃亦死焉。此处当指杨贵妃和玄宗闹矛盾后悔的

---

① 曾昭岷：全唐五代词，中华书局，1999年，第9-12页。
② 赵崇祚：《花间集·花间集序》，河北大学出版社，2006年，第3页。
③ 曾昭岷等编：《全唐五代词》，中华书局，1999年，第9-12页。

心境。李白《美人出南国》："归去潇湘沚，沉吟何足悲"①；或云其三"尽日感事伤怀。愁眉似锁难开。夜夜长留半被，待君魂梦归来。"有学者商榷李白词的真实性，提出"开、来"两韵在李白近体诗中分用，此处合用与李白用韵习惯不合，然李白《东鲁门二首》其一："日落沙明天倒开，波摇石动水萦回。轻舟泛月寻溪转，疑是山阴雪后来。"②用开、来韵。另，"鸾衾凤褥。夜夜常孤宿。更被银台红蜡烛。学妾泪珠相续"，句意参看李白诗作《春怨》："落月低轩窥烛尽，飞花入户笑床空。"③取意类同也。

第四节　李白宫廷词体创制的个人化书写:《忆秦娥》《菩萨蛮》

　　天宝二年暑期，尚未见到李白诗作有明确显示出时间痕迹的作品，随后应该是入秋之后的《忆秦娥》《菩萨蛮》两篇词作。有学者论证，李白自天宝元年秋天奉诏入京，这是他非常得意的时刻，这种生活一直延续到天宝二年的夏天，其《玉壶吟》诗作就透露了这个消息，诗中有："三杯拂剑舞秋月，忽然高咏涕泗涟""世人不识东方朔，大隐金门是谪仙""君王虽爱蛾眉好，无奈宫中妒杀人"的诗句，"舞秋月"，说明是秋天所写，而李白天宝元年还是兴高采烈，得意忘形之时，此诗当为入宫后的第二个秋天所写，以东方朔大隐金门自比，说"世人不识东方朔"，正是一种怨怼之言，其中更点明"大隐金门是谪仙"，诗中也透露了君王的宠爱和"无奈宫中妒杀人"的内情。可知，李白虽然到天宝三载方才真正离宫还山，但得意和失意的转折点发生在天宝二年的秋天，这也就应该是《菩萨蛮》和《忆秦娥》的写作大背景。

　　以此来看李白《菩萨蛮》：

---

① 安旗:《李白全集编年注释》，巴蜀书社，1990年，第576页。
② 安旗:《李白全集编年注释》，巴蜀书社，1990年，第576页。
③ 安旗:《李白全集编年注释》，巴蜀书社，1990年，第716页。

平林漠漠烟如织。寒山一带伤心碧。暝色入高楼。有人楼上愁。玉阶空伫立，宿鸟归飞急。何处是归程。长亭接短亭。

或说，《菩萨蛮》是晚唐才有的曲子和词牌，李白所作的《清平乐》《菩萨蛮》，都在《教坊记》的《曲名》之中。崔令钦，唐博陵（治今河北安平）人，玄宗时曾任著作佐郎（一说著作郎）、左金吾卫仓曹参军等官，肃宗时迁仓中郎中，熟谙歌舞、俗乐，常与教坊中人过从，安史乱后，寄居江南，著《教坊记》，记述旧日见闻。

《菩萨蛮》虽然可能来源于南诏乐舞，但会经过乐曲中国化的过程，特别是和南朝清乐的子夜歌有直接关系。清人万树《词律》："菩萨蛮，四十四字。又名子夜歌，巫山一片云，重叠金。"[①] 尝试比较《子夜四时歌》：

落日出前门，瞻瞩见子度。冶容多姿鬓，芳香已盈路。
芳是香所为，冶容不敢当。天不夺人愿，故使侬见郎。

两平两仄，四处押韵。合并一处作为上下两片，多出首两句前两字平出，同时增添三偶句韵而已。《菩萨蛮》和《清平乐》都见载于《教坊记》，都属于先有宫廷教坊乐曲而根据乐曲来填词，运用近体诗的格律，使其不仅能合于歌唱，而且，词作本身就有音乐性和比较规范的格律性，从而开创了将曲调变为词牌，将近体诗的诗律变为词体的词律的先例。

优秀作品往往会携带着强烈的作者信息，其使用的语词、句式等，也应该基本与原作者吻合，其语词语汇的使用，与同时代的诗人基本一致，与词作者之所素爱一致。

"漠漠"，谢朓《游东田》诗有："远树暧阡阡，生烟纷漠漠。"伤心碧，极言晚山之青，有如碧玉。王维《菩提寺私成口号》"万户伤心生野烟"虽用"伤心"，却是现代汉语中的悲伤之意，杜甫《滕王亭子》："清江锦石伤心丽"，用法与李白同。何满子："伤心在这里，相当于日常惯语中的'要死'

[①]［清］万树：《词律》，上海古籍出版社，1984年，第26页。

或'要命'。现在四川还盛行着这一语汇。人们常常可以听到'好得伤心'或'甜得伤心'之类的话，意即好得要命或甜得要死。"[1]李白是蜀人，滕王亭子位于四川隆州(今阆中市)。入蜀的杜甫和来自蜀地的李白不约而同地用伤心来形容"碧"或"丽"的程度，同时获得了通感的极佳效果，这在蜀地方言本极为自然，而对于蜀地之外的人来说显得非常大胆，其"伤心碧"的创作灵感来自四川方言可为蜀人创作之一证。

"寒山一带伤心碧"：寒山是什么意思？有学者解释为寒冷的山，但此一句分明说，伤心碧，而且是寒山一带，气候不能吻合，寒山，应该是具体的位置。应该指的是李白从南陵离别家人而至长安的长江下游地区，以姑苏寒山来指代。因此，这两句就是两个不同的空间位置，是说：当下所在的长安一带，已经是平林漠漠，烟气如织，遥想家人所在的江南寒山一带，还是令人惊心的碧绿。如此解释，则伤心，就不仅仅是使用方言的问题，而是深切体现了词人的思想心情。参看李白同样写作了此时期的《秋夜独坐怀故山》：

天书访江海，云卧起咸京。入侍瑶池宴，出陪玉辇行。
……拙薄遂疏绝，归闲事耦耕。顾无苍生望，空爱紫芝荣。
寥落暝霞色，微茫旧壑情。秋山绿萝月，今夕为谁明？[2]

"天书访江海，云卧起咸京"，明确写明玄宗宣其入京的诏书是访于"江海"，与南陵别儿童入京的长江下游正相吻合。"拙薄遂疏绝，归闲事耦耕。顾无苍生望，空爱紫芝荣。"数句正为李白于斯时悲愁之内容。"寥落暝霞色"，则正为"暝色入高楼"之别样表达。"秋山绿萝月"，则与"寒山一带伤心碧"略同，是跳脱出当下而言江南。秋山、寒山、东山，皆应为李白对长江下游一带隐居之所的思念。

李白同样写作于天宝二年秋季的《忆东山二首》："不向东山久，蔷薇几度花。白云还自散，明月落谁家？"（其一）詹锳云：李阳冰《草堂集序》："帝用疏之。公乃浪迹纵酒，以自昏秽。咏歌之际，屡称东山。"王注：施宿《会

---

[1] 河满子：《唐宋词鉴赏辞典·李白【菩萨蛮】》，上海辞书出版社，1988年，第6页。
[2] 安旗：《李白全集编年注释》，巴蜀书社，1990年，第549，552页。

稽志》：东山，在上虞县西南四十五里，晋太傅谢安所居也。……千障林立，下视沧海，天水相接，盖绝景也。"此以东山代其入朝前隐居之地。①诗作此时期"屡称东山"，以东山代入朝前隐居之地，特别是此诗"不向东山久，蔷薇几度花。白云还自散，明月落谁家？"显示出强烈的思乡之念，显示了对于入朝前隐居之地细节的忆念，到词体写作，以"寒山"代"东山"，盖因曲词写作，当时尚未成为士大夫个人表情达意的载体，而是代言她人的歌舞表演的脚本，个案性、个人化主题需要融合消泯于群体性主题和氛围之中。但两者之间思乡主题的表达，却是异曲同工的。

"暝色入高楼，有人楼上愁"，有学者提出，楼、愁在唐代分属两韵，此作应为中唐之后的作品。其实，李白自己的诗中至少有三次分别使用，如《长门怨》二首（其一）："天回北斗挂西楼，金屋无人萤火流。月光欲到长门殿，别作深宫一段愁。"②还有五律诗作《登新平楼》："去国登兹楼，怀归伤暮秋。……苍苍几万里，目极使人愁"③等。此外，李白天宝二年秋所作《秋夜独坐怀故山》，说自己此前"入仕瑶池宴，出陪玉辇行"，到此时却因为"拙薄遂疏绝，归闲事耦耕"，因此，自己满腔愁怀："寥落暝霞色，微茫旧壑情。秋山绿萝月，今夕为谁明。""平林漠漠烟如织，寒山一带伤心碧"④诗词两作，意境略同。

"玉阶空伫立"：宫中的台阶，专指宫廷。较早见于陆机《班婕妤》："婕妤去辞宠，淹留终不见。寄情在玉阶，托意惟团扇。"⑤"玉阶"二字，在诸多内证材料基础之上，可以视为李白词真实性的铁证。"玉阶空伫立"，试想李白前后数百年，哪里有人有着这种伫立玉阶皇宫之中，而思念着离别宫廷的人生经历和写作背景呢？以大诗人身份入宫而为词臣，李白为隋唐五代之仅有，非有大诗人身份，无以写出如此妙词，非有入宫而不遇之人生经历，则无以写出如此之心境。是故，《菩萨蛮》《忆秦娥》《清平乐》四首，非李白不能写，非盛唐入宫之伟大诗人不能为也。李白《邯郸才人嫁为厮养卒妇》："一

---

① 安旗：《李白全集编年注释》，巴蜀书社，1990年，第554-555页。
② 安旗：《李白全集编年注释》，巴蜀书社，1990年，第594页。
③ 安旗：《李白全集编年注释》，巴蜀书社，1990年，第144页。
④ 安旗：《李白全集编年注释》，巴蜀书社，1990年，第552页。
⑤ 逯钦立：《先秦汉魏晋南北朝诗》，中华书局，第661页。

辞玉阶下，去若朝云没……君王不可见，惆怅至明发"，《答王十二寒夜独酌有怀》："何必长剑拄颐事玉阶"。"事玉阶"，在皇宫中侍候皇帝。谢朓有《玉阶怨》："夕殿下竹帘，流萤飞复息"，李白也有同题："玉阶生白露，夜久侵罗袜。却下水晶帘，玲珑望秋月。"①

《菩萨蛮》"玉阶空伫立"，正是李白诗"玉阶生白露，夜久侵罗袜"的别样说法。李白同样写作于天宝二年秋天的另外一首诗作《夕霁杜陵登楼寄韦繇》，且看其诗作：

浮阳灭霁景，万物生秋荣。登楼送远目，伏槛观群峰。
原野旷超缅，关河纷错重。清辉映竹日，翠色明云松。
蹈海寄遐想，还山迷旧踪。徒然迫晚暮，未果谐心胸。
结桂空伫立，折麻恨莫从。思君达永夜，长乐闻疏钟。

（《李白编年全集》该诗下注：本年（天宝二年）秋作。）

《元和郡县志》京兆府万年县："杜陵，在县东南二十里，汉宣帝陵也。韦繇，其人无考，观诗意，似为隐者。"② 此一首诗作，正可以视为"平林漠漠"词作的别样表达，或说是一意作两，并皆绝妙。起首数句："浮阳灭霁景，万物生秋荣。登楼送远目，伏槛观群峰。原野旷超缅，关河纷错重"，正是"平林漠漠烟如织"之意，或说是"平林"一句，可以视为此数句之浓缩。同样写作登楼，以及登楼抒怀悲愁。"原野旷超缅"更与"平林漠漠"异曲同工。而"登楼送远目""原野旷超缅""徒然迫晚暮，未果谐心胸"数句，正吻合于"暝色入高楼，有人楼上愁。"故李白词之"高楼"，亦可视为"杜陵登楼"之楼。

"结桂空伫立"，"空伫立"三字，与词作"空伫立"一字不差。结合李白多次使用"玉阶"，则"玉阶空伫立"一句，完全是李白两次诗作诗句的整合。可将全部隋唐诗人依次排列，可有如此巧合者？"结桂"，《楚辞·九歌·大司命》："结桂枝兮延伫，羌愈思兮愁人。"王逸注："犹结木为誓，长立

---

① 安旗：《李白全集编年注释》，巴蜀书社，1990年，第897，589页。
② 安旗：《李白全集编年注释》，巴蜀书社，1990年，第897，549页。

而望。""折麻",《楚辞》同篇:"折疏麻兮瑶华,将以遗兮离居。"王逸注:"疏麻,神麻也。"(《楚辞章句》卷二)

"宿鸟归飞急",宿鸟,归巢栖息的鸟。用宿鸟来比拟李白此时欲要归巢栖息的心境,再合适不过,何况初盛唐之际的诗人吴融《西陵夜居》诗:"林风移宿鸟,池雨定流萤。"[1]已经有相似的运用。李白词作以鸟归飞来比拟自己当时的心境,既有萧瑟秋天大雁南归的实境,又有陶渊明以鸟、云之类意象的使用在先,李白《春日独酌二首》其一:"孤云还远山,众鸟各已归。"[2]《以诗代书答元丹丘》"青鸟海上来,今朝发何处?口衔云锦字,与我忽飞去。鸟去凌紫烟,书留绮窗前。"诗题下曰:"本年春(天宝三载)长安作。"[3] "口衔云锦字,与我忽飞去",青鸟与李白以及所赠对象元丹丘三者难以辨析,但其离去长安,则与"宿鸟归飞急"是相似的。

"何处是归程,长亭接短亭",归程,《尊前集》作"回程"。长亭,古制,十里一长亭。以长亭驿道之类来计数自己的回程,李白诗作如《淮阴书怀寄王宋城》:"沙墩至梁苑,二十五长亭。"[4]另,《寄淮南友人》:"海云迷驿道,江月隐乡楼。"与之相类,可参读。

再看《忆秦娥》:

箫声咽。秦娥望断秦楼月。秦楼月。年年柳色,灞陵伤别。乐游原上清秋节,咸阳古道音尘绝。音尘绝。西风残照,汉家陵阙。

《忆秦娥》不见于《教坊记》,说明在李白写作此词之前,并无这一曲调,因此,应是李白与宫廷乐师合作的产物。《忆秦娥》的词牌,完全是李白此词的主题概括,该词是建立在秦娥的典故之上展开的。这是词牌产生的另一种形式。故龙榆生《唐宋词格律》:"《忆秦娥》,又名《秦楼月》,始见黄升《唐宋诸贤绝妙词选》,题李白作。四十六字。"[5]

---

[1] [清]彭定求:《全唐诗》,中华书局,1999年,第7925页。
[2] 安旗:《李白全集编年注释》,巴蜀书社,1990年,第306页。
[3] 安旗:《李白全集编年注释》,巴蜀书社,1990年,第625页。
[4] 安旗:《李白全集编年注释》,巴蜀书社,1990年,第332页。
[5] 龙榆生:《唐宋词格律》,上海古籍出版社,1978年,第75页。

秦娥这个典故，李白在此前已经多次使用:《凤台曲》:

尝闻秦帝女，传得凤凰声。是日逢仙子，当时别有情。
人吹彩箫去，天借绿云迎。曲在身不返，空余弄玉名。①

《凤凰曲》:

嬴女吹玉箫，吟弄天上春。青鸾不独去，更有携手人。
影灭彩云断，遗声落西秦。②

《宫中行乐词》其三:

烟花宜落日，丝管醉春风。笛奏龙鸣水，箫吟凤下空。
君王多乐事，还与万方同。③

《上元夫人》:

手提嬴女儿，闲与凤吹箫。④

李白此词上片借用典故的秦娥是虚幻的李白自我，下片"乐游原上""咸阳古道""清秋节"中的人物，则是现实中的李白自我，同此，"年年柳色，霸陵伤别"以及"望断秦楼月"，是历史中的、故事中的虚幻场景，而"西风残照、汉家陵阙"，则应是李白在清秋节出游乐游原、咸阳古道的眼前场景，寄托了李白千古兴亡的许多感慨。

李白同样写在天宝二年秋天的《杜陵绝句》:"南登杜陵上，北望五陵间。

---

① 安旗:《李白全集编年注释》，巴蜀书社，1990年，第142页。
② 安旗:《李白全集编年注释》，巴蜀书社，1990年，第143页。
③ 安旗:《李白全集编年注释》，巴蜀书社，1990年，第444页。
④ 安旗:《李白全集编年注释》，巴蜀书社，1990年，第615页。

秋水明落日，流光灭远山。"①正为"西风残照，汉家陵阙"之别样表达，或说是两者亦为同一主题的诗词分写。五陵：《后汉书·班固传》："南望杜霸，北眺五陵。"李贤注："杜、霸，谓杜陵、霸陵，在城南，故南望也，五陵谓长陵、安陵、阳陵、茂陵、平陵，在渭北，故北眺也。"

可知李白词中所写霸陵伤别，汉家陵阙，皆为真实境界。"秋水明落日，流光灭远山"，与"西风残照，汉家陵阙"相似，皆为太白气象也。王国维在《人间词话》中写到"太白气象"："'西风残照，汉家陵阙'，寥寥八字，遂关千古登临之口。后世唯范文正之《渔家傲》、夏英公之《喜迁莺》，差足继武，然气象已不逮矣。"②

另，灞陵伤别：李白《灞陵行送别》：

送君灞陵亭，灞水流浩浩。……
古道连绵走西京，紫阙落日浮云生。
正当今夕断肠处，骊歌愁绝不忍听。③

此诗无异于《忆秦娥》"灞陵伤别"以下之诗体别样表达。不仅仅是"霸陵伤别"四字在此找到了出处，而且，"西风残照，汉家陵阙"，也在此处找到了浓郁的个性化写作信息："送君灞陵亭"（对应"霸陵伤别"）、"古道"（对应"咸阳古道"）、"紫阙"（对应"汉家陵阙"）、"落日"（对应"残照"）、"断肠"（对应"伤别"）"骊歌愁绝不忍听"（对应"音尘绝"）。此诗"本年（天宝三载）春将去朝时做"至此，我们已经完全可以确认，这些原本仅仅属于李白名下之作，舍李白而其谁也？

结束语

有关李白词版本的记载，前代学者已经论证周详，此处略撮其要："平林

---

① 安旗：《李白全集编年注释》，巴蜀书社，1990年，第551页。
② 王国维：《人间词话》，上海古籍出版社，1998年，第3页。
③ 安旗：《李白全集编年注释》，巴蜀书社，1990年，第645页。

第一章　百代词曲之祖：李白词的真实性及其创制历程

漠漠烟如织，寒山一带伤心碧。瞑色入高楼，有人楼上愁。玉梯空伫立，宿雁归飞急。何处是归程，长亭连短亭。"止此词不知何人写在鼎州沧水驿楼，复不知何人所撰。魏道辅泰见而爱之。后至长沙，得古集于子宣内翰家中，乃知李白所作。①后人遂以此词"始见"于《湘山野录》并因而疑为伪作。②文莹的籍贯，《四库全书总目提要》《宋诗纪事》《玉壶清话》……都说他是钱塘僧。"《湘山野录》同时记载："文莹顷持苏子美书荐谒之（欧阳修）"③，可知文莹是与欧阳修约略同时代的吴僧。魏泰，字道辅，亦为北宋人，有《东轩笔录》等传世。魏泰"见而爱之"，以后在长沙，"得古集于子宣内翰家中，乃知李白所作"。"子宣内翰"就是曾布，著名散文家曾巩的弟弟，魏泰的姐夫。他曾任翰林学士，故称"内翰"。宋神宗熙宁七年（1074），曾布被贬任潭州（长沙）知州，魏泰在长沙曾布家中所读"古集"见到李白词，应该是这个时间段的事情。

在不胜枚举的版本记载中，首先拈出此一条资料，是认为此条资料具有典型意义。这里值得关注的另有两点：其一：文莹等欧阳修时代的人，方才开始注意到李白词，确实说明了在李白之后到宋初的漫长岁月之中，李白词没有受到关注，这一点，也正是后来学者之所以质疑的主要原因之一。

问题是，质疑者忽略了对曲词发生史其特质的关注，那就是曲词与六朝宫体诗、初唐宫廷诗连在一起，它们共同构成了宫廷文化的重要组成，而自初唐后期盛唐前期开始的士大夫阶层的确立，士大夫精神的建树以来，整体士大夫阶层出现了对于这种宫廷文化的扬弃，一直到张先、苏东坡时代，方才开始实现对于曲词文化的改造，而这一时间点位正好是吻合的。

其次，关于李白词的版本，在这段资料中，透露出来重要的信息，就是"得古集于子宣内翰家中，乃知李白所作"，这一"古集"是什么？可惜未加详载。可能不外乎两种可能，一种是李白集的古集，一种是唐词集的古集。作为后者，很有可能是更早于《尊前集》的《遏云集》。据南宋黄升《唐宋诸贤绝妙词选》在唐词之下，首列李太白词七首，《菩萨蛮》下明确标明"二词

---

① ［宋］文莹：《湘山野录》，中华书局，1984年，第15页。
② 曾昭岷等：《全唐五代词》，中华书局，1999年，第13页。
③ ［宋］文莹：《湘山野录》，中华书局，1984年，第15页。

为百代词曲之祖"，《清平乐令》下标注"翰林应制"，下面按语说："按唐吕鹏《遏云集》载应制词四首，以后两首无清逸气韵，疑非太白所作。"卷一《清平调辞》下面标注"沉香亭应制"。可惜唐人吕鹏的《遏云集》失传，但失传不等于不曾存在。在李白词真伪问题上，更为重要的，是对李白词真伪问题先入为主的观念，心目中先有"传说"之观念，无论多少版本，多少古人记载，均不能打动先入者之观念，否则，李白词真伪之论证，完全为不平等之证：李白词之真，拥有无数之史料，李白词之伪，全无实证，仅有观念、观点而已。

科举制度建立，虽然开始于隋代，初唐因之，但真正的士大夫文化的建立，却是从初唐后期四杰、陈子昂开始，经历孟浩然—王维—李白—杜甫才初步奠定。四杰、子昂、李白等对初唐、六朝宫廷文化、宫体诗的猛烈抨击，促成了盛唐士大夫文化精神的形成。由政治制度变格造成士大夫文化的建树，此为千年未有之大变局。对宫廷文化的批评，造就了士大夫群体对宫廷音乐文化的疏离，当然，宫廷文化仍然具有对于士大夫群体的吸引力和辐射力。唐玄宗的音乐制度的变格，造成了宫廷音乐消费的缺失，包括：声乐音乐缺失，声乐歌诗缺失，声乐乐工缺失。而中国声乐以及乐府歌诗，六朝以来，已经主要为江南之拥有。李白天宝元年入宫，乃为时代政治制度、宫廷风尚、音乐史、歌诗史演变之所必然。反观李白入京为翰林供奉，专职词臣，乃为后数百年之所无。独有之背景，产生独有之词体发生现象。王维、杜甫等之所以不写曲词，正在于此，李白之后数十年无人响应，也在于此。

综观前述，可知：李白词《清平乐》四首，为李白《清平调》三首之变体，李白天宝二年在宫廷应制先后写作《宫中行乐词》八首（该年三月上九，初春）、《清平调》三首（四月牡丹盛开之际，仲春）、《清平乐》四首（该年端午，暮春），三组作品顺承而下，却又不断翻新变化，清晰显示了词体诞生之际的写作历程。"玉阶空伫立""西风残照""汉家陵阙"等词句，在李白诗作中皆可得到对应验证。李白词之真实性，得到了充分的验证。李白词的真实，与屈原作品的真实，都是不可动摇的；反之，将这些大诗人的传世之作，说成是"传为"，说成是民间无名氏之作，反倒是一个时代的传说。

第二章
中唐中前期文人词的渐次兴起

第一节 概说

在李白为代表的宫廷应制词和民间词的兴起之间，大约有半个世纪，有着文人们效法李白长短句词的一个历史时期。在这段历史时期里，文人词陆续出现于词体创制的舞台上，以张志和、戴叔伦、韦应物等为代表，一直到王建、白居易、刘禹锡的长短句词，都是词体发生史中间的重要链条。但王建、白居易、刘禹锡诸人的词体写作，已经是主要发生在元和、长庆之后的事情，属于中唐的中后期，可以另章单论。本章主要论述发生在安史之乱前后的宫廷业余词人（也就是一向所说的早期文人词）创作群体。

李白之后的文人词开始陆续出现，但呈现词人数量少、作品数量少，基本上还是偶然之作的时代特征。词之初起，除太白词13首之外，玄真子仅1调五首、戴叔伦1首、刘长卿1首、韦应物4首、张松龄1首、王建10首、李德裕1首、韩琮1首、杜牧1首等，都是在十首之内，说明飞卿体之前，文人写词的偶然性。白乐天词虽有词28首，其中竹枝词、柳枝词为多，若按清人刘体仁的说法："竹枝、柳枝，不可径律作词"，[①] 则白居易所作真正具有词体属性的词作，数首而已。

词人词作数量的稀少，充分说明，天宝之后产生的这种新兴文体，还没有真正被广大的士大夫阶层所认可，在这个时期，词与其他声诗一样，可能还主要是宫廷文化的奢侈品，还没有成为士大夫表达情感的文学载体。文人词人中，为何会只有张志和、韦应物等人接响李白，而其他文人无动于衷？

---

① [清]刘体仁：《七颂堂词绎》，唐圭璋编《词话丛编》，中华书局1986年版，第621页。

而这些文人词人又为何浅尝辄止，偶然写作一首或是几首就不再继续写作？其中有没有什么共同的原因？有没有什么规律性的东西来供我们思考？这是我们现在需要研究的问题。我们先来依次介绍每个人的生平和词作，再来寻觅他们共同的规律性的因素。

第二节　张志和

　　张志和（生卒年不详），本名龟龄，字子同，自号烟波钓徒，又号玄真子。婺州金华人。年十六游学太学，擢明经。献策肃宗，深蒙赏重，命待诏翰林，授左金吾卫录事参军，因赐名。后坐事贬南浦尉，会赦还。不复仕，隐居会稽。"十六擢明经，尝以策干肃宗，特见重赏，命待诏翰林，以亲丧辞去，不复仕"。"帝尝赐奴、婢各一人，志和配为夫妇，号为渔童、樵青"。[①]张志和的人生经历中，有着与李白相似的一点，那就是都曾经是帝王的"翰林待诏"，李白由于其诗名，张志和由于"明经"，都是以某一方面的才艺而得以供奉帝王。虽然张志和"以亲丧辞去，不复仕"，但毕竟有过待诏翰林的宫廷生活经验，而且，以后在隐居期间，肃宗还"尝赐奴、婢各一人"，这一对宫廷奴、婢，来自宫中，更成为张志和作为烟波钓徒与宫廷之间的联系纽带，于是，在适合的时机，写作《渔歌子》歌词，也就成为了某种必然。

　　《唐才子传校笺》引《新传》：

　　善画山水，酒酣或击鼓吹笛，舐笔辄就。[②] 又引沈汾《续仙传》，详记张志和与颜真卿唱和情状：与门客会饮，乃唱和为《渔父词》，其首唱即志和之词……（词略）真卿与陆鸿渐、徐士衡、李成矩，共和二十五首。[③] 颜真卿等人的和作，一致认为失传，但《直斋书录解题》卷十五《玄真子渔歌杯传集录一卷》下说：尝得其一时倡（唱）和诸贤之辞各五章，及南卓、柳宗元所赋，通为若干章。因以颜鲁公《碑述》《唐书》本传以至近世用其词入乐府者，集

[①] 傅璇琮主编：《唐才子传校笺》一，中华书局1987年版，第688–693页。
[②] 傅璇琮主编：《唐才子传校笺》一，中华书局1987年版，第695页。
[③] 傅璇琮主编：《唐才子传校笺》一，中华书局1987年版，第695页。

为一编，以备吴兴故事。①

《金奁集》在《黄钟宫》下收张志和《渔父十五首》，如："钓得红鲜劈水开。锦鳞如画逐钩来。从棹尾，且穿腮。不管前溪一夜雷"（《其二》），"残霞晚照四山明。云起云收阴又晴。风脚动，浪头生。定是虚蓬夜雨声"（《其六》），②与张志和《渔父词》极为吻合，因此，多有学者怀疑此十五首即为颜真卿等人酒宴之上的和作。颜真卿于代宗大历八年正月在任（详宋留元刚《颜鲁公年谱》），志和"闻真卿刺湖州，即前往造谒"，③则张志和写作《渔歌子》，当在大历八年（774）期间，在李白创制《清平乐》词作约32年之后。

张志和词《渔父》五首，影响极大，效仿甚多：

> 西塞山边白鹭飞。桃花流水鳜鱼肥。青箬笠，绿蓑衣。斜风细雨不须归。
>
> 钓台渔父褐为裘。两两三三蚱蜢舟。能纵棹，惯乘流。长江白浪不曾忧。
>
> 霅溪湾里钓鱼翁，蚱蜢为家西复东。江上雪，浦边风。反着荷衣不叹穷。
>
> 松江蟹舍主人欢。菰饭莼羹亦共飧。枫叶落，荻花干。醉泊渔舟不觉寒。
>
> 青草湖中月正圆，巴陵渔父棹歌还。钓车子，掘头船，乐在风波不用仙。④

其特点如下：

1. 从词调来看，基本上是七言绝句的翻版，仅仅是将第三句的七个字去掉一字，变为两个三句字而已，显示了仍然处于唐声诗盛行的时代。虽然去掉一字，变为两个三字句，却意义重大，显示了词体今后要走向长短不齐杂言句的必然趋势，"青箬笠，绿蓑衣"，这三字句的句式结构，不论是歌唱还是吟

---

① ［宋］陈振孙:《直斋书录解题》卷十五，上海古籍出版社1987年版，第449页。
② 蒋哲伦校点《唐宋人选唐宋词·金奁集》，上海古籍出版社2004年版，第180—181页。
③ 傅璇琮主编：《唐才子传校笺》，中华书局年1987版，第695页。
④ 曾昭岷等编著:《全唐五代词》，中华书局1999年版，第25—26页。

诵，都给呆板的七言句结构的歌诗节奏，带来了新鲜的生命力。

2. 从词牌格律化特征来说，也同样呈现了这种由乐府诗、声诗向词体过渡的特征：《渔父》五首，从五首之间的句式构成来说，都是七七三三七的句式，都是27字，显示了词体和近体诗声诗律化的某些特征，但还没有细腻到平仄关系的律化定型，也就是说，还仅仅严格到"篇有定句，句有定字"，还没有进一步严格到"字有定音，音分平仄"方面。

以首句为例，五首依次为：仄仄平平仄仄平，平平仄仄仄平平，平平仄仄仄平平，平平仄仄仄平平，仄仄平平仄仄平。仄起两句，平起三句，但结尾押韵处皆为平。前文所引《金奁集》所收署名张志和《渔歌子》第二首中的"不管前溪一夜雪"，若是颜真卿等人的席上唱和，则说明当时的唱和还没有严格的要求。

3. 从五首词的主题来看，皆歌咏隐逸，与男女艳科无涉，因张志和所作歌词，并非写在宫中，也并非为帝王所作，而是与颜真卿等诗酒唱和，"酒酣，或击鼓吹笛，舐笔辄成"，因此，自然写出自己的隐逸生活和情怀。主人公就是词人自我，与后来词体别为一家之后的仿效闺音不同。

张志和的兄长张松龄，存词一首：

乐在风波钓是闲，草堂松径已胜攀。太湖水，洞庭山。狂风浪起且须还。

应该是与其弟的唱和之作，题材、词调等皆吻合，结句与张志和原作第五首的"青草湖中月正圆，巴陵渔父棹歌还"，已经具有词意上的往复唱和之意。

第三节 韦应物

韦应物（737？—791？），官至苏州刺史，《尊前集》收词十首，主要的代表作是两首《调笑》。韦应物生平中，值得关注的，是他早年曾经在宫廷任职的人生经历。《唐才子传》记载：尚侠，初以三卫郎事玄宗；及崩，始悔，折节读书……①《旧唐书》卷四三《兵志》：凡左右卫、亲卫、勋卫、翊卫，及左右率府亲勋翊卫，及诸卫之翊卫，通谓之三卫。②《唐才子传校笺》：又应物诗中屡言及天宝时扈从游幸之行迹，如《燕李录事》云："与君十五侍皇闱，晓拂炉烟上赤墀。花开汉苑经过处，雪下骊山沐浴时。"年十五，则当在天宝十载（751），即天宝后期应物在宫中侍卫供职。③

韦应物少年时代，在宫廷供职为玄宗侍卫。玄宗虽于至德二载（757）十月返京，但亦困居宫内，韦应物当于此时开始折节读书。韦应物自言尝入太学读书，《赠旧识》："少年游太学，负气蔑诸生。蹉跎三十年，今日海隅行"，"海隅行"，系出任苏州刺史事，时在贞元四年（788），推前三十年，则为肃宗乾元元年、二年间（758、759），至其始入太学，恐尚在天宝末，即在三卫之时。④韦应物由宫廷侍卫而为诗人和士大夫官员，早年在宫廷中的生活，成为韦应物一生最为美好回忆的源泉，其中当然也包括耳濡目染所见所闻的宫廷乐舞，如《温泉行》所回忆的："北风惨惨投温泉，忽忆先皇游幸年。身骑厩马引天仗，直入华清列御前……朝廷无事共欢宴，美人丝管从九天"；《乐燕行》："良辰且燕乐，乐往不再来。赵瑟正高张，音响清尘埃。一弹和妙讴，吹去绕瑶台。艳雪凌空散，舞罗起徘徊"；《骊山行》："羽旗旄节憩瑶台，清丝妙管从空来。"

由盛唐而中唐，不仅仅是唐王朝的两个时期的界分点，而且是整个封建帝国的一个转折点。这个转折点，不仅仅也不应该仅仅表述为由盛而衰的转折点，而应该视为由古典的宫廷贵族为中心的社会，日益向近代市井平民型社会转型的一个契机。

有多条线索，显示了这种转型。其中与本论题相关的，主要有：

1. 大批的宫廷乐工由宫廷逃亡到民间："唐之盛时，凡乐人、音声人、太常杂户子弟隶太常及鼓吹署，皆番上，总号音声人，至数万人。"⑤可知唐之盛时，主要是指盛唐时代，隶属于太常和鼓吹署的宫廷乐工，总数达到数万人

---

① 傅璇琮主编：《唐才子传校笺》二，中华书局1987年版，第166页。
② ［后晋］刘昫等：《旧唐书》卷四十三，中华书局1982年版，第1833页。
③ 傅璇琮主编：《唐才子传校笺》二，中华书局1987年版，第167页。
④ 傅璇琮主编：《唐才子传校笺》二，中华书局1987年版，第168—169页。
⑤ ［宋］欧阳修等：《新唐书·礼乐》卷二十二，中华书局1982年版，第477页。

之多。各种笔记资料记载了许多宫廷乐工、歌手逃往到民间的事情。就连大名鼎鼎的李龟年也逃亡到江南，杜甫有《江南逢李龟年》的诗作。这次大逃亡，是一次对于宫廷文化的解构运动，对于民间歌舞文化的兴盛，起到了极为重要的作用，为民间音乐的勃兴提供了诸多伎艺方面的准备，是一次由上而下的民间音乐普及运动。

2. 散乐百戏代表的戏剧和戏曲，原本一直在宫廷文化中生存，是宫廷享乐文化的重要组成："盖唐自太宗、高宗作三大舞，杂用燕乐……玄宗为平王，有散乐一部……及即位，命宁王主藩邸乐，以亢太常，分两朋以角优劣。置内教坊于蓬莱宫侧，居新声、散乐、娼优之伎，有谐谑而赐金帛朱紫者，酸枣尉袁楚客上疏极谏。""开元二年，上以天下无事，听政之暇，于梨园自教法曲，必尽其妙"。另一方面，又于同年十月，对散乐在民间的流行，严加限制：其年十月六日敕："散乐巡村，特宜禁断。如有犯者，并容止主人及村正，决三十，所由官附考奏。其散乐人仍递送本贯入重役。"①

"散乐巡村，特宜禁断"，此八个字十分严厉，散乐在民间不但是不提倡的，而且是犯法的。这就从根本上阻断了词体产生于初盛唐民间的可能。安史之乱使散乐百戏的演出连同演员，也由宫廷失散到民间，促进了民间戏曲的发展，词曲在相当长的一段历史时期内，是相互依赖的关系，戏曲需要唱词，从而促进了代言体歌词的发展。

3. 对于士大夫的歌舞文化生活来说，早于安史之乱数年时间，就已经有所松动，但还仅仅限于五品以上的官员，可以享受家庭中的丝竹欢娱生活：天宝十载九月二日敕："五品已上正员清官，诸道节度使及太守等，并听当家畜丝竹，以展欢娱，行乐盛时，覃及中外。"②宽松的音乐歌舞政策限制在朝廷的五品以上以及地方的节度使和太守以上的官员，这为以后家宴以及家宴乐舞的流行，打开了门户，但距离这种家宴乐舞和家宴曲子的流行，还需要一定的时间。

4. 中唐之后，随着安史之乱的爆发以及其对大唐帝国的震撼和动摇，俗文化兴起，佛教的宣讲也同时进入俗文化宣讲的体系之中，对俗文化运动的

---

① ［宋］王溥：《唐会要》卷三十四，上海古籍出版社2006年版，第734页。
② ［宋］王溥：《唐会要》卷三十四，上海古籍出版社2006年版，第735页。

兴起，起到了推波助澜的作用。韦应物由早年的宫廷侍卫，以后成为苏州刺史，其个人的人生经历，恰恰集中体现了由宫廷而到地方的转型，参与由宫廷内宴到士大夫家宴的两种活动。韦应物存词四首，两首《调笑》，两首《三台》，这两种曲调词牌，都源于宫廷文化。

韦应物的《调笑》，《尊前集》记载的样式如下：

  胡马，胡马，远放燕支山下。跑沙跑雪独嘶，东望西望路迷。迷路，迷路，边草无穷日暮。
  河汉，河汉，晓挂秋城漫漫。愁人起望相思，江南塞北别离。离别，离别，河汉虽同路绝。①

《三台》则原本是初唐后期景龙时代著辞歌舞的遗留，皆为六言四句，与《回波乐》体格相同，韦应物两首《三台》为：

  一年一年老去，来日后日花开。未报长安平定，万国岂得衔杯。
  冰泮寒塘水绿，雨馀百草皆生。朝来门巷无事，晚下高斋有情。②

对于韦应物此两首词的写作背景，清人曹锡彤《唐诗析类集训》卷十云：

  德宗建中四年，泾原节度使姚令言反，犯长安，帝如奉天……至贞元初年长安定。③

又针对第二首云："前首言台宴非宜，次首言台宴仅可。贞元初，韦应物为苏州刺史，此词盖在苏州作。"④所析有一定的道理，但两词既然是同一背景，就有可能是同一次写作，或说是同一次酒宴著辞歌舞的产物一事两说，先说此前"未报长安平定，万国岂得衔杯"，再说现在"朝来门阁无事，晚下

---

① 刘崇德等点校：《尊前集》，河北大学出版社2006年版，第202页。
② 刘崇德等点校：《尊前集》，河北大学出版社2006年版，第203页。
③ 刘崇德等点校：《尊前集》，河北大学出版社2006年版，第202页。
④ 刘崇德等点校：《尊前集》，河北大学出版社2006年版，第203页。

高斋有情",相当于后来词体的上下片,可也。若前一首单作,既云"万国岂得衔杯",则既然不得衔杯,何来此酒宴令词之作。

中唐时期随着对初盛唐时期于地方官员享受歌舞伎乐限制的松懈,也伴随着中唐时期开始的士大夫享乐生活的时尚,原本是初唐时期盛行的著辞歌舞形式,已经由宫廷而走向了士大夫官员的家宴歌舞文化之中。一开始特别是在刺史这一类层次的地方官员中特别盛行。贞元(785－805)为德宗的最后一个年号,韦应物此两首贞元初年之作,可以视为中唐较早的士大夫家宴的著辞作品,应该是即兴写作吟唱。

唐高宗时,礼部尚书许敬宗《上〈恩光曲〉歌词启》说:"窃寻乐府雅歌,多皆不用六字。近代有《三台》《倾杯》等艳曲之例,始用六言。"《三台》:唐代最常用的送酒曲。例如《北里志》载胡证故事说:鄙夫请非次改令:"凡三钟酒满,一遍《三台》,酒须尽。"李匡文《资暇录》卷下:"《三台》,今之催酒三十拍促曲。"[①]

《三台》原是北齐宫中的送酒曲,初唐之时,《三台》改用六言体辞,六言体实为音乐上的急三拍节奏的音乐表现。盛唐时《三台》编入教坊曲,后改为大曲,据《教训钞》,日本所传大曲《三台》的结构与《倾杯乐》相同:"破"二帖、"急"三帖,每帖十六拍,舞人两人。[②]韦应物另有《上皇三台》:"不寐倦长更,披衣出户行。月寒秋竹冷,风切夜窗声",使用五言四句的形式,题为《上皇三台》,其写作当与玄宗有关,见出宫廷生活的影响。

在众多由盛唐而入中唐时代的诗人中,韦应物之所以写作了较多的词作,正与他的较为丰富的宫廷生活经验有关,同时,他以后作为地方刺史的身份,正吻合了中唐开始兴起的士大夫家宴歌舞文化的氛围。他的这几首《调笑》和《三台》,也可以视为贞元时期的新兴的士大夫家宴酒令歌舞中的作品,提示了词体写作渐次由宫廷而走向士大夫家宴的信息。

有关韦应物的两组词作,还有两点需要简要说明:

1. 以《三台》为例,虽然《三台》是来自北齐宫廷,到初唐时期已经成为六言体的著辞歌舞歌辞,但韦应物的《三台》,应该已经属于是正式的词体

[①] 王昆吾:《唐代酒令艺术》,东方出版中心1995年版,第49页。
[②] 王昆吾:《唐代酒令艺术》,东方出版中心1995年版,第49－50页。

文学，与初唐的著辞歌舞歌辞《回波乐》的性质已经有所不同。

2.韦应物两个词牌之间的作品，两者虽然都来自初盛唐宫廷文化，但《调笑》比之《三台》，显然更为接近词体文学，不仅仅是长短句的外形，在词体的律化方面，《调笑》显示出了更多的律化因素，或者可以说，《调笑》已经是标准的律词了。

第四节　戴叔伦

戴叔伦（732—789），字幼公，贞元十六年陈权榜进士，《校笺》引《墓志铭》："自秘书正字三迁至监察御史"，又引戴叔伦诗《酬盩厔耿少府湋见寄》："身留环卫隐墙东"，认为戴叔伦"似又曾在京师诸卫中任职，其时应在宝应二年（762）至大历元年（766）间，合前二职正满二迁。"[①]综合有关学者的论述，戴叔伦在这段时期，应该曾在京师诸卫中任职，并任秘书省正字，迁监察御史。以后，累迁抚州刺史等职。戴叔伦和韦应物有相似的经历，都有过宫廷任职的经历，也都在以后任职地方官员，并且都是地方的刺史大员。

戴叔伦有词一首《调笑令》：

边草，边草。边草尽来兵老。山南山北雪晴。千里万里月明。明月。明月。胡笳一声愁绝。[②]

这首词作，不仅仅与韦应物的《调笑》二首字数句数平仄相同，而且，都是以边塞为写作题材，两者之间的关系，还需要进一步研究。但两者的词牌名称不一，韦应物称之为《调笑》，大抵取自抛打令的歌舞曲名，[③]而戴叔伦的此作，《全唐诗》卷八九〇作《调笑令》，而《乐府诗集》卷八二引《乐苑》曰："《调笑》，商调曲也。戴叔伦谓之《转应词》"，进一步说明，《调笑》是

---

① 傅璇琮主编：《唐才子传校笺》二，中华书局1987年半版，第521页。
② 曾昭岷等编著：《全唐五代词》，中华书局1999年版，第19页。
③ 王昆吾：《唐代酒令艺术》，东方出版中心1995年版，第57页。

商调曲，故韦应物题为《调笑》，是从乐曲的角度来说的，而戴叔伦将其称之为《转应词》，则可能是从这种词体的形式特征来说的，如"月明。明月。明月"，再比较《尊前集》所记载的"路迷，迷路、迷路"的格式。换言之，韦应物和戴叔伦的《调笑》，应该是同一种样式，只不过从不同的角度来为其起名，而王建的《调笑》应该更晚一些，是《调笑》的变异品种。

韦应物、戴叔伦写作同一种《调笑》，使用同一种音乐，却给予了不同的词牌名称，正说明词的律化现象还处于初始阶段，还具有一定的不稳定性。其词牌的起名，还没有形成固定的规律，这在律词的早期形态中是自然的事情。

第五节　刘长卿

刘长卿（？——790？），生活的时代与韦应物、戴叔伦相彷佛。《极玄集》卷下刘长卿名下云："开元二十一年进士"，但傅璇琮先生《校笺》考证，刘长卿在天宝六载前尚未进士及第，"长卿之进士及第当在天宝中"。《新唐书》《唐才子传》均说长卿至德中官至监察御史，但《校笺》考证，长卿在至德前后先后摄长洲尉、海盐令。① 后，长卿在知淮西、岳鄂转运留后任上，遭到诬陷，贬为潘州南巴尉，后乃量移睦州司马。唐人高仲武《中兴间气集》卷下评语，说"长卿有才干，刚而犯上，两遭迁谪。"傅璇琮先生考证，第一次贬谪在肃宗时候，由长洲尉贬为潘州南巴尉，第二次即为巴尉。傅先生对第二次贬谪所考，甚为清晰，贬谪睦州，当在大历十年秋至十一年秋之间，很有说服力，但第一次贬谪由长洲尉贬为巴尉，两者都是地方下层官员，似乎说不上是贬谪，长洲尉似乎也是贬谪之后的职务，故傅先生也说："第一次贬谪之案情已不可考知"，② 得无长卿由监察御史任上贬谪两尉乎？存疑。

长卿词《谪仙怨》：

晴川落日初低，惆怅孤舟解携。鸟去平芜远近，人随流水东西。　　白云千里万里，明月前溪后溪。独恨长沙谪去，江潭春草

---

① 傅璇琮主编：《唐才子传校笺》一，中华书局1987年版，第316页。
② 傅璇琮主编：《唐才子传校笺》一，中华书局1987年版，第318页。

萋萋。[1]

关于此作的本事，康骈《剧谈录》卷下记载：大历中，江南人盛为词曲。随州刺史刘长卿左迁睦州司马，祖筵之内，吹之为曲，长卿遂撰其词，意颇自得，盖亦不知其本事。词云（略）。余在童幼，亦闻长老话谪仙之事颇熟，而长卿之词甚是才丽，与本事意兴不同。"（参后窦弘余《广谪仙怨》词序）[2]

"大历中，江南人盛为词曲"，给予了丰富的信息，首先，在时间方面，说明在大历中，词曲已经盛行；其次，就地域而言，明确指明词曲所盛行的地点在江南，主要作者为江南人，这与笔者的研究，认为词曲是江南清乐的产物一致。此外，所谓"与本事意兴不同"，是指《谪仙怨》的曲调来源的本事，毛先舒《填词名解》卷一："《谪仙怨》，明皇幸蜀路，感马嵬事，索长笛制新声，乐工一时竞习。其调六言八句，后刘长卿、窦弘余多制词填之。疑明皇初制此曲时，第有调无词也。"[3]

综合以上资料的阅读，可有几点思考。

1. 刘长卿之所以成为李白之后词人群体的一员，与他两次遭到贬谪的经历有关，在偶然的"祖筵之内，吹之为曲"的感动中，"长卿遂撰其词"，借他人之酒杯，浇自我胸中之块垒。

2. 关于明皇创制《谪仙怨》曲调，大概是最先出自窦弘余的《广谪仙怨》前的小序：

玄宗天宝十五载正月，安禄山反，陷没洛阳，王师败绩，关门不守。车驾幸蜀，途次马嵬驿，六军不发，赐贵妃自尽，然后驾发。行次骆谷，上登高下马，谓力士曰："吾苍惶出狩长安，不辞宗庙。此山绝高，望见秦川。吾今遥辞陵庙。"因下马，望东再拜，呜咽流涕，左右皆泣。谓力士曰："吾取九龄之言，不到如此。"乃命中使，往韶州以太牢祭之（中书令张九龄每因奏对，未尝不谏诛禄

---

[1] 曾昭岷等编著：《全唐五代词》下册，中华书局1999年版，第25—26页。
[2] 王兆鹏主编：《唐宋词汇评·唐五代卷》，浙江教育出版社2004年版，第32页。
[3] 王兆鹏主编：《唐宋词汇评·唐五代卷》，浙江教育出版社2004年版，第32页。

山。上怒曰:"卿岂以王夷甫识石勒,便杀禄山。"于是不敢谏矣)。因上马,遂索长笛,吹于曲。曲成,潸然流涕,伫立久之。时有司旋录成谱。及銮驾至成都,乃进此谱,请曲名。上不记之,视左右曰:"何曲?"有司具以骆谷望长安、下马后索长笛吹出对。上良久曰:"吾省矣。吾因思九龄,亦别有意,可名此曲为《谪仙怨》。"其旨属马嵬之事,厥后以乱离隔绝,有人自西川传得者,无由知,但呼为剑南神曲。其音怨切,诸曲莫比。大历中,江南人盛为此曲,随州刺史刘长卿左迁睦州司马,祖筵之内,吹之为曲,长卿遂撰其词,意颇自得。盖亦不知本事。词云(略)。余在童幼,亦闻长老话谪仙之事颇熟。而长卿之词,甚是才丽,与本事意兴不同。余既备知,聊因暇日,辄撰其词,复命乐工唱之,用广不知者。其词曰:

胡尘犯阙冲关,金辂提携玉颜。云雨此时消散,君王何日归还。伤心朝恨暮恨,回首千山万山。独望天边初月,蛾眉犹在弯弯。①

比较刘长卿和窦弘余两词,可以看出,刘词所写,乃是词人自我情怀。所写"鸟夫平芜远近,人随流水东西"的惆怅心情,是刘长卿借此曲调来纾解自我心怀的郁闷,其中特别点明"独恨长沙谪去,江潭春草萋萋"的贬谪主题。因此,窦弘余才有"长卿之词,甚是才丽,与本事意兴不同"的评价,并且自己重新写作,将自我排除在外,尽写玄宗马嵬本事,前四句叙说"胡尘犯阙冲关"的安史之乱背景,后四句代言抒写玄宗"伤心朝恨暮恨"的思念心境。

两词相比,虽窦词为批评刘词之作,但刘词实胜于窦词,而窦弘余所载长卿写作此词的本事,譬如是否《谪仙怨》的本事就是明皇马嵬之事,还需要进一步查验。窦弘余生卒年不详,宣宗大中五年(851)任台州刺史,距离长卿写作此词时间,历时已久。明皇本事或为窦所杜撰,也未可知。《明皇杂录》所记载明皇所制曲与"幸蜀"有关者,唯有《雨霖铃》一曲:"上既悼念贵妃,

---

① (津逮本《剧谈录》卷下),曾昭岷等编著:《全唐五代词》,中华书局1999年版,第80—81页。

采其声为《雨霖铃》曲,以寄恨焉"①,则刘长卿所听乐工演奏者,为《雨霖铃》曲调也未可知。俞陛云《唐五代两宋词选释》:

> 长卿由随州左迁睦州司马,于祖筵之上,依江南所传曲调,撰词以被之管弦。"白云千里",怅君门之远隔;"流水东西",感谪宦之无依。②

所说乃为"听江南所传曲调,撰词以被之管弦",是故,《谪仙怨》,或为刘长卿所创调也。

刘长卿所创制的《谪仙怨》词,以六言体为基础,上承初唐《回波乐》的体制而加以变化,成为上下各为六言四句的体制,同时,中间多有回环复沓之美,如"千里万里""前溪后溪",又多用相反语汇,如"远近""东西",极具适合演唱的往复曲折之美。

第六节 王建的宫词和曲词写作

王建,《两唐书》无传,《新唐书》卷六〇《艺文志》四著录《王建集》,仅云"大和陕州司马"。《才子传》云:"大历十年丁泽榜第二人及第",傅璇琮先生《校笺》根据张籍《逢王建有赠》诗作中有:"年状皆齐"之说,而认为张王乃同年生,元和十年张籍五十岁,逆推五十年,为大历元年,则大历十年王建十岁,因此,认为王建不但未第进士,而且鄙弃营求科第。初仕为昭应县丞,曾官太常寺丞,有《初授太常丞言怀》诗。

据《校笺》,王建曾任太常寺丞。张籍有诗多首赠王建:《使至蓝溪驿寄太常王丞》《赠太常王建藤杖笋鞋》,而张籍之使至蓝溪驿,在长庆二年(822)七月,是王建之官太常寺至迟必在该年。《旧唐书·职官志》:太常寺太常卿之职,掌邦国礼乐、郊庙、社稷之事,以八署分而理之。丞二人,从六品

---

① [唐]郑处诲:《明皇杂录·辑佚》,中华书局1994年版,第46页。
② 王兆鹏主编:《唐宋词汇评·唐五代卷》,浙江教育出版社2004年版,第32页。

上。①

　　王建曾经做过太常寺丞的经历，可能会对其写作数量较多的宫词有着直接的影响。王建以宫廷生活为题材，写有《宫词》百首，魏庆之《诗人玉屑》"旧跋"条下说：

> （王建）与宦者王守澄有宗人之分，因过饮以相讥戏。守澄深憾曰：吾弟所作宫词，禁掖深邃，何以知之，将奏劾，建因以诗解之曰："先朝行坐镇相随，今上春宫见长时。脱下御衣偏得著，进来龙马每教骑。尝承密旨还家少，迟奏边情出殿迟。不是当家频向说，九重争遣外人知。"事遂寝。宫词凡百绝，天下传播，效此体者虽有数家，而建为之祖耳。唐王建宫词旧跋。②

又在"摭实"条下记载：

> 欧阳永叔《归田录》，言王建宫词，多言唐宫中事，群书阙纪者，往往见其诗。如"内中数日无宣唤，传得滕王蛱蝶图。"滕王元婴，高祖子，史不著其所能，独《名画记》言善画，亦不云工蛱蝶，所书止此。殊不知《名画记》自纪嗣滕王湛然善花鸟蜂蝶。……则知建诗皆摭实，非凿空余语也。③

　　王建《宫词》百首，见于《全唐诗》卷三〇二，多取材于宫廷生活，百首皆采用七言绝句，每绝写宫廷之一景，如："延英引对碧衣郎，江砚宣毫各别床。天子下帘亲考试，宫人手里过茶汤"；"新调白马怕鞭声，供奉骑来绕殿行。为报诸王侵早入，隔门催进打球名"；"一时起立吹箫管，得宠人来满殿迎。整顿衣裳皆著却，舞头当拍第三声"；"教遍宫娥唱遍词，暗中头白没人知。楼中日日歌声好，不问从初学阿谁"④，或写帝王，或写宫女，或写供

---

① 傅璇琮主编：《唐才子传校笺》二，中华书局1987年版，第150—153页。
② [宋]魏庆之：《诗人玉屑》卷十六，上海古籍出版社1978年版，第352页。
③ [宋]魏庆之：《诗人玉屑》卷十六，上海古籍出版社1978年版，第350页。
④ 中华书局编辑部点校：《全唐诗》卷三〇二，中华书局1999年版，第3436—3443页。

奉，或写得宠人，或写宫娥乐工等，不一而足。

王建何以对宫廷生活如此熟悉？王建写给王守澄诗作，说明："不是当家频向说，九重争遣外人知"，此诗见于王建全集中，载于《全唐诗》卷三〇〇，题为《赠王枢密》，①其中词语，诸版本多有不同，但大抵意思不差。王建有宗人王守澄平日讲述许多宫廷密闻，自身有过太常丞的仕宦经历，又对宫廷生活有兴趣，因此，写作宫词百首之多，也就不足为奇，在这些宫词诗作的基础之上，写作真正意义上的词体宫词，也就是十分自然的事情了。

王建词体宫词，计有《宫中三台》2首：

鱼藻池边射鸭。芙蓉苑里看花。日色赭袍相似。不著红鸾扇遮。
池北池南草绿，殿前殿后花红。天子千秋万岁，未央明月清风。②

《江南三台》4首：

扬州池边少妇，长干市里商人。三年不得消息，各自拜鬼求神。
青草台边草色，飞猿岭上猿声。万里三湘客到，有风有雨人行。
树头花落花开。道上人去人来。朝愁暮愁即老，百年几度三台。
斗身强健且为。头白齿落难追。准拟百年千岁，能得几许多时。③

《宫中调笑》4首：

团扇。团扇。美人病来遮面。玉颜憔悴三年。谁复商量管弦。弦管。弦管。春草昭阳路断。
胡蝶。胡蝶。飞上金枝玉叶。君前对舞春风，百叶桃花树红。红树。红树。燕语莺啼日暮。
罗袖。罗袖。暗舞春风已旧。遥看歌舞玉楼。好日新妆坐愁。

---

① 中华书局编辑部点校：《全唐诗》卷三〇〇，中华书局1999年版，第3394页。
② 曾昭岷等编著：《全唐五代词》，中华书局1999年版，第34页。
③ 曾昭岷等编著：《全唐五代词》，中华书局1999年版，第35页。

愁坐。愁坐。一世虚生虚过。

　　杨柳。杨柳。日暮白沙渡口。船头江水茫茫。商人少妇断肠。肠断。肠断。鹧鸪夜飞失伴。①

对于王建，有这样几点值得关注。

1. 王建是继李白之后写作词作最多的一位文人词人，词数量达到10首之多，可以视为李白之后，温庭筠之前的一个重要枢纽。

2. 王建同时也是李白之后再次将写作题材聚焦于宫廷的词人，他的《宫中三台》和《宫中调笑》，不仅仅将曲调词牌加上"宫中"字样，标示出词中所写的内容为宫廷，其词作也有可能就是为宫廷表演所创作的，而且，其中所写，也充满了宫廷情调和女性特征。如"鱼藻池边射鸭。芙蓉苑里看花。日色赭袍相似，不著红鸾扇遮。""池北池南草绿，殿前殿后花红。天子千秋万岁，未央明月清风。""团扇。团扇。美人病来遮面。玉颜憔悴三年。谁复商量管弦。弦管。弦管。春草昭阳路断。"那种宫怨的气氛，宫中美人的病态美、贵族女性的精神气质，跃然纸上，这一点，将对后来飞卿体的形成，对花间体的风格，乃至对于整个词体的女性特征，都有一定的奠基作用和地位。

3. 王建不仅仅写作了6首宫廷题材和带有浓郁女性特征的词作，并且，写作了百首宫词。宫词为七言绝句体，之所以不称之为宫体诗，大概是由于初盛唐之际，刚刚有过对于八朝宫体诗的批判，为了回避或说是避嫌，而换了一个字眼，使用"宫词"这一名称，却与真正的新兴宫体词发生了冲撞。

王建的百首宫词，对中晚唐的诗风影响很大。初盛唐诗歌，在经历了对齐梁宫体诗和初唐宫廷诗的批判之后，渐次走向了山水、边塞的雅正一途，因此，诗人们的目光也已经很久没有再关注宫廷生活了。因此，王建的这一组多达百首的宫词问世，对于诗坛的影响无疑是有风向标的作用。而王建的宫词，也为诗人表现宫廷生活的方法，开辟了新的途径，宫词不再是齐梁宫体的那种将女性的身体作为无聊吟咏的对象，而是以一种清新的笔触，向读者展示宫廷生活的某些具有生命力的场景和心态，并由此展示一种柔媚之美

---

① 曾昭岷等编著：《全唐五代词》，中华书局1999年版，第36—37页。

的文风。王建的宫词百首，一方面，对于他自身的宫廷词体写作，具有某种准备的意义，而且，影响了晚唐诗坛，并通过晚唐诗坛的柔媚诗风，进一步影响了词体的走向，为词体最终落实在飞卿体和花间体柔媚之美的风格，做出了积极的贡献。

4. 王建之所以能关注宫廷题材，写作诗体的宫词，以及词体的《宫中三台》《宫中调笑》等，并且在中唐初期，能写出这种具有晚唐风致的柔媚之美的风格，可能与他在太常丞的任职有关。俞陛云《唐五代两宋词选释》对王建两首《宫中三台》解释说：此调一名《翠华引》，乃应制之作。上首（指"池北池南草绿"一首）言宝殿清池，萦带花草，游赏于风清月白时，写宫掖承平之象，犹穆满之万年为乐也。次首（指"鱼藻池边射鸭"一首）"看花""射鸭"，虽游戏而不禁人观，龙鳞日绕，群识圣颜。二词皆台阁体，录之以备一格。[①] 可知此作，应该是宫廷应制之作。

5. 对于王建宫廷词写作的意义，这一点，我们往前追溯一下，就能看得更为清晰：李白之后，张志和所写，乃为隐逸题材，盖因张志和虽然出自宫廷，待诏翰林，但其词体写作，乃是写作士大夫隐逸山水的高雅氛围；韦应物、戴叔伦之所以写词，乃是由于他们有着早年在宫廷三卫、诸卫的人生经历，效法宫廷的填词写作，是对宫廷生活的一个极好的回忆。当他们写词的时候，主要都是地方的刺史官员，是在家宴家乐的欢乐氛围中的词体写作，因此，是一种游戏性的填词，其主题乃是士大夫的家宴欢乐或是假想的边塞主题。而刘长卿却是贬谪中偶然经历家宴音乐的感动，写出自己贬谪中的悲哀。故上述四者，其产生词体写作的缘起，虽然与宫廷生活有着千丝万缕的联系，但写作词体的时间，却应该是在远离宫廷之后，其词体写作的题材与风格，也与宫廷词无关。因此，王建的宫廷词写作，可以视为李白宫廷应制词之后的传人，并连接着以后温庭筠和花间体的宫廷风格词体写作。

---

① 王兆鹏主编：《唐宋词汇评·唐五代卷》，浙江教育出版社2004年版，第53页。

第三章

佛经俗文化在中唐兴起及元白词

第一节 概说

安史之乱给予中国带来的历史变革和文学变革,无疑是深刻的。以安史之乱为标志,随后进入到的中唐时期。在词体发生史方面,主要有这样几大方面的变化。

1. 随着安史之乱对于大唐帝国的撼动,宫廷为中心的政治格局被进一步打破,安史之乱本身虽然很快就得到了平定,但安史之乱带来的却是大唐帝国政治大一统、文化大一统的格局被解构,在政治上,除了中央朝廷之外,地方藩镇割据的局面始终维持着,"由是方镇相望于内地,大者连州十余,小者犹兼三、四。自国门之外,几乎尽是方镇的势力。"[1] "自贞元十年已(以)后,朝廷威福日削,方镇权重。"[2]

2. 中国的文化演进,原本就有着由贵族而平民,由宫廷而地方,由以帝王为中心而走向士大夫阶层和市井文化阶层的内在需要和规律,安史之乱进一步促动了这一由上而下的转移过程,极大地推动了包括音乐消费和诗词写作的世俗化、通俗化过程。安史之乱造成了数万宫廷乐工的四散逃亡,而安史之乱的深刻教训也使中唐宫廷有着弱化宫廷歌舞消费的趋势,如《唐会要》记载:"大历十四年五月,诏罢梨园伶使及官冗食三百余人,留者隶太常",[3] 也就是说,中唐初期的宫廷,除了安史之乱将绝大多数的宫廷乐工打散逃离

---

[1] 钱穆:《国史大纲》,商务印书馆,1996,第458页。
[2] [后晋]刘昫等:《旧唐书·宪宗本纪》,卷十五,中华书局,1982,第472页。
[3] 宋王溥:《唐会要》卷三十四,上海古籍出版社,2006,第735页。

之外，剩下为数不多的梨园弟子，也在大历十四年（779）遭到遣散，就连梨园使也被诏罢，所剩寥寥无几的乐工，归并到太常寺。①这种宫廷音乐消费的走向低谷，势必将这些伶工艺人连同乐谱、歌舞节目，带到了地方州府（由于官妓制度的形成，促动了地方州府的乐艺消费）和民间四野，促动了音乐消费的下移运动。

3. 佛教在中唐时期，也走向了一个通俗化的运动过程。佛教从东汉开始传入中国，但其活动中心主要还在宫廷贵族间盛行，盖因佛教来自于西土印度，其教义精髓以及梵呗语音，皆为广大民众难以真正听懂，随着安史之乱的动乱所带来的巨大心灵痛苦，也伴随着中唐帝王如宪宗的沉醉佛教，僧侣将佛教经义进行通俗化宣讲的讲经开始盛行，这对于中唐文化的通俗化进程，起到了推波助澜的作用。

4. 中唐时代的文学通俗化，是一个近乎全方位的进程，陈寅恪先生曾经发现说："中国文学史中别有一种可注意之点焉，即今日所谓唐代小说者，亦起于贞元元和之世，与古文运动实同一时，而其时最佳小说之作者，实亦即古文运动中之中坚人物是也。此二者之关系，自来未有论及之者。"②其实，不仅仅是小说开始兴起于贞元元和之世，与古文运动实同一时，而且，变文、变曲、宫廷之外的歌舞戏曲演出，以及词的开始在宫外兴盛，都兴起于该时也，它们都是这同一俗化思潮的产物。

5. 就具体词体写作来说，整个唐代，大致可以分为四个阶段。

其一，盛唐天宝期间，公元八世纪上半叶的四十年代，李白首创词体，有可能带动了宫廷乐工的效法；这一点，尚无实在证据，但敦煌歌词中如果能有证明是天宝后期之作，则当属此类。

其二，中唐初期，8世纪下半叶，主要活动于德宗贞元时期，在李白创制词体文学之后的大约二十年，出现文人开始效法写作的现象，主要为张志和、

---

① 德宗较克制个人享乐，故在登基时削减了部分与皇帝个人享乐有关的活动。此举并不意味着唐宫廷娱乐机构的削弱。如教坊、帐内教坊等宫廷乐艺机构都非常繁荣，因此不能简单地说宫廷娱乐弱化。作为法曲机构，玄宗的梨园虽解散，但太常寺法部保留至昭宗，并仍以"梨园"代称，设有梨园使。安史之乱打破了完全由宫廷掌握乐工的旧例，使得地方官府得以建立自己的官妓制度，促动了词的普及发展。而地方官府仍并非民间。参见王立《唐乐艺四论》，《中国韵文学刊》，2012年第四期。

② 陈寅恪：《元白诗笺证稿》，上海古籍出版社，1978，第2页。

韦应物、戴叔伦、刘长卿四位，此四者的词体写作，都带有偶然写作的因素。同时，他们也都与宫廷生活具有一定的关系。张志和曾为待诏翰林，韦应物早年为宫廷三卫，戴叔伦也曾在宫廷诸卫任职，刘长卿在宫廷任过监察御史，同时，后三者也都有地方长官的政治经历，显示了词体文学出身于宫廷的影响，也透露了音乐消费由宫廷而向地方转移的新的信息。

其三，为中唐后期的词体写作，主要为九世纪上半叶的元和和长庆时期，代表人物主要为：王建、白居易和刘禹锡。此三者皆为新乐府诗歌运动的倡导者，也都是中唐文学通俗化运动的健将，他们的词体写作，与这个时代开始的以寺院讲经为中心的通俗化运动有着密切的关联，从而将词体写作和词体的发生运动推向了一个新的阶段。

其四，就是宣宗大中时期的温庭筠，这是九世纪中期的事情。经过温庭筠的大力写作，词体的发生运动才得到了真正的完成。

第二节　中唐俗文化的兴起

佛教当然不是从中唐才开始兴盛的，自东汉传入中国以来，经历了一个日渐兴盛的过程，其中六朝时期的梁武帝，初唐时期的武则天，大兴佛寺，都是佛教进入中国之后的兴盛标志。到了宪宗时代，更是进一步达到新的阶段，从宪宗于元和十四年（819）迎佛骨："迎凤翔法门寺佛骨至京师，留禁中三日，乃送诣寺，王公士庶奔走舍施如不及，刑部侍郎韩愈上疏极陈其弊。癸巳，贬愈为潮州刺史"，[1] 到会昌五年（845年）武宗下诏灭法，[2] 九世纪上半叶的几十年时光，可以视为佛教在唐代兴盛的一个新阶段。

这种新的阶段，不仅仅表现为佛寺日崇的建筑，更体现为"僧徒日广"的信徒之广泛性，武宗灭法之诏书中说："其天下所拆寺四千六百余所，还俗僧尼二十六万余人……拆招提、兰若四万余所，收膏腴上田数万千顷……驱

---

[1]　［后晋］刘昫等：《旧唐书·宪宗下》，中华书局，1982，第466页。
[2]　宋王溥：《唐会要·议释教》卷四十七，上海古籍出版社，2006，第984页。

游惰不业之途,已逾千万;废丹腹无用之居,何啻千亿。"①佛教在九世纪中前叶的规模之大,佛寺之多,僧徒之广,令人难以想象。试比较杜牧所写的"南朝四百八十寺",就无异于小巫见大巫了。

但中唐的这种佛教性质,还不能仅仅从上述的数量来限定,更为重要的是中唐时期的佛教,从早期的或是上层贵族僧侣的翻译经典,或是帝王信奉所带动的民众信奉,而走向了一种佛教中国化的新阶段——这也是佛教为了在中国顺利发展,而不得不采取的积极策略与中国文化、特别是唐文化相融合,以求得适合于华夏民族的传统文化特性,从而形成与梵土形质俱变的中国佛教。这种中国化的佛教,其变化当然也不能说开始于中唐,而是首先通过禅宗的形式先一步表现出来。禅宗的本质,其实也是佛教的中国化,是以佛教的基本教义与中国的哲学思想相互结合的产物。但禅宗的发展史,在六朝主要还是在上层贵族士人的圈子里流行,在初盛唐则主要是士大夫人物的精神哲学,它的思辨性质,远远还没有,或说是很难实现大众化的运动。一直到中唐时代,随着帝王的提倡,佛教僧侣主动地采取将佛经俗讲的宣传方式的改进,以及整个中唐俗文化运动的兴起,诸多因素的融会,就使佛教在中国的发展,在中唐时期出现了一个前所未有的新阶段。中国传统的以抒情诗歌为中心的贵族式的文化结构,在中唐时期也就由此被打破,而代之以变文、俗讲、传奇、话本、戏曲等体裁为代表的叙事文学的兴起,并到金元之后,逐渐取代抒情诗歌的统治地位,而为一代文学之大观。

《唐会要》说:"两京城阙,僧徒日广,佛寺日崇"②,其中一个"日"字,正说明了一个渐次量变的过程,日积月累,到元和时代,已经达到"诱惑人心,而众益迷"(同上)的程度,韩愈《论佛骨表》宪宗:"即位之初,即不许度人为僧尼、道士,又不许创立寺观。"③这个时间表非常重要,说明宪宗的崇佛,是个渐变的过程,也就是说,中唐时期的这一轮佛教运动,开始于宪宗的晚年。这对于我们考察中唐时期的俗文化运动,具有一定的参考价值。当然,宪宗在元和早期对佛教一定程度的限制,并不一定能说明佛教俗讲不能

---

① 宋王溥:《唐会要·议释教》卷四十七,上海古籍出版社,2006,第985页。
② 宋王溥:《唐会要·议释教》卷四十七,上海古籍出版社,2006,第984页。
③ 宋王溥:《唐会要·议释教》卷四十七,上海古籍出版社,2006,第982页。

开始,根据有关学者的论述:讲经,自印度佛教传入我国以后,就在寺院中兴起了。经文被用来讲释,甚至变化为宣讲经义的故事,就被称为"变文",同时,又把它变化为寺院绘制的故事画卷,就被称为"变相"。从印度语转译过来梵呗不能适用于汉音汉语,僧侣就在讲唱使用的曲调上加以改造。正如《续高僧传》中所说:"六朝经师多斟酌旧声,自拔新异。自隋唐以远,则反俯就时声,同于郑卫之音。转经至此,已与散乐无别。"[①] 看来"转变"之谓,还应加上一个"变曲"。诸如宗教故事的《目连变文》,历史故事的《伍子胥变文》,民间传说的《王昭君变文》等,这种长篇的讲唱及故事结构,为说唱艺术的发展开拓了前景,同时也为戏曲表现宏大题材,刻画人物,结构故事创造了条件。[②] 但这一论述,对于讲经的真正开始时间,还是含混其词,只是一般推理,并无实据,因此也可以理解为:佛教经义的讲经,中唐之前,当然会有,但狭义的俗讲形式,譬如使用说话讲经、演唱讲经这些俗形式,是否在中唐之前就已经具备,至少没有实证;相反,中唐时期俗讲、变文等方面的实证,却是比比皆是。可以理解为:变文、变相等,有着一个漫长时期的萌生和演变过程,李白有《金银泥画西方净土变相赞》,唐张彦远《历代名画记》记录了两京及外州县寺观的变相类壁画,其中卷九提到吴道子见张孝师所画地狱图,称之为《地狱变》。[③] 但中唐时期的通俗化进程,无疑是一个质的变化。也许正是由于宫廷的限制,反而使佛教僧侣在困境中寻求生存,而开始了僧侣俗讲的宣讲方式,也未可知。

在做出了上述的推断之后,笔者阅读到《唐会要》在《四夷乐》目下《南蛮诸国乐》中关于《骠国乐》的记载:

> 骠国乐:贞元十八年正月,骠国王来献,凡有十二曲,以乐工三十五人来朝。乐曲皆演释氏经论之词。骠国在云南西,与天竺国相近,故乐多演释氏之词。每为曲皆齐声唱,各以两手十指,齐开齐放,为赴节之状,一低一昂,未尝不相对,有类中国柘枝

[①] [梁]慧皎、[唐]道宣等编:《高僧传全集·续高僧传》,上海古籍出版社,2011,第705页。
[②] 参见余从等:《中国戏曲史略》,人民音乐出版社,2003,第38页。
[③] 傅璇琮、蒋寅:《中国古代文学通论·隋唐五代卷》,辽宁人民出版社,2004,第429页。

舞。骠一作僄，其西别有弥臣国，乐舞亦与骠国同，多习此伎以乐。后敕使袁滋、郤士美至南诏，并皆见此乐。①

大致可以得出以下的一些推断。

1. 这段资料应该是关于"乐曲皆演释氏经论之词"的最早记载。《唐会要》相当于一部精要的唐代史，若是此前有类似的活动，则势必要有所提及，而此处分明记载了贞元十八年正月骠国王来献十二曲的活动，又记载敕使袁滋等人至南诏，"并皆见此乐"，都说明中国是第一次接触"乐曲皆演释氏经论之词"的佛教歌舞演唱形式。骠国，古国名，又称朱波，在今缅甸境内，②南诏（738—937），在唐时西南部，国境包括今日云南全境及贵州、四川、西藏、越南、缅甸的部份国土。

2. 由此可以推断，变相在中国的流行早于佛教经义的乐舞演唱形式。贞元十八年（802年），正是九世纪初，三年之后白居易之写作《长恨歌》，元稹之写作《莺莺传》等，标志了中唐叙事文学的兴起。陈寅恪先生所考证说："是故唐代贞元元和间之小说，乃一种新文体……元稹李绅撰莺莺传及歌于贞元时，白居易与陈鸿撰长恨歌及传于元和时，虽非如赵氏所言是举人投献主司之作品，但实为贞元元和间新兴之文体。"③当然不能说，中唐的通俗化文学运动，完全是这次骠国献乐的结果。中国文化的由宫廷而向地方，由贵族而向士大夫及民间，自有其自身的发展变化规律，也可以说是自身内部演进的必然结果，但类似这次的骠国献乐活动，无疑对这种通俗化的进程起到了推波助澜的作用，并对佛经的通俗化宣讲，提供了歌舞演唱的通俗化、娱乐化的文化形式，而这种形式，无疑对佛教道曲的曲子辞，提供了一个兴起的契机和产生的温床。

3. 贞元十八年，元稹二十四岁，试判入四等，署秘书省校书，陈寅恪先生推断：元稹"是又必在贞元十八年微之婚于韦氏之后（微之时年二纪，即二十四），而《莺莺传》复有：'自是绝不复知矣'一言，则距微之婚期必不

---

① 宋王溥：《唐会要》卷三十三，上海古籍出版社，2006，第724页。
② 参阅《册府元龟》九九六：《鞮译》。鞮，音"低"，鞮译，为"通译之官"。
③ 陈寅恪：《元白诗笺证稿》，上海古籍出版社，1978，第4页。

甚远。然则贞元二十年乃最可能者也。又据《长恨歌传》略云：'元和元年冬十二月……暇日相携游仙游寺，话及此事。乐天因为《长恨歌》。'"[1]可知，元稹写作《莺莺传》，是在大约骠国进献佛经歌舞演唱两年之后，白居易写作《长恨歌》是在这一音乐事件四年之后，而且，是发生在白居易与陈鸿、王质夫"相携游仙游寺"，回来后"话及此事"，而创作《长恨歌》，更能看到其中创作缘起的直接关系。元白等人，确实对当时的俗文化表现了极大的兴趣。元稹《酬白学士代书一百韵》诗："翰墨题名尽，光阴听话移。"自注："乐天每与余游从，无不书名题壁，又尝於新昌宅说'一枝花话'，自寅至巳，犹未毕词也。""一枝花话"讲的就是白行简《李娃传》所记的故事，历四个时辰，即今八个小时尚未讲完，可见兴致之高。寺院僧讲歌唱演出与中唐社会风俗的相互激发，白居易、元稹等对传奇、通俗文化的积极参与，多种因素合流，构成了中唐俗文化的兴起。

从贞元十八年的骠国献乐，到宪宗元和后期，佛教中国化再次掀起新的高潮，带来了中国文化走向俗文化的巨大变化。韩愈《论佛骨表》记载了当时宗教迷狂的盛况："梵顶烧指，百千为群，解衣散钱，自朝至暮，转相仿效。"[2]"百千为群""自朝至暮"，正是可能发生僧侣俗讲的必要条件，而"解衣散钱"正是僧侣俗讲的经济基础，"梵顶烧指"，正是僧侣俗讲的信仰基础。

第三节　白居易刘禹锡元和长庆时期的诗词写作

一、概说

中唐元和长庆时期的词体写作，以白居易、刘禹锡为重镇，这是词体发生史自李白创制之后的一个比较重要的标志，它标志了词体完成了由李白创制以来的宫廷文化向士大夫家宴文化和通俗文化的一次转型。白居易之前的词体写作，如上所述，张志和、韦应物、戴叔伦，直到王建，这些词人的词

---

[1]　参见陈寅恪：《元白诗笺证稿》，上海古籍出版社，1978，第10页。
[2]　宋王溥：《唐会要·议释教》卷四十七，上海古籍出版社，2006，第983页。

体写作，虽然都不是发生于宫廷，但却与宫廷文化发生着千丝万缕的联系。同时，虽然他们的词体写作产生于士大夫家宴文化，但最为典型地反映出中唐元和、长庆时期士大夫家宴文化和大众通俗文化的融合。其中，主要以白居易和刘禹锡为代表反映声诗写作和新兴曲词写作的相互融合。上述论点，主要是通过对以下几个问题的思考得出的。

1. 白居易、元稹、刘禹锡三人之间的诗人集团，共同搭建了中唐乐府声诗写作的平台：他们对于原本是宫廷文化最为主要组成部分的乐舞文化，表现出了空前的热情，写作出了许多描写乐人、乐舞、歌唱以及相伴随的酒宴文化的诗作篇章，这些乐舞酒宴主题的诗作，成为这个时期词体写作的一个文化基础，一个历史背景。而白居易与张籍、王建等人发动的新乐府运动，更进一步使白居易的创作以及中唐文化的一个主流，向通俗化、大众化的方向发展，其中艺术方面的影响是显而易见的。

2. 以白居易和元稹为主将的诗体写作，其一个重要的主题，就是男女情爱，并由之引带而来柔媚婉转的写作手法和香、艳、软的诗歌风格，影响了一代风尚，并进一步引导了诗歌的晚唐走向。其由诗而词的过渡，首先引导了词体写作的女性化特征，并由此进一步通向了温飞卿的香软风格。

3. 中唐俗文化和叙事文学的兴起，客观上需要一个由民间文化向士人文化过渡的途径，白居易、刘禹锡的贬谪生活和地方刺史家宴文化的兴盛，都为二人提供了与民间文化接触和比较深入地融为一体的契机。刘禹锡的《杨柳枝》《竹枝》，白居易的《杨柳枝》等，都是从民间文化汲取营养的成功例证。同时，他们大量的竹枝、柳枝写作，也说明了即便是到了中唐元和、长庆时代，仍然是以声诗为主流歌唱形式。新兴的长短句曲词形式，到了这个时代，还不能说已经把声诗形式取而代之。这种局面，一直延续到晚唐五代的时代，才真正完成曲词对声诗的取代。

从人生经历来说，白居易（772—846），其《养竹记》说："贞元十九年春，居易以拔萃选及第，授校书郎"，宪宗元和元年（806）四月，应才识兼茂明于体用科，与元稹等人同登科，入四等，授盩厔县尉。《唐才子传》记载，同年，"作乐府及诗百余篇，规讽时势，流闻禁中，上悦之，诏拜翰林学士，历左拾遗。"《校笺》考证，元和二年（807）召为翰林学士，三年四月除左拾

49

遗，李商隐《白公墓志铭》：七年（《校笺》按，应为九年）……言元衡死状，不得报，即贬江州。《旧传》："十年……授江州司马"。白居易贬谪江州司马，如《新传》所说：既失志，能顺适所遇，托浮图生死说，若忘形骸者。①

元和十五年（820）除主客郎中、知制诰，长庆元年（821）转中书舍人，长庆二年，出守杭州。随后，穆宗时，以太子左庶子分司东都，敬宗宝历元年（825）任苏州刺史，宝历二年九月，以病免苏州刺史，范成大《吴郡志》卷一一《人物》云：居易为郡时多燕游，尝携蝉满容点茶十伎夜游西武丘山。文宗大和元年（827），拜秘书监，赐金紫，二年，乃迁刑部侍郎；九年改授太子少傅分司东都，会昌二年（842），以刑部尚书致仕。②

对于白居易叙事诗与中唐时期传奇、说话、戏剧等叙事文学之间的关系，陈寅恪先生有论："中国文学史中别有一种可注意之点焉，即今日所谓唐代小说者，亦起于贞元元和之世，与古文运动实同一时，而其时最佳小说之作者，实亦即古文运动中之中坚人物是也。此二者相互之关系，自来未有论及之者。③是故唐代贞元元和间之小说，乃一种新文体，不独流行当时，复更辗转为后来所则效，本与唐代古文同一原起及体制也……元稹、李绅撰《莺莺传》及歌于贞元时，白居易与陈鸿撰《长恨歌》及传于元和时……实为贞元元和间新兴之文体。"④可知，陈寅恪先生并不将白居易的这些叙事诗视为传统诗歌的继续，而是视为一种"新文体"，是和新兴的小说、古文等同为一种新的创造形式。从这个视角来解释白居易、刘禹锡等人在中唐时期的词体写作，才能有更高一个层面的认知，才能对于词体缘何能从狭窄的宫廷走出，而成为一种可以与诗相提并论的文学体裁和艺术形式这一现象有更为宏观的认识。

---

① 傅璇琮主编：《唐才子传校笺》第三册，中华书局1987年版，第7—8页。
② 傅璇琮主编：《唐才子传校笺》第三册，中华书局1987年版，第1—13页。
③ 陈寅恪：《元白诗笺证稿》，上海古籍出版社1978年版，第2页。
④ 陈寅恪：《元白诗笺证稿》，上海古籍出版社1978年版，第4页。

第四节　白居易的曲词写作及其意义

如果说，白居易的新题乐府主要是和元稹相互唱和，并承接中唐初期李绅、张籍、王建等诗人的新乐府诗写作而来，那么，白居易的声诗曲词写作，主要就是与刘禹锡唱和，并在酒席宴会上与吴二娘代表的州府歌伎唱和的结果。

一、白、刘的曲词构成

白居易和刘禹锡，两者的词体和声诗曲歌作品，其构成基本相同，都是由少量的几首曲词和数量较大的声诗曲歌组成。

刘禹锡，《全唐五代词》收其《杨柳枝》12首，《竹枝》10首，《浪淘沙》9首，皆为七言绝句体；《纥那曲》2首，皆为五言绝句体；《抛球乐》五言六句2首；《潇湘神》2首，皆为三三七七句式杂言体；《忆江南》长短句2首。绝句体声诗曲歌（包括七言、五言、六言三种）共计35首，长短句词体4首，介于二者之间的杂言体2首，共计收入41首。

白居易，《全唐五代词》收入其《杨柳枝》10首，《竹枝》4首，《浪淘沙》6首，《忆江南》3首，《宴桃源》3首，《长相思》2首。其中《宴桃源》即《如梦令》，《全唐五代词》根据苏轼《如梦令》（水垢何曾相受）题注：

此曲本唐庄宗制，名《忆仙姿》，嫌其名不雅，故改为《如梦令》。庄宗作此词，卒章云："如梦。如梦。和泪出门相送。"因取以为名云。考辨云：又因庄宗词首句为"曾宴桃源深洞"，故后人又名《宴桃源》（如汲古阁本《片玉词》之《如梦令》即作《宴桃源》）中唐之白居易何以能用后唐庄宗所制填词？殊可怀疑。唯《尊前集》已录作白词，姑录存备考。[①]

去除应为庄宗的《宴桃源》，则白、刘两位的曲词声诗的作品构成基本一致，《杨柳枝》《竹枝》皆为七言绝句体，若按清人刘体仁的说法："竹枝、柳枝，不可径律作词"[②]，但与盛唐时期的声诗，情况也有所不同。盛唐声诗，大多数为乐工歌女"选词以配乐"，撰写诗作者，并不是有意写作歌词，而是由

---

① 曾昭岷等编著：《全唐五代词》，中华书局1999年版，第74页。
② ［清］刘体仁：《七颂堂词绎》，唐圭璋编《词话丛编》，中华书局1986年版，第621页。

于其诗作适合传唱而被歌者选用，而刘、白之作，皆为有意作为曲词来写作的，从这一点上来说，竹枝、柳枝可以视为词体。但从另一个角度来说，两者都还未能脱离近体诗的窠臼，而不是定型化的律词，还不能称之为严格意义上的曲词。此外，白居易有两首《长相思》，而刘禹锡无此词调之作。

二、刘白的声诗曲词

刘禹锡《竹枝》，郭茂倩《乐府诗集》收其九章，云："《竹枝》本出於巴渝，唐贞元中，刘禹锡在沅湘，以俚歌鄙陋，乃依骚人《九歌》作《竹枝》新辞九章，教里中儿歌之，由是盛於贞元、元和之间。"[①]

刘禹锡（772—842），德宗贞元九年（793）进士，又中博学宏词科。据《旧唐书》卷一四《顺宗纪》，贞元二十一年（805），王叔文于东宫用事，刘禹锡为叔文知奖，参与永贞革新。宪宗即位在贞元二十一年八月庚子（四日），辛丑（5日）即改元为永贞元年。叔文败，坐贬连州刺史，在道，贬郎州司马。又据《旧传》卷一百六十四：禹锡在朗州十年，唯以文章吟咏，陶冶情性。蛮俗好巫，每淫祠鼓舞，必歌俚辞。禹锡或从事于其间，乃依骚人之作，为新辞以教巫祝。故武陵溪洞间夷歌，率多禹锡之辞也。

又据《新唐书》卷一百六十八：州接夜郎诸夷，风俗陋甚，家喜巫鬼，每祠，歌《竹枝》，鼓吹裴回，其声伦伧。禹锡谓屈原居沅湘间作《九歌》，使楚人以迎送神，乃倚其声，作《竹枝辞》十余篇。于是武陵夷俚悉歌之；又据刘禹锡《竹枝词九首序》：昔屈原居沅湘间，其民迎神，词多鄙陋，乃为作《九歌》，到于今荆、楚鼓舞之。故余亦作《竹枝词》九篇。[②]

综合上述材料，可知郭茂倩所说刘禹锡写作《竹枝》，"盛于贞元、元和之间"的说法不够准确，刘禹锡贬谪郎州已在贞元之后，更兼在郎州十年，乃作此歌，应该是作于元和，而盛于元和之后。

又，刘禹锡所作《竹枝》之数，郭茂倩根据刘禹锡仿《九歌》而作九篇之说，坐实为"新调九章"。《才子传》谓为十篇："乃倚声作《竹枝辞》十篇，

[①] ［宋］郭茂倩编：《乐府诗集》第四册，中华书局1971年版，第1140页。
[②] 曾昭岷等编著：《全唐五代词》，中华书局1999年版，第56页。

武陵人悉歌之"，①《全唐五代词》收10首，但题为《杨柳枝》的最后一首曰："巫峡巫山杨柳多，朝云暮雨远相和。因想阳台无限事，为君回唱竹枝歌。"，提及《竹枝》，不知是否应为《柳枝》。刘禹锡之《竹枝》具有声音歌词的性质，其创作"乃倚其声"，此为主观上与音乐之关系。"于是武陵夷俚悉歌之"，这是创作之后客观上的声乐传唱效果，与白居易新乐府诗主观上希望能播于乐章，客观上却无人传唱不同。

《杨柳枝》的来源，根据王灼《碧鸡漫志》的记载，来自于隋：

《杨柳枝》，《鉴戒录》云："柳枝歌，亡隋之曲也。"前辈诗云："万里长江一旦开，岸边杨柳几千栽。锦帆未落干戈起，惆怅龙舟更不回。"又云："乐苑隋堤事已空，万条犹舞旧春风。"皆指汴渠事，而张祜《折杨柳枝》两绝句，其一云："莫折宫前杨柳枝，元宗曾向笛中吹。伤心日暮烟霞起，无限春愁生翠眉。"则知隋有此曲，传至开元。《乐府杂录》云白傅作《杨柳枝》，予考乐天晚年，与刘梦得唱和此曲词，白云："古歌旧曲君休听，听取新翻杨柳枝。"又作《杨柳枝》二十韵云："乐童翻怨调，才子与妍词。"注云："洛下新声也。"刘梦得亦云："请君莫奏前朝曲，听唱新翻杨柳枝。"盖后来始变新声，而所谓乐天作《杨柳枝》者，称其别创新词也。②

王灼所说"前辈"，"万里长江"一首，为唐代无名氏所作，见《全唐诗》卷七百八十六。"乐苑"一首，见《全唐诗》卷二十八韩琮《杨柳枝》，为：梁苑隋堤事已空，万条犹舞旧春风。那堪更想千年后，谁见杨花入汉宫。③而根据王灼所考，《杨柳枝》为刘、白晚年唱和所作，虽然名为《杨柳枝》，但却是"新翻"之曲，并成为当时洛阳非常流行之"洛下新声"。

刘、白两位中唐时期的大诗人，既写曲词，又或将《杨柳枝》旧曲翻作新声，或从民间效法《竹枝》，倚声作歌，这种现象本身就极有意味，它说明了时代发展到中唐，一方面有着源源不断的新兴长短句曲词的出现，另一方面，传统的声诗也在香火不断，代有新人，并非在很快的历史时期之内就被新兴曲词所取代。而民间流行的民歌，也同样适合于传统的以绝句为歌词的

---

① 傅璇琮主编：《唐才子传校笺》，中华书局1987年版，第487页。
② ［宋］王灼：《碧鸡漫志》，中华书局1958年版，第93—94页。
③ 中华书局编辑部点校：《全唐诗》一，中华书局1960年版，第399页。

声诗，其中尤其以七言绝句最为适应，并不像是我们以前所想象的，敦煌歌辞中的许多作品已经流布民间，已经取代了声诗而为新的主流曲词品种。文人词和民间词是可以相互印证的，刘禹锡长短句曲词只占据了全部曲词约四分之一的比例，白居易也大体相若，正说明了盛唐兴盛的绝句声诗，到了元和长庆时代，仍然方兴未艾，有着顽强的生命力和十分广泛的市场，长短句曲词不论是在民间还是在文人中，都还没有占据统治性的地位。而这种质的飞跃，还需要几十年的时光，到晚唐温庭筠的时代才能真正实现，也只有到了温庭筠的时代，词体发生的历史过程，才真正可以说得到了完成。

此外，还需要有更高一个层面的学术认知，唐声诗之所以还是声诗而非曲词，正因为它们仅仅是唐五代曲词发生前夜的雏形状态，不论是来自前代的乐府，还是如刘禹锡来自当地的歌唱，都还不能说是曲词本身，只有经历了"借鉴近体诗的格律而为词牌"的文人化、声律化之后，经历过文人的、诗人的介入之后，它才能升华为词。从这一点而言，就能更为清晰之说明：曲词的发生，完全是文人介入的结果，与一向所说的来自民间并无关系。

三、白、刘的长短句曲词

白居易有《忆江南》三首，以写江南风景有名：

　　江南好，风景旧曾谙。日出江花红胜火，春来江水绿如蓝。能不忆江南。
　　江南忆，最忆是杭州。山寺月中寻桂子，郡亭枕上看潮头。何日更重游。
　　江南忆，其次忆吴宫。吴酒一杯春竹叶，吴娃双舞醉芙蓉。早晚复相逢。[①]

关于《望江南》曲调，《碧鸡漫志》云：《乐府杂录》云："李卫公为亡妓谢秋娘撰，《望江南》亦名《梦江南》，白乐天作《忆江南》三首……自注云：

[①] 曾昭岷等编著：《全唐五代词》，中华书局1999年版，第72—73页。

'此曲亦名《谢秋娘》，每首五句。'予考此曲自唐至今，皆南吕宫，字句亦同，止是今曲两段，盖近世曲子无单遍者。然卫公为谢秋娘作此曲，已出两名，乐天又名以《忆江南》，又名以《谢秋娘》，近世又取乐天首句名以《江南好》。"①

此段资料很有价值，说明了白居易这组《望江南》，乃是来自长安名妓谢秋娘故事。秋娘为当时名妓，白居易诗中也多次提及，如《琵琶行》："妆成每被秋娘妒"。李卫公，为李德裕（787—850），文宗太和三年（829）为兵部尚书，八年，出为浙西节度使，开成五年（840）封卫国公。根据记载，此词原本为李德裕为亡妓谢秋娘所作，其词不传，仅有《步虚词》传世。《步虚词》首见于宋高宗建炎二年（1128）许彦周之《许彦周诗话》，但以后吴曾《能改斋漫录》卷一六亦著录此词，谓是"李太白词也"。其词大略云：仙女侍，董双成。桂殿夜寒吹玉笙。曲终却从仙官去，万户千门空月明。②

李德裕为谢秋娘所撰的《望江南》虽不可见，但从《乐府杂录》所记载的"为亡妓谢秋娘撰"的情况来看，当是女性题材之作。而白居易使用此调，却改为对江南的忆念之作，虽然其中第三首，也有"其次忆吴宫。吴酒一杯春竹叶，吴娃双舞醉芙蓉。早晚复相逢"的"吴宫""吴酒""吴娃""双舞"字面，但从总体上来看，主要还是对江南美景的忆念，吴娃美女，可以说是人在画图中式的描写。词体自文人仿效以来，已经有了宫体词、隐逸词，白居易这组书写江南风景的词作，可以视为第一次成功的山水风景词作，为以后的柳永体、东坡词奠定基础。而词中视角以词人自我经历出之，更使以后的少游体有所本。

虽然如此，《忆江南》三首，仍然未脱诗体本色。白居易的两首《长相思》，才真正具有词体的转型意义。刘禹锡也有《忆江南》：

春去也，多谢洛城人。弱柳从风疑举袂，丛兰裛露似沾巾。独坐亦含嚬。

春过也，共惜艳阳年。犹有桃花流水上，无辞竹叶醉樽前。

---

① ［宋］王灼：《碧鸡漫志》，中华书局1958年版，第90—91页。
② 曾昭岷等编著：《全唐五代词》，中华书局1999年版，第82页。

55

惟待见青天。①

很有意味的事情，是白居易的三首《忆江南》，标明"此曲亦名《谢秋娘》"，显示了《忆江南》与中唐酒宴歌舞文化之间的关系，与享乐型文化之间的关系，但白居易这一组三首，却有两首为严肃的传统诗歌主题，歌咏了江南风光之美好和自己对江南美景的美好回忆，只有第三首才隐隐出现吴宫吴酒吴娃的场景，显露对江南美女的追忆。而刘禹锡再写作《忆江南》，《刘宾客文集》卷四题作："和乐天春词，依《忆江南》曲拍为句"，已经是对白居易《忆江南》三首成功词作的词牌确认，同时，我们也可以猜测，用倚声之法填制歌词，也有可能就是由此而开始走向自觉。换言之，由文人早期的唱和而变为自觉的词牌律词。

刘禹锡此两首《忆江南》，其律词的词牌意识相当明确，平仄关系大体趋同，《忆江南》的定格应该是："平仄（可平）仄，平（可仄）仄仄平平。仄（可平）平仄平（可仄）平仄仄，平（可仄）平仄平平。"②不难一一对照，刘禹锡的《忆江南》，与他所唱和的白居易的《忆江南》不仅字数相同，而且，每句的平仄尽量做到了吻合，已经开始有着相当明确的词牌格律意识，遵守了先创制此词调的白居易原作。

刘禹锡此两首词，第一首"春去也"，将春天比喻为女性，弱柳从风，兰丛裛露，就像是一位举袂沾巾、含嚬独坐的女子，预示了词体即将渐次形成的女性柔媚的审美特征。第二首"春去也"，有"醉樽前"的字样，一向所说词体产生于花间尊前，但真正在词作中出现"樽前"的，刘禹锡此词还是第一次。而词体写作与酒宴发生关系的，也确实应该以中唐为标志。

白居易的《长相思》二首，更有意味：

汴水流。泗水流。流到瓜州古渡头。吴山点点愁。
思悠悠。恨悠悠。恨到归时方始休。月明人倚楼。

---

① 曾昭岷等编著：《全唐五代词》，中华书局1999年版，第60页。
② 龙榆生编：《唐宋词格律》，上海古籍出版社1978年版，第3页。

>>> 第三章 佛经俗文化在中唐兴起及元白词

深画眉。浅画眉。蝉鬓鬅鬙云满衣。阳台行雨回。
巫山高。巫山低。暮雨潇潇郎不归。空房独守时。①

此两首的共同特点，都是作为士大夫文人自身视角的消隐，而被词人摹写的女性主人公突显，词中一切之景物，皆女性主人公眼中之景，一切情感，皆词中女主人公心中之感情，故无论吴山明月，还是汴水泗水，皆为倚楼之人眼前心中之物。这种方法，正是由早期文人词向花间词转型的根本特质所在。

从词中的写作视角来说，已经具备女性视角的意味："巫山高。巫山低。暮雨潇潇郎不归。空房独守时"，既然称呼对方为"郎"，则词中的第一人称自然是女性，这种变化，与中唐时期叙事文学的兴起当有一定的关系，其中戏剧、戏曲的表演要求说话人模拟故事中的人物口吻等等。则词在此时，也当是歌伎具有表演性质的歌词，正如同话本之为说话人的底本，故白居易写词，已经具备为歌女写作的应歌性质。研究白居易之所以写词，并且其词作发生了向女性代言体之转型，需要对中唐元和长庆之际的文化风尚以及白居易本人的诗作进行深入研究，才能有比较深入的理解。

白居易所在的中唐社会的家宴歌舞的盛行，以及白居易与这些歌伎的广泛接触，可能是触发白居易进行词体写作的一个直接动力。以上一首《长相思》为例，其中"深画眉"一首，与《全唐五代词》根据明刻本《吟窗杂录》卷五〇所载吴二娘所作《长相思》：

深黛眉，浅黛眉。十指茏葱云染衣。巫山行雨归。
巫山高，巫山低。暮雨潇潇郎不归。空房独守时。②

吴二娘此作与白居易上引之作，应该是二人之间的酒宴之间唱和之作。关于吴二娘，事迹具《白氏长庆集》卷二五《寄殷协律·多叙江南旧游》："五岁优游同过日，一朝消散似浮云。琴诗酒伴皆抛我，雪月花时最忆君。几度

---

① 曾昭岷等编著：《全唐五代词》，中华书局1999年版，第74—75页。
② 曾昭岷等编著：《全唐五代词》，中华书局1999年版，第76页。

听鸡歌白日，亦曾骑马咏红裙。（予在杭州日有歌云：听唱黄鸡与白日。又有诗云：着红骑马是何人？）吴娘暮雨萧萧曲，自别江南更不闻。（江南吴二娘曲词云：暮雨萧萧郎不归。）"此诗是白居易写给殷协律，回忆当年"五岁优游同过日"的快意生活，结句提及吴二娘："吴娘暮雨萧萧曲，自别江南更不闻。"并在诗句下自注："江南吴二娘曲词云：'暮雨萧萧郎不归'"，可知，吴二娘确实是江南歌伎，并且有曲词"暮雨萧萧郎不归"之句。

　　正如释德诚船子和尚出现在中唐一样，不能说中唐之前的佛教没有俗化的文学运动，但此前标志着佛教的文化状态的，首先能看到的是从鸠摩罗什到玄奘的译经大师的名字，其次能见到的是梁武帝代表的宫廷贵族的标志，再次能注意到的是王维代表的佛教的士大夫化倾向，或说是士大夫成为了佛教文化的主流接受者，而到了释德诚才真正出现了敦煌卷子中的佛家歌词式的作品。同此，我们也不能说吴二娘之前没有歌妓词作者，但吴二娘出现，才真正标志了士大夫词人与歌伎词人作者交往的正式记载，因此，我们也就只能将词体（曲词）在歌伎中的流行，标志在中唐白居易的时代。

　　吴二娘此作，与白居易"深画眉"之作，如此相似，以至于有许多版本将白词作吴词。《全唐五代词》在该词下考辨说：此首《唐宋诸贤绝妙词选》作白居易词，《花草粹编》卷""《唐词纪》卷一二、《花间集补》卷下、《词综》卷一、《全唐诗》卷八九〇、《词谱》卷二等从之。宋蔡传《吟窗杂录》作吴二娘词，《古今词统》卷三、《升庵诗话》卷四……亦作吴二娘词……然《本事词》卷上云："吴二娘，江南名姬也，善歌。白香山守苏时，尝制《长相思》词云（略）。吴喜歌之。"[1]

---

[1] 曾昭岷等编著：《全唐五代词》，中华书局1999年版，第75—76页。

第四章
温庭筠为词体发生史初步完成标志

第一节 概说

一部词体发生史，需要写到温庭筠才能真正宣告初步完成，也就是说，从时间上来说，发展到晚唐前期宣宗大中、懿宗咸通年间，温庭筠的大量有意写词以及对词体诸多方面体制的创制，才标志了词体发生史使命的完成。为何说温庭筠的飞卿词，是词体发生史完成的标志？首先，正如前文所说：李白之后，直到温庭筠之前的一个世纪左右的时间，文人词开始陆续出现，但呈现词人数量少、作品数量少，基本上还是偶然之作的时代特征。词之初起，除太白词13首之外，玄真子仅1调五首、戴叔伦1首、刘长卿1首、韦应物4首、张松龄1首、王建10首、李德裕1首、韩琮1首、杜牧1首等，都是在十首之内，说明飞卿词之前，文人写词的偶然性。白乐天词虽有词28首，其中竹枝词、柳枝词为多，若按清人刘体仁的说法："竹枝、柳枝，不可径律作词，然亦须不似七言绝句，又不似《子夜歌》。"[①]它是唐声诗。真正具有词体属性的词作，数首而已。词人词作数量的稀少，充分说明，天宝之后产生的这种新兴文体，还没有真正被广大的士大夫阶层所认可，在这个时期，词与其他声诗一样，可能还主要是宫廷文化的奢侈品，还没有成为士大夫表达情感的文学载体。

一种新兴的文学体裁，其发生史阶段的完成，其标志之一，就是出现有意识大量进行该体裁的写作：温庭筠作为晚唐时代的代表性大诗人，与李商隐齐名，号称"温李"，以这样的大诗人身份进行词体写作，而且，以一己之

---

① ［清］刘体仁：《七颂堂词绎》，《丛书集成初编》本，中华书局1991年版，第3页。

力就写作了70首之多,《花间集》收其词作66首,《全唐五代词》辑录共得69首,王国维所辑《金荃集》收70首,近人刘毓盘《唐五代宋辽金元名家词辑》有《金荃集》,收词72首。这个数字超过了李白之后,飞卿之前全部文人词的总和。(声诗类竹枝、柳枝不计)。

　　一种新兴的文学体裁,其发生阶段的完成,标志之二,应该是其体裁、质地、品格的形成。以词来说,如易静以词体写作兵法,其数量竟然达到500首之多,这当然能说明词体文学的广受欢迎,深入人心等问题。但易静以词体写作兵法,并不能作为词体发生史完成的标志,盖因其词体写作,并未能正确的表现出词体文学应有的质地和品格,因此,也就没有得到词本体的真正接纳。而温庭筠词,在以李白、王建、白居易为线索的词体发生阶段所奠定的女性柔媚风格的基础上,进一步强化或说是确立了词体女性文学的婉约柔媚之美的质地、品格和风范,为词体文学的发展,开拓出正确的发展路途,从而标志了词体发生史的完成。

　　标志之三,是其艺术的规范化形式的建构。这一点可以接续前章,笔者论述了白居易承接李德裕《谢秋娘》而写作《忆江南》,刘禹锡再写作《忆江南》,已经是对白居易《忆江南》三首成功词作的词调确认,同时,我们也可以认为,用倚声之法填制歌词,由此而开始走向自觉。换言之,由文人早期的唱和而变为自觉的词调律词。如果说,白、刘之倚声填词,以前词为调,可以说是词调形式的雏形形态,温庭筠大量使用词调,并且创制出来新的词调,而这些词调后来被花间词人等后来者广泛采用。这说明,词的艺术形式已经得到了规范化的建构,因此,词体形式的发生史,已经得到了初步的完成——虽然完成也是一个过程,还需要后来者的延续。

第二节　温庭筠生平与其大力写词的原因

　　温庭筠能够得以成为词体发生史的完成者,其原因是多方面的,是时代因素、音乐史因素、诗歌史因素、词体发生史因素以及温庭筠个案因素诸多方面整合而成的必然结果。从时代方面来看,温庭筠(812？—866)所生活的时代，主要活动于文宗大和（827—835），武宗开成（836—840），宣宗大中（847—860），懿宗咸通（860—874）四个帝王的四个时期，其中词体写作，主要是在宣宗大中时期。从文学史的分期来说，温庭筠生活在晚唐前期，罗宗强先生《隋唐五代文学思想史》，以敬宗宝历初至宣宗大中末为晚唐的前期，以李商隐死后的第二年，宣宗大中十三年开始爆发的一系列农民起义为标志，这四十七年是唐王朝彻底崩溃的时期。[1] 由此来看，温庭筠生活和写作于晚唐的前期。晚唐时代，与词体发生史有着直接密切关系的问题主要有以下几方面。

1. 重功利的文学思想的沉寂，宦官专权和藩镇跋扈，更兼以牛李党争，日益尖锐，大唐帝国从政局上呈现衰杀的局面，因此，温庭筠、李商隐代表的晚唐文人，他们"已经没有贞元末元和年间他们的前辈那种改革的锐气"。[2]

2. 更为重要的是，晚唐一代的主要作家，不像是中唐时期的元、白、韩等人，既是当时文坛的领袖，也同时基本处于政坛的中心，而是"多数人寄身幕府，在政治生活中实际上处于无足轻重的地位"，[3] 当然，他们也不同于接踵而来的唐王朝走向灭亡时期的那批作家。这是温庭筠所处于晚唐历史时期的基本坐标。

3. 从与词体发生关系密切的诗歌史角度来说，"这个时期诗歌创作倾向的又一明显变化，是大量的写闺阁生活，爱情主题，以至歌楼舞榭"。[4] 盛唐诗人写作爱情题材甚少，主要是在乐府诗和宫廷诗的外衣下写作一些宫怨主题等。中唐之后，元稹开始写作艳情诗，写得浓艳甚至轻佻。当时，中唐时期的爱情诗并未成为一种普遍的倾向，把闺阁生活、爱情主题以至歌楼舞榭的生活大量入诗并形成为一种主要创作倾向，表现出特色来的，主要还是温李代表的晚唐前期。诗歌史从盛唐气象向中唐艳情诗的转型，与中唐俗文学兴起有着密切关系，同时，也与晚唐政坛的衰杀气象，与晚唐文人的近乎于世纪末情结有关。而温庭筠本身，其诗歌作品，特别是乐府诗歌作品，典型地

---

[1] 罗宗强：《隋唐五代文学思想史》，中华书局2003年版，第222—247页。
[2] 罗宗强：《隋唐五代文学思想史》，中华书局2003年版，第224页。
[3] 罗宗强：《隋唐五代文学思想史》，中华书局2003年版，第224页。
[4] 罗宗强：《隋唐五代文学思想史》，中华书局2003年版，第226页。

体现出了这一时代的变革,从而奠定了其词体的香软浓艳的风格。

4. 从与词体发生史关系更为密切的写作环境、写作动机来看,自盛唐的宫廷化写作,到白居易时代的地方州刺史家宴化写作,再到温庭筠晚唐时代的以青楼伎馆、茶房酒肆为中心的写作,呈现了一个逐渐下移的过程。一向所说的曲词应歌现象,实际上,肇始于白居易代表的家宴文化,到温庭筠、柳永而真正形成。

5. 从词体创作的主体构成来说,盛唐时代,李白一人而已。中唐时期,经过张志和、韦应物、戴叔伦、王建、白居易、刘禹锡数人的写作。再到晚唐,韩琮《杨柳枝》1首,可不论;杜牧(803—853),有《八六子》"洞房深"一首,为长短句曲词:"洞房深。画屏灯照,山色凝翠沈沈。听夜雨冷滴芭蕉,惊断红窗好梦,龙烟细飘绣衾。辞恩久归长信。凤帐萧疏,椒殿闲扃,辇路苔侵。绣帘垂,迟迟漏传丹禁。舞华偷悴,翠鬟羞整。愁坐、望处金舆渐远,何时彩仗重临。正消魂,梧桐又移翠阴。"[1]《全唐五代词》据朱本《尊前集》收入,词写洞房销魂,正与飞卿风韵吻合,但韩偓词作,仍然在宫廷文化之中,写的是嫔妃对帝王宠幸的冀盼,其中如"龙烟""长信""椒殿""丹禁""金舆""彩仗"等,均将词中的男主人公指向了帝王。

当然,时代的种种因素,还需要与温庭筠自身的身世遭际相互吻合,才有可能使时代的种种因素在温庭筠身上发生作用。譬如温、李齐名,同样的时代背景,缘何李商隐却宁肯将其才情倾注于近似小词的"无题"诗的写作,却不愿意也不会填写曲词?有学者如王士禛《花草蒙拾》对此评论说:"温、李齐名,然温实不及李;李不作词,而温为花间鼻祖,岂亦同能不如相胜之意耶?"[2] 以"同能不如相胜"来解释李不填词而温为花间鼻祖,富于启发性,但显然不够全面,也还没有抓住问题的本质。

晚唐大诗人中,李商隐、温庭筠、杜牧为三座高峰,三大诗人中,有两大诗人参与到词体写作之中。并且其中的一位,即温庭筠出现大力写词、有意写词的现象,其词体写作的地位和影响,已经超越了其诗体写作,这充分说明了文学史的演进,日益向对词体的发展有利的趋势发展,也说明了温庭

---

[1] 曾昭岷等编著:《全唐五代词》,中华书局1999年版,第86页。
[2] [清]王士禛:《花草蒙拾》,唐圭璋编《词话丛编》,中华书局1986年版,第674页。

筠的出现，宣告了词体发生史的历史阶段已经初步完成。位居晚唐诗坛第一的李商隐不写词，也从另一个侧面说明了词体发生史的完成，还需要一定的时间过程，正像是一个生命的分娩一样，虽然相比于十月怀胎，几个小时的分娩过程，相对来说，不过是短短的一瞬，但它毕竟是个时间的过程。从六朝乐府诗的开始孕育，可以视为词体发生史母体的准备时期，李白天宝初年的词体创制，可以视为词体生命的珠胎暗结，从李白到白居易的词体写作，将近百年的时光，可以视为十月怀胎的过程，此后胎儿在腹中日益成长，从温庭筠大力写词，到五代两个宫廷的词体写作，则可以视为词体发生史生命的一朝分娩。

李商隐作为一个时代的大诗人而不写词，这将成为文学史的最后一道风景线。除了晚唐后期，由于战乱的原因，词体发生、发展赖以生存的享乐文化背景被外力打破，晚唐诗人没有以延续词体兴盛的势头为主流趋势，但仍有韦庄等人成为历史的链接点。到了五代时期，一旦有了一块安静的土壤，新兴的词体文学立刻得到了广阔的发展空间，西蜀文人们云起影从。于是，在相当长的一个历史时期之内，不仅不再发生大诗人不写词的现象，而且，会出现颠倒过来的文化现象，那就是：以词体写作为特色而很少写诗，甚至不写诗的专业词人大量出现，从柳永到周邦彦，再到辛弃疾、吴文英，都是如此。

6. 温庭筠的个案原因：由于安史之乱造成的对原有社会形态的解构，中晚唐以降，雅文化与俗文化呈现日益分化的局面，这种情况如同刘尊明先生所说：晚唐"城市社会则呈现出畸形繁荣的景象。与此相适应，这个时期的社会文化也进一步朝着内倾化、世俗化、享乐化、感伤化的方向转变和迈进"，由初盛唐的那种"外倾型"和"事功型"转向了"内倾型"和"享乐型"，"其中一个明显的事实便是这个时期士大夫文人蓄养家妓、狂游狎邪的生活和风气更加普遍和盛行；这个时期文人的审美追求也转向了世俗生活和官能享受，表现出由雅入'俗'、以'俗'、'艳'唯美的审美新趋向。"[①] 这是不错的，但问题的另一个方面，雅文化在俗文化日益发展的同时，也同时向其深化的，

---

① 刘尊明：《唐五代词史论稿》，文化艺术出版社2000年版，第130—131页。

或说是向纵深的方向发展。这种雅、俗之间的分野和消长，表现在文学上就是：一方面，俗文化，包括变文、俗讲、说话、戏剧、戏曲等叙事文学蓬勃兴起；另一方面，源远流长的中国诗歌，不论俗文化怎样兴起，一时之间，还不能取代其文坛霸主的主流地位（这种取代过程，一直需要延续到金元时代，才能真正实现）。它对新兴俗文化的接纳，主要体现在其内部，开始容纳了叙事诗，如白居易的《长恨歌》《琵琶行》和一些新乐府叙事抒情诗的出现；另一方面，就是接纳了新兴的曲词文学，在诗歌的艺苑内，开辟出一块新的园地，以适应新兴的审美思潮。同时，诗本体作为高雅的文化代表，继续着其自身的演进历程。李商隐写诗而不写词，温庭筠两者皆作而以后者为特色，正是这种文化史、诗歌史雅俗分流的集中体现。

关于温庭筠生平，先看看飞卿小传。

温庭筠，本名歧，字飞卿。太原祁人，唐初宰相温彦博的后裔。大约在他父亲时，家道已经没落，事迹不闻。屡试进士不第，约在48岁时才获授隋县尉。其后，曾为幕府僚吏，任方城尉，至国子助教。他年轻时苦心学文，才思敏捷。晚唐考试律赋，八韵一篇，据说他叉手一吟便成一韵，八叉八吟即告完篇，人称"温八叉""温八吟"。精通音律，善鼓琴吹笛，为侧艳之词。但他喜讥刺权贵，多触忌讳，又不受羁束，纵酒放浪，因此不为时俗所重，一生坎坷，终身潦倒。[①]

再参看刘学锴先生《温庭筠系年》：归纳飞卿生平，依照刘说，温实际出生地为吴中，旧乡在吴中松江附近，太湖之滨。其自称曰"江南客"，至江南曰"归"曰"回"。"飞卿在江南日久，俨以江南为故乡矣"。出生时间推算为德宗贞元十七年（801），二十八岁之前都在吴中生活，当年有出塞之游，由长安出发，沿渭河西行，估计在边塞时间，在一年以上。（参见陈尚君《温庭筠早年事迹考辨》）唐文宗大和四年（830），入蜀，随后有《锦城曲》，三十二岁，在长安，《觱篥歌》题下注："李相伎人吹"，李相指李德裕。大和九年（835），旅游淮上。文宗开成元年（836），因李翱推荐，开始从太子永游，在长安。武宗会昌元年（841），于长安赴吴中旧乡。两年后，返回长安。

[①] 万云骏：《中国大百科全书·中国文学》，中国大百科全书出版社1986年版，第926页。

宣宗大中元年（847），春游湖湘。第二年，在长安。大中四年应进士试未第，大中七年（853），未第，八年，游河中幕，九年应进士试未第。大中十年（856），贬隋城县尉，旋居襄阳幕，直到懿宗咸通元年（860），皆为襄阳幕，岁杪赴江陵。咸通二年（861），在荆南节度使萧邺幕。翌年，闲居长安。咸通六年（865）任国子监助教。翌年，主秋试，冬，贬方城尉，旋卒。①

《旧唐书》记载：

  大中初，应进士。苦心砚席，尤长于诗赋。初至京师，人士翕然推重。然士行尘杂，不修边幅，能逐弦吹之音，为侧艳之词，公卿家无赖子弟裴诚、令狐缟之徒，相与蒱饮，酣醉终日，由是累年不第。②

  徐商镇襄阳，往依之，署为巡官。咸通中，失意归江东，路由广陵，心怨令狐绹在位时不为成名。既至，与新进少年狂游狭邪，久不刺谒。又丐索于扬子院，醉而犯夜，为虞候所击，败面折齿，方还扬州诉之。令狐绹捕虞候治之，极言庭筠狭邪丑迹，乃两释之。自是污行闻于京师。庭筠自至长安，致书公卿间雪冤。属徐商知政事，颇为言之。无何，商罢相出镇，杨收怒之，贬为方城尉。③

正是温庭筠这种苦难人生的缩影。漫长岁月的浪迹于江南，"与新进少年狂游狭邪"的放浪，"污行闻于京师"的政治名声，都使温庭筠必然地走向了当时已经由宫廷酒宴、地方州府家宴而走向青楼楚馆歌舞表演的曲词文学。而他"能逐弦吹之音"，"善鼓琴吹笛，云：'有弦即弹，有孔即吹'"的音乐才华，④以及"烛下未尝起草，但笼袖凭几，每赋一韵，一吟而已，故场中号

---

① 刘学锴：《温庭筠系年》，《温庭筠全集校注》（下册），中华书局2007年版，第1311—1351页。
② ［后晋］刘昫等：《旧唐书·温庭筠传》，中华书局1982年版，第5078—5079页。
③ ［后晋］刘昫等：《旧唐书·温庭筠传》，中华书局1982年版，第5079页。
④ ［元］辛文房：《唐才子传》，京华出版社2000年版，第172页。

为温八吟"①的文学才华,遂使温庭筠成为了花间之鼻祖,成为词体发生史初步完成之标志。

第三节 飞卿词的本质特征及其形成原因

一、飞卿词兼有应制和应歌两大形态

温飞卿虽为落拓文人,但他受宰相令狐绹之托写作一组《菩萨蛮》,说明了他与上层显贵的关系,而令狐索取词作,正是要供奉宣宗皇帝享用的:"乐府纪闻曰:唐宣宗爱唱菩萨蛮,令狐相公假温庭筠修撰二十阕以进。令狐戒勿泄,而温言于人,由是疏之。"②飞卿词的内容和形式之所以吻合贵族文化的气息,正与飞卿之与宫廷文化,以及令狐相公代表的贵族文化有着千丝万缕的联系有关。同时,飞卿词也具有应歌的性质:温庭筠的交游,在浪荡中与歌伎优伶建立了深厚的情谊,这就使他的词作带有应歌的元素。前文所引《旧唐书》谓其"能逐弦吹之音,为侧艳之词,公卿家无赖子弟裴诚、令狐缟之徒,相与蒲饮,酣醉终日","逐弦吹之音,为侧艳之词",③正是应歌的典型特征。它说明了飞卿的写作目的虽然是针对皇帝与宫廷,但写作的手段却有应于歌者、合于歌者的音乐因素。温词词风香软,其原因正在于飞卿全力体会宫廷气息,而又极力追求合于花间尊前演唱的氛围,最终形成"别是一家"的飞卿词的性质。飞卿词的应制与应歌兼有的体性,是促成飞卿大量成功填词的重要因素之一。

飞卿词的应制应歌兼有的两大因素,使飞卿有能力由原先的少量用调而为广泛使用词调。飞卿共有二十词调,其中十五调可视为其首创:其中原属唐教坊曲,自飞卿始用作词调的计有:《定西番》(三首)、《南歌子》(七首)(单调23字或26字、双调52字,杂言单调始于飞卿)、《女冠子》(二首)(分小令长调,小令始于飞卿,长调始于柳永)、《归国遥》(二首)(有34字、42字、

---

① [五代]王定保:《唐摭言》卷十三,上海古籍出版社1978年版,第145页。
② [清]沈雄:《古今词话》,唐圭璋编《词话丛编》,中华书局1986年版,第751页。
③ [后晋]刘昫等:《旧唐书》卷一百九十下,中华书局1982年版,第5078页。

43字诸体，飞卿二首皆42字）、《酒泉子》（四首）（有多种体格，飞卿词四首，前三首皆为40字，第四首为41字）、《河渎神》（三首）、《荷叶杯》（三首）、《遐方怨》（二首）（单调始于飞卿，双调始于顾敻、孙光宪）、《诉衷情》（一首）、《思帝乡》（一首）、《番女怨》（二首）、《河传》（三首）（调名始于隋代，词体创自飞卿）；自度曲：《更漏子》（六首）、《新添声杨柳枝》（二首）（始见于《云溪友议》）、《玉蝴蝶》（一首）（小令始于飞卿，长调始于柳永）、《玉楼春》（即飞卿诗集中的《春晓曲》）等。①

温、柳之词，相对于张先、晏欧、苏轼等的士大夫词，按照王国维的说法，可以说是"伶工之词"。但若进一步区别飞卿词与柳永词的不同，则柳永的应歌，主要是面对教坊和歌唱者，而飞卿的应歌，主要是写给皇帝和贵族欣赏的，这从他受宰相令狐之托写作一组《菩萨蛮》的记载中可知，又从效仿他的花间体词人的贵族身份的构成可知。

飞卿《菩萨蛮》，直接继承的源头，为李白的《菩萨蛮》同调，如万树《词律》所说："此调本青莲创制"。②此调前两句皆为"平平仄仄平平仄"，一三两字，可平可仄，两仄韵。③此一类现象为近体诗格律所无，有可能此曲为同样一句曲调重复的词调记录。飞卿《菩萨蛮》，大体从太白。同时，飞卿词正是由于具有为宫廷贵族服务以及应歌写作的指向，才实现了词体主人公女性化的全方位转化。《花间集》所收飞卿词66首，其中61首的主人公为女性，只有5首是行人、王孙、荡子、五陵年少等，以后《花间集》其余的17位作者的434首词，以女性作为主人公者为350首，可以看出飞卿词与花间词人在"艳科"方面的共同指向。飞卿词中多用金玉字面，正是由它的贵族词体特征所决定。如"金"字，成为飞卿词中最为广泛使用的字面，仅以《菩萨蛮》十四首为例：《其一》两处用金："小山重叠金明灭""双双金鹧鸪"，《其三》一处用金："翠钗金作股。钗上蝴蝶舞"。从温庭筠所存十四首《菩萨蛮》看，竟然有十二处用金，四次用玉，其他也使用女子化妆、水晶、宝函、画楼、鸾镜、麝烟等，可以说是金玉满眼，金碧辉煌。刘熙载说："温飞卿词精妙绝人，

---

① 由原门下研究生万露统计。
② ［清］万树：《词律》，上海古籍出版社1984年版，第26页。
③ ［清］王奕清等编：《钦定词谱》，中国书店2010年版，第76页。

然类不出乎绮怨。"①"绮怨"二字，正传达出飞卿词题材方面的基本特征：(1)是女性题材；(2)是女性中的贵族女性；(3)是贵族女性哀怨的主题。此三者正是笔者所说宫廷俗词在主题方面的具体内容，其显示了某种宫廷词共有的类型化特征。

二、细腻狭深的意象描写方式

1.采用唐诗的意象艺术体系，形成飞卿词的"意象中的意象"。唐诗的意象方式发展到晚唐以来，已经发展到极致，于是，宋诗开始了议论化、散文化的进程。词体同样也面临着意象方式与议论方式的抉择：在早期民间词和早期宫廷应制词中，其主体表达方式都是议论化的句式，显得抽象而乏味。从李白到白居易，优秀诗人的介入词体写作，使词体更多地借鉴唐诗的意象式方式，从而使词体具有了一定的文化品位。但飞卿之前的文人词，仍然是较为阔大的境界，如太白的"西风残照，汉家陵阙"，张志和的"斜风细雨不须归"，韦应物的"边草无穷日暮"等，都是唐诗风格的词。直到白居易的"月明人倚楼"，才奠定了飞卿词的细腻场景描写方式的先声。飞卿词的意象，可以称为"意象中的意象"。假如一个女人可以称为意象，飞卿则连使用"女人"这个概括性的意象也不肯，而是使用女人的服装、头饰等女人身体的一部分来暗示女性，因此，本文称之为"意象中的意象"。

这种特点，日本学者从修辞学的角度称之为"提喻"的修辞方法：(提喻)"从描写对象A中直接抽出其要素a，被抽出的a通过暗示A而成了A的提喻。"并例举"藕丝秋色浅。人胜参差剪。双鬓隔香红。玉钗头上凤"来加以说明，女性是由"衣裳"（第一句），"发饰"（第二句）②"两鬓与抹红的脸颊"（第三句）"簪""这五个要素的描写所提示的。"③所以，我们阅读飞卿词，会感到往往全篇都没有议论性的语汇，常常是特写镜头的组合，是细节的膨胀，正是这种"意象中的意象"的表征。

---

① ［清］刘熙载：《艺概》，上海古籍出版社1978年版，第107页。
② 此处的理解有误，此句的"人胜"指的是人日所剪的人形首饰而不是"发饰"。
③ 中原健儿：《温庭筠词的修辞——以提喻为中心》，王水照等编选《日本学者中国词学论文集》，上海古籍出版社1991年版，第125页。

2.场景的狭深。飞卿词采用意象中的意象方式，必然不能承载大的描写题目，也不会出现唐诗式的阔大境界，而是深入一个狭深的具体场景，且通常是室内场景，或者是院内场景。（这也正是笔者认为：胡应麟提出李白《菩萨蛮》风格为晚唐之说为谬误原因所在）

以《菩萨蛮》十四首为例，十四首中有十三首写室内场景，描写室内的词句计有："小山重叠"，"水晶帘里"，"蕊黄无限当山额"（由"宿妆隐笑纱窗隔"可知），"杏花含露团香雪"（由"觉来闻晓莺""玉钩褰翠幕"可知），"玉楼明月长相忆"（由"门外草萋萋"，"画罗金翡翠"等可知），"凤凰相对盘金缕"（由"明镜照新妆"可知），"牡丹花谢莺声歇"（由"背窗灯半明"可知），"宝函钿雀金鸂鶒"（由"鸾镜与花枝"可知），"南园满园堆轻絮"（由"枕上屏山掩"可知），"夜来皓月才当午"（由"卧时留残妆"可知），"雨晴夜合玲珑日"（由"闲梦""绣帘"可知），"竹风轻动庭除冷"（由"山枕隐秾妆"可知），"柳丝长"（由"红烛背"等可知），只有一首"翠翘金缕双鸂鶒"，写"池上海棠梨"的院内之景。总之，视野不出闺阁，虽小却细腻。"江上柳如烟。雁飞残月天"，这是飞卿词中少见的大景致，江、柳、雁、月、天，两句连缀五个意象，均是室外的，是飞卿词少有的大景致，但却是依附在"水晶帘里颇黎枕。暖香惹梦鸳鸯锦"的情爱场景背景之下，是女性视角中的别离场景。

3.连环画式的剪接方式，使之成为诉诸感官的文化。飞卿的这种意象方式，一方面是唐诗意象方式的发展，是唐诗文化的高级阶段，但另一方面，它的这种像是连环画式的剪接方式。从某个角度来说，又是诉诸感官的文化，比之于后来张先、苏轼式的士大夫文化，这种细腻的意象方式，更为适合贵族文化的口味，当士大夫要表达更为复杂的思想情感时，就会产生新的变革。譬如飞卿词《梦江南》（又称《忆江南》）：

梳洗罢，独倚望江楼。过尽千帆皆不是，斜晖脉脉水悠悠，肠断白蘋洲。

一共5句，每句都是一个画面，由5个画面组成蒙太奇，剪接为一个整体。它既是生动的，有趣味的，引人入胜的，同时，就文化史的宏观评判而言，又是诉诸感官的，感性的，浅层次的。相对于北宋中后期的以及南宋后期的词作来说，它还属于词体的少年时代。

三、造境虚拟的写作方式

说飞卿词是造境虚拟的写作方式，需要与前后词人相比较才可以见出，同时，我们也可以通过与前后词人的大略比较清理出两条大致的线索。由于词体在早期的发展中，以女性题材和女性视角为主，这就必然决定了虚拟写作为这一时期的主线索，而抒发士大夫怀抱的真实写作，构成了此时期的次线索。

词体由白乐天的"月明人倚楼"，到温飞卿的"独倚望江楼"，到宋初体中林逋的"罗带同心结未成"，都是这种虚拟写作的代表作。其特点是虚拟场景、人物、情节和心境，视角以虚拟的女主人公为中心，于是，由虚拟女性观照，一切莫非女性之色彩，这种写作方式构成了词体前期发展的主线索。由张志和的《渔歌子》发端，白居易的《望江南》和以韦庄代表的花间词人中辅助层次的词人词作等构成了次线索。从飞卿之前来看，张志和经历宦海风波，看破红尘，由待诏翰林而隐居会稽，故其词作《渔歌子》写隐逸，正是歌咏自身闲来垂钓江渚的愉悦；从飞卿之后来看，张先体则第一次大量以词体写作真实的士大夫日常生活，如《天仙子·公择将行》"坐治吴州成乐土，诏卷风飞来圣语"，《离亭宴·公择别吴兴》"此去济南非久，惟有凤池鸾殿"，其中"吴州""济南"的地点纪实，和"坐治吴州成乐土""此去济南非久"的事情纪实。这一线索，大多脱离具体的事件而以提炼的景物书写某种怀抱情趣，以词体抒发怀抱，成为张先体、东坡词等士大夫词的源头。

飞卿词为应制应歌所限，奠定词体的代言体以及造境虚拟写作方式，反而引发了词体新的变革，意即由实录之事到虚拟情事的写作。《菩萨蛮》（其二）的"江上柳如烟，雁飞残月天"，此虚拟之造景；"心事竟谁知"（其三），此虚拟之造情；"玉关音信稀"（其四），此虚拟之思念；"春梦正关情"（其四），此虚拟之春梦。

虚拟写作带来了"双双金鹧鸪"式的词体风貌。飞卿词华贵但缺乏生命的鲜活，正是由于飞卿词造情造景，虚拟女性，假想其闺中寂寞这一特点所决定的。因此，它具有普范性的天下所有金鹧鸪的华贵和成双结对的象征性，而不具有任何一只具体的具有生命的鹧鸪的鲜活。虚拟造境的写作，也带来了飞卿词的唯美主义的特质。有学者说："伶工之词创作目的是为她的，创作功能是应歌娱人、创作形式是代言体，因此审美状态是唯美而不动情的。"[①]这也是有道理的。

飞卿词为何要造情造景，以虚拟假想的方式来进行词体写作？主要原因可以概括为：(1) 应制应歌，为帝王写作，却并不熟悉宫廷生活，因此，只能通过造景造情，虚拟场景，这一点，与李白未入宫之前以乐府诗虚拟宫廷场景相似。宫廷，特别是帝王私宴所享受的艳歌乐舞，当为女性柔媚世界，势必选择词写艳科，写作虚拟的女性，写男人并不熟悉的女性生活题材，需要假想揣摩。(2) 就文学本质而言，由实录之事到虚拟虚构，是艺术形式的一种演进。因此，造境虚拟并不违背文学的本质特征。(3) 飞卿一生，才华盖世，虽怀经济之志，却一生沉沦下僚："自笑漫怀经济策，不将心事许烟霞。"(《郊居秋日有怀一二知己》)"谁言有策堪经世，自患无钱可买山。"(《春日访李十四处士》)飞卿怀才不遇之悲凉，世少知者，故飞卿每以诗悲歌之："茂陵不见封侯印，欲将书剑学从军。"(《苏武庙》)飞卿在词体中借助女性的孤独，书写自我的悲哀，具有总体的背景性。

四、浅层次的用典用事

飞卿词应制应歌的特性，促使飞卿词实现了由无意之作到有意之作的飞跃，同时也促进了飞卿词写作方式上的种种特性，譬如上述的虚拟造境的写作方式。同时，虚拟写作，而不是摹写现实的写作方式，使飞卿在写作的源头上失去活水源头，也就必然会推动飞卿词使用浅层次用典用事的修辞手法。

由于是虚拟写作，特别是写作作为一个男人并不是特别熟稔的女性题材，许多深入的细节和心理，飞卿并不能深入其堂奥，这就在客观上促使作者转向自己熟悉的用典用事方法来构成词作的基本要素。而应制应歌的本质，同时又限制着用典用事的深度，因为不论是宫廷中的听众还是演唱者，都不会

---

① 高峰：《花间词研究》，江苏古籍出版社2001年版，第147页。

有耐心去对深奥的典故和历史文化进行学理的探究。这样，浅层次的、巧妙的用典用事，就会成为飞卿词的选择。

这种情况也可以作这样的表述：造境写作的特征，决定着飞卿词的写作需要借助一定的才学修养，因为凭空而来的写作需要增进才学典故作为一个支撑。而听者之词的特征又决定着这种才学的使用，需要极大的控制，不能使用偏僻的、晦涩的、深奥的典故，即便是浅显的典故，也不能频繁地使用，以免失去绝大多数的听众。所以，飞卿之使用典故，是化用的、不着痕迹的、大众化的典故。

因此，飞卿常常会在古人的某些诗句上作出新的创造。也就是说，不是他自我的现实生活，而是前人的诗句，成为他创作的灵感，或说是成为他的基本语言方式——飞卿之作，多有从前人诗句化出者。如《水晶帘里颇黎枕》，全篇从薛道衡《人日》诗"人归落雁后，思发在花前"脱化而出；《更漏子》：

　　梧桐树。三更雨。不道离情正苦。一叶叶，一声声。空阶滴到明。

出自南朝何逊"夜雨空滴阶"（《临行与故友夜别》），或说是何逊这一句诗的放大，是加深加细之后的新境界[①]；如《菩萨蛮》(其六)："玉楼明月长相忆"全词以"玉楼"引出"相忆"，由张若虚《春江花夜月》诗："谁家今夜扁舟子，何处相思明月楼"化出；《梦江南》"梳洗罢"，从《诗经·卫风·伯兮》"自伯之东，首如飞蓬。岂无膏沐，谁适为容"化出。由于从一句化出一首，它也就有从容道出的空间。这些用典用事，也许并非作者的有意使用，有可能是潜意识的不自觉化用，但正是这种下意识的使用，才正好吻合了应制应歌受众的欣赏需要和审美需要。

飞卿之用典，尚在用典的初级阶段，其用典尚在较为浅层次的层面上。这一点，通过与后来者如张先、苏轼的使用典故，与更后者美成体、白石体、梦窗体的对比就可以知道。这也与飞卿词的贵族听者之词的应歌性质有关：苏轼等人由于具有士大夫雅词的性质，写作的对象或者是士大夫精英，或者

[①] 此处参用门下万露同学的说法。

是面对自我的抒发怀抱,故当东坡用典之时,可以通过使用典故来表达自我的深邃思想,而不必忌讳使用典故而产生的"隔"的问题。而到了白石体之后的用典,则是词人圈子内部的阅读,就更会以使用典故的深奥而为有意追求。飞卿词的用典,则是浅层次的使用,盖因其词主要是写给皇帝、贵族以及歌女所看,故其典故不多且浅。其具体使用情形,或如前文所举的从古人某句诗句中的化用;或者仅仅是借用前人的语词、人名等以方便于词体的表达,如"王孙":"系得王孙归意切,不关芳草绿萋萋",反用《楚辞·招隐士》"王孙游兮不归,春草生兮萋萋";或是作为某句具体描写的联想或是比喻,如"两两黄鹂色似金",用杜甫的"两个黄鹂鸣翠柳"。此两例都出自飞卿的近于七绝体的《杨柳枝》。

五、线型意象结构

贵族听者之词与造境写作的特征,制约着飞卿词的诸多其他特征:首先是它的写作顺序具有某种约定的必然性。有学者称柳永体的结构特点是"直线型结构",[①]其实,柳永的铺叙手法和"直线型结构"都与飞卿词有着某种渊源关系。柳词为市井伶工之词,故其铺叙和结构,采用了更为通俗、更为易懂的具有市民审美心理的写法。而飞卿词的贵族应歌的体性,使他的词采用的是一种意象线型结构和隐蔽的铺叙手法,从而形成了线型结构与含蓄性的统一。

我们仅以《菩萨蛮》前几首为例:《菩萨蛮》(其一):

小山重叠金明灭,鬓云欲度香腮雪。懒起画蛾眉,弄妆梳洗迟。 照花前后镜,花面交相映。新帖绣罗襦,双双金鹧鸪。

上片飞卿依次写了"小山""鬓云""蛾眉"和"弄妆",由眉间的化妆到鬓云,再到蛾眉,具有某种必然的写作顺序;《菩萨蛮》(其四):

宝函钿雀金鸂鶒(音希赤,一种水鸟),沉香阁上吴山碧。杨柳又如丝,

[①] 赵仁珪:《宋词结构的发展》,《北京师范大学学报》,1996年第3期。

驿桥春雨时。画楼音信断,芳草江南岸。鸾镜与花枝,此情谁得知?

顺序写"翠翘""双鸂鶒""水纹"等,由"双鸂鶒"这种水上动物(虽然是"金缕"的鸂鶒),到"水纹",再到"春池",再顶真写"池上海棠梨,雨晴红满枝",依次写来,构成隐蔽的意象线型结构。此外,如《梦江南》:

梳洗罢,独倚望江楼。过尽千帆皆不是,斜晖脉脉水悠悠,肠断白蘋洲。

也是依次书写望前的企盼、望时的孤独、望后的惆怅等,也是一种自然的流动,一种依次写下的流水线。

这种特点,使飞卿词具有某种阅读的预期之美。它的形成原因,既是由于凭空而来的虚拟写作,容易将描写对象依次写来。同时,它也是要适合"听者之词"音乐文学的特点的结果,让听者在欣赏歌词的瞬间先得到预期的审美,而不是如同诉之于视觉艺术的文字文学,需要反复的阅读和长时间的体会。而由于飞卿词所留下的文字是意象式的,这就又使其为阅读者留下无限的想象空间。也就是说,飞卿词首先具有音乐文学的审美特质,具有意象线型结构之美,同时,它也为诉之于视觉艺术的含蓄之美留下了空间。

与线形结构这一俗文化特征同时存在的,还有飞卿词的另一侧面,即具有含蓄之美,朦胧之美的特征。飞卿词与后来的美成体、白石体、梦窗体一派,有着某种渊源关系。它们都大体上可以归入唯美主义的范畴。这种特质的形成,与飞卿词的纯意象式有关,进一步的追溯,其原因更在于它的贵族听者之词的本质属性。因为,飞卿之词是写给贵族乃至皇帝本人的,它并不承担"诗言志"的沉重使命,也不愿意承担因意思明确而带来的种种后果,更不愿意因听者扫兴而使歌者和作者受到的牵累,所以,飞卿词选择了一种迷离恍惚的境界,处在与真实的现实世界似与不似之间的境地。如《菩萨蛮》(其六):

玉楼明月长相忆,柳丝袅娜春无力。门外草萋萋,送君闻马嘶。 画罗金翡翠,香烛消成泪。花落子规啼,绿窗残梦迷。

全词以"玉楼"引出"相忆",由"相忆"而"柳丝",由"柳丝"铺叙出"袅娜""无力",暗示女性的形体和思念的情态,因"相忆"而生出"门外"的场景和"送君闻马嘶"的铺写。下片写室内的"画罗""翡翠""香烛""花落""子规""绿窗""残梦"等。全篇完全以意象名词的依次铺叙,构成春梦迷离、缠绵悱恻、徘徊感伤的境界。它的强烈意象性使它具有朦胧美,而它的内在直线型结构,则标出理解其含义的坐标,使阅读者大体可以看出是写别离相思之情。

综上所述,飞卿词的种种特征,正是由于飞卿词作为应制应歌兼而有之的词体才得以形成的。由应制向应歌的转型,推动了词体的前进。因此,应制与应歌,非但不具有贬义性质,而且是推动词体产生和发展的动力,只有到了词体发展到新的阶段的时候,譬如张先体的应社出现的时候,应歌应制才成为了被改革的对象。

综上所述,飞卿词的种种特征,正是由于飞卿词作为应制应歌兼而有之的词体才得以形成的。由应制向应歌的转型,推动了词体的前进。因此,应制与应歌,非但不具有贬义性质,而且是推动词体产生和发展的动力,只有到了词体发展到新的阶段的时候,譬如张先体的应社出现的时候,应歌应制才成为了被改革的对象。

第五章

韦庄词

第一节 概说

从温庭筠去世的866年，到《花间集》的编集940年，中间似乎拉开了一个相当长的空档。对这个问题的思考，将会有助于对花间词之于词体发生意义的思考，以及对花间词和整个唐五代词的宫廷文化性质，会有一个更高层面的认知。由此，需要对韦庄这一连接温庭筠和花间词人群体的中间枢纽人物进行稍微深入一些的研究，才有可能厘清晚唐到五代之间的曲词发生史的最后完成过程。

第二节 韦庄生平

韦庄（？—910），关于韦庄生年，夏承焘《韦端己年谱》（以下简称《夏谱》）断在唐文宗开成元年（836），曲滢生《韦庄年谱》谓大中五年（851），刘星夜《韦庄生年考订》[①]谓大中元年（847），王水照先生《韦庄评传》采用《夏谱》。

韦庄，字端己，京兆杜陵（今陕西西安市）人，诗人韦应物五世孙。曾在长安和下邽（今陕西渭南县北）度过快乐美好的儿童时代。韦庄《涂次逢李氏兄弟感旧》诗说："御沟西面朱门宅，记得当时好兄弟"，《下邽感旧》诗说："昔为童稚不知愁，竹马闲乘绕县游。曾为看花偷出郭，也因逃学暂登

[①] 《光明日报·文学遗产》1957年5月26日。

楼"。① 成年之后，韦庄经历了漫长而曲折的科举求仕之路，数次应举皆以落第告终。黄巢之乱时，僖宗乾符六年（879），韦庄正应举长安，目睹战乱，中和二年（882）韦庄逃离长安，于中和三年（883）在洛阳作《秦妇吟》诗，有"内库烧为锦绣灰，天阶踏尽公卿骨"名句，时人号曰"秦妇吟秀才"。战乱期间，写有不少感时诗史之作，如《立春日作》："九重天子去蒙尘，御柳无情依旧春。今日不关妃妾事，始知辜负马嵬人。"② 又如此前在长安时期写作的《又闻湖南荆渚相次陷没》，他慨叹"战余空有旧山河"的景象，不满"天子只凭红旆壮，将军空恃紫髯多"的无能和无力，揭露"尸填汉水连荆阜，血染湘云接楚波"的惨烈，发出"几时闻唱凯歌还"的期待，在避乱洛阳期间，也多有诗作指斥时弊，如《赌军回戈》："昨日屯军还夜遁，满车空载洛神归"，揭露唐军无耻到连夜逃跑，归来时候却满载掳掠的美女归来。诗人与时代的命运息息相关，这一点，可以说是杜甫诗史精神的发扬和光大。

随后，韦庄避难到润州（今江苏镇江），在周宝府中当了幕僚。作为幕僚，他时常参加"满耳笙歌""满楼珠翠"的豪华夜宴。避乱江南时期，是否为韦庄曲词写作之始，值得研究。中和四年（884），黄巢民变平定，翌年三月，唐僖宗从四川还京，八个月后，河中节度使王重荣联合沙陀李克用进逼长安，僖宗不得不出奔凤翔。韦庄《闻再幸梁洋》诗中说："遥思万里行宫梦，太白山前月欲低。"僖宗光启二年（886）夏天，韦庄渡江北上，决心到凤翔迎驾，辅君复国。藩将们正在河南等中原地区厮杀，使他不得不折返建康（今南京）。此时，周宝已被部下驱除，韦庄移居婺州（今浙江金华）暂住。两年奔波，无功而返，如他在《解维》诗中所说："二年辛苦烟波里，赢得风姿似钓翁。"名篇《台城》即写于建康："江雨霏霏江草齐，六朝如梦鸟空啼。无情最是台城柳，依旧烟笼十里堤。"江雨霏霏，六朝如梦，烟笼长堤，诗人的无限感慨，凝缩在这风雨凄迷的眼前景物和无限联想之中。

在婺州乡间生活不到一年，韦庄从婺州西奔江西、湖南、转湖北，直达巫峡，这已经是唐昭宗大顺元年（890）的冬天了。种种原因，使他又折回婺州，他对故乡中原的思念越来越浓郁，《婺州水馆重阳日作》诗说："一杯今

---

① 中华书局编辑部点校：《全唐诗》，卷七百，中华书局1960年版，第8131页。
② 中华书局编辑部点校：《全唐诗》，卷七百，中华书局1960年版，第8076页。

日酒，万里故乡心"，《遣兴》诗说："声声林上鸟，唤我北归秦。"[1] 昭宗景福二年（893），韦庄在长安应试，再次落第。翌年再度应试，总算是考取进士。《喜迁莺》"街鼓动"写于此时。任校书郎。

昭宗乾宁三年（897），凤翔节度使李茂贞攻打长安，昭宗逃到华州，次年，四川藩将王建攻打东川，韦庄被任命为判官随李询入蜀。韦庄返唐后，又做过左右补阙，光化三年（900）七月，编成《又玄集》，续姚合《极玄集》之后，其选取标准以"清词丽句"为宗。天复元年（901），韦庄再次入蜀，应聘在王建府署中掌书记，自此在蜀十年，直至去世。后王建称帝，韦庄官至吏部侍郎、兼平章事。[2]

韦庄是个正统的士大夫，而且是颇有作为、颇有才华的政治人物，他的人生理想颇有学杜的意思，生前也常以"杜陵归客"自居，入川以后，特意在浣花溪寻得杜工部旧址，"因命芟夷，结茅为一室，盖欲思其人而成其处"，韦庄诗集名为《浣花集》，也是"杜陵所居之意也"。（韦蔼：《浣花集序》）这与温飞卿的"士行尘杂"等行迹，是有所不同的。韦庄有《浣花集》十卷。《花间集》存其词47首。另有《浣花词》辑本，存55首。

第三节　韦庄入蜀之前的曲词写作

韦庄最早的曲词写作发生于何时？韦庄的曲词写作，与飞卿词有何异同？由于唐五代时期的曲词写作，与作者的生活背景之间的关系不够密切，韦庄等人的词作也很难有比较准确的系年，这无疑给韦庄词写作过程的研究带来困难。但将韦庄曲词与诗作之间进行细致比对，仍然能从中寻绎出一些蛛丝马迹来。影响韦庄以一位诗人身份写作曲词的原因，主要二：

其一，是韦庄避乱江南的人生经历，北方中原战乱频仍，江南生活是相

---

[1] 以上参见中华书局编辑部点校：《全唐诗》，卷七百，中华书局1960年版，第8076、8080、8092、8093、8097页。
[2] 以上参用王水照《韦庄》，《中国历代著名文学家评传》，山东教育出版社1985年版，第733—747页。

对稳定的，自梁武帝以来，南朝的清乐艳歌，本身就有音乐歌舞的传统。在晚唐战乱的大背景下，江南的经济相对富庶，音乐歌舞的消费形式，率先从此前的宫廷消费、州县军镇消费，开始渐次转向市井消费。而音乐歌舞成为市井消费的一个重要组成之后，也会有力地反向推动宫廷音乐消费的进一步繁荣。韦庄在江南生活期间写作的《观浙西府相畋游》结句说："归来一路笙歌满，更有仙娥载酒行"，《陪金陵府相中堂夜宴》："满耳笙歌满眼华，满楼珠翠胜吴娃……却愁宴罢青娥散，扬子江头月半斜。"①可以说是对江南歌舞宴会盛行的记录。

其二，词体的形式艺术本身，为诗人提供了一种新兴的，能够更为深入表达内心感受的诗歌形式。近体诗这种形式，有着其先天的不足：譬如它的对仗、对偶，以及不能重复使用同一个字等规则，往往也限制了诗人向深处倾诉内心情感的表达需要。一般来说，近体诗的对仗，要求中间两联相互之间的涵义越远越好，否则就会有合掌之嫌。在表达一个女性的、柔媚的世界、细腻的情感的时候，词体则更为适宜。如韦庄《江上题所居》诗说："落日乱蝉萧帝寺，碧云归鸟谢家山"②，一联之内，往往不是一个空间，"萧帝寺"与"谢家山"形成对仗关系，这样势必就阻碍了情感在一个特定场景之下的深入抒发情感。对照韦庄曲词名篇《菩萨蛮》："人人尽说江南好，游人只合江南老。春水碧于天，画船听雨眠。 垆边人似月，皓腕凝霜雪。未老莫还乡，还乡须断肠。"其场景是确定的，那就是词人在"画船听雨眠"，还有同样在画船上的美丽女性："垆边人似月，皓腕凝霜雪"。词中出现"江南""还乡"的重复，这在近体诗中几乎是不允许的，而在词作中却不仅是正常的，而且是必要的修辞手段。

关于韦庄在入蜀之前的作品，吴世昌先生认为现存韦庄《菩萨蛮》中的前两首为江南之作。兹先抄录这一组词作五首：

其一

　　红楼别夜堪惆怅，香灯半卷流苏帐。残月出门时，美人和泪辞。

---

① ［唐］以上两诗见《韦庄集笺注》，上海古籍出版社2002年版，第165，155页。
② 以上两诗参见中华书局编辑部点校：《全唐诗》，卷七百，中华书局1960年版，第8097，8098页。

琵琶金翠羽，弦上黄莺语。劝我早归家，绿窗人似花。

其二

人人尽说江南好，游人只合江南老。春水碧于天，画船听雨眠。垆边人似月，皓腕凝霜雪。未老莫还乡，还乡须断肠。

其三

如今却忆江南乐，当时年少春衫薄。骑马倚斜桥，满楼红袖招。翠屏金屈曲，醉入花丛宿。此度见花枝，白头誓不归。

其四

劝君今夜须沈醉，尊前莫话明朝事。珍重主人心，酒深情亦深。须愁春漏短，莫诉金杯满。遇酒且呵呵，人生能几何。

其五

洛阳城里春光好，洛阳才子他乡老。柳暗魏王堤，此时心转迷。桃花春水渌，水上鸳鸯浴。凝恨对残晖，忆君君不知。

吴世昌先生认为："此词正作于八八二年至江南周宝幕府后，此时关中及中原均有战事，江南平静，故云：'人人尽说江南好，游人只合江南老。'其时长安尚为黄巢所占，故曰：'还乡须断肠'也。""下章'如今却忆江南乐'，庄至江南依周宝幕府已四十八岁，已非年少，则'当时年少'当指其年轻时曾游江南，此为第二次去。或庄在江南原有亲故，故黄巢时再去。末二句正说明此词在第二次赴江南途中作。"[①]关于吴世昌先生所说：韦庄在此次变乱江南之前，年轻时候还曾有一次漫游江南的经历，查韦庄年谱和有关史料，并无此类记载，再查韦庄其他作品，也无此前来过江南的痕迹。吴世昌先生之所以有此说法，是由于韦庄《菩萨蛮》第二首中有"如今却忆江南乐，当时年少春衫薄"之语。

韦庄《菩萨蛮》的第三首："劝君今夜须沉醉，樽前莫话明朝事。珍重主

---

① 吴世昌：《词林新话》，北京出版社2000年版，第95页。

人心,酒深情亦深。 须愁春漏短,莫诉金杯满。遇酒且呵呵,人生能几何。"吴世昌先生认为:"此首似在席上为歌女代作劝酒词。唱者为歌女,'君'指客。歌女为主人劝客酒,故曰'珍重主人心,酒深情亦深。'是劝客饮,故曰:'莫诉金杯满'。"①此作与第二首应该是联章而下的,前首说"醉入花丛宿",此首起句即云"劝君今夜须沉醉",正是吴世昌先生所说的"在席上为歌女代作劝酒词",也有可能是在酒席之上应歌女之请而代作,代言歌女,仿其声口。"须愁春漏短,莫诉金杯满",皆为眼前真实场景,"遇酒且呵呵,人生能几何",可以是代言歌女劝酒之词的继续,也可以理解为视角转换,词人深感于"有国有家皆是梦,为龙为虎亦成空"的悲哀,因此,随遇而安,放怀一醉。

《菩萨蛮》第四首:"洛阳城里春光好,洛阳才子他乡老。柳暗魏王堤。此时心转迷。 桃花春水渌。水上鸳鸯浴。凝恨对残晖。忆君君不知。"关于此词的写作时间,有两种截然相反的意见,一种是认为"此在洛阳有所忆而作",另外一种意见,认为此章第二句云"洛阳才子他乡老",其非在洛阳甚明。②其时,此词与前两首《菩萨蛮》联章而下,大意为:三月春时,我还在洛阳,(中和三年,883)("三月,在洛阳,作《秦妇吟》……本年四月甲辰李克用入京师,端己南游,必在本年四月前"),③享受着洛阳城里的美妙春光,现在我这个洛阳才子却要老于江南他乡。韦庄虽非洛阳人,但刚从洛阳南下,并在洛阳写作《秦妇吟》,以此闻名,自称"洛阳才子"当不为过。且词作并不排斥重复,反以重复为美,顺承"洛阳城里"一句而下,以洛阳代指北方中原地区,并不勉强。"柳暗"一句,情景仍在洛阳北方,并用自己此前所作的《中渡晚眺》诗典:"魏王堤畔草如烟,有客伤时独扣舷",④意谓:当年我曾作诗说:魏王堤畔,烟草凄迷,有游子伤时,而独叩船舷,却无人解会,而今魏王宫阙(暗指京城),更是战乱不已。这种心境,如同韦庄在《避地越中作》诗中所说:"岂知今夜月,还是去年愁",于是,诗人"雨花烟柳傍江村,流落天涯酒一樽",有了《菩萨蛮》的樽前花丛之作。下片转写外

---

① 吴世昌:《词林新话》,北京出版社2000年版,第96页。
② 吴世昌:《词林新话》,北京出版社2000年版,第97页。
③ 夏承焘:《唐宋词人年谱·韦端己年谱》,上海古籍出版社1979年版,第11—12页。
④ 《韦庄集笺注》,上海古籍出版社2002年版,第119页。

景,江南四月,桃花春水,鸳鸯沐浴,唯有客游江南的自己,孤独地凝视着落日残晖,蓦然间,一位一直令自己梦牵魂绕的"君"闪现在心头,而此君却全然不知道自己的这份牵念。君为何人?不可确指,也不必坐实。有可能指天子,代指对唐王朝安危的牵挂。或是"无人说得中兴事,独猗斜晖忆仲宣"之意,或是"胡骑北来空进主,汉皇西去竟升仙"的忧虑。也可以理解为一位深爱的故人,或为女性,或为男性。或如《忆昔》中所说的"西园公子名无忌,南国佳人号莫愁。今日乱离俱是梦,夕阳唯见水东流",或如《江上逢故人》中所说的"来时旧里人谁在,别后沧波路几迷"中的"故人",或如《章江作》所说的"故人书自日边来",或如《赠姬人》所说的"请看京与洛,谁在旧香闺"[①]。

还会有第三种可能,那就是韦庄在第一次避乱江南期间,与一位歌女发生恋情。这样来理解此四首《菩萨蛮》中的女性,应是在"画船听雨眠"中陪伴他的"垆边人似月,皓腕凝霜雪"的江南美女,可能与"忆君君不知"的"君"为同一位女性。总之,韦庄四首《菩萨蛮》,第一首应该是第一次到江南所作,可以视为韦庄最早的曲词作品,其中可能有借鉴李白词作的可能性,其余三首,则有可能为再次避乱江南所作。将"洛阳城里"一首视为洛阳之作,并不可靠。以笔者的研究,在九世纪下半叶,曲词仍然主要流行于江南地区,西蜀地区或者也已开始流行,尚需考察。其中除了李白入宫,以其对江南文化的熟谙,改造绝句声诗而为曲词,其余从张志和到温庭筠,皆在江南填写曲词,韦庄亦无能例外。

韦庄其余入蜀之前之作,如《归国谣》两首:"春欲暮。满地落花红带雨。惆怅玉笼鹦鹉。单栖无伴侣。 南望去程何许。问花花不语。早晚得同归去,恨无双翠羽";又,"金翡翠。为我南飞传我意。罨画桥边春水。几年花下醉。 别后只知相愧。泪珠难远寄。罗幕绣帏鸳被。旧欢如梦里。"吴世昌先生认为:这两首《归国谣》,皆为赴江南途中作。[②]如果吴先生所论为真的话,"惆怅玉笼鹦鹉",应该指前次避乱江南时候发生恋爱的歌伎,此时她也正是

---

① 以上参见中华书局编辑部点校:《全唐诗》,卷七百,中华书局1960年版,第8089,8111,8078,8108,8121页。
② 吴世昌:《词林新话》,北京出版社2000年版,第98页。

"单栖无伴侣",故云"南望去程何许",韦庄恨不能早些飞到江南,与这位"惆怅玉笼鹦鹉",早些双飞双宿。

《归国遥》第二首与前首也是联章而下,接续抒发未尽之意。因前词说"南望去程何许。问花花不语",遥想将来有"双翠羽",可以"早晚得同归去",此词接续来说:既然现在尚无双翠羽,就请"金翡翠",来"为我南飞传消息",传达我分别这几年的思念之情。《夏谱》在中和四年(884)下记:"后此三年,为光启丙午,端己自浙西往陈仓迎驾。则此三年间,仍居江南,为周宝客也。唐时之浙西道,今浙江旧杭嘉湖诸府及江苏旧苏松太等府州地属之","光启二年丙午(886),夏初,自浙西过汴宋路,欲往陈仓迎驾","光启三年(887),秋,过昭义相州路归金陵。"[1]根据这些记载,则韦庄心中所思念的这位女性,极有可能就在金陵。这样再来展读韦庄诗句中,多有涉及金陵之作,或是思念金陵之作,就容易理解了。譬如前文所引"落日乱蝉萧帝寺,碧云归鸟谢家山",题为《江上题所居》,显然是有一段时间居住在金陵。金陵为六朝旧都,故有"萧帝""谢家"之遗迹。如韦庄诗作《自孟津舟西上雨中作》:"却到故园翻似客,归心迢递秣陵东。"孟津,在洛阳北黄河南岸,北方战乱,兼有江南爱姬牵挂,因此,到了接近家乡的孟津一带,反倒有"似客"之感,归心在遥远的江东秣陵。《含山店梦觉作》:"曾为流离惯别家,等闲挥袂客天涯。灯前一觉江南梦,惆怅起来山月斜。"含山路在山西闻喜,说自己早已经是惯于流落的天涯游子,昨夜却忽然"灯前一觉江南梦",醒来之后,再也难以成眠:"惆怅起来山月斜"。正是思念秣陵,思念情侣而致。《过内黄县》:"犹指去程千万里,秣陵烟树在何乡。"内黄县在河南北部,为韦庄在相州思念江南之作。"秣陵烟树在何乡",秣陵所在何地,韦庄自然清晰,但将秣陵烟树,放在一起,就有了烟柳迷离之感,此处"烟树",就含有对秣陵烟柳下的家园的思念之意。《章江作》的"欲问维扬旧风月,一江红树乱猿哀"[2],也应有此意。此诗首句之"杜陵归客正装回",正当指自己,同诗中的"故人书自日边来",也就应该指爱姬之书信。"罨画桥边春水",罨画,杂色

---

[1] 夏承焘:《唐宋词人年谱·韦端己年谱》,上海古籍出版社1979年版,第13页。
[2] 以上参见中华书局编辑部点校:《全唐诗》,卷七百,中华书局1960年版,第8095,8096,8108页。

的彩画，这样来看，韦庄心目中的爱姬，当时定然是居住在有罨画装饰的桥边，"几年花下醉"，指两人曾经在这罨画桥边几年相守的岁月。下片"别后只知相愧"，正是倾诉自己在别离的日子里，多少次梦中相会而难以再眠的痛苦人生经历，自己曾经流下多少泪珠，只是"泪珠难远寄"而已。

理解了韦庄在金陵发生的恋情，才能读懂韦庄这一阶段的诗作，为何总是思恋秣陵，同时，也才能读懂韦庄的早期曲词之作。韦庄在回到金陵之后，周宝已经不在其位，韦庄也难以继续其幕僚的生活，因此，应该是旋即客居婺州。《唐才子传》记载韦庄："携家来越中"，婺州在今浙江金华，所谓携家，是否正是携此爱姬，有待进一步考察。

第四节　韦庄入蜀之后的曲词写作

韦庄入蜀之后，与爱姬的恋情故事还在延续。传为韦庄爱姬被王建锁于深宫，故有深警词作："庄有宠人，资质艳丽，兼擅词翰。建闻之，托以教内人为辞，强夺去。庄追念悒怏，每寄之吟咏；《荷叶杯》《小重山》《谒金门》诸篇，皆为是姬作也。"[1] 对于韦庄的这个故事，一向作为传说，读者多是抱着半信半疑的态度来对待，现在看来，此事确为真实之历史。不仅如此，这个爱姬，还深刻影响了韦庄的曲词写作。我们就以《本事词》所提供的线索，来加以探究。

《荷叶杯》两首："绝代佳人难得。倾国。花下无见期。一双愁黛远山眉。不忍更思惟。　闲掩翠屏金凤。残梦。罗幕画堂空。碧天无路信难通。惆怅旧房栊。"韦庄入蜀之后的宠人，是否就是在江南深爱的歌女，还是韦庄在入蜀之后的新宠，这也许并不重要。重要的是从这些信息中能了解到韦庄曲词写作与温庭筠虚拟爱情写作，有着极大的不同，从而理解韦庄曲词写作的一个基本背景已经是一个学术史的进步。总之，这位爱姬，深得韦庄挚爱，又被王建以教内人为辞，锁于深宫，看来确实是"资质艳丽，兼擅词翰"。这首

---

[1]　[清] 叶申芗：《本事词》卷上，古典文学出版社1957年版，第38页。

《荷叶杯》，应该是爱姬入宫之后思念之作。"一双愁黛远山眉"，正面摹写了绝代佳人之美。下片"碧天无路信难通。惆怅旧房栊"，皆应为写作自身的思恋之情。"碧天无路信难通"，可以视为"咫尺画堂深似海"的别样说法；"不忍更思惟"，则是"不忍把伊书迹"的别样表达。《荷叶杯》第二首："记得那年花下。深夜。初识谢娘时。水堂西面画帘垂。携手暗相期。　惆怅晓莺残月。相别，从此隔音尘。如今俱是异乡人。相见更无因。"此首词作，通过回忆的方式，正面描述了两人"初识谢娘时"的情况，是"水堂西面画帘垂"；下片，则诉说相别的痛苦心境，从"如今俱是异乡人，相见更无因"的意思来看，此姬很有可能是韦庄携带入川的，但是否就是金陵之女，仍然不能确认。

再看《谒金门》两首："春漏促。金烬暗挑残烛。一夜帘前风撼竹。梦魂相断续。　有个人儿如玉。夜夜绣屏孤宿。闲抱琵琶寻旧曲。远山眉黛绿。"此一首是从对方着墨，凝神想象爱姬"夜夜绣屏孤宿"的景况。韦庄与爱姬之间，由于有着漫长岁月的相互爱慕，不同于一般嫖客买春买醉，也不同于一般士大夫的妻妾关系。传说爱姬在深宫中并未屈从王建，而是郁郁死去，因此韦庄的这一描写，也就不是空穴来风。"闲抱琵琶寻旧曲"，说明此姬精通音乐，"寻旧曲"，含义深远，暗指对自己的思恋。"远山眉黛绿"，则是对爱姬悲愁形象的特写定格。

《谒金门》的另一首，比较有名："空相忆。无计得传消息。天上嫦娥人不识。寄书何处觅。　新睡觉来无力。不忍把君书迹。满院落花春寂寂。断肠芳草碧。"这首曲词将韦庄与爱姬的这种思念的本事背景，揭露无疑。"空相忆"，说得非常直白，盖因韦庄与爱姬之间，爱得深沉，思念得痛苦，故并不需要修饰。"无计得传消息"，也是白话倾诉，明白如话，却能感人至深，非有真实本事不能道出。"天上嫦娥人不识"，意在说明，此姬之美，此女之妙，乃如天上嫦娥，若到人间，凡人并不能欣赏其妙处，言外之意，唯有自己能体会出爱姬之美之妙，但却"寄书无处觅"。此等话语，已经将韦庄与爱姬之间被外力强行拆散的爱情，描绘得此等深刻，绝非传说故事也。

再看《小重山》："一闭昭阳春又春。夜寒宫漏永。梦君恩。卧思陈事暗消魂。罗衣湿，红袂有啼痕。　歌吹隔重阍。绕庭芳草绿，倚长门。万般惆怅向谁论。凝情立，宫殿欲黄昏。"这是一首将思念对象直接指向深宫的词作，其中宫廷色彩，特别是后宫深院的指向非常清晰："昭阳""宫漏""重闱""长门""宫殿"等，或用历史典故，或用直接摹写，让阅读者有一种词人长久站立在宫殿门外，倾听着歌吹之音，透过重重深宫传出宫外，一直到宫殿欲黄昏的感觉。但这仅仅是下片所描述的场景，结合上片来看，这种凝情而立，是从昨夜就开始的，昨夜"夜寒宫漏永"，词人在半睡半醒的痴迷状态下，眼前浮现出许许多多的陈事，令他消魂，令他痛苦，也令他得到片刻的欢娱，一直到罗衣被泪水打湿，一直到红色的衣袖上，处处都是泪水的痕迹。

除了以上由《本事词》明确记载的词作之外，韦庄还有一些曲词，应该是这一背景、这一本事之下的作品。如《应天长》中的一首："别来半岁音书绝。一寸离肠千万结。难相见，易相别。又是玉楼花似雪。　暗相思，无处说。惆怅夜来烟月。想得此时情切，泪沾红袖黦。"应该是爱姬入宫半年之后的作品，词说"别来半岁音书绝"，与其他有关书信的句子是连贯而下的，可以参看阅读。"又是玉楼花似雪"，则是晚春季节。"暗相思，无处说"，则写出了无可言说，唯有写词倾诉的心境。

再如《清平乐》："野花芳草。寂寞关山道。柳吐金丝莺语早。惆怅香闺暗老。　罗带悔结同心。独凭朱栏思深。梦觉半床斜月，小窗风触鸣琴。"这是一首以忏悔的方式，写出对对方的思念之情。"罗带悔结同心"，为何后悔有这段情爱？是由于词人无数次地"独凭朱栏思深"，无数次地在夜半中惊醒，呆看着半床斜月，倾听着夜风触动着鸣琴。此词可以与韦庄诗作《含山店梦觉作》对照来读："灯前一觉江南梦，惆怅起来山月斜"。诗歌也是描述由于梦到江南，梦到心中的恋人而惊醒难眠，但却是情人相思，很快可以相见，而词作却只能依靠回忆往事来抚慰痛苦。

从古人以男权为中心的妻妾制度而言，韦庄的爱应该是多人的，而非集中于对一位女性的爱，从这个角度来考虑，韦庄诗词中表述的爱情，也许也应该是多人的，此姬非彼姬。但从韦庄词作诗作所显示出的真挚之爱和相思之苦，以及韦庄诗词中所显示出来的紧密的呼应关系来看，则韦庄之爱又可能一直是对一位女性的挚爱。这当然不影响他另有妻室家小。飞卿笔下的艳科词作基本皆为虚拟的，而韦庄的词作其中有相当的比重，来自他现实生活中的真实情感。虽然如此，韦庄的曲词，主要是在情爱主题方面，写出了他人生中的某些真实，如当他进士及第的时候，写作了两首与诗体形式相似的词作《喜迁莺》"人汹汹"和"街鼓动"，表达他"春风得意马蹄疾"的快乐心情。而韦庄在诗作中显示出来的儒者襟怀和政治关注，并未在曲词中有所反映。这也说明，曲词在晚唐五代时期，诗客曲子词的所谓诗人介入，是有限度的。

由上所述，可以知道，韦庄并非入蜀之后才开始写词，而是在入蜀之前，已经在江南生活的岁月中逐渐接受了曲词写作的习惯，但入蜀之前的词作，更多是词人人生经历中的真实表现，入蜀之后，除了有写给爱姬的大量思念之作外，还有一些其他类型的词作。在韦庄入蜀之后若干年，花间词人群体崛起，唐五代曲词的发生史，不再是一个词人一个词人地渐次出现在曲词写作的平台上，而是忽然出现十余位词人"广会众宾，时延佳论"的集团性写作。曲词发生史的这一质变点，就其时间来说，发生于十世纪的前四十年，也就是韦庄入蜀之后的若干年之中；就地点来说，也是韦庄所在的西蜀。因此，不妨说，西蜀曲词兴盛的原因，既有西蜀同江南一样的都市繁华，歌舞文化兴盛，其中也不乏韦庄承上启下的开启作用。有学者说："王建入蜀后，西蜀在文学上的成就最高的是词，这与西蜀的文化环境相一致。也是因为有了韦庄，才使词体文学在西蜀异常发达……中原战乱，而蜀地偏安，文人士大夫以追逐放纵享乐为能事，整个社会趋向对女性美的内在追求与外在的欣赏。由是，特别适应这种氛围的词体文学，便畸形地成长起来了……蜀后主王衍曾选唐诗为《烟花集》，'集艳诗'二百篇，五卷'[1]……韦庄入蜀后，官至宰相，而文学创作，则由感慨深沉一变而为浅斟低唱。"[2] 韦庄为何入蜀之后，文学创作由以前的感慨深沉一变而为浅斟低唱？除了随着大唐帝国的日薄西山，无可挽回的颓势，各地连绵不止的战争，是否还有自身的爱妾都不能保全的原因，这些因素可能共同构成了韦庄的心态转型和文学创作风格的转型。

韦庄这个时期的词作，如《清平乐》："何处游女。蜀国多云雨。云解有

---

[1] 原引［明］胡震亨：《唐音癸签》卷三十一，第321页。
[2] 胡可先：《唐代重大历史事件与文学研究》，浙江大学出版社2007年版，第620页。

情花解语……住在绿槐阴里，门临春水桥边"，描写西蜀游女的美丽。《怨王孙》："锦里，蚕市，满街珠翠，千万红妆。玉蝉金雀，宝髻花簇鸣珰，绣衣裳。　日斜人去难见。青楼远。队队行云散。不知今夜何处，深锁兰房。隔仙乡"，描写了西蜀商业的繁荣，歌舞夜文化的繁荣，为前文提及的西蜀曲词繁荣的社会文化风俗提供了背景资料。

韦庄是携带着江南生活期间的情爱词的写作经验来到西蜀的，因此，韦庄的情爱曲词写作，也就会成为一种惯性的必然，而他自身的爱情经历和"不在马上，而在闺房"的时代风尚连接，就自然地形成了以艳科为主体的词体写作。温飞卿的那种对慵懒女性及其心境的摹写，也同时多在韦庄词作中出现："琐窗春暮。满地梨花雨。君不归来情又去。红泪散沾金缕。　梦魂飞断烟波。伤心不奈春何。空把金针独坐，鸳鸯愁绣双棻。"散漫在曲词中的，是一种淡淡的、莫名的伤感，可能是思恋，可能不过是寂寞无聊的闲愁，这正是飞卿体的延续。"空把金针独坐"的审美画面，以后，又被柳永传承下去，成为一种新的美学风尚。其余类似《浣溪沙》中的"清晓妆成寒食天""欲上秋千四体慵"等，皆是如此类型。

前文所引的有关韦庄文学转型，以及西蜀之所以曲词繁荣的原因，还有一条非常重要的原因，那就是曲词的宫廷文化问题。本书稿所陈列的种种资料表明，曲词原本是宫廷文化的产物，是盛唐以来帝王音乐歌舞的主要消费形式，一直到晚唐五代乃至宋初，曲词都还一直携带着宫廷文化的胎记印痕。换言之，不是韦庄当上了宰相就发生了文学风格的转换，而是由于他身居高位之后所带有的宫廷文化性质，从根本上制约了他的文学创作，从以前的诗歌写作转向了曲词写作，并且他的词作也就从以前的真实情爱写作，转向了带有宫廷气息的艳科曲词。温庭筠由令狐丞相之中介，使飞卿模拟虚构宫廷曲词的慵懒华贵词风，而韦庄在经历了漫长的杜甫诗史式的人生经历之后，终于在晚年位极人臣，在曲词的宫廷文化属性上，以这种方式和飞卿体取得了共鸣，从而共同成为了花间词派的两大领军人物。

同此，北方中原地区由于战乱，大量的文人士大夫辗转到西蜀、江南等地避乱，这些士大夫诗人，进入到宫廷之后，与原有的宫廷文化结合，于是，发生了西蜀花间和南唐词的繁荣和飞跃，从而实现了唐五代宫廷文化下的曲词发生的最后繁荣。其中温庭筠和韦庄之间，呈现了既为相同相似相承，又区别、反拨、革新的辩证关系。

韦庄之所以在飞卿体之外，另外开辟了士大夫词的途径，不仅有词体内在原因，更有其个人遭际的原因。韦庄和温庭筠齐名，在花间集中为大家。其词除了带有花间艳词的普遍风格外，又有自己的显著特点。与温词的"男子而作闺音"不同，韦庄词多抒写个人的真情深意，从仿情之篇变为达意之作。韦庄词中的华贵之气较温词为弱，因此，少了金玉之气的滞重，而另有一种疏朗秀美之致，创花间词的另一风格。韦庄体在花间体中，是作为温花间体的对立物存在的。它体现了词体在从诗体母亲子宫中变体为词之后之于诗体母亲的遗传，是词体婴儿诞生之后的恋母情结，是士大夫戴着面具"男子而作闺音"之后，士大夫男性本色的自然流露。因此，温体多妇人绮怨而韦体多自我情怀；温体多华丽而韦体多质朴；温体如"画屏金鹧鸪"，韦体如"画船听雨眠"；温体更多是对词体特质的建树，韦体则潜伏着词体回归诗体的因素。就具体而言，飞卿体的血缘后裔是柳体，韦体则与南唐体有着某种亲子关系。刘熙载说："温飞卿词精妙绝人，然类不出绮怨。韦端己、冯正中诸家词，留连光景，惆怅自怜。"① 正是此意。

飞卿体是代言体的，韦庄体则除了代言体（如"妾拟将身嫁与"之代少女立言）之外，也多有自我抒发怀抱之作；飞卿体多是没有自我、没有具体情事的共性普泛之作，韦庄体则多有写作背景，多有自我写照之作。因此，就风格而言，韦庄作为花间体之成员，也有飞卿体金碧香软的一面，但确实更为灵动鲜活。以《全唐五代词》韦庄的前十四首为例考察，与飞卿对比：《浣溪沙》四首，没有使用金玉字面；《菩萨蛮》五首有两次使用金字："琵琶金翠羽，弦上黄莺语""翠屏金屈曲，醉入花丛宿"（用李白词句）；《归国遥》："金翡翠，为我南飞传我意""日落谢家池馆，柳丝金缕断"；《应天长》使用"金凤"："画帘垂，金凤舞。"同为前十四首，韦庄仅出现五处，金玉字面大大减少。同时，出现士大夫生活之用语，如："忆来惟把旧书看""劝君今夜须沉醉"等。

---

① ［清］刘熙载：《艺概》，上海古籍出版社1978年版，第107页。

温词所写，基本上是虚拟的贵族女性的情爱场景与寂寞慵懒心境，而韦庄所写，已经多为真实。其真实又可以分为几种：韦庄词代表作之一《浣溪沙》："夜夜相思更漏残。伤心明月凭栏杆。想君思我锦衾寒。　咫尺画堂深似海，忆来惟把旧书看。几时携手入长安。"与《谒金门》"新睡觉来无力，不忍把君书迹""一意化两，并皆佳妙。"①虽在男女情爱的主题之中，但却是没有了女性氛围的情爱，没有了贵族女性的闺房器物，也没有了女性形象的描摹。倒是增益了精神的思念，多了咫尺画堂而不能相见的憾恨和惟能把书相看的行为，可以说是在男女相思主题内部的某种变异，这是一种。

另一名篇《菩萨蛮》：

> 人人尽说江南好，游人只合江南老。春水碧于天，画船听雨眠。　垆边人似月，皓腕凝霜雪。未老莫还乡，还乡须断肠。

其中虽然也有似月之垆边人，虽然也美丽得皓腕如凝霜雪，但也不过是思乡之主人公倾诉思想情怀的道具陪衬而已。那不得不终老江南的词人，只能在春水碧天的美景中，在画船听雨的寂寞中，在肌肤凝脂的美色中，消遣自己永难消弭的思乡之情，这是另一种，也是韦庄词最具开创性的品类。

这两种有着共同的特点，那就是其词作所写，都与韦庄个人真实生活有关，其词体主人公就是词人自我。

第三种则是女性视角。说韦庄将男子而作闺音的女性视角一变而为男性视角，这也是不全面的。韦庄的一些名作，也多有女性视角。如《思帝乡》："春日游，杏花吹满头。陌上谁家年少，足风流。妾拟将身嫁与，一生休。纵被无情弃，不能羞。"是从纯情少女的内心视角来写；又如《木兰花》"独上小楼春又暮"，虽然也是女性思念的主题，却不曾涉及皇宫贵族女性的身份，也不曾牵涉生理感受的寂寞，而是集中在精神上的思念。"千山万水不曾行，魂梦却教何处觅"的视野就更为广阔，为将来晏欧一派的士大夫情爱词开了法门。可知，即便是与飞卿相同视角的种类，也是同中有异。

---

① ［清］况周颐：《餐樱庑词话》，王兆鹏主编：《唐宋词汇评》唐五代卷，浙江教育出版社2004年版，第205页。

以《花间集》卷一22首中的前10首为对象进行量化分析，《浣溪沙》五首，三首为男性视角写对女性的思念，两首为对女性的描述："清晓妆成寒食天""欲上秋千四体慵"；《菩萨蛮》五首，有一首从男性视角写男女之别："残月出门时，美人和泪辞""琵琶金翠羽，弦上黄莺语。劝我早归家，绿窗人似花"。其余四首分别写"未老莫还乡"的乡思，写"如今却忆江南乐，当时年少春衫薄。骑马倚斜桥，满楼红袖招"的士大夫人生回忆；更有士大夫式的抒发怀抱："劝君今夜须沉醉，尊前莫话明朝事。……遇酒且呵呵，人生能几何"的以诗为词的全篇议论。所以，在这部分中，诗体的属性、士大夫词的属性占据了主要的位置。

韦庄的意义，不仅仅是作为花间体的另一种方式存在，而是花间体在经过韦庄体之后，才标志了飞卿体真正得到了士大夫的确认。非但如此，他还适时地将飞卿体的以表现女性生活情感为主的女声歌唱，注入了男子的近似于女性化的情感状态以及语言材质上的纤细优美的特征。这样，花间体才得以完备，方才成为词本体之所以区别于诗本体的别是一家之物。如同有些学者所论：

"花间体格"之词，是指一种"男子而作闺音"的文学。而所谓的"闺音"，又应该具有三方面的含义。第一，它是用"女声"歌唱，即以纤婉的风格来抒情，以便于取得缠绵婉转的抒情效果。第二，它在题材上以表现女性生活情感为主，而且按照传统诗学的标准来看，它还表现男子的近似于女性化（柔细伤感）的情感状态。第三，与以上两个方面相联系，它在语言材质上具有纤细优美的特征。[①]

韦庄的贡献，更为重要的，是他将这种纤细优美的特征，广泛地运用到词体的各种题材之中。譬如当他写作思乡的时候，会有"垆边人似月"的陪衬，也会有"画船听雨眠"的凄美；在抒发"如今却忆江南乐"情怀的时候，会有"满楼红袖招"的点缀。

如果我们注意到与韦庄约略同时的易静以及他的《兵要望江南》，我们就能体会到温韦词风的重要。在易静的组词《兵要望江南》中，所谓《望江南》，

---

① 邓红梅：《女性词史》，山东教育出版社2000年版，第3页。

真真是"长短不葺之诗",这里不仅没有词体的女性妩媚,没有要眇宜修的美感,而仅仅是取其字数格式而已。而且组词数量甚多,共计500首,却地位最低,影响最小。譬如其中单"委任"就有二十六首,其委任第一云:"兵之道,切忌起无名。不止少功虚效力,逡巡反祸复危倾。容易勿言兵。"其他占风角三十三,占鸟更多达八十三首,占怪四十四首等,不胜计数。不仅仅不是词,而且,也已经脱离了诗的大范畴,压韵之文耳。知此,方能知道温韦之可贵,花间之作用。

第六章
花间体与《花间集》

第一节　概说

公元940年，这是中国历史上五代时期的后蜀广政三年，后蜀词人卫尉少卿赵崇祚编纂了《花间集》，花间词人欧阳炯作序，收录温庭筠以下18位词人的500首词作，它是最早的也是规模最大的唐五代文人词总集。这是中国词史的一件大事情，它不仅仅标志了一个词派的诞生，更标志了对词体发生史完成的确认，从此标志了词体文学正式登上文学史的舞台。

笔者前文已经论述了温庭筠的倾力有意作词，已经从李白的宫廷草创阶段，到中唐韦应物、戴叔伦等人的偶然写作，再到白居易时代渐次形成的依曲拍作词，初步完成了词体发生史的历史使命，那么，为何还有必要再接着论述花间体？正如有学者所说："按照'生命发生学'的原理，个体生命的发生，既可以从其受精孕育之时算起，也可以从其离开母体出生之日算起，而且还可以把生命的发生理解为一个过程。那么，我们对词的起源的研究也完全可以采用'生命发生学'的理论来操作，即把'词的起源'理解为一个过程、一个时段，而不是确定为一个特定的时间点。"[①] 这样来看，词体在初步完成了发生的使命之后，还会有一个时段的延续过程。换言之，温庭筠在初步完成了词体文学发生的使命之后，只有后来者能对温庭筠有着广泛意义上的承传和光大，从李白到温庭筠的创制和对词体发生史的奠基才不会成为绝响，才会是一个真正的、有完整意义上的生命。花间体的出现，恰恰完成了这一历史使命。

花间体的特点及其词史意义可以概括为四点。

---

① 刘尊明:《唐五代词史论稿》，文化艺术出版社2000年版，第19—20页。

第一，确立了词体"词为艳科""别是一家"的品性，主要由两个方面构成：（1）女性题材为主，《花间集》除飞卿外其余的17位作者的434首词，以女性作为主人公者为350首，可以看出飞卿体与花间词人在"艳科"方面的共同指向；（2）女性视角为主，花间词中也有男性视角之作，但比例较小。

第二，确立了诗大词小，词体"小巧"的女性风范，主要体现在：体制小，词牌基本都是小令。这一点可以与敦煌歌辞相互比较：《云谣集杂曲子》开篇的《凤归云》，一首84字，上下阕各四个均拍，是典型的"慢八均"，"慢曲通常为八均拍"①，不仅一曲词为慢曲，而且四首联章而下，叙说一个主题，是针对第一首"征夫数载，萍寄他帮"而下展开性的议论。《倾杯乐》109字，上片六韵，下片五韵，是更为典型的慢曲长调；而小令形式与狭深的意象方式密切相关，花间体每首词通常是一个具体而鲜明的画面，细腻委曲。这一点，以后发展到南唐、晏欧乃至秦观，都还是小词为主。故前人多以"小词"称之："齐、梁小赋，唐末小诗，五代小词，虽小却好，虽好却小，盖所谓'儿女情多，风云气少'也。"②"小"是"好"的一个表征，同时，也是其不足的体现，这种不足，正是留给东坡词等士大夫词加以变革的空间，但不论如何，"小"确实是花间体的外在特征之一，也是花间体所奠定的词体特征之一。

第三，确立了飞卿香软华贵词风的词统地位。总体而言，花间体承接飞卿体而来，属于宫廷应制与应歌双重性质，一方面，花间词的写作与研讨具有一定的宫廷官方性质："广会众宾，时延佳论"，而花间体词人也大都是宫廷贵族，并且以小词写作供奉帝王乃是当时宫廷时尚。吴任臣《十国春秋·鹿虔扆传》记载："鹿虔扆，不知何地人。历官至检校太尉。与欧阳炯、韩琮、阎选、毛文锡等俱以工小词供奉后主（孟昶），时人忌之者号曰五鬼。"③此处的"五鬼"，除了韩琮之外，其余皆为花间词人。另一方面，花间词体的写作，更是应歌娱人的产物："举纤纤之玉指，拍按香檀。不无清绝之词，用助娇娆之态"。应该说明，此处欧阳炯所指的"纤纤玉指"与"娇娆之态"，都

---

① 吴熊和：《唐宋词通论》，商务印书馆2003年版，第102页。
② ［清］刘熙载：《艺概》，上海古籍出版社1978年版，第123页。
③ ［清］吴任臣：《十国春秋》，中华书局1983年版，第815页。原本断句为："俱以小词供奉。后主时，人忌之者，号曰五鬼"，可参见。

应该指的是宫廷乐工的演唱场景，而非指的是市井歌女。换言之，花间时期主要是宫廷文化背景下的产物，虽然其中已经开始注意到伶工歌唱的因素。

第四，花间体是词体产生以来文人规模最大的有意识写作。温庭筠标志着文人有意写词的个案，而花间词则标志了文人有意写词的群体行为，并且在艺术上成为了晚唐五代文学的亮点。陈振孙《直斋书录解题》："此近世倚声填词之祖也。诗至晚唐、五季，气格卑陋，千人一律，而长短句独精巧高丽，后世莫及"，[①]所评为是。

第二节 《花间集序》解读

对于花间体的总体把握，主要有两大误解：其一，从过俗的角度来给予理解。因为花间体奠定了词为艳科的基本属性，很容易从"花间"这一名目表面上理解。这一误解，与对欧阳炯的《花间集序》的误读有一定的关系。如一些学者认为《花间集序》"自南朝之宫体，扇北里之倡风"，是对南朝宫体诗的有意继承。其二，从过雅的角度诠释花间，忽略了花间词的艳科属性。

对花间体的理解和诠释，要从对欧阳炯《花间集序》的理解开始，它是对花间体重要的理论阐发，其主要原文如下。

镂玉雕琼，拟化工而迥巧；裁花剪叶，夸春艳以争鲜。是以唱云谣则金母词清，挹霞醴则穆王心醉。名高白雪，声声而自合鸾歌；响遏行云，字字而偏谐凤律。杨柳大堤之句，乐府相传；芙蓉曲渚之篇，豪家自制。莫不争高门下，三千玳瑁之簪；竞富尊前，数十珊瑚之树。则有绮筵公子，绣幌佳人，递叶叶之花笺，文抽丽锦；举纤纤之玉指，拍按香檀。不无清绝之辞，用助娇娆之态。自南朝之宫体，扇北里之倡风。何止言之不文，所谓秀而不实。有唐已降，率土之滨，家家之香径春风，宁寻越艳；处处

[①] [宋]陈振孙：《直斋书录解题》卷二十一，上海古籍出版社1987年版，第614页。

之红楼夜月,自锁嫦娥。在明皇朝,则有李太白应制《清平乐》调四首,近代温飞卿复有《金荃集》。迩来作者,无愧前人。今卫尉少卿,字弘基,以拾翠洲边,自得羽毛之异;织绡泉底,独殊机杼之功。广会众宾,时延佳论。因集近来诗客曲子词五百首,分为十卷。……昔郢人有歌阳春者,号为绝唱,乃命之为《花间集》。庶使西园英哲,用资羽盖之欢;南国婵娟,休唱莲舟之引。时大蜀唐广政三年夏四月日,欧阳炯序。[①]

这是一篇骈体美文,不细心体会,不深入思考,或者先入为主地仅仅从对花间体的表面理解入手,都很容易将其看作是大胆的"艳科"宣言,特别是一些学者多引用"自南朝之宫体,扇北里之倡风。何止言而不文,所谓秀而不实"这类的话语,认为这些正是作者"主张词应上承齐梁宫体,下附里巷倡风"[②]的意思。对此,吴世昌、贺中复、刘扬忠先生等多位学者给予了辨析,所论为是。综合三位学者所论,此文论述了词体的特质、风格、功用以及生存环境,强调应鄙弃"言之不文""秀而不实"的宫体倡风之作,而要延续正统的词风。这篇《花间集·序》提出:西王母为周穆王演唱的《白云谣》,汉魏六朝的《杨柳》《大堤》之曲,《古诗十九首》中的"芙蓉"之篇,何逊仿《西洲曲》所作的《送韦司马别》等,都可以视为词体的源头。

以上所论,相当于笔者前文所论述的乐府诗传统,尚属于词体发生史的准备时期,是曲词的起源史。以笔者所见,这只是问题的一个方面。另一个方面,"自南朝之宫体,扇北里之倡风",也暗示了南朝宫体乐府歌诗,是唐五代曲词的源头,唐五代曲词与南朝宫体诗之间,在其共同的宫廷文化属性上,在宫廷文化的女性属性上,在宫廷文化的音乐消费属性上等多方面,两者之间有着一脉相承的联络关系。从六朝宫体乐府歌诗到盛唐绝句的兴盛,可以视为词体的起源时期,从李白创制曲词的宫廷词,到温庭筠之前,可以视为曲词体制的发生期,从温庭筠之后,直到李后主,可以视为曲词体制的成立期。

[①] 欧阳炯:《花间集序》,赵崇祚集《花间集》,河北大学出版社2006年版,第3页。
[②] 方智范等:《中国词学批评史》,中国社会科学出版社1994年版,第21页。

真正的词体发生史所建构的词统,欧阳炯上溯到李白,这也正是本书稿的主要观点:"在明皇朝,则有李太白应制《清平乐》词四首",欧阳炯不仅明示李白的词体开山之地位,更明确了李白词的宫廷"应制"性质,则词体当然是产生于宫廷。李白之后的里程碑,欧阳炯认为是温庭筠:"近代温飞卿复有《金荃集》",并且指出了花间词人群体对李白和温庭筠的继承:"迩来作者,无愧前人","前人",正是主要指从李白到温庭筠。

　　《花间集》的产生,正是这一词统一贯而下的产物。也就是说,欧阳炯认为,花间的历史作用,是将词体从宫体倡风升华而为阳春白雪的士大夫词作。"广会众宾,时延佳论","暗示了西蜀词人的欣赏享用不是采取孤独的方式,而是采取词人在一起交流的方式。"①《花间》的意思,与《阳春》绝唱相关:"昔郢人有歌《阳春》者,号为绝唱,乃命之为《花间集》。""庶使西园英哲,用资羽盖之欢;南国婵娟,休唱莲舟之引。""西园",为曹操在邺都所建。曹丕有《芙蓉池作》:"乘辇夜行游,逍遥步西园",曹植《公宴诗》有"清夜游西园,飞盖相追随"之句。欧阳炯用曹氏兄弟典故,正是前文所叙词统的一部分,意即将这新兴的词体纳入正统文化,或说是士大夫精英文化的范畴之中,就像是曹氏兄弟的"西园英哲"那样歌咏唱和。从此,结束宫体和北里倡风:"南国婵娟,休唱莲舟之引,……意即在歌坛上废止梁简文帝、元帝和陈后主诸王及梁都官尚书羊侃等人《采莲曲》一类的绮靡歌辞。《花间集》不选录民间词,也不选录诸王狎客词,这就表明,编辑的目的一是用以在歌坛上取代粗俚未精的民间作品,进一步提高词体的表现力,使其词调趋于规范美听……有意取代王衍之流的淫曲曲词。"②要而言之,文中就词的性能界定和创作要求有四:

　　1. 词应有美的形式,即"镂玉雕琼,拟化工而迥巧;裁花剪叶,夺春艳以争鲜。"

　　2. 词应为应歌合乐、娱宾佐欢而作,即"声声而自合鸾歌","字字而偏谐凤律","用助娇娆之态","用资羽盖之欢"。

　　3. 作词应以"宫体""倡风"为鉴戒,要言而有"文",秀而有"实",即

---

① 泽崎久和:《花间的沿袭》,载《词学》第九辑,华东师范大学出版社1992年版。
② 贺中复:《花间集序的词学观点及花间集词》,《文学遗产》,1994第5期。

"自南朝之宫体,扇北里之倡风,何止言之不文,所谓秀而不实。"

4.作词应以李白、温庭筠为典范,与之媲美,即"在明皇朝,则有李太白之应制《清平乐》词四首,近代温飞卿复有《金荃集》,迩来作者,无愧前人。"

此四点,概括而言,即词要有美的形式,也要有与之相称的内容;词须重音乐性,但也不能完全忽视文学性;词应把实用价值、娱乐功能放在第一位,教化功能可置而不问;词家对前人的创作示范应有所选剔,能追蹑的须追蹑,应避弃的须避弃。另一方面,我们也不能因此而无视花间体奠定词为艳科属性的另一特征:相对于北里倡风来说,①花间体确实实现了一次文人词的升华:"西蜀词人,除被称为'处士'的阎选之外,全部都是有地位的文人。"②但是,词的雅化是个长时期的历史使命,相对于后来的晏欧体以及东坡词等士大夫词体,花间体仍然是俗艳的词体。这一点,在欧阳炯的这篇文章中同样得到体现。欧阳炯系统地提出了词体的艺术标准和审美规范。词体要词曲和谐,婉转合度;要"镂玉雕琼,拟化工而迥巧;裁花剪叶,夸春艳以争鲜",要选取香艳富贵的题材,以适合于"绮筵公子,绣幌佳人"的氛围;应该具有阴柔之美、女性之美的语言、意象,以便"递叶叶之花笺,文抽丽锦;举纤纤之玉指,拍按香檀。不无清绝之词,用助娇娆之态"。

概括而言,花间体第一次将曲辞的散乱无序改造为"声声而自合鸾歌""字字而偏谐凤律"(如果民间词在花间体之前已经产生了的话),可以说,花间体、南唐体等借用曲词的外在形式,骨子里源头却在传统的诗歌做法,主要是借鉴唐诗的近体诗精神,其中包括以近体诗的格律精神,变杂乱无章而为词体的新型格律;以近体诗的意象精神,变叙说而为情景交融式的写作手法等。在飞卿和花间词人手中,曲词的格律化,才有了一个逐渐定型的过程,如《木兰花》,《花间集》录有三首,却各自不同。和凝词五十四字:

> 小芙蓉,香绮旎。碧玉堂深清似水。闭宝匣,掩金铺,倚屏

---

① 究竟花间词前,词是否已经在市井妓中流行,还是要到柳永时才流行?晚唐是否有歌女的词,还需要继续研究,有待新的文献出现才能证实,但北里倡风的声诗歌唱,则可以确认无疑。
② 泽崎久和:《花间的沿袭》,载《词学》第九辑,华东师范大学出版社1992年版。

拖袖愁如醉。　迟迟好景烟花媚。曲渚鸳鸯眠锦翅。凝然愁望静相思，一双突厣噸香蕋。

欧阳炯词则为五十六字：

儿家夫婿心容易，身又不来书不寄。闲庭独立鸟关关，争忍抛奴深院里。　闷向绿纱窗下睡。睡又不成愁已至。今年却忆去年春，同在木兰花下醉。

韦庄的同调则为五十五字：

独上小楼春欲暮。愁望玉关芳草路。消息断，不逢人，却敛细眉归绣户。　坐看落花空叹息，罗袂泪湿红泪滴。千山万水不曾行，魂梦欲教何处觅？

《尊前集》所录皆五十六字体。可知，有些词调在花间体的阶段还仅仅是个大致的样式。花间之后，渐次规范，如文人填写此调，多用五十六字，宋初的宋祁，以《玉楼春》为调名，"东城渐觉春光好，縠皱波纹迎客棹。绿杨烟外晓寒轻，红杏枝头春意闹。"（下片相同），苏轼以《木兰花令》为名，"霜余已失江淮阔"，都是五十六字，于是定型。

总之，《花间集》的特质，包含着宫廷曲词的词统，从李白宫廷应制到飞卿《金筌集》间接为宣宗撰词，再到"广延众宾，时延佳论"的西蜀词人，三点一线，以宫廷为中心的词统延续线索是十分清晰的；另一方面，同样从李白作为大诗人发轫的诗客曲子词，以诗人精神改造宫廷曲词的线索和发展方向，也同样是清晰的。曲词自宫廷发轫，而走向广阔的士大夫精英，走向宫廷文化的反面，这一基本精神是不可动摇的。《花间集序》如实地反映出来这一总体特征和基本走向，它不仅表现了五代时期曲词发展的当下状态，同时昭示了未来岁月中的发展方向。

第七章
西蜀之外的花间词人

第一节 概说

《花间集》编纂于西蜀之地，西蜀词人自然占据了主要的部分，但在《花间集》中，西蜀之外的词人，也占有了一定的比例，其中主要有：(1) 温庭筠作为花间鼻祖，但却与西蜀之地无关。(2) 韦庄从江南时期开始写词，晚年进入西蜀，从而成为西蜀本地词人之祖，这一点，也典型地折射了唐五代词由江南发源而传播流散于各地的情况。(3) 就时间而言，温韦之后，是皇甫松的曲词声诗写作。皇甫松的作品，清晰地带有唐声诗歌舞表演的痕迹，显示了唐声诗向唐曲词演变的意义。(4) 和凝作为北方词人的早期代表，显示了声诗曲词由南向北传播扩散的见证，和凝主要写作于汴洛京城一代，也同时侧面说明了曲词传播在北方先京城而地方的痕迹。(5) 孙光宪早年有在西蜀生活的人生经历，以后则主要生活于荆南，则显示了将西蜀词风反向传播的历程。

第二节 皇甫松的声诗为词

花间词体现了诗人群体的介入曲词写作，其中较早的三位词人，温庭筠代表了李白式的应制宫廷词风，皇甫松延续了声诗为词的写法，韦庄则代表了以诗法入词的词体改造，从而建构了花间"诗客曲子词"的新格局。温韦两者均已论证，本节补充皇甫松的声诗曲词写作的发生史意义。

皇甫松，生卒年不详，字子奇，自号檀栾子，睦州新安（今浙江淳安）人。父皇甫湜，著名古文家，官至工部郎中。皇甫松为牛僧孺表甥，工诗词，亦擅文，然久试进士不第，终生未仕。光化三年十二月（901），韦庄奏请追赐温庭筠、皇甫松等人进士及第，故《花间集》称为"皇甫先辈"，盖唐人呼进士为先辈。《全唐五代词》录其词作22首，置于温庭筠之前。[①]皇甫松的曲词，带有明显的以声诗为词的气息，主要体现在以下几个方面。

一、其词作以声诗形式为主体

1. 声诗体：七言四句：《浪淘沙》2首，《杨柳枝》2首；五言八句：《怨回纥》2首。

2. 声诗加和声体：七言四句，每句下两字和声，如：

《采莲子》（2首）："菡萏香连十顷陂（举棹）。小姑贪戏采莲迟（年少）。晚来弄水船头湿（举棹）。更脱红裙裹鸭儿（年少）。"《全唐五代词》词下注引晁本《花间集》：同调各首紧相连接，惟从行间空格分段、分阕。此首及下首不但紧相连接，且行间无空格以识别其为两阕，后世诸本遂误合为一首。[②]则应为4首。

3. 声诗变异体：如《抛球乐》（2首），五言六句，唯有第二句后重复歌唱后三字，与和声相似，如："红拨一声飘。轻裘坠越绡。坠越绡。带翻金孔雀，香满绣蜂腰。年少抛分数，花枝正索饶。"重文和声无关紧要，歌唱表演时候可以根据需要增添，《全唐五代词》词下注：王辑本《檀栾子词》无此重文。完整意义上的曲词作品，仅有《梦江南》等数首而已，这一点，很像是白居易、刘禹锡的声诗曲词混杂写作而以声诗为主的情况。

二、具有浓郁声诗曲词色彩的风格类型

皇甫松由于生平事迹不详，难以考辨，但从皇甫松留存下来的曲词作品来看，显示了具有浓郁的江南词风的特点：曲词之作，显示了浓郁的江南风土人情，如《浪淘沙》："蛮歌豆蔻北人愁。蒲雨杉风野艇秋"，《杨柳枝》："烂漫春归水国时。吴王宫殿柳丝垂。黄莺长叫空闺畔，西子无因更得知。"蛮歌、水国、吴王宫殿、西子等，皆为江南风物，《梦江南》中更多有江南地名："楼上寝，残月下帘旌。梦见秣陵惆怅事，桃花柳絮满江城。双髻坐吹笙。"秣陵、

[①] 参见曾昭岷等编：《全唐五代词》，中华书局1999年版，第89页。
[②] 曾昭岷等编：《全唐五代词》，中华书局1999年版，第92—93页。

江城等,皆为江南地名。《采莲子》和《竹枝》,则更为具有江南乡野的气息,《采莲子》中"贪戏采莲迟"的小姑,"无端隔水抛莲子,遥被人知半日羞"的江南少女等等,活脱脱似是南朝吴声西曲在晚唐时代的变异和再现。

三、浓郁的歌舞表演性质

皇甫松的曲词,带有浓郁的歌舞表演性质,这一点不仅从前文列举的和声标记可以明显看出,从其浓郁的画面以及声诗所特有的那种江南美人般的风致皆可看出。他的曲词既携带着宫廷文化韵致,如《杨柳枝》:"春入行宫映翠微。玄宗侍女舞烟丝。如今柳向空城绿,玉笛何人更把吹";又散发着浓郁的江南乡野气息。总体上来说,皇甫松的声诗曲词,可以作为一个标本,展示了由白居易、刘禹锡以声诗为主、曲词为辅的声诗演唱,到向声诗曲词形态的过渡。皇甫松的声诗曲词,应该是九世纪中叶,在中唐乐舞制度改革之后,士大夫诗人参与新兴歌舞曲词写作的作品。

皇甫松的这些作品,虽然多为歌伎歌舞表演的曲词之作,但也明显体现了以曲词为诗,抒发个人情感的趋向,如《梦江南》:"兰烬落,屏上暗红蕉。闲梦江南梅熟日,夜船吹笛雨萧萧。人语驿边桥。"此作并无他者,既无帝王宫殿,玄宗侍女,也无采莲小姑,西子蛮歌,而是写作词人自我的一个闲梦:灯烛将尽,画屏红蕉渐渐暗去,词人似梦似醒,"梦江南梅熟,梦夜雨吹笛,梦驿边人语",[①]梦境耶?化境耶?令人无穷回味。

温、韦、皇甫三者相比较,温庭筠乃为晚唐诗人大家,但却在曲词中,最少采撷诗意入词,而是呈现以乐府诗过渡入词,词却并无入诗的痕迹。诗、词之间,各走一径。在诗作中,体现温庭筠的士大夫情怀、诗人之心,而在声诗曲词中,则体现"侧艳"人性;皇甫松虽以曲词名世,但却在其词作中,显示了更多的声诗因素和以诗为词的迹象;韦庄,则既有飞卿的宫廷华贵词风,也有更为浓郁的以诗为词的特点,特别是,韦庄的以诗为词,既不同于飞卿的借鉴唐诗意象方式入词,也不同于皇甫松的声诗入词,而是以一种写诗的态度来写词,实际上,已经开了东坡词的先河。

[①] 唐圭璋:《唐宋词简释》,王兆鹏主编:《唐宋词汇评·唐五代卷》,浙江教育出版社2004年版,第105页。

第三节　和凝代表的北方曲词写作

一、概说

和凝（898—955），字成绩，梁干化四年（914），年十七举明经，贞明二年（916）登进士第，后唐明宗天成三年（928）拜殿中侍御史。后晋天福五年（940），为中书侍郎平章事。《全唐五代词》录和凝词28首，其中《花间集》录存20首。和凝是一个纯粹的北方人，而唐五代曲词的发生过程，一直还主要是南方地域文化的产物，北方几乎还没有出现像样的曲词作家。以和凝作为切入点，思考一下曲词的写作和流行的南北交流、交融的过程。从地域文化来看，曲词是南方文化下的产物，这一点与曲词遥远的源头是南朝清乐、南朝艳歌有关，也与南朝，特别是江南文化纤小、细腻、女性化等诸多的文化因素有关。

另一方面，抛开地域文化的来源，若从曲词作者的社会阶层属性来说，唐五代曲词，就曲词作者来说，大抵有几个系统：

1. 来源于宫廷，其中包括李白式的诗人入宫而为翰林供奉的阶段性专业写词，从唐明皇、唐昭宗到花蕊夫人的帝王、妃子制词，以及宫廷乐工奉旨填词的应制词。

2. 来源于府县军镇专业乐工，即官府音声人，这主要是公元826年朝廷开禁之后。

3. 来源于寺院的音声人，寺院其实也是官府行政化管理的一部分，以敦煌曲词为代表。

4. 来源于都市经济条件之下的歌坊酒楼。这种音乐消费形式的开端时间，大约开端在九、十世纪之交，兴盛于柳永的时代，柳永为其代表。《北梦琐言》记载了江淮名娼徐月英，善于写诗，并说："唐末有《北里志》，其间即孙尚书储数贤平康狎游之事，或云孙棨舍人所撰。"[①]

孙棨《北里志序》说："自大中皇帝好儒术……上往往微服长安中，逢举

[①] ［五代］孙光宪撰，贾二强点校：《北梦琐言》，中华书局2002年版，第195页。

子则狎而与之语……由是仆马豪华，宴游崇侈"。①北里风俗在京城长安的兴起，与宣宗皇帝喜爱微服私访，逢举子则狎而与之语有关，更与科考增加有关。②引来贵族子弟"仆马豪华，宴游崇侈"的风尚。

有市场需求则必有相应的市场供给，为之服务的北里文化由此发端。但根据孙棨所说，直到"近年延至仲夏，京中饮妓，籍属教坊，凡朝士宴聚，须假诸曹署行牒，然后能致于他处，惟新进士设筵顾吏，故便可行牒，追其所赠之资，则倍于常数。诸妓皆居平康里，举子、新及第进士、三司幕府但未通朝籍未直馆殿者，咸可就诣……其中诸妓，多能谈吐，颇有知书言语者，自公卿以降，皆以表德呼之……比常闻蜀妓薛涛之才辩，必谓人过言，及睹北里二三子之徒，则薛涛远有惭德矣。予频随计吏，久寓京华，时亦偷游其中"。③

唐翰林学士孙棨所撰的这篇《北里志序》，文后的落款，有"时中和甲辰岁，无为子序"的字样。中和为晚唐僖宗的年号，中和甲辰则为公元884年。可知，孙棨《北里志序》中所记载北里的情况，虽然是从中唐大中宣宗皇帝说起，所说"近年延至仲夏"云云，却是晚唐僖宗时代的事情。《北里志》等，一向被民间论者视为经典文献，囿于民间之说，而未能看出，所谓北里平康之歌伎风俗，一直到晚唐时期，还是"京中饮妓，籍属教坊，凡朝士宴聚，须假诸行牒，然后能致于他处"，朝廷对于乐舞制度，仍然管理甚严，而孙棨由于有"久寓京华，时亦偷游其中"的经历，才有了对于京城长安诸多歌伎的记载。

如此，再来理解五代时期欧阳炯《花间集序》所说："自南朝之宫体，扇北里之倡风"，才能知道，其言具体所指的含义，在晚唐之末到五代时期，北里平康之歌伎风尚刚刚兴起，其中也一些"颇有知书言语者"，甚至能让薛涛"惭德"。（参见同上）这些饮妓"籍属教坊"，意即挂名教坊——教坊管理乐妓的名籍，乐妓脱籍需要报请教坊花钱。④教坊为宫廷音乐歌舞培训机构，并非民间，因此，也就不难理解这些饮妓文化中的佼佼者素质之高，令薛涛"惭

---

① ［唐］孙棨：《北里志》，古典文学出版社1957年版，第22页。
② 参见杨波：《长安的春天》，中华书局，2007年。
③ ［唐］孙棨：《北里志》，古典文学出版社1957年版，第22页。
④ 参看王立：《唐代北里妓研究》，《长沙理工大学学报》（社会科学版），2002年第一期。

德"。而且,这些现象的发生,已经在李白之后一个半世纪,并非曲词的发源和发生时期。

5.来源于士大夫阶层,这个阶层的诗人,分散在以上诸多来源之中,譬如李白为大诗人,入宫而为翰林供奉,则入宫期间为宫廷词人,入宫之作则为宫廷应制之作;白居易等为地方刺史,则成为地方刺史家宴文化下的曲词创作;温庭筠、韦庄等,也分别以士大夫诗人的身份写作,成为花间词集中诗客曲子词的重要组成。由于士大夫阶层是时代最为有文化,最为具备诗歌写作能力的社会阶层,因此,乐工之作虽然精通乐律,但曲词的主流线索,一直在士大夫阶层,也就是诗客之词。

明白了这一点,也就能理解为什么和凝在整个时代曲词主要在江南西蜀发展流行的时代,能以北方士大夫身份,成为较早的北方曲词家。因为曲词的产生初期,主要是宫廷文化的产物,在南方士大夫曲词兴盛的时候,北方中原的宫廷之中,始终没有停止过对曲词的音乐消费享乐。晚唐后期的几位帝王,连同五代时期的帝王,几乎都有近乎狂热喜爱乐舞的嗜好,还有几位帝王喜欢自己创制曲词。《北梦琐言》记载,唐德宗、文宗、宣宗"皆以诗赐大臣",到"昭宗驻跸华州,以歌辞赐韩建,以诗及《杨柳枝辞》赐朱全忠。"[①]可知其喜爱歌辞之一斑,更深一步,则可知曲词歌诗在宫廷中的地位和功用。

《全唐五代词》收唐昭宗李晔词作5首,分别为《菩萨蛮》:"登楼遥忆秦宫殿。茫茫只见双飞燕。渭水一条流。千山与万丘。　远烟笼碧树。陌上行人去。何处有英雄,迎归大内中。"《巫山一段云》两首"缥缈云间质""蝶舞梨园雪"和《思帝乡》一首。"乾宁三年,李茂贞犯阙,帝次华州,韩建迎归郡中。帝郁郁不乐,每登城西齐云楼远望。明年秋,制《菩萨蛮》二首",第二首为:"飘飘且在三峰下,秋风往往堪沾洒。肠断忆仙宫,朦胧烟雾中。思梦时时睡,不语长如醉。早晚是归期,苍穹知不知?"[②]唐昭宗李晔的几首曲词,应该说,写得相当不错。悲凉之气,弥漫其中,是无可奈何的帝王悲歌,是生命绝望的呼喊。可惜,大唐王朝气数已尽,李晔也就只能成为一代曾经无比辉煌王朝的殉葬者。

---

① [五代]孙光宪撰,贾二强点校:《北梦琐言》,中华书局,2002年版,第293页。
② [宋]计有功撰,王仲镛校笺《唐诗纪事校笺》,中华书局,2007年版,第53页。

后唐庄宗李存勖（885—926），沙陀部人，晋王李克用之子。本姓朱邪氏。[①]"懿宗问其先世所出，云本陇西金城人，徙寓吐蕃。"[②] 庄宗本胡人血统，酷嗜伶工，几于变态。欧阳修有《伶官传序》，论其"及其衰也，数十伶人困之，而身死国灭，为天下笑"之事。尊贵如帝王，亦死于伶官，则伶工势力之大，在后唐之际，堪比宦官，而帝王死于伶官，则伶工受宠于宫廷，由来已久，至于斯时，伶工及伶工之词走向衰落，已为必然矣！《尊前集》载后唐庄宗四首：《一叶落》《阳台梦》《歌头》（大石调）、《忆仙姿》四调四首。

庄宗之曲词，不同于昭宗，昭宗类似后主之先声，庄宗则既有无聊小词，似为齐梁宫体，如《阳台梦》："薄罗衫子金泥缝。困纤腰怯铢衣重。笑迎移步小兰丛，弹金翘玉凤。　娇多情脉脉，羞把同心捻弄。楚天云雨却相和，又入阳台梦。"也有高雅深邃的另一面，如《一叶落》："一叶落。褰朱箔。此时景物正萧索。画楼月影寒，西风吹罗幕。吹罗幕。往事思量著。""吹罗幕"三字重复，调似《忆秦娥》。由"一叶落"起兴，以"往事思量著"进行时态的往事思量收束，余味无穷。

《忆仙姿》类似《一叶落》而有变化："曾宴桃源深洞，一曲清歌舞凤。长记欲别时，和泪出门相送。如梦。如梦。残月落花烟重。"一共7句33字，却能写出曲折变化来，前两句为曾经有过的欢乐，后面却转为离别的悲哀，结句"残月落花烟重"，以景作结，更为含蓄蕴藉，余味无穷。

《歌头》（大石调）则兼有雅俗两趣："赏芳春、暖风飘箔。莺啼绿树，轻烟笼晚阁。杏桃红，开繁萼。灵和殿、禁柳千行，斜金丝络。　夏云多、奇峰如削。纨扇动微凉，轻绡薄。梅雨霁，火云烁。临水槛、永日逃烦暑。泛觥酌。　露华浓，冷高梧，凋万叶。一霎晚风，蝉声新雨歇。惜惜此光阴，如流水，东篱菊残时，叹萧索。　繁阴积，岁时暮，景难留，不觉朱颜失却。好容光，且且须呼宾友，西园长宵，宴云谣，歌皓齿，且行乐。"冒广生校："寻其声响，实则《六州歌头》，以四首五绝为本体，以三字一句为本腔，读者以意逆志可得也。又全词分咏春夏秋冬，应分为四遍，本极明显。自来皆作两遍，误也。"可以参考。此作为慢词长调，分写春夏秋冬四景，采用赋体

[①] 邪，明本作"耶"。
[②] [五代]孙光宪撰，贾二强点校：《北梦琐言》，中华书局，2002年版，第317页。

铺叙手法，先写芳春美景：暖风、莺啼、轻烟、杏桃、繁萼，点出"灵和殿、禁柳千行"的宫廷场景；次写夏云、纨扇、清绡、梅雨、火云、水槛、永日、烦暑等夏季节气风物；再次写露华、萧索、落叶等秋景，最后写"岁时暮，景难留，不觉朱颜失却"，以生命之岁暮呼应对节气寒冬的感受，结尾归结于"旦旦且呼宾友，西园长宵，宴云谣，歌皓齿，且行乐"，露出帝王本色。此词可谓开柳永、周邦彦等以赋为词的慢词先河，若非结尾处露出及时行乐的本色，其与后来吴文英时代的雅词，已雌雄难辨也。但吴梅《词学通论》第六章云："《忆仙姿》即《如梦令》，《一叶落》为自度曲。此取末三字为调名，意境却甚似飞卿也。《歌头》一首，分咏四季，其语尘下，疑是伪作。庄宗好优美，或伶工进御之言，故词中止及四时花事耳。"①与笔者感受不同，可以参考。

以上的帝王之词，正是和凝在北方中原京畿地区写作曲词的基础，他顺延了从晚唐到五代帝王的曲词风尚，也同时有着北里平康的教坊伎歌文化的市场基础。宫廷和市井，这两个极端的阶层，构成了和凝曲词写作和偏爱的两个文化平台。

除了帝王之外，在晚唐中原地区，也时有文人进行偶然即兴式的曲词写作。司空图（837—908）隐居中条山王官谷，有《酒泉子》："买得杏花，十载归来花始坼。假山西畔药阑东。满枝红。　旋开旋落旋成空。白发多情人便惜，黄昏把酒祝东风。且从容。"俞陛云《唐五代两宋词选释》，引司空图绝句"五更惆怅回孤枕，犹自残灯照落花"，认为"与此词同慨，隐然有黍离之怀也。"②

韩偓（842？—914？），京兆（今西安）人，昭宗龙纪元年（889）进士，先后拜左拾遗、翰林学士、中书舍人、兵部侍郎、翰林学士承旨等。以不附朱全忠，贬谪地方，晚年入闽依附王审知，卒于南安。③韩偓《香奁集·自序》说："余溺章句，信有年矣，诚知非丈夫所为，不能忘情，天所赋也。……所著歌诗，不啻千首，其间以绮丽得意者，亦数百篇，往往在士大夫之口，或

---

① 吴梅:《词学通论》，中国书籍出版社2006年版，第75页。
② 王兆鹏主编:《唐宋词汇评·唐五代卷》，浙江教育出版社2004年版，第219页。
③ 王兆鹏主编:《唐宋词汇评·唐五代卷》，浙江教育出版社2004年版，第222页。

乐工配入声律，粉墙椒壁，斜行小字，窃咏者不可胜计。"① 韩偓之说，将晚唐文化风尚及士大夫文人的心理，刻画入微，一方面，从传统的儒家思想来说，溺于章句，特别是绮丽浮艳之作，非丈夫所为，但仍然不能自已，其原因："不能忘情，天所赋也。"总结得非常好。这是一种人类如同"食色"一样的本性、本能，而其所著的歌诗，也往往在士大夫之口，或乐工配入声律，"窃咏者不可胜记"，说明了在当时流传之广泛，所受欢迎程度之高。韩偓之《香奁集》，如同张侃《拙轩词话》所说："偓之诗淫靡，类词家语"，② 指出了晚唐诗人由《香奁》而入小词的途径，也指出了淫靡浮艳，乃是晚唐五代共同的美学风尚。

韩偓有《浣溪沙》两首：

> 拢鬓新收玉步摇。背灯初解绣裙腰。枕寒衾冷异香焦。　深院下关春寂寂，落花和雨夜迢迢。恨情残醉却无聊。

> 宿醉离愁慢髻鬟。六铢衣钵惹轻寒。慵红闷翠掩青鸾。　罗袜况兼金菡萏，雪肌仍是玉琅玕。骨香腰细更沈檀。③

丁绍怡在《听秋声馆词话》卷一中曾评论说："韩致尧遭唐末造，力不能挥戈挽日，一腔忠愤，无所于泄，不得已托之闺房儿女，世徒以香奁目之，盖未深究厥旨耳。余最爱其'碧阑干外绣帘垂，腥色屏风画折枝。八尺龙须方锦褥，已凉天气未寒时'一绝，与'静中楼阁深春雨，远处帘拢半夜灯'句，言外别具深情。"④ 此一类评论，其具体的比兴所指，多有附会之论，但就总体来说，韩偓等传统的儒家人物，遭唐末造，一腔忠愤，无所发泄，不得已托之于闺房儿女，这也正是晚唐五代艳科小词兴盛的某一方面的因素。另，韩偓存词两首，皆为《浣溪沙》，岂此调为韩偓由近体而改造欤？

---

① 王兆鹏主编：《唐宋词汇评·唐五代卷》，浙江教育出版社2004年版，第224页。
② 以上引文均见王兆鹏主编：《唐宋词汇评·唐五代卷》，浙江教育出版社2004年版，第214页。
③ 刘崇德等点校：《尊前集》，河北大学出版社2006年版，第242页。
④ 王兆鹏主编：《唐宋词汇评·唐五代卷》，浙江教育出版社2004年版，第225页，引丁绍怡《听秋声馆词话》卷一。

二、和凝的曲词写作

在梳理了晚唐词坛的大体状况之后，再来看和凝的曲词写作。和凝之作，首先是多有宫廷曲词之作，这是由他所面对的盛唐以来宫廷文化传统有着直接关系，其曲词必然有着浓郁的宫廷词风。兹以《全唐五代词》和凝名下10首，作为讨论蓝本，检测笔者的判断。

1.《小重山》：

春入神京万木芳。禁林莺语滑、蝶飞狂。晓花擎露妒啼妆。红日永、风和百花香。　烟琐柳丝长。御沟澄碧水、转池塘。时时微雨洗风光。天衢远、到处引笙簧。

2. 又：

正是神京烂熳时。群仙初折得、郄诜枝。乌犀白纻最相宜。精神出、御陌袖鞭垂。　柳色展愁眉。管弦分响亮、探花期。光阴占断曲江池。新榜上、名姓彻丹墀。

3.《临江仙》：

海棠香老春江晚，小楼雾縠空濛。翠鬟初出绣帘中。麝烟鸾佩惹苹风。　碾玉钗摇鸂鶒战，雪肌云鬓将融。含情遥指碧波东。越王台殿蓼花红。

4. 又：

披袍窣地红宫锦，莺语时转轻音。碧罗冠子稳犀簪。凤皇双飐摇金。　肌骨细匀红玉软，脸波微送春心。娇羞不肯入鸳衾。兰膏光里两情深。

5.《菩萨蛮》：

越梅半拆轻寒里。冰清澹薄笼蓝水。暖觉杏梢红。游丝狂惹风。　闲阶莎径碧。远梦犹堪惜。离恨又迎春。相思难重陈。

6.《山花子》：

莺锦蝉縠馥麝脐。轻裾花草晓烟迷。鸂鶒颤金红掌坠，翠云低。星靥笑隈霞脸畔，蹙金开襜衬银泥。春思半和芳草嫩，绿萋萋。

7. 又：

银字笙寒调正长。水纹簟冷画屏凉。玉腕重□金扼臂，澹梳妆。几度试香纤手暖，一回尝酒绛唇光。佯弄红丝蝇拂子，打檀郎。

8.《何满子》：

正是破瓜年几，含情惯得人饶。桃李精神鹦鹉舌，可堪虚度良宵。却爱蓝罗裙子，羡他长束纤腰。

9. 又：

写得鱼笺无限，其如花锁春辉。目断巫山云雨，空教残梦依依。却爱薰香小鸭，羡他长在屏帏。

10.《薄命女》：

天欲晓。宫漏穿花声缭绕。窗里星光少。冷雾寒侵帐额，残月光沉树杪。梦断锦帏空悄悄。强起愁眉小。①

此10首曲词，其中有明显宫廷字眼的有：（1）"神京""禁林""御沟"；（2）"神京""群仙""御陌""丹墀"；（3）"麝烟鸾佩""碾玉钗摇""雪肌云鬟""越王台殿"等；（4）"宫锦"等；（5）"宫漏"等；其余5首中，带有金玉字面或者宫廷贵族器物服饰的有："莺锦蝉縠馥麝脐"，"蹙金开襜衬银泥"等；"玉腕重□金扼臂"等。可知，从这10首的抽样统计中，就有5首有明显宫廷字面，有两首有着浓郁的华贵氛围，充分说明了和凝的曲词，主要是宫廷文化的产物，主要是写给帝王消费的。从花间温韦来说，词作完全是

---

① 曾昭岷等编：《全唐五代词》，中华书局1999年版，第468–472页。

<<< 第七章 西蜀之外的花间词人

温庭筠香软华贵风格的延续。看来，在十世纪的前四十年，士大夫文人的曲词写作，主要仍然是围绕宫廷文化的需要而进行的。温庭筠的词风，成为了这个时代的效法对象。只不过温庭筠乃是虚拟的宫廷词，而和凝等人，则有着宫廷文化的实际体验，与温词相比，有虚拟与写真的不同。

前文所引第七首："银字笙寒"一首，清人李调元说："和凝《山花子》云：'银字笙寒调正长'，按《唐书·礼乐志》：备四本，属清乐，形类雅音，有'银字'之名，中管之格音，皆前代应律之器也。《宋史·乐志》：太平兴国中，选东西班习乐者，乐器独用银字、觱栗、小笛、小笙。白乐天诗：'高调管色吹银字'，徐铉：'檀的慢调银字管'，吴融诗：'管纤银字密，梭密锦书匀'，故词中多用之。蒋竹山词：'银字笙调，雁子筝调'，所由来也。"[①]可知，和凝此词中所用乐器"银字"，乃为"前代应律之器也"，也是宫廷所用器物，而《山花子》曲调，仍属于清乐范畴。

和凝的代表作是一组《江城子》五首，描摹一位新娘从"含娇入洞房"直到天明的时间流程和微妙心理：

初夜含娇入洞房。理残妆。柳眉长，翡翠屏中、亲爇玉炉香。整顿金钿呼小玉，排红烛，待潘郎。

竹里风生月上门。理秦筝。对云屏。轻拨朱弦、恐乱马嘶声。含恨含娇独自语，今夜月，太迟生。

斗转星移玉漏频。已三更。对栖莺。历历花间、似有马啼声。含笑整衣开绣户，斜敛手，下阶迎。

迎得郎来入绣闱。话相思。连理枝。鬓乱钗垂、梳堕印山眉。娅姹含情娇不语，纤玉手，抚郎衣。

帐里鸳鸯交颈情。恨鸡声。天已明。愁见街前、还是说归程。临上马时期后会，待梅绽，月初生。[②]

联章组词形式，承续白乐天体《忆江南》三首而来，却将三首的风景描

---
① [清]李调元：《词话》卷一，《丛书集成初编》，中华书局1991年版，第3页。
② 曾昭岷等编：《全唐五代词》，中华书局1999年版，第477—478页。

写，变为女性视角。但组词在技术上也有它的问题。词本体本以短小精炼区别于诗本体，组词会给予新兴的词本体更为宽泛的空间，从而有失去词本体的精约特质之虞。故，后来者效仿虽有，却未能成为风尚。

关于和凝，最为著名的材料，莫过于所谓"曲子相公"的绰号："晋宰相和凝，少年好为曲子，契丹人入夷门，号为'曲子相公'。有《河满子》词曰：'正是破瓜年纪……'亦香奁佳句也。"① 又，《北梦琐言》卷六记载："晋相和凝，少年时好为曲子词，布于汴、洛。洎入相，专托人收拾焚毁不暇。然相国厚重有德，终为艳词玷之。契丹入夷门，号为'曲子相公'。所谓好事不出门，恶事行千里，士君子得不戒之乎？"② 《河满子》词，已见前文10首之中。所谓和凝拜相后，令人对早年之作收拾不暇，应该仅仅是这一类"艳词"作品，至于其主体部分的宫廷词作，不仅仅不需要收拾，反而是其本分职责之所在。又，这段资料记载的和凝少年时代所作曲词，"布于汴洛"，也充分说明了北方以京城为中心的汴京、洛阳等大都市的曲词流行传播情况，同时，也说明了在和凝少年时代的十世纪初，在当时一些政治文化中心所在的都市也已经开始流行市井的声诗曲词的声乐消费形式，这正是以后柳词兴起的社会文化基础。

第四节 孙光宪

孙光宪（896？—968），字孟文，号葆光子，陵州贵平（今四川仁寿）人，曾为陵州判官，后唐天成元年（926），避地江陵，梁震荐于荆南高季兴，为掌书记。累官荆南节度副使，入宋后，授黄州刺史。《花间集》收词61首，《尊前集》存23首，共存词84首。《花间集》简介曰："公，蜀之资州人，事荆南，有文学名，《北梦琐言》之所著也。"③

根据刘尊明先生有关考证，孙光宪大抵出生于公元896年左右，根据孙光宪《浣溪沙》词："十五年来锦岸游，未曾何处不风流"，孙光宪的青少年

---

① 《词苑丛谈校笺》，人民文学出版社，第184页。
② ［五代］孙光宪撰，贾二强点校：《北梦琐言》，中华书局2002年版，第135页。
③① 刘崇德等点校：《花间集》，河北大学出版社2006年版，第122页。

第七章　西蜀之外的花间词人

时代主要是在前蜀都城成都度过的，此外，还游历过资州、斜谷等地。孙光宪当是在前蜀亡国之后同光四年（926）初春，为了另谋出路才出蜀离川的，为高季兴掌书记，一直身处荆南长达37年。孙光宪曾与牛希济有过交游和唱和，其时应该是在前蜀孙光宪游历成都或为陵州判官期间。孙光宪也曾与诗僧齐己交往，可以从孙光宪为齐己《白莲集》所作序言中有所了解。序作收入《全唐文》第900卷。序写于后晋天福三年（938）三月，齐己死后，孙光宪为其编辑诗稿《白莲集》结集时所写。齐己大概在龙德元年（921）或稍前被高季兴"遮留"于荆南，并"署为僧正"。孙光宪著述丰硕，据《三楚新录》记载，孙光宪"三年间致书及数万卷"，《宋史本传》也记载他"博通经史，尤勤学，聚书数千卷，或自抄写，孜孜雠校，老而不废、好著述，自号葆光子。"其著作有《北梦琐言》等10种左右，其中有诗集，如《纪遇诗》10卷纪某部乐府诗集等，也应有文集或诗文集，如《荆南集》《笔佣集》《桔斋集》等。可惜孙光宪著作除《北梦琐言》流传外，其他多已散佚失传。《花间集》载孙光宪词共25调61首，仅少于温庭筠5首，位居其次，《尊前集》载孙光宪词凡23首，皆《花间集》未收者，大概多为孙光宪后期所作。（也含有少量前期作品）①

孙光宪词，大体有几个方面值得关注：（1）孙光宪是花间词人中少见的学者型诗客词人，虽然他也是士大夫官员，累官荆南节度副使，检校秘书少监，试御史中丞等。从这个角度来看看孙光宪词中，是否具有更多的诗客之词的因素，或者说，是否是早于李后主、苏东坡的"变伶工之词而为士大夫之词"。（2）孙光宪不仅仅是少量的西蜀之外的词人，而且，其卒年时间，进入到宋代一段时间，并且在宋初朝廷担任过黄州刺史的职位（《宋史》有传），可以将其视为由五代向宋初过渡的词人。（3）从《花间集》和《尊前集》所选孙光宪的词作来做对比性研究，也是一个有意思的课题。

如《花间集》所选第一首，词写楚天风物："江边一望楚天长"，应为荆南时期所作。其中"片帆烟际闪孤光"，更为名句，陈廷焯《云韶集》卷一，评："片帆七字，压遍古今词人"，"闪孤光"三字警绝，无一字不秀炼，绝唱也。王国维《人间词话附录》评："昔黄玉林赏其'一庭疏雨湿春愁'为古今

---

① 刘尊明：《唐五代词史论稿》，文化艺术出版社2000年版，第240—253页。

佳句，余以为不若'片帆烟际闪孤光'，尤有境界也。"①"一庭疏雨湿春愁"，也是孙光宪名句，为同调《浣溪沙》之句。可知，孙光宪《花间集》中的作品，多有以诗人炼句、炼字方式入词之作，更为具有审美意义。

《花间集》中的孙光宪《浣溪沙》词，多由具有唐诗意味的景致构成画面，如"片帆烟际闪孤光"，"画梁幽语燕初还"，"画帘垂地晚堂空"，"一庭疏雨湿春愁"，"早是销魂残烛影"，"落花微雨恨相兼"，"红苞尽落旧桃蹊"，能有唐诗意象方式的作品，占到全部作品的80%左右，唯有"兰沐初休曲槛前"和结尾"乌帽斜欹倒佩鱼"一首，属于人物画卷式的景物，总体来看，警绝秀炼，境界佳美，首首拿出，皆似唐诗。

《花间集》中的孙光宪词作，还有需要提及的：有《风流子》对农村生活的描写："茅舍槿篱溪曲，鸡犬自南自北。"可以视为以后东坡农村词的先声。有《定西番》："鸡禄山前游骑，边草白，朔天明。马蹄轻"，此一类描写大漠边域的边塞词，可以视为宋初范仲淹边塞词的先声；又如《定西番》下片："何处戍楼寒笛，梦残闻一声。遥想汉关万里，泪纵横"，更有范仲淹边塞词风致。又有咏史怀古之类的词作，如《思越人》上片："古台平，芳草远，馆娃宫外春深。翠黛空留千载恨，教人何处相寻。"似杜诗之咏古，又似王安石吟咏昭君。《思越人》第二首"想象玉人空处所，月明独上溪桥"和结句的"一片风流伤心地，魂销目断西子"，凄艳之美，却又能清秀俊逸，写出一片伤心人别有怀抱的淡淡哀伤和天地空明的境界。此等词人，与《尊前集》所选，判若两人。《尊前集》除了前面所选的《浣溪纱》十首之外，其余诸作，也大都相若，如《南歌子》（上片）写一位"艳冶青楼女，风流字楚真。骊珠美玉未为真。窈窕一枝芳柳、入腰身"；又如《遐方怨》下片："能婉媚，解娇羞。王孙忍不攀留。唯我恨，未绸缪。相思魂梦愁。"②乡野词、边塞词、咏史词，三者皆有曲词题材境界之开拓性意义。孙光宪者，真五代曲词向北宋词转关之枢纽也。

---

① 王兆鹏主编：《唐宋词汇评·唐五代卷》，浙江教育出版社2004年版，第400页。
② 《唐宋人选唐宋词·尊前集》，上海古籍出版社2004年版，第138—141页。

第八章
西蜀花间词人群体

第一节　概说

　　在前面章节中，笔者分论了皇甫松主要为唐声诗的传人，以声诗方式介入曲词之中，显示了由声诗而为曲词的变化痕迹；韦庄之主要为晚唐后期词人，曲词写作发端于江南而转移西蜀，张扬了诗人写词的真诚质朴风格；和凝主要写作于北方京畿地区，主要延续着晚唐五代宫廷文化背景之下的宫廷曲词；孙光宪主要体现了新兴诗客曲子词的出现，显示出了借鉴唐诗意境入词，并同时扩大曲词写作视野，张大曲词写作题材，从而透露出来由五代向北宋转型的信息。其余的曲词作家，主要是西蜀地域的词人，主要活动于十世纪初的前蜀后蜀。晚唐五代时期，战乱频仍，五代之西蜀，无论前蜀之王衍，还是后蜀之孟昶，都沉湎声乐，君臣欢饮，词曲艳发，故西蜀之地成为花间诞生的温床。西蜀词人是花间之主体，除了早期的韦庄之外，还有牛峤、张泌、毛熙震、牛希济、欧阳炯、顾夐、魏承班、鹿虔扆、阎选、尹鹗、毛文锡、李珣等十三位。这么多的词人在同一个区域，在同一个宫廷文化的背景之下同时写作曲词，确实是前所未有的事情。

　　对于花间词，素来有两个误区：一是误认为花间词是一种伎歌文化，是应歌之作。所谓应歌，主要指的是应歌伎歌女之歌，将原本还处于宫廷文化背景之下的曲词消费，误以为已经进入到柳永时代的青楼楚馆式的市井音乐消费形式；另外一个方面的误解，是较少看到花间词中诗客对曲词的介入，较少注意其以诗入词的写法。

第二节　薛昭蕴、牛峤、张泌

薛昭蕴（生卒年不详），《花间集》称为"薛侍郎"，新旧《唐书》有《薛昭纬传》，称其乾宁中为礼部侍郎，《北梦琐言》卷四又谓昭纬爱唱《浣溪沙》词。王国维《庚辛之间读书记·跋覆宋本〈花间集〉》，据之疑薛昭蕴即薛昭纬，其说云："今此集载昭蕴词十九首，其八首为《浣溪沙》，又称为薛侍郎，恐与昭纬为一人。纬、蕴二字俱从系，必有一误也。"俞平伯《唐宋词选释》疑其非是，谓"史载昭纬卒于唐末，而《花间集》列昭蕴于韦庄、牛峤间，当为前蜀时人。"陈尚君《花间词人事辑》承王说，以为"当即薛昭纬"，并"另举数据，以成其说"，然终无确证。[①]

孙光宪《北梦琐言》所记载的薛昭纬资料如下：

> 唐薛澄州昭纬，即保逊之子也，恃才傲物，亦有父风。每入朝省，弄笏而行，旁若无人。好唱《浣溪纱》词，知举后，有一门生辞归乡里，临歧献规曰："侍郎重德，某乃受恩。尔后请不弄笏与唱《浣溪沙》，即某幸也。"时人谓之至言。[②]

这段资料除了对提供薛昭蕴、薛昭纬之关系之外，还颇有一些的含义：

1. 薛昭纬好唱《浣溪沙》词，说明士大夫参与到新兴曲词写作，不仅仅是提供给乐工，或者是歌伎演唱，诗客曲词作家本身也有酷爱唱曲词者。当然，应该是清唱，而不是正式表演形式的演唱，若是正式演唱，则士大夫而为伶工，就更不能为时俗所容忍。

2. 薛昭纬知举后，受到一门生的直言规劝，将其弄笏而行的旁若无人之举，与好唱《浣溪沙》词并列，加以规劝。人有爱唱曲者，与他人何干？但这就是中国儒家社会下的现实，人不能特立而行，不能自由诗意栖居，正在于由无数他者构成的社会舆论加以钳制。

3. 由此，也为笔者前文所反复思考的，譬如王维、李商隐为何不写曲词

[①]　王兆鹏主编：《唐宋词汇评·唐五代卷》，浙江教育出版社2004年版，第294页。
[②]　[五代] 孙光宪撰，贾二强点校：《北梦琐言》，中华书局2002年版，第84页。

的原因在这里也得到了验证。随着中晚唐社会的逐渐开放，文人写词，逐渐可以受到接纳。写作曲词供奉宫廷乐工，或者是由市井歌唱，创作者和演唱者分开，大抵可以接受了，但创作者演唱自己的曲词，就有士大夫而为伶工之错觉，故而，与弄笏而行同视为恃才傲物，不尊礼法的表现。"时人谓之至言"，充分说明了当时的这种广泛的社会舆论基础。

4. 孙光宪记录下时人对于薛昭纬爱唱《浣溪沙》词的事情，自己也大量写作《浣溪沙》，显示了其受到薛昭纬影响的一面。

昭蕴之《浣溪沙》，或写男女之别，颇类柳永之先声："江馆清秋揽客船，故人相送夜开筵。麝烟兰焰簇花钿。　正是断魂迷楚雨，不堪离恨咽湘弦。月高霜白水连天。"这里有白居易《琵琶行》的写法，首句即进入到一个具体的场景之中，二三句补足事情原委："故人相送夜开筵"；下片抒情："正是断魂迷楚雨"，"不堪离恨"，颇类秦观。上片写景，下片言情，已经是柳三变写法。

或咏古悲怀，放怀一哭："倾国倾城恨有余。几多红泪泣姑苏。倚风凝睇雪肌肤。　吴土山河空落日，越王宫殿半平芜。藕花菱蔓满重湖。"又颇类晏殊"满目山河空念远"之意。但若从词史迁移的角度来看，则花间词人之有某些诗体属性，是词体尚未完全脱离诗本体之前的状态，是不经意间流露出的某些诗体特征，而经历柳永之后的士大夫词，则是在词本体充分发展之后的有意回归。又如《小重山》："春到长门春草青。玉阶华露滴，月胧明。东风吹断紫箫声。宫漏促，帘外晓啼莺。　愁极梦难成。红妆流宿泪，不胜情。手挼裙带绕阶行。思君切，罗幌暗尘生。"

牛峤（生卒年不详），吴任臣《十国春秋》卷四十四记载：牛峤，字松卿，一字延峰。陇西人也，唐相僧孺之后，博学有文，以歌诗著名。乾符五年（878）登进士第，历官拾遗、补阙、校书郎。高祖以节度使镇西川，辟为判官，及开国，拜给事中，卒。有集三十卷，歌诗三卷，自言窃慕李贺长歌，举笔辄效之。尤善制小词，《女冠子》云："绣带芙蓉帐，金钗芍药花"，《菩萨蛮》云："山月照山花，梦回灯影斜。"皆峤佳句也。①

牛峤可以视为继韦庄之后的第一位由王建镇蜀到前蜀开国的西蜀词人。牛峤词效法飞卿而过之：如《女冠子》："绿云高髻。点翠匀红时世。月如眉。浅笑含双靥，低声唱小词。　眼看唯恐化，魂荡欲相随。玉趾回娇步，约佳

---

① ［清］吴任臣：《十国春秋》，中华书局1983年版，第646页。

117

期"，词写对一位女冠，由窃慕到约佳期的过程。将飞卿对贵族女性的外形摹写，发展到近乎色情色欲的生理刺激，上片"绿云高髻"，尚在对女冠外形之摹写，下片则已经是"眼看唯恐化，魂荡欲相随"情色的袒露。玉趾一句，颇类现代模特的形象。另一首《女冠子》上片："锦江烟水。卓女烧春浓美。小檀霞。绣带芙蓉帐，金钗芍药花。"同样使用金玉字面"金钗""绣带"，只不过地点写明在"锦江烟水"，颇似六朝丽句。

牛峤词中多有《女冠子》为词调，颇为引人注目。唐自武后始度女尼，女冠甚众，其中不乏艳迹，如李冶、鱼玄机一类。女冠者，道姑也。唐代尊崇道教，大量女子出家，甚至有一些公主也赶时髦去当女冠。加上唐朝风气开放，就形成了唐代特有的女冠现象。由此来思考，晚唐到五代时期曲词的兴起和侧艳的风格指向，不仅仅是宫廷文化所致，也与女冠现象有着直接的关联。女冠的主要来源，除了来自宫廷的公主和贵族女子，还有被精简下来的宫女乐工，甚至被贵族遗弃的姬妾等。这些人都熟谙宫廷乐舞习俗。这是宫廷文化地方化、道观化、寺院化的另外一条途径。牛峤此作中的"浅笑含双靥，低声唱小词"，正说明了这一点。而这些女冠，成为这个时代除了青楼之外最为集中的无主女性群体，她们又经常拥有音乐、诗歌等文艺性的才华，从而成为这个时代才子们追逐趋艳的渊薮，从而极大地推动了曲词写作的广泛性和曲词数量。花间词中有相当多的曲词作品属于此类。女冠，可以视为宫廷文化的另外一种外延形态。

牛峤《菩萨蛮》："玉楼冰簟鸳鸯锦。粉融香汗流山枕。帘外辘轳声。敛眉含笑惊。　柳阴烟漠漠。低鬓蝉钗落。须作一生拚。尽君今日欢。"由温飞卿的"玉楼冰簟"式的器物暗示，进一步摹写性爱场景"粉融香汗"，这是花间词体内部的尝试性的突破，虽然以后并不被整个词本体的主流接受。"帘外"两句，虽是性爱描写中的细节描写，却令人有真切感。总之，牛峤可以视为花间体中的变异，是花间体中的柳永体。当然，仅仅是在某些方面与柳永相似而已。

再如《更漏子》二首："星渐稀，漏频转。何处轮台声怨。香闺掩，杏花红。月明杨柳风。　挑锦字，记情事。唯愿两心相似。收泪雨，背灯眠。玉钗横枕边。""春夜阑，更漏促。金烬暗挑残烛。惊梦断，锦屏深。两乡明月心。　闺草碧，望归客。还是不知消息。辜负我，悔怜君，告天天不闻。"其中颇有一些小女子心态、小女子情状,如"挑锦字,记情事"一段描摹和"辜负我"一段的告白,又都与柳永有所链接。

张泌(生卒年不详),字里无考。张泌词《花间集》录存27首。张泌以"还似花间见,双双对对飞"闻名,《花间集》和花间词派由此而来。其词出自《胡蝶儿》:"胡蝶儿。晚春时。阿娇初着淡黄衣。倚窗学画伊。　还似花间见,双双对对飞。无端和泪拭燕脂。惹教双翅垂。"正像这首具有象征意义的词作所展示的,张泌为花间体增添了一些小巧精致的意象,一些精巧的景物,虽写花间,却多了几分清淡、闲适和宁静,但也有幽艳者,如《浣溪沙》:"独立寒阶望月华。露浓香泛小庭花。绣屏愁背一灯斜。　云雨自从分散后,人间无路到仙家。但凭魂梦访天涯。"词写与一位女性密约之后的思念,颇疑与前文所说牛峤词中多次描写的女冠相类,盖因女冠所居之地往往被描写为仙境、仙家。

另,《浣溪沙》下片"天上人间何处去,旧欢新梦觉来时。黄昏微雨画帘垂",及"偏戴花冠白玉簪,睡容新起意沉吟。翠钿金缕镇眉心。　小槛日斜风悄悄。隔帘零落杏花阴。断香轻碧锁愁深",也似应为与女冠之间的恋情。张泌也同样有《女冠子》词,上片摹写女性寂寞相思:"貌减潜削玉,香残尚惹襟",下片补足环境:"竹疏虚静槛,松密醮坛阴"。或说:采用《女冠子》,不一定写作女冠,诚是也,但就晚唐五代的习俗,牛峤、张泌等人相关之作,应该就是女冠之作。此作中"竹疏虚静槛,松密醮坛阴",更是明确描写了道观的典型环境。结句"何事刘郎去,信沉沉",刘郎当是自指,由此来看,全词写作的是与张泌有着密切关系的女冠相思之作。

《酒泉子》:"紫陌青门,三十六宫春色。御沟辇路暗相通。杏园风。　咸阳沽酒宝钗空。笑指未央归去。插花走马落残红。月明中。"此词一作李白词,见前引沈括《梦溪笔谈》,杨升庵《词品》说为牛峤所作,诸本皆云张泌所作,不知孰是。此词有"未央""三十六宫"等字样,为比较浓郁的宫廷词风。

张泌《江城子》:"碧栏杆外小中庭。雨初晴。晓莺声。飞絮落花,时节近清明。睡起卷帘无一事,匀面了,没心情。""睡起卷帘无一事,匀面了,没心情",可以视为易安先声,是故,笔者有张泌词作清淡闲适之感。另首《江城子》,结句采用对话体:"好是问他来得么,和笑道,莫多情",音声笑貌,如在目前,后为易安所化用,更上一层。

《满宫花》:"花正芳,楼似绮。寂寞上阳宫里。钿笼金锁睡鸳鸯,帘冷露华珠翠。　娇艳轻盈香雪腻。细雨黄莺双起。东风惆怅欲清明,公子桥边沉醉。"将男性、女性并写,是花间以来之首创,特别是"公子桥边沈醉"这一形象,为拥有女性特点的词体所罕见,特别是词体在晚唐五代这一特定时期。

第三节　欧阳炯、毛文锡词

欧阳炯(896—971),益州华阳人。少事前蜀主王衍为中书舍人。前蜀亡,随王衍至洛阳。孟知祥镇蜀,复回成都,孟知祥称帝,任中书舍人。后主孟昶广政三年(940)四月,为赵崇祚编《花间集》作序。十二年(949)拜翰林学士,二十四年(961)拜门下侍郎兼户部尚书,平章事。后蜀亡,随孟昶至汴京,充翰林学士,转左散骑常侍等职。根据《续资治通鉴》记载,欧阳炯精通音乐,雅善长笛,宋太祖乾德三年(965)八月。

> 以左散骑常侍华阳欧阳炯为翰林学士。炯性坦率,无检束,雅喜长笛,帝间召至便殿奏曲。御史中丞刘温叟闻之,叩殿门求见,谏曰:"禁署之职,典司诰命,不可作伶人事。"帝曰:"孟昶君臣溺于声乐,炯至宰相,尚习此伎,故为我所擒。所以召炯,欲验言者之不诬耳。"温叟谢曰:"臣愚不识陛下鉴戒之微。"自是遂不复召。[①]

这段资料很有价值,它说明了:(1)宋太祖所说的"孟昶君臣溺于声乐,炯至宰相,尚习此伎,故为我所擒",前后蜀君臣同样如此,溺于声乐,此正为西蜀曲词兴盛的社会原因,宋代立国,将前后蜀这种声乐的繁盛以及君臣对声乐的溺爱,视为亡国的主要原因。这也是唐宋两代开国君臣对之戒惧的主要原因。(2)欧阳炯身为宰臣,竟然"雅喜长笛",可知,唐代以诗取士所造成的传统的诗人士大夫类型社会,在五代中后期,已经渐次被曲词兼乐工类型的官僚类型所取代。由于帝王痴迷于音乐歌舞、声乐歌辞,上行下效,

---

① [清]毕沅编著:《续资治通鉴》卷四,中华书局1957年版,第94页。

竟成风气，就连宰臣也专攻长笛，类同伶工。（3）由此可知，花间词之为宫廷文化下的产物，并非为青楼楚馆之歌伎应歌之作。

欧阳炯词，《花间集》存17首，《尊前集》存31首（其中1首为和凝之作），实存47首。《全唐五代词》收47首。欧阳炯词中，体现出了宫廷词的一些特征，如对宫廷生活的描写，《更漏子》："三十六宫秋夜永，露华点滴高梧。丁丁玉漏咽铜壶，明月上金铺。　红线毯，博山炉。香风暗触流苏。羊车一去长青芜，镜尘鸾影孤。"

欧阳炯词中也有承续早期文人词，以词体写作景物的，只是其中多几分妩媚细腻，如《西江月》："月映长江秋水。分明冷浸星河。浅沙汀上白云多。雪散几丛芦苇。　扁舟倒影寒潭里。烟光远罩清波。笛声何处响渔歌。两岸萍香暗起。"此类景色词，尚并非词本体发展之主流，在花间体内部，倒有些显得不合时宜，故极少有人注意之，到了南唐体、柳永体以及晏欧体中，词体得景物描写才得到长足的进展。此词的用韵也很特殊，上下片皆为中间两句一韵，开头结尾各一句用另一韵，这在唐宋词中不常见。

欧阳炯也有情色气息极重的词作，如《花间集》所载《浣溪沙》其三下片："兰麝细香闻喘息，绮罗纤缕见肌肤，此时还恨薄情无？"与牛峤等呼应，成为艳情词的线索。田况《儒林公议》记载："伪蜀欧阳炯尝应命作宫词，淫靡甚于韩偓。江南李煜时近臣私以艳薄之词闻于王听。盖将亡之兆也，君臣之间其礼先亡矣。"①这段资料也很有价值：

一是再次验证了笔者所说的花间词的本质在于宫廷文化，其主体部分在于宫廷的应制应歌，是由帝王喜爱而上行下效所来的；二是同时涉及李后主时代同样发生这种"以艳薄之词闻于王听"的行为，与西蜀的宫廷时尚以及曲词写作风尚，原本具有着一脉相承，或说是一脉相连的关系；三是田况以这种为君王撰写小词、艳词的行为，视为"将亡之兆"，其理由是"君臣之间其礼先亡"，这也就为以后宋人对晚唐五代艳科小词的改造，做出了合理的解释，换言之，苏东坡等人的以士大夫之词取代伶工之词的文学史革新，是必然的；四是同此，我们再来理解王国维所说的"伶工之词"，就不仅仅是宫廷

---

① 王兆鹏主编：《唐宋词汇评·唐五代卷》，浙江教育出版社2004年版，第255页。

乐工之词，还包括欧阳炯、和凝等代表的宫廷文人，以艳歌小词侍奉君王的行为，类同于伶工，也在伶工之词之内。

当然，欧阳炯曲词中也有朴素的乡间生活画面，《南乡子》："画舸停桡，槿花篱外竹横桥。水上游人沙上女，回顾，笑指芭蕉林里住。"但也不能夸大欧阳炯此类词作的地位和影响。将其视为学习民间词之类的说法，并无根据。此类词作，亦可视为士大夫官僚的乡野之游，猎奇采风而已。同时，写作乡野的题材，并不一定就不能在宫廷演出，即便是帝王嫔妃，有时候听腻了艳科小词，偶然听听乡野风光，或者是边塞凄凉，也都可以成为很好的音乐节目。我们不能将帝王宫廷文化理解为简单化、单一化的存在形态，而要将其理解为以艳科为主体，同时，也能包含多样题材、多样风格的音乐消费需要的一种文化形态。如此，才能理解花间词在拥有艳科风格以及宫廷风格的主体风格之外，还存在着不少其他风格、其他题材的曲词作品。

毛文锡（生卒年不详），字平珪，高阳人（今属河北）。年十四，登进士第。唐亡，仕前蜀，任中书舍人、翰林学士，与贯休时有诗歌唱和、迁翰林学士承旨。永平四年（914），迁礼部尚书，后至拜司徒。毛文锡精通音律，能诗工词，时名颇重，《十国春秋》记载：毛文锡"与欧阳炯等五人以小辞为后蜀主所赏。文锡有《前蜀纪事》二卷，《茶谱》一卷，尤工艳语，所撰《巫山一段云》词，当世传咏之。"[①]人称"五鬼"。

《十国春秋》还有一段记载，也颇有意思："天汉时，宦官唐文扆同宰相张格为表里，与文锡争权。会文锡以女适仆射庾传素子，宴亲族于枢密院，用乐不先奏闻，高祖闻鼓吹声，怪之，文扆因极口摘其短，贬文锡茂州司马，子询流维州，籍其家。"[②]这两段资料合起来，很有说服力：

1. 毛文锡在前蜀王建天汉年间（917），因为嫁女，宴请家族在枢密院，动用了音乐，但事前没有奏闻，被高祖王建听闻，"怪之"，因此，被毛文锡的政敌宦官唐文扆借此机会"极口摘其短"，遭到了贬谪，并被"籍其家"的严厉处分。此事并不完全是因为"用乐不先奏闻"，还有着两个派系之间斗争的问题，但毕竟是以"用乐不先奏闻"为借口，而高祖闻之，也确实不高兴，

[①] ［清］吴任臣:《十国春秋》，中华书局1983年版，第609页。
[②] ［清］吴任臣:《十国春秋》，中华书局1983年版，第609页。

说明在五代时期的乐舞制度，仍然集中于宫廷使用，重臣用乐，需要事先奏闻，得到批准，方可用乐。这就更为说明，唐五代的音乐消费制度，限制了宫廷之外的发展。

2. 毛文锡多有著作，但仍然以艳词侍奉后主，并且，"尤工艳语"，正是这种乐舞制度的政治背景使文人士大夫用心于音乐以及曲词，也才有了五代时期曲词的畸形发展。

《全唐五代词》收毛文锡词32首，其中《花间集》31首，《尊前集》1首。

毛文锡的词，多有温飞卿式的华贵香软、繁丽铺锦之作，如《赞浦子》："锦帐添香睡，金炉换夕熏。懒结芙蓉带，慵拖翡翠裙。　正是桃夭柳媚，那勘暮雨朝云。宋玉高唐意，裁琼欲赠君。"其中多用华贵的器物，如锦帐、金炉、翡翠裙等，平添几分高雅华贵的气息。以后，如易安词作，也多用此法，渐成习俗。人物多为慵懒，"懒结芙蓉带，慵拖翡翠裙"，以偶对形式写出慵懒来。

再如《恋情深》："滴滴铜壶寒漏咽。醉红楼月、宴余香殿会鸳衾。荡春心。　真珠帘下晓光侵。莺语隔琼林。宝帐欲开慵起，恋情深。"此词更为显示宫廷色彩，采用"香殿""琼林"等字眼。这一点，参看《恋情深》的第二首，更为清晰："玉殿春深花烂漫""一笑动君心"等。可知，此一类曲词，当为帝王应制所作，与太白曲词，一脉承传。

再如《虞美人》："宝檀金缕鸳鸯枕。绶带盘宫锦。夕阳低映小窗明。南园绿树语莺莺。梦难成。　玉炉香暖频添炷。满地飘轻絮。朱帘不卷度沉烟。庭前闲立画秋千。艳阳天。"此词也为宫廷风格，但人物淡化，景物凸出。突出"梦难成""频添炷""朱帘不卷""庭前闲立"的几个动作而已。

在《酒泉子》中，人物进一步淡化："绿树春深，燕语莺啼声断续。蕙风飘荡入芳丛。惹残红。　柳丝无力袅烟空。金盏不辞须满酌。海棠花下思朦胧。醉香风。"我们能够知道这是一个女性，但就具体的形象而言，却又全无痕迹，这里至多是思绪的朦胧。无力的柳丝像袅袅的清烟在天空飘漾，以及断续的燕语、沉醉的春风而已，景物不仅仅是取代了人，而且成为了人体本身。

毛文锡《甘州遍》，大概是由于词调的边塞意谓，因写边塞风物："秋风紧，平碛雁行低。阵云齐。萧萧飒飒，边声四起，愁闻戍角与征鼙。　青冢北，黑山西。沙飞聚散无定，往往路人迷。铁衣冷，战马血沾蹄。破藩奚。

凤凰诏下，步步蹑丹梯。"描写了边声四起，秋风飒飒的边塞风物。词人使用秋风、平迹、雁行、阵云、边声、戍角、征辔、青冢、黑山、飞沙、铁衣、战马等一系列别具特色的边塞意象，渲染北国边塞的特异景致和征战心境。可以说是北宋前范仲淹边塞词的先声。一般论者，在论述东坡词的豪放风格之时，往往要追溯到范仲淹的一组《渔家傲》，其实，远在花间体的毛文锡，就已经开了范、苏边塞词的先声。说明了词体的演进，其基本因素，是在词体产生伊始，就已然存在着的，只不过在不同时期，拥有不同的地位而已。

第四节　顾敻、鹿虔扆词

顾敻（生卒年不详），字里无考。《十国春秋》称其："前蜀通正时（916），以小臣给事内庭……善小辞，有《醉公子》曲为一时艳称。尤善诙谐。"① 以小臣给事内庭时，会大秃鹫鸟翔于摩诃池上，顾敻作诗刺之，祸几不测。久之，擢拔为茂州刺史。后事后蜀孟知祥，累官至太尉。顾敻词，《花间集》录存55首。

飞卿之喜爱使用金玉字面的风格，在花间体中大多有其遗风，也就是说，花间体词人在自觉不自觉之间，沿袭或者仿效着飞卿体，从而，使整个花间体的词人群体，拥有着共同作为花间体词人的共性。顾敻词如《酒泉子》："罗带缕金。兰麝烟凝魂断。画屏欹，云鬓乱。恨难任。　几回垂泪滴鸳衾。薄情何处去。月临窗，花满树。信沉沉。"又如《献忠心》，全篇只是铺饰丽字，并无真情。如"绣鸳鸯帐暖，华孔雀屏欹""银釭背，铜漏永""小炉烟细，虚阁帘垂"等等，全是飞卿家法。

《诉衷情》词的结句，因为王国维的称赏而极富盛名："永夜抛人何处去，绝来音。香阁掩。眉敛。月将沉。争忍不相寻。怨孤衾。换我心、为你心。始知相忆深。"人类相爱之最大的困惑，莫过于男女情爱的倾心表达。虽然人类所拥有的表达情感的语言，使人类成为不同于其他物种的高级动物，但也正是语言的存在，才使人类的这种特殊情感，需要面对表达沟通方面的困惑。

---

① ［清］吴任臣：《十国春秋》，中华书局1983年版，第813页。

顾夐之"换我心,为你心,始知相忆深",正是这种景况的一个透辟的说法。

顾夐词能成为词体,为后人仿效,在于他的一组《荷叶杯》。这组《荷叶杯》共计九首,在每首结尾处,都使用两个重复字,并重复句。如:"春尽小庭花落。寂寞。凭槛敛双眉。忍教成病忆佳期。知么知。知么知。"(其一)"记得那时相见。胆颤。鬓乱四肢柔。泥人无语不抬头。羞么羞。羞么羞。"(其五)顾夐体是由于顾夐多次使用《荷叶杯》词调,从而形成这种字句重复的特点而使后人摹仿,这与花间体中的温韦由于风格方面的原因而使后人摹仿不同。

鹿虔扆(生卒年不详),字里无考。《十国春秋》有小传:"不知何地人。历官至检校太尉,与欧阳炯、韩琮、阎选、毛文锡等,俱以工小词供奉。后主时,人忌之者号曰'五鬼';"鹿虔扆词,《花间集》录存6首,其中《思越人》最为有名:"翠屏欹,银烛背,漏残清夜迢迢。双带绣窠盘锦荐,泪侵花暗香销。 珊瑚枕腻鸦鬟乱。玉纤慵整云散。苦是适来新梦见。离肠争不千断。"其中"双带"两句,时人号为绝唱。鹿虔扆也有《女冠子》一首,吟咏女冠,"步虚坛上。绛节霓旌相向。引真仙。玉佩摇蟾影,金炉袅麝烟。露浓霜简湿,风紧羽衣偏。欲留难得住,却归天。"词中既有"步虚坛上"之类的字眼,又有"绛节霓旌"之类的语词,或是陪同后主同去道观,也未可知。此外,如《临江仙》:"金锁重门荒苑静,绮窗愁对秋空。翠华一去寂无踪。玉楼歌吹,声断已随风。 烟月不知人事改,夜阑还照深宫。藕花相向野塘中。暗伤亡国,清露泣香红。"其所歌咏的主题,十分明显,是"暗伤亡国",可以视为南唐体之先声。

第五节　阎选、牛希济、李珣词

阎选,号为处士,《十国春秋》说他"故布衣也,雅善小词……时人目为'阎处士'"[①]其中《谒金门》写美人洗浴,近似齐梁宫体:"美人浴。碧沼莲开芬馥……酥融香透肉。"之所以引用几句,是想说明,即便是高雅如处士,也

---

① [清]吴任臣:《十国春秋·高祖本纪》第二册,中华书局1983年版,第815页。

早就没有魏晋风度的高风绝尘，而是一同以小词供奉帝王。当然，阎选也有如《定风波》的高雅之作："江水沉沉帆影过"，特别是结句："露迎珠颗入圆荷"，显示处士本色。高雅隐逸与小词供奉，雅俗之间，并行不悖，这正是中唐以来文人生活的写照。

牛希济（827？—？），狄道（今属甘肃）人，牛峤之兄子。遭遇世乱，流寓入蜀，依靠季父牛峤。事前蜀为起居郎，累官翰林学士，御史中丞。前蜀亡，跟随后主入洛，后拜雍州节度副史。牛希济词，《花间集》存11首，《全唐五代词》辑录12首。牛希济词，以一首《生查子》最为有名："春山烟欲收，天淡稀星小。残月脸边明，别泪临清晓。　语已多，情未了。回首犹重道。记得绿罗裙，处处怜芳草。"此词之有名，原因当在结尾处的"绿罗裙"，写词中的男主人公之于所爱至深，所忆至深，爱意深铭，却不正面说来，而是说，常常铭记着那女子所穿的一条绿罗裙，并由绿罗裙而处处怜爱芳草，由人及裙，由衣及物，一波三折，曲尽其妙。后来晏几道的"记得小苹初见，两重心字罗衣"，大体从此处化出。

李珣，生卒年不详，字德润，梓州人，其先为波斯人，后入蜀中。其妹舜弦，为前蜀王衍昭仪。李珣词也被视为是花间体的另类，被评价为是与温、韦鼎足而三共同构成花间体总体风格的重镇。李珣词更多地具有文人词的特点。如《渔歌子》："荻花秋，潇湘夜。橘洲佳景如屏画。碧烟中，明月下，小艇垂纶初罢。　水为乡，蓬作舍。鱼羹稻饭常餐也。酒盈杯，书满架。名利不将心挂。"就主题而言，无疑是玄真子体隐逸情怀的歌唱，其中掺杂了白乐天体的美景描画。在艺术手法和语言方面，则加入了韩愈以来以文为诗的一些因素，如"鱼羹稻饭常餐也"的"也"字，"名利不将心挂"的直白，颇有后来元曲的风味。类似的词句很多，如"任东西，无定止。不议人间醒醉"（《渔歌子》）。

李珣最为有名的词作为《南乡子》："乘彩舫，过莲塘。棹歌惊起睡鸳鸯。游女带香偎伴笑。争窈窕。竞折团荷遮晚照。"其中已经颇有炼字、炼句的意思，其中几个动词，如"惊起""偎伴笑"，以及结句的"竞折团荷争晚照"，组成一幅蒙太奇画面，显示了诗客曲词的诗人因素。

第九章
南唐后主词

第一节 概说

　　唐五代词的发生过程，从李白的宫廷应制，到南唐宫廷李后主帝王之词，中间经历了：盛唐宫廷——中唐地方州刺史士大夫——晚唐宫廷（花间词和后主词同为五代宫廷词）的过程。其中以李白为代表的盛唐宫廷应制词，具有开创意义。晚唐的花间词和南唐词不论是数量还是质量，都具有整个唐五代词的巅峰地位。中间阶段从张志和到白居易、刘禹锡等，不过是宫廷词的阶段性外延而已，数量少而不经意之作也。而民间词在中唐初露端倪，到五代宋初伴随着都市经济的繁荣，才形成新的时尚，一直到了柳永成为这个阶层词人的代表。因此，整个唐五代词，就宫廷、士大夫、民间三个阶层而言，毫无疑问，其主流线索是在宫廷，换言之，词是唐五代宫廷文化的产物，而非来自民间。

　　李后主作为唐五代词的结束，也作为唐五代词发生史的最后终结者，同时开始具备了转型的因素——后主词的后期之作，已经具备了宋士大夫词的基本素质。这也是很有意味的现象，终结点同时是下一个历史时期的开始点，这是合于辩证精神的。

　　整个唐五代词，李白和温庭筠的词出现更早，影响更大，李白词作中的《清平乐》等应制词，标志了词体发生之开端，奠定了词体香软华贵、柔媚婉约的宫廷女性品格；温庭筠词的风格，正从李白应制词发展而来，这是唐五代词的主流线索，以后的花间词人正是这一条线索的延续；李白身在宫廷，故其词作，皆可以视为宫廷文化中的一部分，但李白毕竟其本身，或说是其

127

本质还是诗人，其思想品性在士大夫阶层之中，故其不得意之际所作的《菩萨蛮》《忆秦娥》两篇，都体现出士大夫阶层的思想情趣，境界阔大，目光深远，非宫廷宫闱所可局限。李后主后期之词作，便是延续着这一条线索而来，并在宋词中，演变成苏东坡为传人的所谓诗人之词。

李后主作为词人的伟大，正在于他作为帝王的悲剧所带给他的一切喜怒哀乐之透彻骨髓的悲哀，带给他赤子之心的天真。王国维所说："词人者，不失其赤子之心者也。故生于深宫之中，长于妇人之手，是后主为人君所短处，亦即为词人所长处。""客观之诗人，不可不多阅世。阅世愈深，则材料愈丰富，愈变化，《水浒传》《红楼梦》之作者是也。主观之诗人不必多阅世。阅世愈浅，则性情愈真，李后主是也。"[①]所说的正是这个道理。

中主之子的身世，首先给予李煜极好的文化教育，培养了李煜多方面的艺术才华；历史营造了南唐这样一个既偏安一隅，而又富于文化精神的能够产生伟大词人的环境。中国的诗歌史，原本主要是以北方的中原文化为正宗的，南方的诗歌写作，兴起较晚，诗三百是中国诗歌史的第一源头；诗三百之后，屈原成为了中国诗歌史在先秦两汉之际空前绝后的诗人，汉魏之际，莫说是两汉之诗人，基本都是以长安、洛阳为中心的诗人，就是到了建安时代，也仍然是以三曹七子的邺城文化为中心；三曹之后，七贤的文学活动，也仍然是以而今的河南一带为中心，陆机、陆云兄弟，可以视为屈原之外最早的南方诗人，但自从东晋以来，华夏文化的正统随之南渡，于是，陶渊明、谢灵运等南方诗人崛起，南方渐次成为了华夏文化之中心。从新兴的词体来说，奠基词体的两大重镇：一个是西蜀的花间，另一个就是南唐的后主，都在中国的南方。

第二节 后主词产生的原因

唐五代时期，在新兴曲词尚未在士大夫阶层中普遍流行的情况下，在唐

[①] 王国维：《人间词话》，人民文学出版社1960年版，第198页。

五代词史中，出现了一位像李后主这样的大词人，这确是一件似乎是不可思议的事情。在唐五代词人中，李白词作为百代词曲之祖，其地位固然重要，温庭筠作为花间鼻祖，影响了一代之词风，固然重要，但就词作本身的艺术成就而言，终究都未能企及李后主这种伟大词人之境界。那么，李后主作为一位帝王为何能攀登唐五代词之巅峰，其中的原因颇为值得玩味。以笔者之所见，需要从诸多角度来探询后主词产生的原因，特别是某些历史的原因。

一、唐五代曲词的宫廷传统

曲词自魏晋清商乐，到南朝清乐艳曲，再到隋代初唐燕乐胡声，最后到玄宗清乐法曲引发声乐革命，这一个大系列的变革，都是宫廷贵族阶层内部的文化运动，换言之，借用杜甫诗句"诗是吾家事"来说，历史性话语应该是，曲词歌舞，在宋代之前，基本上就是宫廷帝王家事，出现李后主这样的帝王优秀音乐家或是曲词家，是有着历史的传承基因的。

近年，刘尊明先生有《唐宋词与唐宋文化》出版，其中除了对李白词的真实性给予高度肯定之外，基本认为李白词可以成为结论，并对整个隋唐五代的宫廷词给予了密切的关注，特别是其中颇多量化的统计，很有说服力。学术史在经历漫长时间的民间神话之后，终于有一些学者开始对宫廷文化给予密切的关注，显示了时代转型的信息，值得关注。兹摘录其要：

隋唐五代有记载可考证的宫廷乐曲，隋炀帝朝约20曲，有《纪辽东》《河传》《柳枝》《水调》《扶南曲》《骁壶》《万岁乐》《斗百草》《泛龙舟》等，其中前六曲为隋炀帝所作或改制。

唐太宗朝约7曲：《破阵乐》《庆善乐》《倾杯曲》《乐社乐曲》《英雄乐曲》《黄骢叠曲》《大酺乐》。其中《破阵乐》为唐太宗据《秦王破阵曲》改制而成，《庆善乐》为太宗制辞，吕才协律而成，《倾杯乐》以下3曲，乃太宗因内宴诏长孙无忌、魏征、虞世南分制而成。其中《倾杯曲》本起于北周，此或就旧曲改制者。

唐高宗、武后朝约9曲，其中除《春莺啭》一曲为高宗命白明达所作外，余皆传为高宗、武后所作。均无唐五代传辞，宋代演变为词调者凡2曲。

唐玄宗朝约30曲，其中《光圣乐》《霓裳羽衣曲》《春光好》《紫云回》《谪仙怨》《雨霖铃》等，凡16曲，皆传为唐玄宗所制，其中只有《雨霖铃》一曲，或传为宫廷乐工张野狐据玄宗播迁蜀道之事而作。《夜半乐》一曲，或云为玄宗平韦后之乱而自作，或云命乐人所作。又《还京乐》一曲，或云玄宗平韦后之乱时所作，或云自蜀返驾后张野狐所制。《荔枝香》一曲，传为小部音声演唱作品，不知谁作，或云乃杨贵妃生日庆贺时宫廷乐工李龟年进献。《圣明乐》一曲，乃太常乐工马顺儿据隋曲改制者。《玄真道曲》以下3曲，乃唐玄宗诏道士司马承祯、道士李会元、工部侍郎贺知章三人所制道曲。《景云》以下7曲，乃太常卿韦縚因太清宫建成而制者，亦应为道曲。有唐五代传辞者4曲，唐五代至宋用为词调者约7曲。

唐代宗至昭宗朝约12曲，其中《宝应长宁乐》乃代宗即位初梨园供奉官刘日进所制，《中和乐》乃德宗所亲制，《播皇猷》以下四曲皆唐宣宗所制，《赞成功》为唐昭宗所制，有唐五代传辞者凡3曲，唐五代至宋用为词调者约2曲。

五代十国约7曲，其中《如梦令》乃后唐庄宗李存勖自度曲，《念家山破》乃南唐后主李煜所制，《振金铃破》亦为李后主所作。《邀醉舞破》《恨来迟破》二曲，乃南唐后主昭惠后周氏所作。《醉妆词》《甘州曲》，皆前蜀后主王衍所作，其中《甘州曲》或就盛唐教坊大曲《甘州》改制者。有唐五代传辞者凡3曲，五代以来用为词调者约5曲。

以上凡汇列85曲，皆有正史及各种杂史、乐书、诗话等文献记载以为依据，其中出自帝王、后妃制作者约46曲，出于宫廷乐工等其他人制作者约39曲。

从以上数据来看，在隋唐五代有记载可考证的宫廷乐曲中，帝王后妃之作，占据了其中的多数，再加上教坊曲中可推测可考订的宫廷乐曲，凡得127曲，其中有唐五代传辞歌唱者约有32曲，唐五代至宋代用为词调来歌唱者约有37曲，可见在这一百多个所谓的宫廷乐曲中，约有四分之一是用为歌曲和词调来歌唱者。这些曲调最先可能是在宫廷范围之内歌唱，晚唐五代之际才渐渐流入民间。

再从唐五代宫廷词作之考订来看：唐五代帝王及后妃所作宫廷词10人63首：唐玄宗1首《好时光》；杨贵妃1首《阿那曲》；唐昭宗李晔5首：《菩萨蛮》2首，《巫山一段云》2首，《思帝乡》；后唐庄宗李存勖4首：《一叶落》《忆仙姿》《阳台梦》《歌头》；后蜀后主王衍2首：《醉妆词》《甘州曲》；后主孟昶3

首：《洞仙歌》《相见欢》《木兰花》（又名《玉楼春》）；花蕊夫人1首《采桑子》；陈金凤[①]2首：《乐游曲》；南唐中主李璟4首：《应天长》《望远行》《浣溪沙》2首；南唐后主李煜40首：（略）。

唐五代文人所写宫廷词30人，共约100首：除笔者前文已经列举过的李白、王建等之外，尚有：

刘禹锡《杨柳枝》2首；白居易《杨柳枝》；杜牧《八六子》；窦弘余《广谪仙怨》；司空图《杨柳枝》2首；温庭筠《杨柳枝》（乐府翻来）、《清平乐》（上阳春晚）；皇甫松《杨柳枝》2首；和凝《小重山》《薄命女》；孙光宪7首：《河传》（太平天子）、《后庭花》2首，《生查子》（金井坠高梧）《思越人》2首，《杨柳枝》；韦庄8首：《荷叶杯》2首，《小重山》《女冠子》2首，《谒金门》（空相忆）、《浣溪沙》（夜夜相思）、《河传》（何处）；薛昭蕴《浣溪沙》（倾国倾城），《小重山》2首，牛峤《江城子》；张泌《满宫花》《临江仙》；牛希济《临江仙》4首；尹鹗2首：《满宫花》《金浮图》；李珣《巫山一段云》2首，《浣溪沙》（晚出闲庭）；毛文锡《月宫春》《柳含烟》2首；鹿虔扆《临江仙》（金锁重门）；阎选《虞美人》2首；欧阳炯《江城子》，《更漏子》（三十六宫）；毛熙震《临江仙》（南齐天子）、《后庭花》，冯延巳《谒金门》，《采桑子》2首（昭阳记得、寒蝉欲报）《寿山曲》；徐铉《柳枝词》10首（座中应制）。[②]

刘尊明先生所列隋唐五代宫廷乐曲，以及对唐五代宫廷词的考订，很有价值，可以视为简约的唐五代宫廷曲词一览表。不论是曲还是词作本身，帝王后妃在其中的地位都不可低估。在唐五代文人所写宫廷词的一览表中，有些作品，如沈佺期、李景伯等的《回波乐》，应该列入唐声诗范畴，可以不计，但另一方面，温庭筠的《菩萨蛮》可以列入其中，则总的数量，仍然大于目前所列之100首。

刘尊明先生详列隋唐五代以来发生于宫廷，以帝王为中心的曲词创作，数量巨大，充分表明，唐五代宫廷曲词的创作是一个不能否认、不容忽视的客观存在。同时也体现了整个唐五代曲词由宫廷而到地方，而到民间的一个渐次下移的过程。到了晚唐五代，随着晚唐帝国夕阳无限，残阳晚照，末世

---

① 陈金凤（893—935），王审之为闽王时，选入后宫，王延钧即位，立为皇后。
② 刘尊明：《唐宋词与唐宋文化》，凤凰出版社2009年版，第70—73页。

情结成为时代思潮,宫廷中更为笼罩醉生梦死的欢歌艳舞之中,发轫于盛唐宫廷的声乐曲词的音乐消费形式,遂成为新的时尚。这是李后主醉心曲词写作的重要原因之一:即曲词消费形式,乃是隋唐宫廷文化一贯而下的传统,作为江南文化中心的南唐宫廷,更是具有典型的歌舞文化氛围。

二、唐五代曲词的南方文化传统

五代十国时期,曲词的兴盛,除了具有宫廷性质之外,还有一个很有意味的现象,就是这个时期的曲词写作,主要集中于南方的政权,如西蜀的前蜀后蜀,江东一带的南唐政权。前者为花间词人集团,后者为南唐二主及冯延巳。两地之外的词人,入选于《花间集》的和凝仕于后晋,孙光宪仕于荆南。荆南亦属南方,则仅有个别词人为北方政权之下的人物。

五代时期为何曲词兴盛于南方?其中的原因是多方面的,既有历史的、音乐史、乐府史原因,又有五代时期当时的文化背景双重的因素。

先从历史的原因来看,词乐起源于清乐,而清乐乃是华夏本土音乐,在齐梁时期江南化的音乐品类,吴声西曲为其新的构成。其特点,是体制短小,这一点从其最为流行的五言四句歌诗体制中可以看出,同时,比之传统的音乐歌舞,特别是比之外来的北朝隋代初唐燕乐,清乐更为注重声乐化的歌舞表演,更为具有江南小巧轻艳的特质,从而也更为吻合于华夏民族的审美习惯。盛唐之后开始流行的曲词,正是在这一基础之上形成的。

曲词之发生史,就阶层而言,先在宫廷,后入民间,然唐代宫廷所在之长安,并非南方。这一点并不重要,正如杨贵妃喜食荔枝,荔枝不产于北方,犹可如同杜牧《过华清宫绝句》所说"山顶千门次第开""无人知是荔枝来",唐玄宗喜爱清乐法曲,以九五之尊,不难得南国之音也。是故,盛唐之后的音乐消费,宫廷虽在北方,消费的却是江南之清乐歌诗。也正是由于这个缘故,继承李白曲词衣钵者,基本都具备双重之身份:宫廷身份与江南阅历,多为由北方之宫廷而南下之士人,如张志和原为待诏翰林而歌《渔歌子》于湖州刺史家宴,韦应物、刘长卿等原为宫廷三卫、诸卫,仕宦于江南而为苏州刺史等,遂将宫廷之曲词,迁移效法于江南家宴。不仅是对宫廷生活的缅怀眷恋,更由于这种声乐歌诗吻合于江南风土人情,具有江南风致。到白居易写作曲词，除了有一些声诗传唱多写作于洛阳酒宴之外，其《江南好》之类的曲词，也多带有江南因素。温庭筠虽为太原人，如前所述，依照刘学锴先生之说，其实际出生地为吴中，旧乡在吴中松江附近，太湖之滨。其自称曰"江南客"，至江南曰"归"曰"回"。"飞卿在江南日久，俨以江南为故乡矣"。换言之，温词香软华贵，意象狭深，乃是宫廷文化的需求和江南文化双重因素的结果。

以上所勾勒，可以见出：曲词新兴，在宫廷，更在江南。（至于敦煌曲词，根据上述的基本线索，连同前文笔者的一些考辨，更可见出其产生时间应该往后推移，特别是其中带有西北地域特色的作品）由此两个因素之交叉作用，遂有南唐词的高峰出现。

综上所述，可以看出，曲词文化原本就是南朝享乐文化的产物，到玄宗天宝之后，遂演变为声乐曲子而流行于宫廷内外。到五代时期，与西蜀文化和南唐文化这两种相近而又不同的文化品类结合，遂有西蜀花间词和南唐二主词。如罗宗强先生所言："值得注意的是偏安的生活环境，明瑟的江南山水，玄、佛信仰的人生境界等种种因素，形成了一种崇尚潇散明秀、高雅脱俗之美的审美情趣。"[①]一语中的道出了政治背景、地理环境等对于当时审美情趣的影响。

三、江南文化、家庭背景与个人身世

后主之所以专爱写词，并且登上整个唐五代曲词之巅峰，除了上述两个因素的传承之外，更有其自身所在的江南文化以及江南文化背景之下的家族文化传承之特殊因素。换言之，前文所述之两个因素，宫廷文化之传承与南方文化之特质，此两种因素，乃为西蜀词人与南唐词人之共性，但花间词和南唐词，两者之间还有所相异之处。概言之，花间词人俗，而南唐词人雅。

西蜀和南唐的雅俗之别，大概首先来源于两国的帝王以及帝王家庭文化背景。《十国春秋》记载前蜀的开国皇帝王建，原本属于"机略拳勇，出于流辈，先世故为饼师。建少年无赖，以屠牛、盗驴、贩私盐为事，里人谓之'贼

[①] 罗宗强：《魏晋南北朝文学思想史·引言》，中华书局1996年版，第5页。

王八'。"① 西蜀开国君主，出身饼师，更兼少年无赖，原本是屠牛盗驴之辈，贩盐走私的贼王八，原为社会底层之流民，如此身世，只是由于特殊的战乱时代，后因从军，从讨王仙芝，因军功而得提拔，逐渐强大，得以割据一方，而开创前蜀。

到后主王衍，虽然天资聪颖："童年即能属文，甚有才思"，但终因在整个西蜀文化当时的奢侈享乐文化背景之下，而"尤酷好靡丽之辞，常集艳体诗二百篇，号曰《烟花集》。"② 在贩盐走私家庭背景的基因和西蜀商业发达享乐文化流行的双重因素之下，王衍这个天资聪颖的悲剧人物，终于走上荒淫无度的亡国之君路途："帝荒淫无度。创为流星辇，凡二十轮……又雅好蹴鞠……渐至街市而不知……或乐饮缯山，陟旬不下。""帝时与诸狎客妇人嬉戏其中，为长夜之饮。"③

至王衍亡国之年的咸康元年，更制作醉妆："夹面连额，渥以朱纷，号醉妆"而有《醉妆词》，又"自制《甘州曲》，令宫人唱之，其辞哀怨"："画罗裙，能结束，称腰身，柳眉桃脸不胜春。薄媚足精神，可怜许沦落，在风尘。"④

与西蜀父子两辈的文化背景和曲词写作两相对比，不难看出，江南李璟、李煜父子恰恰相反，处在一个雅文化的背景之中，从而形成不同的曲词写作历程。中主其人，本身就是一位诗人和词人。夏承焘《南唐二主年谱》引"马书二嗣主书，'有文学，甫十岁，吟新竹诗云，栖凤枝梢犹软弱，化龙形状已依稀。人皆奇之。'"⑤ 中主为数不多的词作（《全唐五代词》辑录四首），也会对后主学习词体写作，产生潜移默化的影响。

在中主概述之后，原本应该论述南唐另外一位著名词人冯延巳，但冯延巳之作，自夏承焘先生以来，多有怀疑，笔者亦颇为疑惑。冯延巳其人，奸佞小人也，但却写出一百多首颇类晏欧时代的优秀词作，不仅仅是数量上、质量上，超越南唐时代，而且，在曲词的总体属性上，已经先一步实现了由宫廷曲词向士大夫词的转型，这就使我们不得不对其词的真实性产生怀疑。

---

① ［清］吴任臣：《十国春秋·高祖本纪》第二册，中华书局1983年版，第481页。
② ［清］吴任臣：《十国春秋·高祖本纪》第二册，中华书局1983年版，第531页。
③ ［清］吴任臣：《十国春秋·后主本纪》第二册，中华书局1983年版，第535—536页。
④ ［清］吴任臣：《十国春秋·后主本纪》第二册，中华书局1983年版，第536.537.544页。
⑤ 夏承焘编撰：《唐宋词人年谱》，上海古籍出版社1979年版，第86页。

详论参见笔者相关的论述。

后主自身的人生经历，则是后主之所以能成为伟大词人的内在原因，或说是个案原因：李煜（937—978），初名从嘉，字重光，号钟隐，是中主李璟第六子，原本不应该作为继承人，但他艺术家的天性，反而使他成为了国主的继承人。夏承焘《南唐二主年谱》记载：

> 钓矶立谈，（后主）"风神洒落，居然有尘外意。"
>
> 江南别录，"后主幼而好古，为文有汉魏风。母兄冀为太子，性严忌。后主独以典籍自娱，未尝干预时政。"
>
> 钓矶立谈，"后主天性喜学问，其论国事，每以富民为务。好生戒杀，本其天性。"
>
> 奢侈耽声色，不恤民困，卒以亡国。
>
> 工书，学柳公权，或谓出于裴休。传钟王拨灯法。续羊欣笔阵图。其书有聚针钉，金错刀、撮襟诸体。
>
> 善画，尤工翎毛墨竹。
>
> 收藏之富，笔砚之精，冠绝一时。
>
> 知音律。[1]

从以上所引述之资料来看，李煜其人，确实是天生的艺术家的资材，当然，所谓天生，也是由其所出生的家庭环境耳濡目染，加以个人自身所具有的秉性综合而成。他"居然有尘外意""独以典籍自娱"，而偏偏成为了后主。这种独特的人生背景，造就了李后主之所以成为词人李后主的一个重要因素。

其次，后主的艺术修养几乎是全才的，他是书法家、画家、收藏家、音乐家。前三者，造就着李煜的作为一名伟大诗人的修养，而音乐家的身份，又为李煜之所以能够成为一位伟大之词人奠定了基础。

---

[1] 夏承焘编撰：《唐宋词人年谱》，上海古籍出版社1979年版，第76—88页。

第三节　后主的前期宫廷词

李煜的词体写作过程，由于资料甚少，同时，也鲜有学者论及，因此，是个不容易讨论的问题，但根据《年谱》以及后主词的文本，我们也能作出一个大体的勾勒。

后主是怎样学会写词的？这是一个很难回答的问题。南唐词人，若是去翻检《全唐五代词》，去除中主、后主、延巳三人，似乎仅仅能看到徐铉的二十二首《柳枝词·座中应制》，如《其一》："金马辞臣赋小诗。梨园弟子唱新词。君恩还似东风意，先入灵和蜀柳枝"，似还是沿袭中唐时代白居易、刘禹锡的刚刚学词的阶段，《柳枝词》之外，徐铉只有《抛球乐》两首："歌舞送飞球，金觥碧玉筹。管弦桃李月，帘幕凤凰楼。一笑千场醉，浮生任白头。"（《其一》）尚未脱作词如作诗的窠臼，还在早期文人词的阶段。

此外，韩熙载，一说是潘祐，有"桃李不须夸烂漫，已输了春风一半"的两句，还有就是陶穀《风光好》，而陶穀属于北周之使者，也不在南唐词人之内。陶穀《风光好》："好因缘。恶因缘。只得邮亭一夜眠。别神仙。琵琶拨尽相思调。知音少。待得鸾膠续断弦。是何年。"按：此词粗俗，尚未得花间体风韵，不知道《花间词》之传播于南唐及北周、北宋，大约是在何时？值得探讨。

一切迹象表明，后主学词，源于酷爱音律，而李煜对于音乐之喜爱和精湛素养，主要源于大周后。《年谱》记载：

> 后主十八岁，纳大周后。大周后通书史，善歌舞，精通音律，尤工琵琶，至于彩戏弈棋，靡不绝妙。（综合陆书、马书之记载）曾作《霓裳舞衣曲》：
> 马书六女宪传，"霓裳羽衣最为大曲，罹乱，瞽师旷职，其音遂绝。后主独得其谱。……后辄变易讹谬，颇去洼淫，繁手新声，清越可听。"
> 后主玉楼春词云，"重拍霓裳歌徧彻。"……凡此当皆是昭惠

>>> 第九章 南唐后主词

新谱。一时流传之盛如此。

马书女宪传,"后主尝演念家山旧曲,后复作邀醉舞,恨来迟新破,皆行于时。"陆书十六昭惠后传,"尝雪夜酣燕,举杯请后主起舞。后主曰,汝能创为新声则可矣。后即命笺缀谱,喉无滞音,笔无停思,俄顷谱成,所谓邀醉舞破也。又有恨来迟破,亦后所制。"

续通鉴长编,"后主既纳周后,颇留情乐府。"①

后主这些"颇留情乐府"的记载,正可以看出后主由"留情乐府"到渐次喜爱写作歌词的蛛丝马迹。后主于二十三岁(公元959年)时,(这一年,太子鸿冀卒),自郑王徙吴王,以尚书令知政事居东宫,已经是实际上的太子,开崇文馆招贤士。此时,距离冯延巳之死尚有一段时间,但并没有任何有关后主与延巳写词来往的记录,而李煜此时已经醉心于音律五年之久了。这也许也可以说明,冯延巳并非拥有如同后来《阳春集》所提供的那么多的优秀之作。

李煜最早的词作,也许是后主的效法早期文人词之作,如《渔父》:"阆苑有情千里雪,桃李有言一队春。一壶酒,一竿身。快活如侬有几人。""一棹春风一叶舟。一纶茧缕一轻钩。花满渚,酒满瓯。万顷波中得自由。"从中能够看出明显的效法模仿张志和的玄真子体。这些作品,是后主为国主之前的作品,还是作于写给大小周之后的作品,一时还难以断定。从其中归隐的情趣和词作的水平来看,似乎是后主的早期之作。后主在早年未就太子地位之时,以"风神洒落,居然自有尘外意"②的隐逸身份以韬晦,这些歌咏隐逸的词作,与此时期思想行为吻合,艺术水平也还较为粗糙,当为后主早期之作。

从有明确记录的词作来看,当属《玉楼春》:"晚妆初了明肌雪,春殿嫔娥鱼贯列。凤箫吹断水云闲,重按霓裳歌遍彻。临风谁更飘香屑,醉拍阑干情味切。归时休放烛花红,待踏马蹄清夜月。"《年谱》于乾德元年(963年)条下记载,此年大周后作霓裳羽衣曲,后主有词:"重按霓裳歌遍彻",可以

---

① 夏承焘编撰:《唐宋词人年谱》,上海古籍出版社1979年版,第113—114页。
② [唐]史虚白:《钓矶立谈》,王云五主编《丛书集成》,商务印书馆1936年版,第17页。

见出后主较早的词作，当与大周后的制曲以及后主的沉溺声律有关。

随后，应该是写给小周后的两首，《菩萨蛮》："月明花暗笼轻雾，今宵好向郎边去。刬袜步香阶，手提金缕鞋。　画堂南畔见，一晌偎人颤。奴为出来难，教君恣意怜。"此词一般认为是写后主与小周后幽会偷情之事。另一首为《一斛珠》：

> 晓妆初过，沉檀轻注些儿个，向人微露丁香颗。一曲清歌，暂引樱桃破。罗袖裛残殷色可，杯深旋被香醪涴。绣床斜凭娇无那，烂嚼红茸，笑向檀郎唾。

也应是与小周后调情之作。后主登基后三年，公元964年，大周后死，死前小周后已经入宫，并且与后主偷情，故此两首之前作，当是大周后未死而小周后刚刚入宫与后主偷情时候所作。后一首，也可能是大周后死后，小周后得宠而作，故词中之女子，已经没有了"一晌偎人颤"的胆怯，而是肆无忌惮的调情了。从这两首词作风格来看，已经是花间词风。换句话来说，花间体之流传入南唐，可能在后主登基之后才有见。这一点，还需要进一步的探索研究。

以上资料说明，后主之词体写作，大致开始于963年、964年前后，当然，若还有新的资料，也还不能排除后主之词体写作更早一些的可能。根据《年谱》记载，公元968年，后主三十二岁，立小周后为国后。"自是颇好豪侈，耽声色。""韩熙载、徐铉以下皆献诗以讽"，徐铉有"天上轩星至"等诗句，[①]说明南唐之士人，还不习惯使用新体之词来写作，徐铉《柳枝词》乃为应制之作，还仅仅使用类似七言绝句的写法。

后主词之能断在前期之作的，除了上述三首之外，大致还有：《望江南》"多少泪"，《采桑子》"亭前春逐红英尽"，《喜迁莺》"晓月坠"，《蝶恋花》"遥夜亭皋闲信步"，《浣溪沙》"红日已高三丈透"，《望江梅》"闲梦远"两首，《菩萨蛮》"蓬莱院闭"等两首，《阮郎归》"东风吹日"，《采桑子》"辘轳金井"，

---

① 夏承焘编撰：《唐宋词人年谱》，上海古籍出版社1979年版，第120—125页。

《子夜歌》"寻春须是先春早",《谢新恩》"秦楼不见"等五首并一断句"金窗力困起还慵",《渔父》"阆苑有情千里雪"等两首,《捣练子》"云鬓乱"等。

此外,《临江仙》:"樱桃落尽春归去,蝶翻轻粉双飞。子规啼月小楼西,玉钩罗幕,惆怅暮烟垂。别巷寂寥人散后,望残烟草低迷。炉香闲袅凤凰儿。空持罗带,回首恨依依。"这一首,则有可能是后主前期词作的最后一首,《年谱》有"南唐后主围城中作长短句,未就而城破。樱桃落尽春归去"云云,[①]此年为开宝八年,公元975年,后主三十九岁。

李煜前期词作,大抵可以归纳出以下几点。

1. 数量较多。《全唐五代词》辑录李煜词40首,以上笔者举出大约有20首词作,皆为"归为臣虏"之前的词作,此外,《全唐五代词》李煜《存目词》之后的11首词作,其风格也大抵是前期之作。

2. 受到花间的影响已经较为明显。后主的早期词作,所受花间影响的词作,大体有几种类型:一是如《谢新恩》"金窗力困起还慵"这一句所体现出来的特点,使用金玉字面来点缀华贵,"起还慵",则体现出了飞卿体深闺香软的特点。二是如《捣练子》"云鬓乱"等,带有飞卿体描绘女性面部化妆的特点:"云鬓乱,晚妆残。带恨眉儿远岫攒。斜托香腮春笋嫩,为谁和泪倚阑干"。三是多写相思情爱,如《菩萨蛮》:"铜簧韵脆锵寒竹,新声慢奏移纤玉。眼色暗相钩,秋波横欲流。雨云深绣户,来便谐衷素。宴罢又成空,魂迷春梦中"。此外,如《子夜歌》:"寻春须是先春早,看花莫待花枝老。""秦楼不见吹箫女,空余上苑风光。……暂时相见,如梦懒思量。""樱花落尽阶前月,象床愁倚熏笼。还是去年今日恨还同。 双鬟不整云憔悴,泪沾红抹胸。何处相思苦,纱窗醉梦中。""庭空客散人归后,画堂半掩珠帘。""樱桃落尽春将困,秋千架下归时。""冉冉秋光留不住,满阶红叶暮。"《捣练子》:"云鬓乱,晚妆残。带恨眉儿远岫攒。斜托香腮春笋嫩,为谁和泪倚阑干"等,都是此类。

3. 这些词作是后主早期"奢侈耽声色"[②]生活的自然表现,如写与小周后的幽会、调情等,是花间体的延续;心态幽雅娴静,描写宫廷的豪华场景,

---

① 夏承焘编撰:《唐宋词人年谱》,上海古籍出版社1979年版,第146页。
② 夏承焘编撰:《唐宋词人年谱·南唐二主年谱》,上海古籍出版社1979年版,第77页。

如"春殿嫔娥鱼贯列""空余上苑风光"，词中虽有愁有恨，但却是"少年不识愁滋味，为赋新辞强说愁"之愁，是代言女性的伤春伤别之愁，如"带恨眉儿远岫攒"等。与后来归为臣虏之后的愁苦不可同日而语。就写作方法而言，类似花间飞卿体的狭深意象，常常是一个具体的小场景，加以深入的描绘。

但后主体的早期学温，也与飞卿体和花间体有所不同：

其一，不太使用女性视角，更不太效法女性声口，这大概与后主的国主地位有关，其中《菩萨蛮》"奴为出来难，教君恣意怜"是典型的学习花间口吻，随即受到了韩熙载、徐铉等大臣的批评。[①]

其二，更多带有宫廷文化的氛围，更为适合宫廷演出。如果说，飞卿体为宫廷词与伎歌词兼有的话，后主体则是侧重宫廷而兼有伎歌。当然，后主的宫廷词，他本身就是一国之君，与作为大臣的应制写词不同。但也正是这一点，使他的词作，能写出真正的宫廷气息。譬如像是《浣溪沙》中的"别殿遥闻箫鼓奏。"《玉楼春》中的"晚妆初了明肌雪，春殿嫔娥鱼贯列。凤箫吹断水云闲，重按霓裳歌遍彻"，这都是作为帝王国主才有的视野。

其三，后主前期词作之中，有一定数量的效法早期文人词之作，如前所述，体现了后主从早期文人词开始入手，随后开始学温学花间的历程。总体来说，即便是后主早期之作，也显示了与花间艳科词之不同。

从以上的推断来看，花间之作的影响后主，大约在公元960年，此时《花间集》编辑二十年左右的时光，以此可以约略看出其流传和影响词坛的情况。

从大约960年到大约975年，大约十多年的时光，后主由沉溺于乐律，到自己开始填词，练就了后主词体写作的艺术技巧，若无后来之变故，则后主之作，大抵如此，难以有更高的登攀。

[①] 夏承焘编撰：《唐宋词人年谱》，上海古籍出版社1979年版，第122页。

第四节　后主后期词作

自宋太祖开宝九年[①]（十二月，宋改元太平兴国，公元976年）正月，后主四十岁，到太平兴国三年（978）七月八日，后主四十二岁时被毒死，后主在其最后两年多的人生中，过着"终日以眼泪洗面"[②]的亡国之君生活。其痛彻骨髓的悲哀，对往日生活的无限追恋，造就了李煜的词体写作，使他完成了由一个不能说是精明的君主，到一个悲天悯人的伟大词人的转型。

从数量来说，也许是并不为多的，主要有以下几首。

《破阵子》："四十年来家国，三千里地山河。凤阁龙楼连霄汉，玉树琼枝作烟萝。几曾识干戈。一旦归为臣虏，沈腰潘鬓消磨。最是仓皇辞庙日，教坊犹奏别离歌。垂泪对宫娥。"此首追述往事，特别是追述"仓皇辞庙日"时候的场景，当是甫到北方，惊魂未定的感受，当为后主后期之作较早的作品。

《清平乐》："别来春半，触目柔肠断。砌下落梅如雪乱，拂了一身还满。雁来音信无凭，路遥归梦难成。离恨恰如春草，更行更远还生。"此首标明为"别来春半"，后主是开宝八年十一月二十七夜半，城陷，肉袒出降，随后，随子弟官属四十五人跟随宋师北行。翌年正月，抵达汴梁。故此作"别来春半"，应该是抵达汴梁的第一个早春所作。

《浪淘沙》："帘外雨潺潺，春意阑珊，罗衾不耐五更寒。梦里不知身是客，一晌贪欢。独自莫凭阑！无限江山，别时容易见时难。流水落花春去也，天上人间"；《相见欢》："林花谢了春红，太匆匆，无奈朝来寒雨晚来风。胭脂泪，相留醉，几时重？自是人生长恨水长东！"《望江南》："多少恨，昨夜梦魂中。还似旧时游上苑，车如流水马如龙；花月正春风！"此数首，或言落花春去的悲哀，或言惊魂不定中对往日欢歌的追恋，其写作时间也应是归为臣虏之后第一年春天所作。

《子夜歌》："人生愁恨何能免？销魂独我情何限！故国梦重归，觉来双泪垂。高楼谁与上？长记秋晴望。往事已成空，还如一梦中。"

[①] 夏承焘编撰：《唐宋词人年谱》，上海古籍出版社1979年版，第122页。
[②] ［清］沈雄：《古今词话》引《乐府旧闻》：（后主）与故宫人云："此中日夕以眼泪洗面"，唐圭璋编《词话丛编》第一册，中华书局1986年版，第755页。

《相见欢》:"无言独上西楼,月如钩,寂寞梧桐,深院锁清秋。剪不断,理还乱,是离愁,别是一般滋味在心头。"《乌夜啼》:"昨夜风兼雨,帘帏飒飒秋声。烛残漏断频倚枕。起坐不能平。世事漫随流水,算来一梦浮生。醉乡路稳宜频到,此外不堪行。"《浪淘沙》:"往事只堪哀,对景难排。秋风庭院藓侵阶。一任珠帘闲不卷,终日谁来?金剑已沉埋,壮气蒿莱。晚凉天净月华开。想得玉楼瑶殿影,空照秦淮!"此数首,或是写梦,或是写秋,也暂且放置一起。

《虞美人》为其生命的绝响:"春花秋月何时了,往事知多少。小楼昨夜又东风,故国不堪回首月明中。雕栏玉砌应犹在,只是朱颜改。问君能有几多愁,恰似一江春水向东流。"后主后期之作,如《望江南》:"多少恨,昨夜梦魂中。还似旧时游上苑,车如流水马如龙。花月正春风。"也是写恨,然恨之主体,却由"斜托香腮春笋嫩,为谁和泪倚阑干"的女性而转为词人自我,书写着对往事的无限惆怅、无限追忆的心境。同调的"多少泪,断脸复横颐。心事莫将和泪说,凤笙休向泪时吹。肠断更无疑",也是写泪,却是"断脸复横颐"的以泪洗面生活的真实写照,"心事莫将和泪说",已经是"欲说还休"的意思了。

后主后期臣虏生活中的词作,人多以这种对往事的追忆,对故国的思念而形成的深邃的痛楚为主题。同是《菩萨蛮》,无复飞卿的那种贵族女性的造境造情,而是举手投足,无不是真情真感:"人生愁恨何能免。销魂独我情何限。故国梦重归。觉来双泪垂。高楼谁与上。长记秋晴晚。往事已成空。还如一梦中。"其中值得注意的是,后主词不但彻底摆脱了飞卿花间的女性艳科题材,摆脱了"男子而作闺音"的女性视角、女性心理,而且,由飞卿体的狭深描写而转向了宋诗方式的议论式的写作,或说是情感抒发式的写作方式:全词八句,几乎句句是议论,只有"故国梦重归。觉来双泪垂",是略有场景的叙说。总体而言,都是作者在倾诉郁闷在心的话语,不吐不快,倾诉而出,郁闷情怀方才有所化解。就情景关系而言,后主词轻视场景而重视内心,以悲天悯人之情怀观照万物,则物莫不着我之色彩。

再如《清平乐》:"别来春半,触目愁肠断。砌下落梅如雪乱。拂了一身还满。雁来音信无凭。路遥归梦难成。离恨恰如春草,更行更远还生。""砌下落梅如雪乱",是很好的场景描写,但其精髓,却在于一个"乱"字,不是梅花乱落,也不是雪花乱落,而是愁肠之乱,思绪之乱,故而,"拂了一身还满",这是后来"剪不断,理还乱"的别样说法。同时,后主词既然轻客体而重主体,在语法修辞上,就会多有比喻性的句法出现,譬如结句的"离恨恰如春草,更行更远还生",所谓"春草"云云,就都不是具体的场景,而是议论中的形象。

因此,后主词在后期词作中所表达的,主要是那种难以排解的寂寞,无边的惆怅:"往事只堪哀,对景难排。秋风庭院藓侵阶。一任珠帘闲不卷,终日谁来。金锁已沉埋。壮气蒿莱。晚凉天静月华开。想得玉楼瑶殿影,空照秦淮。"(《浪淘沙》)若是常人说往事堪哀,珠帘不卷,感慨无人造访,我们也许会觉得不过是无病呻吟,但是,想象当年"玉楼瑶殿影"的辉煌繁华,如今只是"空照秦淮",只是"秋风庭院藓侵阶",只是"金锁已沉埋",我们就会受到真切的感动。后主在"一旦归为臣虏"之后,横说竖说,不过是一个"愁"字,但这愁情愁绪,却如年年生发的春草一样,拥有着生命的活力:"风回小院庭芜绿。柳眼春相续。凭栏半日独无言。依旧竹声新月似当年。笙歌未散尊前在。池面冰初解。烛明香暗画堂深。满鬓清霜残雪思难任。"(《虞美人》)美丽的春光,庭芜的渐绿、相续的柳眼,都成为后主"半日独无言"的寂寞陪伴,成为"依旧竹声新月似当年"的触发,再读"满鬓清霜残雪思难任",有不忍猝读之感。

再如《乌夜啼》:"林花谢了春红。太匆匆。无奈朝来寒雨晚来风。 胭脂泪,留人醉,几时重。自是人生长恨水长东。"将一己的悲苦,移情到广义的宇宙人生,于是,无情之林花,无恨之风雨,无不着我之色彩、我之情怀、我之悲苦。由此,林花谢了春红这自然界的自然现象,就成为了词人悲天悯人的寄托客体。一句"太匆匆",寄托词人多少人生的感慨,多少生命的留恋,但一切却都要归之于无奈的失去,无奈的消隐,无奈的死亡。于是,后主原本作为帝王的一己生命的追恋,就成为了具有人类普泛意义的人本思想,成为了具有广泛共鸣的生命哲言:"自是人生长恨水长东"。这是后主词最好的境界了。

同调:"昨夜风兼雨,帘帏飒飒秋声。竹残漏断频依枕,起坐不能平。

世事漫随流水，算来梦里浮生。醉乡路稳宜频到，此外不堪行"，这一首也是如此。昨夜风雨，引来的"帘帏飒飒秋声"，对于一般的人来说，也不过是催眠的音乐，而对亡国之臣房来说，面对着无时无刻不感受到的死亡威胁，痛彻骨髓的生命之痛，他的感受却是："竹残漏断频依枕，起坐不能平"。由此，再来看后主的议论："世事漫随水，算来梦里浮生。醉乡路稳宜频到，此外不堪行"，只有梦里的境界为真实，只有醉乡的道路为平稳，除此之外，皆不堪行呀！这是何等沉痛的心境，这是何等悲苦的人生！

这样，我们再来读后主的名篇《浪淘沙》："帘外雨潺潺""梦里不知身是客"中的梦境，"独自莫凭栏""流水落花春去也"的感伤，《乌夜啼》："无言独上西楼"的寂寞，《虞美人》"春花秋月何时了"的拷问，就能真正理解后主的悲哀，也就能更为深刻地理解后主词的感人境界了。

综合来看，后主后期词作，有以下几个特点。

1. 数量少而质量高，盖因其字字句句，皆以血书写者，举凡场景、心境、梦中，皆能历历在目，真挚感人。

2. 从前期效法花间体中超越出来，所写皆为真情实感。不再是情爱写真，也不再以宫廷场景作为背景写作，而是以归为臣房之后的真实场景，以及梦中的、回忆之中的当年美景作为背景——其中所出现的凤阁龙楼，玉树琼枝，往往是忆念中的、往事回顾中的，因此，也就淡化了宫廷的贵族气，而增加了几许感伤氛围。其中"梦""恨""愁"三字为最多。

3. 就词体演进史的意义来说，意义重大，盖因后主所写，虽然是一位亡国之君的个人哀怨，但其哭也有思，其歌也有怀，写出了具有普泛意义的人生宇宙的痛苦与悲怨，因此，对于原本是花间尊前的词体来说，标举出了新的道路。

第五节　后主词的词史意义

从词史的角度来看，《花间集》于公元940年编辑问世，飞卿体香软华贵的文风，已经在西蜀君臣那里发挥到了极致，词为艳科的属性，词体的女性特征也已经基本奠定。词,这种中国所特有的诗体形式。"别是一家"、词为艳科等,是词体的基本属性,诗歌承载文学的政治道义,承载社会的男性功能,而词体则一切相反,承当文学的情爱本色,承载人类的女性功能,这一点,已经由花间体给予了确立。但词体归根结底是广义上的"诗歌"中的一种形态,尽管它是一种特殊的形态。因此,在《花间集》问世之后,词本体已经在迫切地寻求着对于词体向诗本体回归的漫漫长路。在花间体内部的韦庄体,显示了这种趋势的萌芽状态,但还远远不够,需要着一位大词人,以词体的形态,写出更为伟大的诗歌来,一种宽泛意义上的"诗歌",以"歌"之形态,传达"诗"之神秀。于是,历史之手,就创造出来李后主的人生悲剧,来完成词体的这一使命。

这样,我们再来思考有些学者讨论的关于后主是作君王还是词人的话题,就不难得出答案:李煜若不能生于君王之家和亲自成为君王,也就难以拥有这样的一个文化环境和氛围。后主的前期人生经历,已经足以使后主成为一位词人了,一位花间窠臼之内的词人。其前期所作,正是这种情爱生活的折射;但若后主没有后期"一旦归为臣虏"的生活,后主的词也许就会止步于此,也就不能升华为一种词体的地位。后主正是遭遇到了这种亡国之君的痛苦生活,这种凡常人难以经历、难以体会的种种人生滋味,才写出了凡常人难以企及的艺术境界。

每一种艺术都有其不同的媒介,画家凭借色彩,音乐家凭借音响,作家凭借的就是语言了。作家的困难是语言也为日常生活所用,经常的使用使语言乏味,就像是一枚用久了的硬币。诗人比之作家更甚,因此,就不断地寻求语言的新颖。因此,这些诗人将他们的诗句组织得如此精妙,以便让读者从中得到极大的愉悦,就像是从音乐和绘画中得到的一样。这种愉悦,主要是诗句的节奏来提供。和音乐家来比,诗人直接面对的困难,就是语言的正常使用,常常需要承载某种意思,音乐家就不受这一约束。因此,许多诗人已经试图摆脱这种窘境。他们希望创造出仅仅是韵律的而不承载意思、内容的诗体形式。但是,同时就有许多伟大的诗人强调意思、内容是首位的,他们使用诗歌来表达关于生、死、爱的认知和他们的种种欲望。

在中国,这一有着"诗言志""文以载道"传统的国度,在唐宋时代,还罕有诗人做唯美的、没有含义的诗歌写作尝试,但倾向于唯美的、绮靡的和倾向于言志的、抒发怀抱的两大派别,还是历历可见的。唐宋词体中的两大派别,所谓婉约和豪放,前者更多关注词体的形式之美,后者更多关注如何更为自由地抒发怀抱。西蜀的花间词和南唐的后主词,就有两种不同的追求:前者更多地关注形式之美,故而含义是不重要的,它常常借用爱情、思念、离别等题材作为道具,来演奏缠绵朦胧的情调;而后者恰恰相反,他有着"恰似一江春水向东流"的无尽哀愁,有种"别是一番滋味在心头"的沉痛。他心中的旋律就是他所要向世人宣告的所思所想,他的歌就是他的话,这样,就形成了这种意思晓畅易懂、境界明晰的词。

概言之,后主词在其后期词作中,彻底摆脱了飞卿体、花间体奠定的词为艳科的窠臼,以词体抒发"一旦归为臣虏"的悲哀情怀,并进一步拓展到悲天悯人的更为广袤的、更为深邃的精神境界。飞卿体可以说是严妆贵妇,写出了具有普泛意义的贵族思妇生活及其情感,韦庄体可以说写出了花间时代的士大夫游宦思乡之类的普泛主题,而后主则写出了前所未有的思想深度。

情感深邃,引发了后主词体的词风变革,语言变革。飞卿体和花间体的主流都是华艳的文风,多使用金玉字面,可以说是雕镂满眼,有如六朝之颜谢,而后主洗净脂粉,全凭本色出之,呈现了天然之美,自然之美,像是陶渊明。

就词史地位而言,温韦花间,在于对词体艳科等特质的奠定,而后主词,则在花间之后,实现一次向诗本体的回归和复位,可以视为后来北宋中期东坡词的一次预演。飞卿与西蜀花间词人的共同属性中最为基本的特质,就是宫廷文化特征。飞卿之作通过令狐绹的媒介而达于宣宗,说明了温庭筠词体写作的宫廷文化指向,其香软华贵、金玉满眼的写作风格,正与宫廷文化和整个晚唐风尚息息相关。随后的花间词人群体,也正是在宫廷文化的共同指向上,与飞卿词遥相呼应。晚唐五代时期,战乱频仍,五代之西蜀,无论前蜀之王衍,还是后蜀之孟昶,都沉溺声乐,君臣欢饮,词曲艳发,故西蜀之地成为花间诞生的温床,是十分自然的事情。其中西蜀词人是花间之主体词人,有韦庄、薛昭蕴、牛峤、张泌、毛熙震、牛希济、欧阳炯、顾夐、魏承班、鹿虔扆、阎选、尹鹗、毛文锡、李珣等十四位,这些词人,多为西蜀宫廷官员，如牛峤官至给事中，欧阳炯为中书舍人，薛昭蕴，《花间集》称为"薛侍郎"，毛文锡仕前蜀任中书舍人，后至拜司徒，牛希济事前蜀为起居郎，累官翰林学士，御史中丞；顾敻，曾以小臣给事内庭，后事后蜀孟知祥，累官至太尉；鹿虔扆事孟蜀为永泰军节度使，进检校太尉，加太保。其中例外者如所谓处士阎选，被称为以小词供奉后主的"五鬼"之一；[①] 就连宾供李珣，也"以小辞为后主所赏"[②]。可知，一向所说花间词人的本质特征是应歌之作的伎歌属性值得反思，《花间集》所载西蜀词人，基本上是一个以宫廷为中心的创作群体。共同的写作背景、写作对象，使他们的词作拥有了共同的艳词特质和共同的香软华贵的审美特征。

五代后期，南唐词出现，其中后主的词作，达到了整个晚唐五代词的高峰，后主身为帝王，其宫廷文化的属性是不需要论证的，但恰恰是后主词，不仅标志了晚唐五代帝王词时代的终结，也开启了宋代士大夫词的出现，这是由于后主"一旦归为臣虏"，其个人的遭际正与时代由唐五代宫廷文化向宋代士大夫文化的转型吻合，因此才会出现王国维所说的"词至李后主而眼界始大，感慨遂深，遂变伶工之词而为士大夫之词"[③] 的说法。后主之词确实是一个转折点，但士大夫词对唐五代宫廷词的取代，其根本性的标志，却应是东坡词而非李后主。后主之后的宋初体，仍然主要延续着唐五代宫廷词的潮流和习尚。

纵观整个晚唐五代词，自李白宫廷应制词入，自李后主帝王宫廷词出，划出了一个圆满的弧线。

---

① 《十国春秋》卷五十六第二册，第815页《鹿虔扆》传：鹿虔扆与"欧阳炯、韩琮、阎选、毛文锡等，俱以小词供奉。后主时，人忌之者，号曰'五鬼'。"
② [清] 吴任臣：《十国春秋·李珣传》卷四十四，中华书局1983年版，第644页。
③ 王国维：《人间词话》，人民文学出版社1960年版，第197页。

第十章

冯延巳《阳春集》真伪辨析

《阳春集》向来被认为是南唐词人冯延巳(903—960)的词集。该词集由陈世修编订于宋仁宗嘉祐戊戌年间(1058年),其后广为流播,在词史及词学史上产生过重要的影响。而冯延巳亦凭此词集成为南唐与李后主双峰并峙的词中大家,在词史上享有崇高的地位。然而,今天看来,《阳春集》不仅在编订上存在种种问题,而且,就其写作数量、艺术水准、艺术风格三个方面来说,都是超越南唐时代的,其真伪问题值得深入探究。

第一节 《阳春集》真伪概说

陈世修在编订《阳春集》时,写有一序(以下简称陈序),其中多有不实之词,先列全文如下:

> 南唐相国冯公延巳,乃余外舍祖也。公与李江南有布衣旧,因以渊谟大才,弼成宏业。江南有国,以其勋贤,遂登台辅。与弟文昌左相延鲁,俱竭虑于国,庸功日著,时称二冯焉。公以金陵盛时,内外无事,朋僚亲旧,或当燕集,多运藻思,为乐府新词,俾歌者倚丝竹而歌之,所以娱宾而遣兴也。日月浸久,录而成编。观其思深辞丽,均律调新,真清奇飘逸之才也。噫,公以远图长策翊李氏,卒令有江介地,而居鼎辅之任,磊磊乎才业,何其壮也。及乎国已宁,家已成,又能不矜不伐,以清商自娱,

为之歌诗，以吟咏情性，飘飘乎才思，何其清也。核是之美，萃于一身，何其贤也。公薨之后，吴王纳土，旧帙散失，十无一二，今采获所存，勒成一帙，藏之于家云。大宋嘉祐戊戌十月望日，陈世修序。①

其中不实之词颇多，兹先略述其五：

陈序说："南唐相国冯公延巳，乃余外舍祖也。公与李江南有布衣旧"，对此，夏承焘《冯正中年谱》(以下简称《年谱》)驳斥说："正中词名《阳春录》，见《直斋书录解题》。今传本名《阳春集》，陈世修编于宋嘉祐戊戌，其时距正中之卒已九十余年。词共百二十阕，颇杂入温、韦、欧公、李主之作。王鹏运又辑得补遗七阕。即四印斋所刊是。或谓世修《序》称正中外舍祖，然以年代推之，不能连为祖孙。疑陈编出于伪托。案外舍祖谓外家之远祖，不能以此疑陈编，然陈编亦实有可疑处。考李昪天祐九年为升州刺史，时正中才十岁。武义元年参知政事，正中十七岁。而世修《序》称正中'与李江南有布衣旧'，语殊失实。"②夏承焘先生此语，意谓若是仅仅以"世修《序》称正中外舍祖，然以年代推之，不能连为祖孙"来"疑陈编出于伪托"，显然是不能成立的，但"陈编亦实有可疑处"，这是对于陈编《阳春集》的明确置疑，此为陈《序》不实之词一也。

陈序说：冯延巳"因以渊谟大才，弼成宏业。江南有国，以其勋贤，遂登台辅。与弟文昌左相延鲁，俱竭虑于国，庸功日著，时称二冯焉……核是之美，萃于一身，何其贤也"，但从各种史料记载来看，冯延巳其人，奸佞之人也。南唐烈祖李昪时为秘书郎，与李璟友善。李璟称帝时，冯延巳官至翰林学士承旨、中书侍郎、左仆射同平章事(宰相)，后改太子太傅。据载延巳为人敏捷而险诈，初谄事宋齐丘，与弟延鲁、陈觉、魏岑、查文徽号"五鬼"，"遂有五鬼之目"。③从对《年谱》的阅读中，也处处能看到一个佞臣奸臣的丑恶人生记录。将一个如此奸佞小人与其弟延鲁都说成是"核是之美，萃于一

---

① 王兆鹏：《唐宋词汇评》，浙江教育出版社2004年版，422-423页。
② 夏承焘：《唐宋词人年谱》，上海古籍出版社1979年版，第70页。
③ [唐]史虚白：《钓矶立谈》，王云五主编《丛书集成》，商务印书馆1936年版，第15页。

身,何其贤也",此陈序不实之词二也。

陈序说:"公以金陵盛时,内外无事,朋僚亲旧,或当燕集,多运藻思,为乐府新词,俾歌者倚丝竹而歌之,所以娱宾而遣兴也。日月浸久,录而成编。"这一段关于冯延巳燕集写词、娱宾遣兴的著名论述,被广为引述,但除了陈世修此论之外,有关冯延巳写词的经历,在晚唐以及宋初的各种资料中,均未见有所提及,陈世修所说的情况,有何版本的根据,未有一语道及,此陈序不实之词三也。

陈序说:"公薨之后,吴王纳土,旧帙散失,十无一二,今采获所存,勒成一帙,藏之于家云",既云:"旧帙散失,十无一二",说明陈世修所编之《阳春集》,并非陈家之祖传秘本,而是重"采获所存",但陈世修所"采获所存",是从何处"采获"而来?若有所本,陈序既然如此热心为其外舍祖张目,缘何不说出处?若说从各种史料中,或说是前人所编词集中采获数篇或是十多篇,都有一定的可能,但《阳春集》上百篇,却又在此前不见于各种词集史传,岂不令人疑窦丛生?此为不实之词四也。

陈世修所编冯延巳词集,名为《阳春集》,这一点,正如吴熊和先生所说:"这个集名疑非冯延巳自题,他不会自诩其词犹'阳春白雪'。"[①]那么,延巳词"日月浸久,录而成编",陈世修是否见过"其编"?若无,又以何为据说其"录而成编"?此为《阳春集》漏洞百出之五。

总之,从陈序来看,可以说是令人疑窦丛生:陈世修既然一心想让其外舍祖的词集能够得以流传后世,何为不将此事的来龙去脉交代得一清二楚?而是顾左右而言他,虚言代指?人品不好而能写得一手好诗,历史上虽然也有先例,譬如潘岳,但潘岳毕竟是特殊黑暗政治条件下的产物,而且,他的《悼亡诗》三首,也足以见出他的诗人性情来,而冯延巳除了奸佞小人的名声之外,并无词作之外的诗作来见出其人品诗品。一般来说,有赤子之心者未必能成为诗人和大诗人,但作为词人,特别是像冯延巳这样具有开北宋词风先河地位的大词人,若无诗人词人之心,则实在不合于常理。因此,从其人品来看,也与陈编《阳春集》所体现出来的高雅情怀不类。如王国维曾举冯

[①] 吴熊和:《唐宋词通论》,浙江古籍出版社1989年版,第183页。

延巳的词句"百草千花寒食路,香车系在谁家树",认为有"忧世"之心。陈廷焯也说:"冯正中《蝶恋花》四章,忠爱缠绵,已臻绝顶。然其人亦殊无足取。"①虽然,陈廷焯所要说的意思,是"诗词不尽能定人品",但冯延巳的"已臻绝顶"的词作,与其"殊无足取"的人品人格,构成了一个千古罕见的悖论。

除了对陈序的质疑之外,此前学者们还指出《阳春集》中存在部分作品与他人混杂的现象。对于互见《花间集》与《阳春集》之作,夏承焘先生在《年谱》中曾明确指出《阳春集》"强扳诸家之作以归正中"②。吴熊和先生亦指出:《全唐诗》只收有冯延巳诗一首,不能证明冯为诗人。"《阳春集》有十二首,见于《花间集》(温庭筠三首、韦庄三首、牛希济、薛昭蕴、孙光宪、顾敻、张泌、李珣各一首),当非冯作。《谒金门》'风乍起'一首,北宋元丰初杨绘《本事曲》,以为'赵公所撰';崇宁马令《南唐书·党与传》,以为冯延巳作,杨湜《古今词话》,又以为成幼文作。既见《阳春集》,又见《欧阳文忠公近体乐府》者,则有十六首。其中《蝶恋花》'庭院深深''谁道闲情''几日行云''六曲栏杆'诸阕,向称名作。历来词选、词评,大都据为冯延巳词,对之揄扬备至。这些词归冯、归欧,就显得特别重要。若非欧作,欧阳修另有佳篇,对他无大损害;若非冯作,《阳春集》本以此压卷,失之将大为减色。《欧阳文忠公集》一百三十五卷(内《近体乐府》三卷),为庆元二年(1196年)周必大所编定。除欧阳氏家藏定本外,还遍搜旧本,一一考核。这比之并非冯延巳手定而由后人裒辑、考择未精的《阳春集》《阳春录》,应当更为可靠些。评冯延巳词,若据上述诸词立论,就宜审慎。"③吴先生显然认为,这些冯词中的"压卷"之作,都不是冯延巳所作。

陈序的不实,以及夏、吴二位先生对《阳春集》"强扳诸家之作以归正中"情况的揭示,不能不让我们对《阳春集》的真伪问题产生更进一步的怀疑。如果说,二位先生的质疑仅限于部分篇章的话,在我看来,《阳春集》就其写作数量、艺术水准、艺术风格三个方面来说,整体上都存在着相当明显的超越时代的现象,它应该是柳永之后、晏欧之前时代的产物。试论如下。

---

① 陈廷焯:《白雨斋词话》卷五,人民文学出版社1959年版,第133页。
② 夏承焘:《唐宋词人年谱》,上海古籍出版社1979年版,第44页。
③ 吴熊和:《唐宋词通论》,浙江古籍出版社1989年版,183–184页。

第二节　正中体的超越时代现象

一、词作数量的超越

就数量而言，《花间集》收温庭筠词作66首，韦庄词作47首，后主词直到明代万历庚申年(1620年)才得结集，收词只有33首，而《阳春集》却收录了冯词119首，剔除与花间、欧阳修相混者外，尚有90余首。词人写词数量的问题，并非简单的数字问题，而是体现了词人对词体学的态度问题，词本体经历了一个由偶然为之到有意之作的渐进历程。

词之初起，张志和以下真正具有词体属性的词作，数首而已。飞卿体出现，标志了词体历程的第一个有意之作时代的到来。而飞卿词始见于《花间集》所录66首，近人刘毓盘《唐五代宋辽金元名家词辑》有《金荃集》，收词72首。

温飞卿开始大量填词变偶然之作而为有意之作，其原因是多方面的，或说是自有渊源的：(1)从词史演进来看，到了飞卿的时代，经历近百年的探索，词体写作的经验也日趋成熟；(2)皇帝喜爱，上行下效，应制填词是时代的宠儿，飞卿以此来展示自己的才华，体会宫廷气息，揣摩词体写作的规律，自然就达到了专业化特征的一个新高度；(3)温庭筠的有意写作，源于他"能逐弦吹之音，为侧艳之词"的音乐专业修养，和"士行尘杂""酣醉终日"的叛逆式人生态度，使他具有与歌者融为一体的条件，从而开创了词体应歌时代的到来。因此，飞卿体的应制与应歌兼有的体性，是促成飞卿大量成功填词的重要因素之一。也就是说，飞卿的大量填词，有着历史文化、词史演进和自身个案的三重原因。这种突破，在后蜀的花间时代，得到了宫廷词人的广泛呼应，于是，出现了花间18位词人写作了500首词作的现象，完成了词史上第一次有意之作的觉醒。但一次觉醒，并不意味着词本体就从此开始有意之作的旅程，它还需要在偶然之作与有意之作之间振荡回抽的反复确认，才能最终确立词本体主体地位的觉醒和主体意识的高扬。花间之后，虽然有易静《兵要望江南》500首，但并不能说明词体的觉醒，恰恰相反，以词体写兵法，说明了词本体对于词体艳科的柔媚特质还没有进行最终的确认，还需要一个重新的认知。花间之后，有韩熙载1首、陶毂1首、李璟4首、孟昶2首、

第十章 冯延巳《阳春集》真伪辨析

花蕊夫人1首、卢绛1首、钱俶2首等,李煜是其中的特例,由于遭遇了"一旦归为臣虏"的家国之痛,"触目皆恨",因此写下了大约40篇的词作。后主之词,可以视为词体演进历史上的第二次觉醒,其由偶然之作而为有意之作,同样有着他自身的原因,那就是家国之痛的外在刺激,这是词体演进中历史文化和个人遭际在其中发挥的特殊作用。后主之后,宋初体再次重回偶然之作的状态。

以《全宋词》柳永之前的17位词人为例,17位词人,历时70余年,仅有45首词作,而且,其中不乏名气极大的林逋、被称为"柘枝癫"的寇准等,说明到了宋初体时代,词本体在主流上,仍然处于一种偶然之作的时代,词体仍然是小道,未能被士大夫阶层所广泛重视。柳永全力写词,具有某种专业词人的精神,但表达的不是士大夫品格,所以真正的觉醒标志是张先体和晏欧体。张先词存165首,晏殊词131首,到欧阳修词达到200多首。而张先体、晏欧体之所以实现了这种觉醒,是有着历史文化和词史演进的原因的。要言之,伴随着北宋中前期士大夫阶层的自觉,士大夫改造词体这种花间尊前的音乐文学而为士大夫张扬主体情怀之载体的要求已经日益紧迫,张先体、晏欧体、半山体、东坡词等,正是这一思潮在词体文学上的反映。

这样回顾之后,我们就能发现,冯延巳突破时代之局限,直接接近了晏殊的词作数量,这无疑是一个跨越时代的可疑现象。《阳春集》有词作119首,并常常与晏殊、欧阳修等人的词作雌雄难辨,从词史发展的角度来看,除了李后主以家国之痛的特殊遭际而为特例,温韦之后,晏欧之前,冯延巳鹤立鸡群,一体独尊,特别是在北宋初期的词坛,仍然没有达到《阳春集》的水准。陈廷焯云:"后主小令,冠绝一时。韦端已亦不在其下。终五代之际,当以冯正中为巨擘。"[①] 若是陈编为真实存在的话,陈廷焯所评,无疑是正确的,无论数量还是质量,延巳词都达到了一个新的高度。但是,终五代之际,也唯有正中词没有出处:后主之词的高度,是由于家国之痛,以及他自己的经天纬地的特殊才华,而他的词作也都是有史可征的;韦庄词所达到的高度,也有他的诗史地位作为基础和保证,他的诗体写作的艺术水准,就是他的词体地位的基石,而赵崇祚《花间集》的编辑,更是无可置疑的铁证。唯有冯延

---

① 陈廷焯:《词坛丛话》,选自唐圭璋《词话丛编》,中华书局1986年版,第3719页

巳，既非诗人，又无陈集编辑之前的史书记载，马令《南唐书》编在北宋末年的崇宁年间，也在陈编之后。这些都是难以圆通的。

二、词体性质的超越

王国维有言："词至李后主而眼界始大，感慨遂深，遂变伶工之词而为士大夫之词"[①]，以王国维之见，李后主是一个分界点，后主之前的唐五代词，称之为伶工之词，后主之后的北宋词，则称之为士大夫词。伶工之词的说法，也许并不准确，以笔者的研究所见，唐五代词的本质属性，可以使用宫廷词来界说，伶工只是宫廷的一个部分。事实上，词体发生于盛唐宫廷，唐五代词的主流也始终是在宫廷之中，李白宫廷应制词、西蜀花间词、南唐词是唐五代词体发生和形成的三个标志。宫廷词与士大夫之词的区别，首先是写作的主体不同：唐五代词主要是帝王以及围绕帝王写作的朝臣，而宋型文化下的宋词，主要是由科举产生的士大夫来写作。其次是写作的对象不同，前者不论是帝王自己所写，还是朝臣为帝王所写，都带有宫廷宴享文化的性质，而后者，则是士大夫之间进行交往的士大夫文化。其三，是写作环境、氛围的不同，前者的词体写作，主要发生在宫廷之中，伴随帝王而来，后宫的脂粉气息极大地影响了词体的性质，词体的女性文化特征，正与宫廷的女性文化特征密切相关联。其四，唐五代词与宋词，是两种不同的"以诗为词"，也就是说，有着不同的诗体借鉴因素。唐五代词的产生，来源于宫廷文化，可以说是宫廷音乐变革与六朝隋唐宫廷诗变革的产物，词体文学直接的源头是初唐宫廷诗，因此，其文学的构成因素，只能是从初唐宫廷诗而来，其中主要有三大要素：一是运用唐诗的近体诗的格律改造成为词调的格律，从而成为词律；二是传承梁陈隋的宫廷诗题材和风格，改造初盛唐诗的山水题材而为艳科题材和女性风格；三是采用唐诗的意象描写方式，改造唐诗的阔大场景而为狭深意境。此三点，正是唐五代宫廷词的主要构成要素；而北宋士大夫词的主要写作来源则是宋诗，于是，将宋诗的士大夫日常生活、思想怀抱融合词体自身具有的女性特征，就成为了士大夫词的题材主流，变唐人的意象描写方

[①] 王国维：《人间词话·16》，人民文学出版社1960年版，第197页

154

式而向以议论为主干的抒发怀抱写法演进，则成为北宋士大夫词发展的主流线索。王国维所说唐五代词向北宋士大夫词的"遽变"，应该是开始于北宋士大夫群体的觉醒，而这一觉醒，据钱穆先生所指出，是以范仲淹的"先天下之忧而忧"命题为标志的，而词史演进的客观情形是：宋初体漫长的六七十年的时光，仍然延续着唐五代宫廷词的走向。换言之，北宋的士大夫词也不是随着北宋朝廷的建立而产生的，而是经历了几个阶段演化的。

　　首先是宋初体的时代，宋初体仍然延续唐五代宫廷词的路数而下，主要是以宫廷为其活动中心，写作者主要是上层人物，宫廷应制词占据了一定的比重。但宋初体并非是唐五代词的复现，而是有着一些比较重要的区别，例如词体的写作者，虽然是宫廷的上层人物，但已经不是唐五代时期意义上的宫廷新贵，而是北宋新型科举制产物下的士大夫高层人物，他们是台阁重臣。宋初时代的另一个侧面，是柳永代表的应歌词。士大夫宋初体的偶然之作和柳永的大量写词与广泛流传，恰恰成为鲜明对比，这也充分说明了士大夫词还没有真正形成。以张先体、晏欧体为标志，开始了士大夫在群体觉醒之后的词体创作。其中的主要标志：首先是士大夫应社词的兴起；其次，是词体写法的朦胧化。词作的朦胧化，其主要的产生原因，正在于士大夫发生群体觉醒之后，需要对词体进行士大夫化的改造，其中重要的内容，就是对词体艳科属性的改造，一方面需要实现"去艳科化"的改造，另一方面，又需要保持已经基本形成的词体艳科属性。对这一两难的选择，其必然的艺术指向，就是将词体的写作背景朦胧化，朦胧的作者，朦胧的场景描述，朦胧的主人公性别，并且，常常采用通过女性化的器物，如"红绡""彩笺""香径"，女性化的场景，如"槛菊愁烟"，女性化的动作和心境，如"花弄影"等，来表达男性主人公的胸襟怀抱。朦胧词是士大夫词的开端，也促进了婉约词风的进一步深化。所谓《阳春集》中的正中词，显然已经不是唐五代的宫廷词，而是具有明显的北宋晏欧时代特征的士大夫词。比之前代词人，别的不说，单说写法上，正中词正是一种去艳科化的朦胧词。它已经升华到一种与原型不即不离的状态，一种以情感为中心的抒情状态。

　　《阳春集》中所写，基本上是女性题材，但是，绝大多数是淡化的、朦胧的女性题材，词中主人公往往是含羞半遮面地隐蔽于垂帘幕后，读者只能根据其中的某些用语、某些意象、某些情感色彩,猜测这位主人公是位女性。这一点,不同于后主词,也不同于花间体,而是与晏欧体相若。从《阳春集》的多数词作来看,颇为朦胧,词体主人公往往不明,词作所表现的背景不明,这实际上是词体发展到较为高级阶段的特征,或说是词体较为后期的阶段,譬如到了南宋姜夔、吴文英才会出现的特点。《阳春集》中的词作,虽然尚未达到姜、吴时代的朦胧晦涩,也尚未达到那个时代的写作技巧,但已经与晏、欧时代无异,这是令人费解的。我们只消看晏欧之前的词作,早期文人词自不必说,就是温韦之作,其境界都是十分清晰的。譬如飞卿体,多用贵族女性视角,如《菩萨蛮》:"小山重叠金明灭,鬓云欲度香腮雪",全篇都围绕一个贵族女性早起梳妆的情态展开,时间、地点、人物、事情、心态,都一一如在目前。韦庄增加了真实的自我,就更为真实化,就是女性摹写也是坐实的、清晰的,"四月十七,正是去年今日","春日游,杏花吹满头"等等,无不如是。到了李后主,"感慨遂深",也只是情感的深邃,就艺术表达来说,仍然是清晰的实景实情,易晓易懂:"帘外雨潺潺,春意阑珊"(《浪淘沙》),时间、地点、人物、心境等,何等清晰。而《阳春集》的作品,却常常模糊具体场景,含混主人公形象,抒发一种淡淡的哀伤情绪。如《鹊踏枝》:"霜落小园瑶草短。瘦叶和风,惆怅芳时换。旧恨年年秋不管。朦胧如梦空肠断。独立荒池斜日岸。墙外遥山,隐隐连天汉。忽忆当年歌舞伴。晚来双脸啼痕满。"多用拟人手法,多以主体情怀观照外物,明显处如"草短""瘦叶""秋不管"等,此等手段,到了张先、晏殊等人才开始多见。

三、冯词没有其应有的形成过程和相应的写作记载

收载于《阳春集》中的词作,在南唐尚不具备其产生的历史条件和词史条件,同时,冯延巳也没有其词体形成过程的任何蛛丝马迹,这一点,可以在与同在南唐的后主和其他同代词人的比较中得出初步结论。南唐的小朝廷,藏书丰富,文化氛围浓郁,但似乎没有关于词体写作活动的记载,也没有出现类似于西蜀政权的花间词人群体。南唐词人,若是去翻检《全唐五代词》,去除中主、后主、延巳三人,似乎仅仅能看到徐铉的22首《柳枝词》,如"金马辞臣赋小诗,梨园弟子唱新词"这一类介于诗、词之间的作品,还处于沿

袭中唐时代白居易、刘禹锡刚刚学词的阶段。《柳枝词》之外，徐铉只有《抛球乐》两首，如："歌舞送飞球，金觥碧玉筹。管弦桃李月，帘幕凤凰楼。一笑千场醉，浮生任白头"（《其一》），尚未脱作词如作诗的窠臼，还在早期文人词的阶段。此外，韩熙载（一说是潘佑）有"桃李不须夸烂漫，已输了春风一半"两句，陶穀有《风光好》："好因缘，恶因缘，只得邮亭一夜眠。别神仙。　琵琶拨尽相思调，知音少。待得鸾膠续断弦，是何年？"但陶属于北周之使者，不在南唐词人之内，且此词粗俗，尚未得花间精神，还是早期民间词风味。而后主学词，则有一个大致的脉络：李煜最早的词作，应是书写隐逸心境之作，如《渔父》："阆苑有情千里雪，桃李无言一队春。一壶酒，一竿身。快活如侬有几人"，"一棹春风一叶舟，一纶茧缕一轻钩。花满渚，酒满瓯。万顷波中得自由"，能看出明显的效法模仿玄真子体，盖因当时后主行韬晦之策以全身。随后的词作，当属几篇效法花间之作，大体皆为与大小周后有关，《玉楼春》："晚妆初了明肌雪，春殿嫔娥鱼贯列。凤箫吹断水云闲，重按霓裳歌遍彻。　临风谁更飘香屑，醉拍阑干情味切。归时休放烛花红，待踏马蹄清夜月。"夏承焘《唐宋词人年谱》于乾德元年（963年）条下记载，此年大周后作霓裳羽衣曲，后主有词："重按霓裳歌遍彻"，可以见出后主此作与大周后的制曲以及后主的沉溺声律有关———《年谱》记载，后主18岁，纳大周后，"后主既纳周后，颇留情乐府"[1]。大周后通书史，善歌舞，精通音律，尤工琵琶，至于彩戏弈棋，靡不绝妙。从中可以看出后主由"留情乐府"到渐次喜爱写作歌词的蛛丝马迹；随后，应是写给小周后的两首，但我们再看冯延巳的词体形成历程，全然没有任何蛛丝马迹。后主有个学早期民间词、学花间词的过程，冯延巳都没有，就好像冯延巳是个天才，直接就写出了晏欧时代的词风词作。《花间集》是何时传播到南唐的？又是怎样传播的？这些有待研究文学传播问题的专家给予再研究，如上所述，后主大约在963年才开始从学早期文人词而转向学花间，有了随后两首与小周后有关的花间风格之作。这些也许大体可以说明，《花间集》虽然已经于940年编辑，但真正传播到南唐的时间，还是需要研究的。冯延巳在《花间集》编辑20年之后死去。田况

---

[1] 夏承焘：《唐宋词人年谱》，上海古籍出版社1979年版，113-114页。

《儒林公议》记载："伪蜀欧阳炯尝应命作宫词，淫靡甚于韩渥（偓）。江南李坦时为近臣，私以艳藻之词闻于王听，盖将亡之兆也。"[①] 这段资料应与花间词在江南后主这里的早期传播有关，故冯延巳生前是否见过《花间集》，值得研究。

后主天性喜学问，但未有与所谓南唐词人另一大家的冯延巳之间有任何交往的记载。李煜于23岁(959年)时，太子鸿冀卒，自郑王徙吴王，以尚书令知政事居东宫，已经是实际上的太子，开崇文馆招贤士。《钓矶立谈》："后主天性喜学问，尝命两省丞郎，给谏词掖，集贤勤政殿学士，分夕于勤光殿，赐之对坐，与相剧谈，至夜分乃罢。"[②] 记载了后主经常召见各类贤才，"与相剧谈"，但却并没有任何后主与冯延巳谈词的记录。此时，距离冯延巳之死尚有两年，而李煜此时已经醉心于音律数年之久。这也可以说明，冯延巳并非拥有如同后来《阳春集》所提供的那么多的优秀之作的词人。同时，也没有冯延巳与南唐其他词人、诗人乃至著名士人如韩熙载、徐铉等诗词写作方面交往的记载。《钓矶立谈》记载韩熙载："大开门馆，延纳俊彦，凡占一技一能之士，无不加意收采，唯恐不及。……每得一文笔，手自写缮。展转爱玩，至其纸生毛，犹不忍遽舍。后房蓄声妓，皆天下妙绝，弹丝吹竹，清歌艳舞之观，所以娱侑宾客者，皆曲臻其极。是以一时豪杰，如萧俨、江文蔚、常梦锡、冯延巳、冯延鲁、徐铉、徐锴、潘祐、舒雅、张洎之徒，举集其门。"[③] 这段资料给予我们许多信息：(1) 韩熙载喜欢延纳俊彦，冯延巳也在延纳之中；(2) 韩熙载喜爱"弹丝吹竹，清歌艳舞之观"，并且，"所以娱侑宾客者，皆曲臻其极"，假如冯延巳真的拥有像我们现在所读到的这么多优秀之作，何以不见记载韩熙载赏听其作？哪怕是稍有蛛丝马迹的记载？《钓矶立谈》的作者，就是南唐之人，其《附录》记载："处士史虚白，北海人也。清泰中，客游江表，卜居于浔阳落星湾。"[④] 清泰，公元934-936年，故史虚白正是与冯延巳同时代之人，应该最清楚冯延巳之所长，为何全书不见任何关于冯延巳会写词的只言片语？[⑤] 当时之风尚，并非不能歌唱同代词人之词作，郑文宝《江

---

① 田况：《儒林公议》，中华书局1985年版，第41页。
② [唐]史虚白：《钓矶立谈》，王云五主编《丛书集成》，商务印书馆1936年版，第17页。
③ [唐]史虚白：《钓矶立谈》，王云五主编《丛书集成》，商务印书馆1936年版，第27页。
④ [唐]史虚白：《钓矶立谈》，王云五主编《丛书集成》，商务印书馆1936年版，第31页。
⑤ 《钓矶立谈》涉及冯延巳，只说其"学问渊博，文章颖发，辩说纵横"。

南余载》曾记录徐锴词作被宰相游简言家歌妓歌唱的故事:"简言徐出妓佐酒,叠唱歌词,皆锴所制,锴乃大喜。"①郑文宝(953-1013),字仲贤,一字伯玉,宁化(今属福建)人。初仕南唐,官至校书郎,进入宋朝,中太平兴国八年(983年)进士,任颍州(今安徽阜阳)知州、陕西转运使等职,在南唐时,从学于徐铉,入宋后受到名臣李昉的赏识。郑文宝的《江南余载》给予我们这样的思考,如果说史虚白《钓矶立谈》不载冯延巳写词之事乃为孤证,郑文宝其人工篆书,善鼓琴,尤以诗歌负有盛名,诗带晚唐遗风,造语警拔,情致深婉,有文集20卷,及《江表志》《南唐近事》《江南余载》等书。这样的一位文学家兼音乐家,又有多本关于南唐的著作,为何对冯延巳会写词之事也不曾道及,反倒是记载了徐锴有词作的事情?

第三节 《阳春集》与《寿域词》关系辨析

与冯延巳在词史上声名煊赫相反,宋初词人杜安世则近乎寂寞无闻。不过,令人感到奇怪的是,冯延巳的《阳春集》与宋初词人杜安世的《寿域词》两个词集之间相互吻合、相似之处甚多,同一首词作同见两集之中也时有发生,由于冯延巳词名极大,一般都断为冯作,如《全唐五代词》在冯延巳《鹊踏枝》"梅落繁枝千万片"词下说:"此词又见杜安世《寿域词》。案:《寿域词》一卷有陆贻典校本,收词86首,杂有李煜、冯延巳、晏殊、吴感、欧阳修等人词作,所收较杂乱。……当从《阳春集》作冯延巳词。"②我们可以对同见两集的这首《鹊踏枝》进行辨析。

冯词《鹊踏枝》:"梅落繁枝千万片,犹自多情,学雪随风转。昨夜笙歌容易散,酒醒添得愁无限。 楼上春寒山四面,过尽征鸿,暮景烟深浅。一晌凭栏人不见,红绡掩泪思量遍。"此词在杜安世的《寿域词》中词牌为《蝶恋花》:"篱落繁枝千万片……"两首之间,有几处不同,一是词牌不同,二是词中有几处不同:"梅落"杜词为"篱落","犹自"为"犹似","学雪"为"似

---

① 郑文宝:《江南余载·卷上》,丛书集成本.商务印书馆1936年版,第5页。
② 曾昭岷等:《全唐五代词》,中华书局1999年版,第650页。

雪","春寒"为"春云"。显然,两首词作乃是同一首词,略作修改而已,到底是谁修改了谁的词作?此作究竟应该是属于冯延巳,还是应该属于杜安世?如上所述,几乎所有的版本,都将此作归属于冯延巳,并且作为冯延巳的代表作来加以鉴赏,但事实上却并非如此。

首先讨论词牌的问题:"《蝶恋花》又名《鹊踏枝》《凤栖梧》。唐教坊曲,……双调,六十字,上下片各四仄韵。"[①]此处只说了三者是同一个词调,但却没有说出三者产生的时间次序。笔者以《全唐五代词》和《全宋词》为蓝本,依次检索,发现三者产生的次序依次为:《鹊踏枝》《凤栖梧》和《蝶恋花》。《全唐五代词》中去除冯延巳《阳春集》,则只有《云谣集杂曲子》中有《鹊踏枝》(又名《雀踏枝》《曲子鹊踏枝》)两首,其一首为齐言调:"叵耐灵鹊多瞒语,送喜何曾有凭据?几度飞来活捉取,锁上金笼休共语。 比拟好心来送喜,谁知锁我在金笼里。欲他征夫早归来,腾身却放我向青云里。"另一首为杂言调:"独坐更深人寂寂。忆念家乡,路远关山隔,寒雁飞来无消息。教儿牵断心肠忆。 仰告三光珠泪滴。教他耶娘,甚处传书觅。自叹宿缘作他邦客,辜负尊亲虚劳力。"由于敦煌曲子辞的写作时间跨度甚长,由盛唐到宋初,故两首之间也会有时间上的差别,第二首可能晚于第一首较长时间,理由如下:(1)第二首上下片的第二句处均为四言、五言的杂言,更为接近词的样式,而第一首齐言,"前后叶韵不同,可能原为两首"[②];(2)第一首的衬字比较多,"在""却""向"等皆为衬字,第二首只有一个衬字"作"字;(3)第一首前片两叶"语",后片两叶"里",乃民间文艺之风格,不忌,[③]而后一首的叶韵比较规范而丰富;(4)第二首也可能有齐言与杂言的不同版本,任半塘在此词下考辨说:"此辞之三本,乙丙作齐言,甲作杂言,彼此不同。"[④]由此可以推断,《鹊踏枝》的曲牌经历了一个由齐言向杂言渐次演化的过程,即便是曲子辞中也是如此。其余如温庭筠、韦庄及花间诸人,均未见采用此调,特别是晚于正中的后主,也未见采用此调。假设冯延巳《阳春集》

---

① 龙榆生:《唐宋词格律》,上海古籍出版社1978年版,第88页。
② 任半塘:《敦煌歌辞总编》,上海古籍出版社2006年版,第316页。
③ 任半塘:《敦煌歌辞总编》,上海古籍出版社2006年版,第316页。
④ 任半塘:《敦煌歌辞总编》,上海古籍出版社2006年版,第483页。

的14首《鹊踏枝》为真实存在,而后主却无动于衷,则后主不仅词作词句不见有半点正中体痕迹,就是正中体使用如此频繁的《鹊踏枝》词调,也未见采纳。《全唐五代词》中只有《云谣集》和冯词中有《鹊踏枝》,已经基本说明:此调还属于未被文人采用的词调,冯词属于特例,换句话来说,冯词中的《鹊踏枝》应为后人之作,才吻合了词史演进的过程。那么,此调在文人词中,又是何人率先采用的呢?查阅《全宋词》,北宋初期只有两人采用此调:一是丁谓(966—1037),有《凤栖梧》:"十二层楼春色早。三殿笙歌,九陌风光好。堤柳岸花连复道,玉梯相对开蓬岛。 莺啭乔林鱼在藻。太液微波,绿斗王孙草。南阙万人瞻羽葆,后天祝圣天难老"[①];另一个是柳永的《凤栖梧》:"伫倚危楼风细细。望极春愁,黯黯生天际。草色烟光残照里,无言谁会凭阑意。 拟把疏狂图一醉。对酒当歌,强乐还无味。衣带渐宽终不悔,为伊消得人憔悴。"[②]

此二者谁先采用此调?笔者认为,当为柳永。丁谓生年虽然略微早于柳永;但柳永精通音律,许多词调经过柳永之手,才在士大夫词中流行起来,因此应该是柳永先用,改为《凤栖梧》,丁谓再用,到晏殊或是杜安世再次采用的时候,改为《蝶恋花》。杜安世使用此调,仍然主要采用《凤栖梧》作为词牌,有《凤栖梧》五首,抄录两首:"秋日楼台在空际。画角声沈,历历寒更起。深院黄昏人独自,想伊遥共伤前事。 懊恼当初无算计。些子欢娱,多少凄凉味。相去江山千万里,一回东望心如醉。""别浦迟留恋清浅。菱蔓荷花,尽日妨钩线。向晚澄江静如练,风送归帆飞似箭。 鸥鹭相将是家眷。坐对云山,一任炎凉变。定是寰区又清宴,不见龙骧波上战。"杜安世另有一首《蝶恋花》,与冯延巳《鹊踏枝》相差一字,已见前文。可知杜安世多数采用《凤栖梧》,同时开始采用《蝶恋花》。鹊踏枝(早期民间词调)———凤栖梧(柳永、丁谓、杜安世)———蝶恋花(杜安世、晏殊),一个词调的三个名称,有它清晰的转变痕迹。不仅仅是词调名称改变,而且,其中的词律格式,也应该是有所变化的。这个变化主要是将《云谣集》中《鹊踏枝》的多衬字、多七言字句改为去掉衬字和将一些七言句打散,柳永的《凤栖梧》将第二句整齐的七个字,改为四字、五字,同时,将衬字去掉了,从而成为整齐的词

[①] 唐圭璋:《全宋词》,中华书局1965年版,第7页。
[②] 唐圭璋:《全宋词》,中华书局1965年版,第25页。

律。《寿域词》中有五首《凤栖梧》和一首《蝶恋花》，说明杜安世是比晏殊略早一点使用这个词牌的人，也说明杜安世的词体写作，大约与柳永同时而稍后，或说是介于柳永与晏殊之间。由《凤栖梧》而改为《蝶恋花》，也许就是由杜安世本人完成的也未可知。冯煦《蒿庵论词》说："《寿域词》，《四库全书》存目谓其字句讹脱，不一而足。今取其词读之，即常用之调，亦平仄拗折，与他人微异。则是《寿域》有意为之，非尽校者之疏。"[①] 也许就是指的此一类现象。陈世修将杜安世的一组《凤栖梧》安在其外舍祖冯延巳名下，为了防人看破而采用《鹊踏枝》这更早的词牌名，这才出现了使用《鹊踏枝》词牌而采用《凤栖梧》词律的现象。

其次，我们再来讨论冯词之不同于杜词的"梅"字。此词毫无疑问，是写梅的名篇，杜词若是原作的话，可能是出于含蓄的角度，全词写梅而不出现"梅"字，也是说得过去的。问题是，梅花是何时真正成为士大夫的审美对象的，特别是将梅花作为士大夫品格的象征？众所周知，是从北宋初，特别是由于有了林逋"梅妻鹤子"的有意追求之后，赏梅才真正成为一种士大夫共同的审美取向。此前，梅花作为一种"花"，一种植物，当然也有人吟咏，譬如李商隐有《酬崔八早梅有赠兼示之作》，但显然还属于偶然之作，还没有具备咏物之作中的人格象征意味，远没有牡丹、菊、柳等传统的物象那么重要。因此，可以说，在冯延巳的南唐时代，梅花还没有从众多的花卉中脱颖而出。在南唐词人中，李璟存词4首，并无梅花之句，而只写了"菡萏""丁香"等植物；李煜40首，出现梅花一处："砌下落梅如雪乱"（《清平乐》），其余写"樱桃""林花""樱花""桃李""梧桐"等。梅花在晚唐五代的时候，还是很普通的一种植物品类，并不具有特殊的审美意义，梅花在花间词人手中，也不具备独立的审美意义，如飞卿60余首词作，基本不写梅花，自然物象也很少，主要有"柳""海棠""杏花"等少量出现；花间词人中出现的梅花，如皇甫松《梦江南》："闲梦江南梅熟日"，韦庄有"暗想玉容何所似，一枝春雪冻梅花，满身香雾簇朝霞"（《浣溪沙》），前者的梅花，不过是江南的象征物，后者不过是"玉容"的联想物、比拟物而已。总之，梅花在北宋之前的

---

① 冯煦：《蒿庵论词》，人民文学出版社1962年版，第64页。

词作中，不仅数量极少，而且并非具有北宋时代赋予的特殊品格，也就不被词人所钟爱和赏玩。而《阳春集》中出现次数最多的植物意象，大概就是梅花了，如："梅落繁枝千万片"(《鹊踏枝》)，"一夜东风绽早梅"(《采桑子》)；"寒在梅花先老"(《清平乐》)；"波摇梅蕊当心白""梅落新春入后庭"(《抛球乐》)；"角声吹断陇梅枝"(《醉桃源》)；"梅花吹入谁家笛""落梅飞晓霜"(《菩萨蛮》)；"落梅著雨消残粉"(《上行杯》)；"北枝梅蕊犯寒开"(《玉楼春》)，约略有10处梅花。不仅仅是数量多，而且梅花在作品中已经不再是某种象征物、比拟物的附属品，而是成为了词作的灵魂、中心。还以这首署名权有争议的《鹊踏枝》为例："梅落繁枝千万片。犹自多情，学雪随风转"，后主的"砌下落梅如雪乱，拂了一身还满"，将"落梅"比喻为"如雪乱"，它很有可能是此词的源头，或说是写作缘起，只不过将"如雪乱"三字拆开铺染，加以"犹自多情"四字，就将无情之梅花，移情而为有情多情之灵物；而首句增添的"千万片"，更是写尽了梅花飘落的盛景，有如"千树万树梨花开"一般。这一写法，杜安世在一首《玉楼春》中再次用之："晴景融融春色浅，落尽梅花千万片"。下片的"楼上春寒山四面"，则是明显来自后主的《失调名》："楼上春寒水四面"，只是把"水"改为"山"而已；"一晌凭栏人不见"，也依稀能辨识出后主"独自莫凭栏"的痕迹。一首词而有三处与后主词相似，而后主这些词作的写作时间，已经是冯延巳死去多年，这也无疑能说明冯词之为宋初词作。

第四节　余论

以上的讨论，已经能基本确认：有争议的这一首署名冯延巳的《鹊踏枝》，应为杜安世的《蝶恋花》；同时，《阳春集》中大量出现的超越时代的梅花意象，以及杜安世"落尽梅花千万片"的相同笔法，不仅为冯词之为伪作的推断奠定了一个基础，同时也为《阳春集》的真正作者应为宋初时代的人做出了一个有力的指向。

陈匪石《声执》曾有一段论述，解释《阳春集》之不入选《花间集》："《花间集》为最古之总集，皆唐、五代之词。……所录诸家，与前、后蜀不相关者，唐惟温庭筠、皇甫松，五代惟和凝、张泌、孙光宪。其外十有三人，则非仕于蜀，即生于蜀。当时海内俶扰，蜀以山谷四塞，苟安之余，弦歌不辍，于此可知。若冯延巳与张泌时相同，地相近，竟未获与，乃限于闻见所及耳。考《花间》结集，依欧阳炯《序》为后蜀广政三年，即南唐昇元四年，冯方为李璟齐王府书记，其名未著。陈世修所编《阳春集》有与《花间》互见者，如温庭筠之《更漏子》(玉炉烟)、《酒泉子》(楚女不归)、《归国遥》(雕香玉)，韦庄之《菩萨蛮》(人人尽说江南好)、《清平乐》(春愁南陌)、《应天长》(绿槐荫里)，以及薛昭蕴、张泌、牛希济、顾夐、孙光宪各一首，疑宋人羼入冯集。"[1]将冯延巳未能入选进入《花间集》的原因，归结为当时冯延巳地位未显，仅仅是李璟的掌书记，此论未免牵强，冯延巳在940年的时候，已经是38岁，若是会写词，则早已经就会写词，若是不会写词，也未必于将近40岁之后再去学习写词；而地位方面，《花间集》处士之作也可入选，何况冯延巳为掌书记？《花间集》不选冯词，而《阳春集》中的作品，其中能见出与花间关系的，有许多能确定是花间词人的作品；其他则很少见出花间影响之作，倒是与晏欧之作相近者比比皆是。关于张泌，《花间集》列牛峤、毛文锡之间，称"张舍人"。南唐别有一张泌(一作佖)，后主征为监察御史，官内史舍人，后随后主归宋，及见后主之卒。前人多以其为花间词作者，胡适认为"此说多谬"，俞平伯也认为"自非一人也"。到底此张泌和南唐之张泌是同名还是同一人，不可定论。张泌之仕于南唐，可见于《本事词》："张泌仕南唐，为内史舍人。"[2]张泌若是西蜀人，自不必论述，若张泌就是南唐之张泌，则张泌与冯延巳"时相同，地相近，竟未获与"，也并非"乃限于闻见所及耳"，《花间集》之选入张泌词作而一首没有选入冯词，本身就说明当时并未有所谓冯词。

说到冯延巳词真伪的问题，不能不顺便说及《尊前集》，若能证明《尊前集》出版于晚唐五代，则大抵可以说明《尊前集》所载冯词数首为真。但《尊前集》本身就是一个历史谜团，此书旧本失传，明顾梧芳采录名篇，厘为二卷，其中称呼李煜为"李王"，李煜于太平兴国三年(978年)卒后追封吴王，则此书显然不能是五代时的词集，"李珣后又有李王词八首，其下重出冯延巳词七

---

[1] 陈匪石：《声执(卷下)》，江苏古籍出版社2002年版，第192页。
[2] 叶申芗：《本事词(卷上)》，古典文学出版社1957年版，第36页。

第十章 冯延巳《阳春集》真伪辨析

首,下又有李王词一首,显系后人增入。"①故《尊前集》不能作为冯词非伪的证明。夏承焘先生首先对《阳春集》的真实性提出质疑,功莫大焉,但夏先生未能坚持此见,主要是疑惑于宋代一些人所谓见到冯词的问题,计有四条。

1. 北宋崇宁间,马令作《南唐书》,称正中"著乐府百余阕",夏先生因此怀疑"陈编殆据此数而杂摭欧、李诸词实之"②。其实,马令《南唐书》关于冯延巳会写词的记载不足为凭,宋徽宗崇宁年间(1101—1106),距离陈世修编辑《阳春集》的1058年,已经过去了将近50年,是马令依据陈世修的《阳春集》而得出"著乐府百余阕"的记载,而非陈编据此而实之。

2. 《年谱》之《后记》引王仲闻先生信函云:"崔公度跋《阳春录》谓皆延巳亲笔"(此跋见双照楼影刊宋吉州本欧阳忠公《近体乐府》罗泌《跋》所引);殆崔曾见延巳墨迹,故有此说。又云:"正中词名《阳春录》,见欧阳忠公近体乐府罗泌跋及罗泌校语,又见《直斋书录解题》卷二十一。"③崔公度,《宋史》有传:"字伯易,高邮人。……公度起布衣,无所持守,惟知媚附安石,昼夜造请,虽踞厕见之,不屑也。尝从后执其带尾,……见者皆笑,亦恬不知耻。"④公度人品不好,虽然不足以证明其所言为虚,但崔公度与罗泌等皆熙宁之后的人,其见陈世修所编之《阳春集》,或是见到冯延巳手书某些羼入《阳春集》的花间词作,都是可能的,但不足以说明《阳春集》问世之前冯词的真实存在。

3. 《直斋书录解题》在《阳春录》一卷下说:"世言'风乍起'为延巳所作,或云成幼文也。今此集无有,当是幼文作,长沙本以置此集中,殆非也。"⑤陈振孙为南宋后期的人,又在崔公度、马令之后,误认《阳春录》为冯延巳之作,是在情理之中的,《解题》中说"风乍起"一阕"当是幼文作",对冯延巳的这篇代表作有所质疑,这个线索值得继续研究。

4. 王仲闻先生所说:"冯正中词宋时传本亦有《阳春集》,见尤袤《遂初堂书目》"⑥的说法也可以得到相似的解释,尤袤在南宋中兴时期,根据陈世

---

① 蒋哲伦:《尊前集·前言》,江西人民出版社1984年版,第4页。
② 夏承焘:《唐宋词人年谱》,上海古籍出版社1979年版,第70页。
③ 夏承焘:《唐宋词人年谱》,上海古籍出版社1979年版,第70页。
④ 脱脱等:《宋史:卷353》,中华书局1982年版,11152—11153页。
⑤ 陈振孙:《直斋书录解题:卷21》,上海古籍出版社1987年版,第615页。
⑥ 夏承焘:《唐宋词人年谱》,上海古籍出版社1979年版,第71页。

修在北宋时代的《阳春集》而著录,这样的解释同样是可以圆通的。以上的四种情况,都应该属于以讹传讹的结果。此外,冯煦引刘贡父《中山诗话》,谓"元献喜冯延巳歌词,其所自作,亦不减延巳"①。晏殊死于1055年,是在陈世修编辑《阳春集》问世之前三年,而陈世修在《阳春集序》中分明说:"公薨之后,吴王纳土,旧帙散失,十无一二,今采获所存,勒成一帙,藏之于家",按照陈世修此说,《阳春集》在他编辑之前冯词已经"旧帙散失,十无一二",那么,死于陈编三年之前的晏殊,又是怎样阅读到冯词的呢?但晏殊词中的许多作品,就其风格和词面特征来说,又确实与冯词和杜安世某些词作相似。这个疑案,有待于后来者进一步的研究。那么,冯延巳其人是否会写词,是否有词作流传?若是有词作传世,其风格和水平又是什么样的呢?北宋时的赵德麟曾见过后主手书冯延巳的词作一首,事见赵德麟《侯鲭录》卷1:

> 余往在中都,见一士大夫家,收江南李后主书一词,下云"冯延巳"三字,词中复云:"圣寿南山永同",恐延巳作也。词云:"铜壶漏滴初尽,高阁鸡鸣半空。催启五门金锁,犹垂三殿珠栊。阶前御柳摇绿,杖下宫花散红。鸳瓦数行晓日,鸾旗百尺春风。侍臣舞蹈重拜,圣寿南山永同。"②

赵德麟,名令畤,为前宋宗室安定郡王,以才美见喜于苏文忠公。这个记录如果属实,则所谓正中词,应该大抵就是这个水平。换言之,这首整齐六言的祝寿词,才正合于冯延巳的词体写作水平:(1)整齐的齐言句式,大致与徐铉的《柳枝词》类似;(2)给圣上祝寿的题材,非常吻合于冯延巳的身份和为人;(3)"侍臣蹈舞重拜,圣寿南山永同",与词体在唐五代时期的宫廷词属性正相吻合。但恰恰是这一首有明确记载的冯延巳词作,反而在是否见收于《阳春集》问题上还是疑案。《全唐五代词》收录此词,词牌题为《寿山曲》,并在词下考辨说:"《阳春集》原无此阕,四印斋本补入,注云:'见《历代诗余》《全唐诗》《花草粹编》。'……胡震亨《唐音癸签》卷一三云此曲见冯延巳

---

① 冯煦:《蒿庵论词》,人民文学出版社1962年版,第59页。
② 赵令畤:《侯鲭录·卷1》,中华书局2002年版,第44页。

《阳春集》,则此词原已在《阳春集》中,今本失之。"① 此词是冯延巳之作,应该是情况属实的,或者此词曾经编入过《阳春集》又被删除,也未可知,这已经不重要了,重要的是,我们看到了冯延巳若是真有词作的话,其词作应该有的大致水平,这已经很能说明问题了:这种"侍臣蹈舞重拜"的祝寿词,与《阳春集》中剽窃来的《鹊踏枝》组词等作品,无论是艺术水准还是写作风格,都不啻霄壤,绝非出同一个词人的手笔。

综上所述,可以得出如下几点结论:(1)唐五代词中只有冯词达到了宋代士大夫词的写法高度,而且是超越了宋初体之后的晏欧写法,这是冯词之为伪作的最为重要的内证。因为,文学史的时代性是任何个人无法超越的,正如先秦两汉时代的诗人不可能写出建安之后的五言诗一样,唐五代的词人也不可能写出两宋之词,李后主之所以能先一步写出所谓"士大夫之词",是由于后主特殊的个人遭遇,而且,后主也是归为臣虏,进入到了北宋的历史之后,才突破了唐五代宫廷词的局限,这是文学史发展的基本规律,是任何人都无法超越的规律。(2)所谓冯延巳的代表作之一《鹊踏枝》并非冯延巳所作,举一反三,原先在他名下的所有的咏梅之作,都应该不是冯作,而且不是宋初之作,因为,文化史在纪录林逋梅花文化创造的时刻,并没有标识宋初时代的其他创造者和士大夫对梅花的群体认同,一个时代对于某个个案行为的创造的接纳并形成风尚,是需要一定的时间的。(3)若是将撷拾他人的篇章剔除,则所谓的《阳春集》已经形同虚设,事实上,从冯延巳六言体《寿山曲》来推论,冯延巳的写作水平和风格,如同其人为奸佞小人一样,应该就是这种阿谀颂赞之作。(4)倘若冯词中的优秀之作都是剽窃而来,那么,这些词作的写作时间范围,又应该是在什么时期?以笔者的研究来看,大体应该是宋初体之后到晏欧体之前的作品。(5)《阳春集》中的这些优秀之作,是分别来自欧阳修等其他词人,还是都从杜安世的《寿域词》中来?并且,将杜安世这位原本应该在中国词史上占有重要地位的词人,刻意打压,有意使其身世泯灭,换言之,《阳春集》的编辑,是否就是一个剽窃杜安世词作的一次行为?这些悬念,至少都是应该深入讨论的。

---

① 曾昭岷,等:《全唐五代词》,中华书局1999年版,第711页。

第十一章
敦煌曲词的产生时间和阶层属性

第一节 概说

敦煌词的主体作品应该是中晚唐之后到宋初的作品，个别作品，或有李白之后的宫廷乐工作品。其作者的阶层，是个相当复杂庞杂的构成，既有宫廷乐工，又有边将藩臣，既有佛道唱词，又有歌伎演唱，就写作时间而言，多数应为晚唐五代至宋初的作品，就写作阶层来说，宫廷乐工、边将藩臣等应归属于宫廷文化范畴之内的作者为其主体。

1. 隋唐之际的文化中心、音乐歌舞演出消费的中心仍在宫廷，以宫廷为中心的写作者，主要是宫廷中的乐工伶人，有可能是最早接过李白曲词创作衣钵的群体，但这一群体文化素质不高，并不能写出真正具有文学审美意义的词作，而只能应景演出，应对宫廷演出的日常需要，因此，不能产生深刻的文学史影响，也很难流布人口，流传下来。

2. 当时的士大夫，处于安史之乱前后的危亡之际，在盛唐觉醒的基础之上，必然会进一步走向文学的觉醒，或是进一步走向山水禅悦，以佛道为旨归以求得自身心灵的慰藉；或是以儒家思想为武器，进一步走向对于现实更为尖锐的揭露和批判。因此，在士大夫群体中，似乎难以有人接过李白词体创制的衣钵，进一步写作新近探索出来的词体。随着安史之乱的平定，宫廷重新需要大唐宫廷传统的音乐歌舞消费，那些与宫廷生活有过密切接触的士大夫官员，有可能成为继李白之后最早的一批词人，并随着中唐俗文化思潮的兴起和地方官员家宴歌舞的兴盛，会陆续有更多的士大夫诗人成为新兴词体的写作者。

3. 民间词兴起，在开元之前还不具备总体的环境条件，还需要等待整个华夏文化中的民间文化的兴起作为大背景才有可能产生，需要整个时代文化发生某种巨变才有可能发生，换言之，民间词的兴起，需要整个民间文化的兴盛作为大背景才有可能发生。而文学史的历史记载，特别是讲经、变文、说话以及民间戏曲演出的兴起，都记刻着同一个时间，那就是中唐时代，大约以贞元后期到元和、长庆一代，即以公元九世纪到十世纪之交为标志。从时间上来说，民间文化、民间词的兴起，是李白创制新词大约半个世纪之后的事情。

如果将词体生命的发生，视为一个过程的话，词体的发生次序，应该首先是发生于宫廷，以李白首创，李白词具有文人词和宫廷应制词的双重身份，因此，文人词为最早的创造者。但由于盛唐时代文学的自觉，士大夫文人普遍对文学的宫廷化具有批判意识，因此，李白的词体写作具有某种偶然性和孤明先发的含义，士大夫文人还未能普遍接受。随后，应是宫廷乐工和边将蕃臣等效仿之；再次，是有一定宫廷生活阅历的士大夫文人随后效法之，成为李白之后的早期文人词；最后才是民间词。此三类效法者，只有文人词是有作者主名的，是可以确定时间的，其余两者，还不能准确判断其时间。

李白之前，有几种类型的唐声诗：1. 宫廷乐府歌诗阶段，六朝乐府歌诗，连同隋代初唐的宫廷乐府声诗，可以视为第一个时期；2. 初唐中后期开始形成的著辞歌舞；3. 盛唐时期兴起的绝句声诗歌唱。李白之前是否有真正意义上的词作，以及这些词作是否能够替代李白百代词曲之祖的地位，成为词体发生的标志，其中不能回避的一个问题，就是敦煌词可能的写作时间。

任二北先生有引证和论述：玄宗天宝前《别仙子》、《菩萨蛮》各一首——此二辞同在斯四三三二卷中（同卷尚有《酒泉子》，残剩十九字，未录。但内容演故事，可资考证）据向达《伦敦所藏敦煌卷子经眼目录》，此卷背后，录壬午年龙兴寺僧愿学便物字据。据《佛祖统纪》五三："玄宗敕天下诸郡，建开元寺、龙兴寺。"天宝元年乃壬午年，此字据可能写于天宝元年。[①]

直到当下的敦煌词研究，还没有见到能确指的隋代或是初唐的词作。笔者亲赴伦敦大英博物馆，在大英博物馆葛翰先生的费心安排之下，有幸查阅

---

① 任二北著《敦煌曲初探》，上海文艺联合出版社1954年版，第241页。

到敦煌经卷手稿的真迹。敦煌经卷的纸张皆为黄色，有不少只能依稀看清字迹，或者是部分字迹的情况。其中最为关注的，首先是涉及《菩萨蛮》"枕前发尽"的 S.4332：这一张手稿正面有 3 首（两首半）曲子。根据这个手稿，断定借据中所提到的"壬午年"即为天宝元年，并无根据。龙兴寺是当时一个重要寺庙，在敦煌经卷 S.4050 中，有"龙兴大会"四个大字，字下有落款："天成四年正月五日午际孙【书"①

这张手稿，至少说明在天成四年左右，龙兴寺在当时，是佛教活动的一个中心，以至于有人为之书写"龙兴大会"四字，至于此龙兴大会与愿学所在的龙兴寺，是否为同一个龙兴寺，以及是否为时间接近的龙兴寺，都有待进一步考察。天成是后唐明宗的年号，天成四年为公元929年，为己丑年。此前七年的922年为壬午年，由此再往前三年的919年为己卯年。换言之，所谓龙兴寺僧的这张借据，有可能是公元922年的壬午年所写，其中提到的己卯年，则为公元919年的己卯年。大概是龙兴寺僧愿学在己卯年十一月廿二日借了乾元寺僧王法师的麦子，到壬午年三月，愿学写下这张借据。至于另一面的菩萨蛮等两首半的曲词，则应该与此一借据相差不远的时间抄写的。

总体来看，在玄宗时代，李白以《清平乐》等曲词应制君王，在李白之后，宫廷以曲词演唱给帝王，渐次成为风尚，以致于一些地方将领或是蕃将蕃王，也上行下效，撰写或是命手下文人词客代写曲词供奉帝王，以曲词形式表达对帝王的忠诚等，成为新的风尚。敦煌曲词中的这些作品，有可能一部分即为此一类作品。

第二节　关于《云谣集》可能的产生时间

1. 关于《云谣集》的基本界说，任半塘先生说："《云谣集杂曲子》一卷，乃唐代民间杂言歌辞。"②

2. 关于《云谣集》的产生时间和作者、编者等问题，迄今尚无定论，任

---

① 经卷原稿如此。
② 任半塘编著《敦煌歌辞总编》，上海古籍出版社2006年版，第1页。

半塘先生说:"云谣"之名原出《列子·周穆王篇》及《穆天子传》三。《列子》仅谓"穆王……遂宾于西王母,觞于瑶池之上。西王母为王谣,王和之,其辞哀焉!"文内但见"谣",尚未见"云谣"。《穆天子传》曰:"……西王母为天子谣曰:"白云在天……","云谣"之说,乃基于此。唐人用此二字者,不知其始。① 关于《云谣集》的具体产生时间和地点,有"七世纪中叶"、"盛唐派"、"晚唐"说、"五代"说(与《花间》同时同地)等,其中特别是饶宗颐先生等的"五代"说,受到任先生之批判:"从《初探》论时代中,早期有王国维、龙沐勋及编者,咸认《云谣》中之多首皆隶盛唐,中国科学院编《文学史》,谓敦煌曲内最早者作于七世纪中叶;另有游国恩……编《文学史》内,及唐长孺之考、夏承焘之说内,均因唐府兵制废于开元二十五年,而断许多歌辞乃带有鲜明之盛唐烙印。——综此诸家意旨,可以为之假摄一名曰"盛唐派",……饶氏非不知也……认《云谣》诸辞之产生于五代。"②

3. 关于作者。王易关于《云谣集》的作者有可能是出于伶工之手,时代也比较晚的说法,颇有说服力。如果《云谣集》为晚唐五代到宋初之际的教坊四部所奏,则文学史和词史将会改写,整个词体的演进历程都需要给予重新的诠释。

4. 王易认为:由是以观,自唐大中迄于亡,凡六十年,词体日繁,有令无慢。自梁开平迄于宋兴凡五十二年,作者继兴,引近间作。宋初急慢诸曲号称千数,可谓蔚然,亦越六十余年而至仁宗,慢词始盛。其间进展之顺序,断不可紊;而年代悬隔,尤不可并为一谈。③

王易此说,一直没有得到学术界应有的重视,特别是其中有两点,是对传统认识的纠正:

1. 词体的兴盛是大概要到唐宣宗大中年间(847—860)年间的事情,换言之,从李白742年左右创制词体,到温庭筠有意写作之前,中间大致经历了大约一百年左右的过渡时期,或说是准备时期、滥觞时期,都还不是真正意义上的词体发生史的完成,此时期为"有令无慢",皆为小令,到五代末期和

---

① 任半塘编著《敦煌歌辞总编》,上海古籍出版社2006年版,第49页。
② 任半塘编著《敦煌歌辞总编》,上海古籍出版社2006年版,第43-44页。
③ 王易著《中国词曲史》,团结出版社2006年版,第55页。

宋初时期，才开始慢曲兴盛。

2.此前误认为词体初起的时代，首先是在民间盛行慢词长调，随后文人词开始盛行小令，一直到柳永才回归早期民间词的写法——现在对这种认识重新加以反思，从情理上来说，便难以圆通。按照事物发展的一般规律来说，显然应该是先易后难，歌词需要配乐，慢词长调的词乐之间的配合，显然要难于小令的配合，因此，唐宋之际的词体发展，应该是先有短篇小令，随后到宋初之际，才有了慢词长调的流行。由小令到慢词长调的流行，不仅仅是由易而难的问题，可能还涉及到音乐消费形式的变化，可能发生了演唱者和听者由短曲小令的消费形态向长曲慢词消费形态的转变，特别是宋初时代市井文化的繁荣，可能是这种消费形态转型的一大历史原因。

第三节　从《破阵乐》到《破阵子》的变化看敦煌词的产生时间

敦煌词的写词时间，之所以难以确定，正由于敦煌词的多数作品均为无主名之作，仅仅根据写法的粗糙，技术的优劣，是难以确定时间的。因为，即便是在文人词体写作已经相对成熟的情况下，倘若由文化层次相对较低的乐工歌伎写作，仍然会有粗糙的词作出现。因此，其中少量的具有明确时间和主名以及历史事件的词作，就显得更为弥足珍贵。"破阵乐"，"乐苑曰：商调曲也，唐太宗所造。明皇又作小破阵乐，亦舞曲也。"[1] 张说有《破阵乐词二首》：

> 汉兵出顿金微，照日光明铁衣。百里火燔焰焰，千行云骑霏霏。
> 麾踏辽河自竭，鼓噪燕山可飞。正属四方朝贺，端知万舞皇威。
> 　少年胆气凌云，共许骁雄出群。匹马城西挑战，单刀蓟北从军。
> 一鼓鲜卑送款，五饵单于解纷。誓欲成名报国，羞将开阁论勋。[2]

---

[1] 中华书局编辑部点校《全唐诗》，中华书局1998年版，第975页。
[2] 中华书局编辑部点校《全唐诗》，中华书局1998年版，第975页。

第十一章　敦煌曲词的产生时间和阶层属性

哥舒翰《破阵乐·破西戎》：

> 西戎最沐恩深，犬羊违背生心。神将驱兵出塞，横行海畔生擒。石堡巖高万丈，鹏窠霞外千寻。一唱尽属唐国，将知应合天心。①

哥舒翰攻吐蕃石堡之事，发生在天宝八载左右：八载……上命陇右节度使哥舒翰帅陇右、河西及突厥阿布思兵，益以朔方、河东兵，凡六万三千，攻吐蕃石堡城。②

在天宝八年左右，《破阵乐》还没有被《破阵子》取代，《全唐五代词》中所录入的《云谣集杂曲子》中的《破阵子》，则至少应该是天宝八载之后的作品。《云谣集》中的四首《破阵子》，不仅仅是将齐言六句打散而为杂言，而且分为上下片这样的词体形式，最为重要的，是四首《破阵子》之间，基本遵守词律的平仄关系。从其他词人写作的情况来看，《花间集》500首，未见有《破阵子》词牌的使用。

李后主首先使用《破阵子》，而且，是唯一的一首：四十年来家国，三千里地山河。凤阁龙楼连霄汉，玉树琼枝作烟萝。几曾识干戈。　一旦归为臣虏，沉腰潘鬓消磨。最是仓皇辞庙日，教坊犹奏离别歌。垂泪对宫娥。

以《云谣集》四首《破阵子》和李煜《破阵子》对比来看，词牌的词律情况并不一样，后主的《破阵子》，成为"六六七七五"的定格，比《云谣集》的第二句多一个字。由此可以大致推断，《云谣集》的这几首《破阵子》应该是晚于哥舒翰而早于李后主"一旦归为臣虏"之后的词作。但也不尽然，后主词与伶工词用同一词牌而伶工词有变化也未可知。

由于唐代科举制的不成熟，以及社会历史的种种原因，盛唐之后的社会体制，并没有因为政治体制上由家天下向士大夫官僚型社会转型，而随之即刻发生以士大夫为中心的社会文化转型，音乐消费的中心仍然在宫廷。以后，随着安史之乱的出现和大批宫廷乐工从宫廷失散到四野，宫廷音乐文化也随

---

① 任半塘编著《敦煌歌辞总编》，上海古籍出版社2006年版，第432页。
② [宋]司马光撰《资治通鉴》卷二百一十六，中华书局1956年版，第6896页。

之由宫廷传播到了社会之各个阶层，宫廷为音乐消费、词体写作与传播中心的这种局面，始终在唐代社会延续着。从某种意义上来说，这种局面一直延续到五代和宋初，一直到柳永和范仲淹出现，才标志了词体写作由宫廷向市井词和文人词的转型。

王易所说"按《敦煌零拾》中尚有韦庄《秦妇吟》《季布歌》《佛曲》《俚曲》《小曲》等五种。外罗氏所辑《敦煌石室碎金》中，有后唐天成元年《历》，晋天福四年《历》，宋淳化元年《历》。则石室中所有诸物，自难悉认为唐人遗籍，此杂曲应是五代之末或宋初教坊四部所奏"。这段论述最为有理，如此，敦煌词应是五代之末或者宋初教坊所演出的脚本，这样的话，所谓《云谣集》代表的敦煌词，其中绝大多数就仍然是宫廷文化的组成，在时间上，也与词体发生时代的盛唐无涉。

第四节　从《云谣集》看敦煌词的阶层属性

民间概念滥用，却无人给予"民间"一个界说，没有确定的内涵和外延，完全为了使用的方便，宫廷乐工可以作为民间文艺，边将藩臣可以视为边疆各族人民。其中的手法，主要有：其一，以阶级划分，宫廷乐工，可以视为帝王之奴隶，因此，其作品自然可以视为民间文艺；其二，降低作者的阶层，边将藩臣为帝王《献忠心》之作，降低或者抹煞这些将领重臣之贵族属性，以其所在地域未在当时之政治中心，从而人为将其边缘化，从而归之于人民，也就是民间；其三，将不明身份者，合理想象为民间，譬如唐代，尤其是盛唐之后，佛教、道教盛行，宫廷之中也常常会举办各种宗教活动，其中必定有声诗、曲辞为之配合宣讲教义，因此，敦煌歌辞中此类题材甚多，于是，民间论者，将这些宗教作品，也一律视为民间之作。总之，凡时间、地点、作者不明之作，一律归之于民间，以此来扩大、夸大民间作品的数量。民间之范畴外延：1. 非宫廷之作；2. 非士大夫官员之作；3. 非诗人之作；4. 基本上没有文化者。概括而言，即当时社会之最为底层之人为民间，大体包括：农民、手工业者、市井歌伎、商人，所谓士农工商。真正的民间人员组成应

第十一章 敦煌曲词的产生时间和阶层属性

除去士,也要除去出身于工农商、但有文化、有知识的考取功名的人。所谓民间词,也就应该是由这个没有文化的社会底层劳动人民创造出来的词。既然在实际论述中,民间词大体是这样的一个范畴,那么,在具体研究敦煌词中,就应该以严格的标准来进行分类划分,如此,才有可能比较清晰地见出到底有多少词是民间词。随后,再进行写作时间的考察,来见出其在词体发生史历程中的地位和作用。·敦煌词的性质:任先生指认宫廷乐工之作显系民间文艺的说法不能成立。

任半塘先生说:"《云谣》现存三十三首内,有三组辞之本身即带浓厚之历史性:一为《征夫怨》七首,二为《五陵儿女》六首,三为杨妃本事二首。"有关杨妃本事的两首词作,如同任半塘先生所说:"二首虽曲调同,主题同,但难认为联章,……惟同在杨妃入道后、入宫前之天宝初年,同是内廷乐工向李隆基邀宠之作,既不出于文人之手,仍算民间文艺。"[1]

是否就是写给杨贵妃的,也还需要有进一步的材料证实。其《内家娇》(应奉君王)曲词如下:

丝碧罗冠,搔头缀髻,宝妆玉凤金蝉。轻轻敷粉,深深长画眉绿,雪散胸前。嫩脸红唇,眼如刀割,口似朱丹。浑身挂异种罗裳,更熏龙脑香烟。　　屐子齿高,慵移步两足恐行难。天然有□□灵性,不娉凡间。教招事无不会,解烹水银,炼玉烧金,别尽歌篇。除非却应奉君王,时人未可趋颜。[2]

第二首《内家娇》(御制林钟商内家娇　长降仙宫):

两眼如刀,浑身似玉,风流第一佳人。及时衣著,梳头京样,素质艳丽青春。善别宫商,能调丝竹,歌令尖新。任从说洛浦阳台,谩将比并无因。　　半含娇态。逶迤缓步出闺门。搔头重慵憁不插,□□□□,□□□□□□,只把同心。千徧捻弄,来往中

---

[1] 任半塘编著《敦煌歌辞总编》,上海古籍出版社2006年版,第222页。
[2] 任半塘编著《敦煌歌辞总编》,上海古籍出版社2006年版,第221页。

庭，应长降王母仙宫，凡间略现容真。①

1. 两词同为《内家娇》，同写宫中妃子之美貌，并且第二首的起句"两眼如刀"，与第一首"眼如刀割"相似，理解为第二首是对第一首有所借鉴之后的版本，也未尝不可，两者题目中皆有君王字样，应该是宫廷制作无疑。

2. 两词之间，同为《内家娇》，又有着内容上的相似、相同，但在形式上，却还未能做到律化的统一，第一首上片押韵为：蝉、前、丹、烟，下片押韵为：难、间、篇、颜，第一句的"冠"字应为偶然，不算在内；第二首上片押韵为：人、春、新、因，下片为：门、心、真，中间应该有缺字押韵。应该都是慢八均之作，但每句的字数并不完全一样，第一均皆为四、四、六，第二均则分别为四六四和四四六，同时，第一首下片第一句"慵移步两足恐行难"出现八字，第二首此处则为七句，则第一首还有衬字。

3. 此词若为以杨贵妃为背景之作，则可以视为李白创制词体之后较早的宫廷乐工作品，品质较为粗糙，写法也比较单调直露，词体的词牌形式也还不能充分的进行格律化定型。

总结：1. 敦煌词中最有代表性的词集《云谣集》，虽然诸说纷纭，其中王易所论"罗氏所辑《敦煌石室碎金》中，有后唐天成元年《历》，晋天福四年《历》，宋淳化元年《历》。则石室中所有诸物，自难悉认为唐人遗籍，此杂曲应是五代之末或宋初教坊四部所奏"最有说服力。2. 敦煌词的时间主要在晚唐五代到宋初，乃是词体从宫廷文化中发生，下移到地方州刺史若干时段后的产物，与词体的发生无关，但却与词体的传播与扩散关系密切；3. 敦煌词不能视为民间词，乃为宫廷曲词音乐文化下移到地方而为地方佛寺、地方政府音乐文化的一部分。

---

① 任半塘编著《敦煌歌辞总编》，上海古籍出版社2006年版，第238页。

第十二章
北宋初期的词和宋初体

第一节 概说

北宋初期的词，可以以张先、晏欧为标志划分，张先、晏欧等之前的词为宋初的词风，除了柳永之外，仍然延续唐五代的宫廷词风，到张先、晏殊等陆续登场，开创了士大夫词风。本章着重阐发介绍宋初除了柳永之外的词人词作，为了阐发方便，笔者将北宋士大夫词之前的词人词作，统称之为宋初体。宋初体这个概念借鉴于清人刘熙载。刘熙载在比较宋祁与张先之不同时，曾提出"宋初体"和"瘦硬体"是"趣尚不同"的两种词体："宋子京词是宋初体，张子野始创瘦硬之体，虽以佳句互相称美，其实趣尚不同。"[1]宋初词坛，除柳永之外，并无重要词人，难以个人作为该词体之代表，因此，使用刘熙载所说的"宋初体"来概括宋初词坛（除柳永以外）之词人词作，十分必要。

概括来说，宋初体具有以下基本特质：

1. 重回花间体之前早期文人词偶然之作的状态。此十七位词人年龄最大的为和岘（933—988），生年最晚的为范仲淹（989—1052），生活、创作的时间跨度达到一百余年，但词作数量不多，十七位词人共有词作四十五首，平均每人不足三首，而且，其中有潘阆《酒泉子》分别以"长忆"起首歌咏西湖，属于联章体之作。其中范仲淹可以视为宋初体向士大夫词过渡的中介或说是士大夫词的先驱。

2. 从宋初体的词人构成来说，属于松散的士大夫词人集团，既不同于花

---

[1] ［清］刘熙载：《艺概·词曲概》，上海古籍出版社，1978，第107页。

间体"广会众宾,时延佳客"的有纲领、有基本共同审美追求的宫廷贵族词人集团式的写作,也不同于稍后的瘦硬体词人之间的应社关系写作,而是呈现了虽在漫长岁月不同时空下各自写作,却有着近似的时代特性的特征。换言之,宋初体具有较为鲜明的北宋初期的时代特征,包括历史文化、词史演变制约、影响之下的共性特征。

3. 从词史演变的角度来说,宋初体处于花间体与晏欧体和张先体等士大夫词人集团之间,可以视为两大词人群体之间的过渡。三者之间,花间为宫廷贵族集团,在本质上体现了宫廷贵族的文化;张先、晏、欧等作者为北宋士大夫词人集团,在本质上体现了北宋士大夫自觉的独立品格;宋初体为宋初的士大夫偶然写词,它还未能如同张先晏欧词人那样形成士大夫的自觉,因此,它仅仅具有承花间而开启晏、欧的地位。

宋初体的产生,主要是受着时代历史文化的制约。

1. 从历史文化特征来说,宋代科举制度的完备,使中国社会真正从贵族世袭社会体制实现了向士大夫精英社会体制的转型。中国之历史文化,从先秦到唐宋,大体经历了四个阶段:先秦时代的游士阶段,两汉时代的循吏阶段,魏晋南北朝、下迄隋唐的士族门第新贵族时代,宋代开始的以完备的科举制为背景下的士大夫阶段(这也是笔者论证宋代开始为近代的一个基础)。钱穆《国史大纲》:"魏晋南北朝,下迄隋唐,八百年间,士族门第禅续不辍,而成为士的新贵族……宋代而有士阶层之新觉醒。此下之士,皆由科举发迹。进而出仕,退而为师,其本身都系一白衣、一秀才,下历元明清一千年不改。"[1]可知科举虽然从隋唐开始,却完备于宋。唐代士子并未真正成为社会文化的中心,唐代士大夫阶层的地位未能真正确立,士大夫主体之品格也未能真正得以形成,故李白以谪仙之才而奔走于权贵之间,杜甫以"读书破万卷"之学而失意于科场;飞卿虽号为"温八叉"而不得不代令狐绹撰词,义山虽得意于科场,却仍需贵宦之举荐。一言以蔽之,隋唐时期,可谓是六朝士族门第向科举制士大夫型社会转型的过渡阶段,既有着科举制带来的新兴的蓬勃朝气,也有着贵族门第时代的余绪。由于科举制的不成熟、不完备、不能

---

[1] 钱穆:《国史大纲》(下),商务印书馆,1996,第561页。

实现真正的制度化，因而常常伴随着唐代不同时期的政治状态而变化，因此，从本质上来说，隋唐仍然不能称之为科举制下的士大夫型社会，而是如同钱穆先生所论的"士的新贵族"时代。而北宋"取士总数约为6100人，平均每年为360人"[①]，这与"唐代每次取士二三十人相比数差悬殊"[②]，同时，宋代新型的历史文化，从根本上决定了士大夫阶层的必然觉醒，也决定了诗体、词体方面士大夫新文化的必然革新，因此，后来晏欧体、张先体、东坡词之先后崛起，乃是宋代文化这一大背景所决定的。《国史大纲》以范仲淹作为士大夫品格精神开始的标志："一种自觉的精神，亦终于在士大夫社会中渐渐萌茁。""这已是一种时代的精神，早已隐藏在同时人的心中，而为范仲淹正式呼唤出来。"[③]范仲淹不仅仅是北宋士大夫品格精神开始的标志，而且，其词作也应该是北宋士大夫词的开始——从严格意义上来说，范仲淹的边塞词，是可以归并到张先、苏轼的士大夫词中的。

2. 宋代历史文化的另一个特点，是都市经济的发达，市井文化的兴起。这一特征，使欧阳炯《花间集序》所描绘的"莫不争高门下，三千玳瑁之簪；竞富尊前，数十珊瑚之树。则有绮筵公子，绣幌佳人，递叶叶之花笺，文抽丽锦；举纤纤之玉指，拍按香檀。不无清绝之词，用助娇娆之态"的花间尊前的贵族曲词文化，在北宋初期也得到了延续和发展，只不过是由皇室宫廷而移向了较为广泛的士大夫生活和市井平民，这就为花间体的宫廷应制应歌词，向着士大夫的应社应歌词以及市井教坊应歌词的转型，奠定了历史文化的基础。

王巩《闻见近录》记载，真宗皇帝曾就谏官上疏弹劾都尉李和文招军妓夜宴事征询宰执王旦的意见，王旦答以："太平无象，此其象乎？"真宗也就释然了[④]；陈师道《后山诗话》记载，仁宗皇帝"颇好其（柳永）词，每对宴，必使侍从歌之再三"；沈括《梦溪笔谈》记载，寇准"好《柘枝》舞，会客必

---

① 参见张希清：《北宋贡举登科人数考》，北京大学《国学研究》第2卷。
② 王水照主编：《宋代文学通论》，河南大学出版社，1997，第6页。
③ 钱穆：《国史大纲》下，商务印书馆，1996，第558页。
④ ［宋］王巩《闻见近录》："李和文都尉好士，一日召从官，呼左右军官妓置会夜午，台官论之。杨文公以告王文正，文正不答，退朝以红笺书小诗遗和文，且以不得与会为恨。明日，真宗出章疏，文正曰：'臣尝知之，亦遗其诗，恨不得往也。太平无象，此其象乎？'上意遂释。"丁传靖辑《宋人轶事汇编》卷五，中华书局，1981，第180页。

舞《柘枝》，每舞必尽日，时谓之'柘枝癫'"①；孟元老《东京梦华录》《梦华录序》记载当时的东京："举目则青楼画阁，绣户珠帘，雕车竞驻于天街，宝马争驰于御路。金翠耀目，罗绮飘香。新声巧笑于柳陌花衢，按管调弦于茶坊酒肆。八荒争凑，万国咸通。集四海之珍奇，皆归市易；会寰区之异味，悉在庖厨。花光满路，何限春游，箫鼓喧空，几家夜宴。"②可以说，词体的兴盛有着自宫廷到士大夫生活，再到茶饭酒肆、市井里巷广泛音乐消费市场的过程，词体必然地从宫廷的贵族曲词，而蜕变为士大夫词和市井曲词。

概括来说，花间体为有纲领、有较为统一风格的宫廷贵族词人集团，而宋初体则为北宋初期松散的、偶然写作的士大夫词人集团。盖因宋初的士大夫词人，还没有实现士大夫之品格的觉醒，还没有实现将词体改造成为表达这种觉醒精神的载体，直到张先、晏殊、欧阳修等以小词相互唱和往来，以词体展示士大夫生活，展示士大夫之群体人格，张扬自我，才形成真正具有士大夫独立品格的词体，但宋初体作为晏欧体之先驱者，这也是不能忽视的。

第二节 宋初体的词人词作

从宋初体的词人构成来说，大都是属于士大夫高层人物，这一点，似可视为唐五代曲词宫廷文化性质的延续，其中主要有以下几人。

王禹偁（954—1001），字元之，翰林学士，知制诰，《全宋词》收录词作一首:《点绛唇·感兴》，为抒发士大夫情怀之作，可以视为宋初体中较少的体现士大夫品格的词作。

苏易简（958—996），字太简，参知政事，存词一首《越江吟》："神仙神仙瑶池宴。片片碧桃，零落春风晚，翠云开处，隐隐金舆挽，玉麟背冷清风远。"③案此首《苕溪渔隐丛话前集》卷十六引《冷斋夜话》作："非云非烟瑶池宴。片片、碧桃零落黄金殿。昽须半卷天香散。春云和，孤竹清婉。入霄

---

① ［宋］沈括撰，刘尚荣校点《梦溪笔谈》卷五《乐律一》，辽宁教育出版社,1997，第26页。
② ［宋］孟元老撰，伊永文笺注《东京梦华录笺注》，中华书局，2006，第1页。
③ 唐圭璋编:《全宋词》一，中华书局，1965，第2页。

汉。红颜醉态烂熳。金舆转。霓旌影乱。箫声远。"可以视为唐五代宫廷曲词的延续。

寇准（961—1023），字平仲，宰相，《全宋词》收录四首，《全宋词补辑》另从《诗渊》辑得一首，本文统计从《全宋词》，艳科主题和士大夫传统约略各半。见下文分析。

钱惟演（962—1023），字希圣，枢密使，存词二首。其中《木兰花》一首"城上风光莺语乱"，元人曾将其误为钱俶作[1]，词中有"鸾鉴朱颜惊暗换。昔年多病厌芳尊，今日芳尊惟觉浅"之句，有宫廷词风。

陈尧佐（963—1044），字希元，宰相，存词一首《踏莎行》，为咏燕词："翩翩又见新来燕"。

潘阆（？—1009），字逍遥，《全宋词》收录十首《酒泉子》，为歌咏钱塘西湖的组词，上承白居易词之《江南好》，下启欧阳修《采桑子》组词。

丁谓（966—1028），字公言，宰相，存词《凤栖梧》二首，词中有"三殿笙歌""太液微波""祝圣"等句，为典型宫廷词作。

林逋（967—1028），字君复，存词三首，情爱与士大夫词参半，分析见下文。

杨亿（974—1010），字大年，知制诰，存词一首《少年游》，书写"冰姿玉态"的高雅女性形象。

陈亚，字亚之，生卒年不详，咸平五年（1002）进士，官至太常少卿，存词四首。词作分为两种，一种是以药名写士大夫情怀，另一种是以药名写作闺情。

夏竦（984—1050），字子乔，宰相，存词二首，一首为宫词，虚写宫阙的寂寞，调寄《喜迁莺》，另一首《鹧鸪天》则为男子而作闺音的艳科词："不如饮待奴先醉，图得不知郎去时。"

聂冠卿（988—1042），字长卿，大中祥符五年（1012）进士，拜翰林学士，知制诰。存词长调一首《多丽·李良定公席上赋》，分析见下文。

李遵勖（988—1038），字公武，为宋太宗驸马都尉，存词二首，其中《滴

---

[1] 唐圭璋编：《全宋词》一，中华书局，1965，第4页。

滴金》写"帝城五夜宴游歌"的宫廷宴游生活，为典型的宫廷词。

范仲淹（989—1052），字希文，参知政事，存词五首，多有边塞词作和士大夫议论述怀之作，分析见下文。

沈邈，字子山，生卒年不详，庆历初为侍御史，存词二首，其一《剔银灯》词序说："途次南京忆营妓张温卿。"词中有："须信道，情多是病。酒未到，愁肠还醒。数叠兰衾，余香未减，甚时枕衾并重。"可知是花间余续。

杨适，字安道，生卒年不详，隐居于大隐山，人称大隐先生，存词《长相思》一首，词前有词题"题丈亭馆"，为对丈亭馆之题咏，可以视为士大夫词。按：杨适生年较晚，嘉祐六年（1061），以荐授将仕郎，试太学助教，不赴。可知，已经是生活于柳永之后的人物，应该进入到张先的时代。

通过以上的简略分析，可知，在作者身份方面，除了潘阆"曾买药京师，好友结贵近"和林逋、杨适为隐士外，其余均为宋初的士大夫高层人物，或是宰相，或是驸马，或是太常少卿，或为知制诰等。而如潘阆"虽是隐士，却曾闹得'风雨满江湖'名声震天响。先后两次卷入宫廷皇位的斗争，两遭追捕，一次入狱。曾任国子助教，可没任命几天就被撤职"[①]。总之，他们多是与宫廷有关的人物。与之相关，宋初体词人，就其总体风貌来说，也以延续唐五代宫廷词风为其主流。

宋初体词人作为士大夫文人，虽然学习仿效着歌妓词体和花间词体的女性特征，尽量尝试使自己的词作拥有词本体的某些共性，同时，又不自觉地流露自己作为士大夫文人的情怀。也就是说，词体自产生以来，一方面有着词体不断女性化的走向，有不断脱离诗本体而走向"别是一家"的走向；另一方面，也有回归诗体的需要。具体而言，从花间体以来，由于花间体的巨大成功，使词确立了柔媚之美的本体特征，而在成功的同时，就产生了回归诗本体的需要，这就是从韦庄体到南唐体的渐进。但词本体柔媚之美的特质，并非一蹴而就的，而是一个相当长历史时期的使命，柔媚之美，需要向着更为广阔的领域延伸，向着更为细腻的深度开拓，所以，在有花间、南唐一次完整生命历程的运行之后，仍会有柳永词、宋初体的再尝试。晏殊、张先等

[①] 王兆鹏等：《两宋词人丛考·潘阆考》，2007，第1页。

之词作,其功绩及特质,也并非仅仅是为东坡词之诗人雅词作出铺垫,它也同时肩负了词本体柔媚之美向深度和广度开拓的使命。

宋初体词人林逋有《瑞鹧鸪》,最能表达林逋梅妻鹤子的隐逸名士风范与心境。其词曰:

> 众芳摇落独鲜妍。占尽风情向小园。疏影横斜水清浅,暗香浮动月黄昏。寒禽欲下先偷眼,粉蝶如知合断魂。幸有微吟可相狎,不须檀板共金尊。

由于"《瑞鹧鸪》原本七言律诗,因唐人歌之,遂成曲调"①,故林逋的这首题目一作《山园小梅》的作品,是本为七律后被当作《瑞鹧鸪》词,还是原本就是词作,已经不能确认。

林逋的另首词作,在当时更为引人瞩目。这是一首《相思令》,如同其词牌所提示的,是一首男女情爱的词作:

吴山青。越山青。两岸青山相对迎。争忍有离情。　君泪盈。妾泪盈。罗带同心结未成。江边潮已平。

阅读前首"暗香""疏影",惊讶在东坡之前,能有如此成熟的士大夫雅词(盖因源于声诗也),令人感受到林逋隐者的真实;阅读后首之"君泪盈""妾泪盈",则会惊讶作为隐者高士的林逋,何以会写出如此缠绵悱恻的男女恋情词,但却也能感受到词体历史发展到此刻的真实状态。

如果说,林逋的上述两首词作(姑且将《山园小梅》视为《瑞鹧鸪》词),是士大夫怀抱词和艳科词两种词风的体现,他的另一首《点绛唇》则是两者的中合。此词既不能说是艳科词,又不能说是纯粹的士大夫抒情言志词,而是以一种柔媚之美来书写生命的感伤和离别的惆怅,这种离别,大体与男女离别无涉,但却荡漾着柔曼的情思:

> 金谷年年,乱生春色谁为主。余花落处。满地和烟雨。　又

---

① 薛瑞生选注《柳永词选》,中华书局,2005,第88页。

是离歌，一阕长亭暮。王孙去。萋萋无数。南北东西路。

词中"余花落处，满地和烟雨"两句，使全篇都弥漫着惆怅感伤的情绪，是后来贺梅子的先声，而结句的"萋萋无数。南北东西路"，更将这种感伤情调推向了迷茫的原野。以艳科的手法写士大夫情怀，这是林逋以后的一个发展趋势，它将词体原本艳科的女性属性，推广到审美情趣的要眇宜修之美。要眇宜修者，非仅指艳科题材，以感伤的女性式的悲悯情怀观照万物，也可以写出别样的要眇宜修之词来。

如果说，由于《山园小梅》有原本是律诗而后被传唱之说，林逋的词作尚不能被视为宋初体词人的典型范例，而寇准流传下来的几首词作，则更为典型地体现着花间和早期文人词的双重品格。其词如《阳关引》：

塞草烟光阔，渭水波声咽。春朝雨霁轻尘歇。征鞍发。指青青杨柳，又是轻攀折。动黯然，知有后会甚时节。　更进一杯酒，歌一阕。叹人生，最难欢聚容易别。且莫辞沉醉，听取阳关彻。念故人，千里自此共明月。

正如词牌之意，此词写的是阳关送别，其写作无疑是由王维"渭城朝雨浥轻尘，客舍青青柳色新。劝君更尽一杯酒，西出阳关无故人"诗句生发而来——唐宋词中后来形成的用典、隐括，以及以诗为词的现象，此词中都隐隐可见。"塞草烟光阔，渭水波声咽"，"念故人，千里自此共明月"，前句也许对范仲淹有所启迪，后句则是东坡中秋词的先声，皆属于抒发士大夫情怀之作，故此词可以视为唐声诗和早期文人词的余响。

再看寇准的艳科主题之作，如其《踏莎行》：

春色将阑，莺声渐老。红英落尽青梅小。画堂人静雨蒙蒙，屏山半掩余香袅。　密约沉沉，离情杳杳。菱花尘满慵将照。倚楼无语欲销魂，长空黯淡连芳草。

上片写景，下片言情，上片在"将阑"之春色、"渐老"之莺声、"落尽"之红英，以及因红英落尽而崭露之小小青梅等组合意象中，让人感受着春光易逝、生命流走之无奈，在人静之画堂、蒙蒙之细雨，在屏山半掩袅娜飘散的余香中感受着寂寞和孤独；下片词人才在"密约""离情""菱花"（镜）、"倚楼"等女性化语境中，透露出词的主题在于男女的伤春伤别，此时读者方知词中一切景乃是情中之景，情爱中人之景也。

寇准的另一首《点绛唇》，也可以视为写作方法大体相似的艳科词："水陌轻寒，社公雨足东风慢。定巢新燕。湿雨穿花转。"这倒像是晏殊《珠玉词》的意思，你会误以为是写景之作；到了下片："象尺熏炉，拂晓停针线。愁蛾浅。飞红零乱。侧卧朱帘卷。"才表明这是一个极为痛苦的女性，因为思念之苦，一夜未曾合眼，至拂晓方才停下针线。此外的一首《甘草子》，正如其结句所说："堪惜流年谢芳草。任玉壶倾倒"，书写"堪惜流年"的士大夫情怀。寇莱公艳科词与士大夫词风参半的情形，也许可以视为整个宋初体的词体特征。

此外，值得提及的还有陈亚之词，其词有两个特点，一是好用药名。陈亚以药名做双关语，写入词中，在词体的某一分支，譬如在戏谑词体的发展史上，拥有一席位置。其次，陈亚在词中使用词题，所存四首词作中，都有词题名（后三首《生查子》中，都用《药名闺情》同样的题目）。在陈亚的四首词作中，也同样分为两种，一种是以药名写士大夫情怀，另一种是以药名写作闺情。譬如《生查子·药名寄章得象陈情》：

朝廷数擢贤，旋占凌霄路。自是郁陶人，险难无移处。　　也知没药疗饥寒。食薄何相误。大幅纸连粘，甘草归田赋。

另一首《生查子·药名闺情》：

相思意已深，白纸书难足。字字苦参商，故要槟榔读。　　分明记得约当归，远至樱桃熟。何事菊花时，犹未回乡曲。

即便是不太懂得中草药的人，从中也约略可以看出譬如薏苡、白芷、参、槟榔、当归、远志、樱桃、菊花等药名，运用得十分巧妙。当然，陈亚使用词题，还仅仅是词体发展中的偶然现象，还不能与以后张先开始、苏轼蔚为大观的大量使用词题相提并论。

第三节　范仲淹对北宋士大夫词的开启

宋初体与张先代表的词风，既有时间之别，总体来看，宋初体产生于瘦硬体之前，但也有例外，如宋祁，生年晚于张先，但仍需要列入宋初体之中。此外，在《全宋词》中排在柳永之前十七位词人中的范仲淹，也应该列入张先等士大夫词之中，其中的理由有以下几点。

首先，范词也同样有意识地使用了题目。《全宋词》存范词五首，五首都有题目，如《苏幕遮》下题"怀旧"，《渔家傲》下题"秋思"，《御街行》下题"秋日怀旧"等，而《剔银灯》下题的"与欧阳公席上分题"，则更为有力地显示了当时士大夫之间在酒席宴上以词会友的风尚，词体已经从士大夫戴着面具的艳科性质逐渐向着士大夫之间表情达意的载体过渡。

其次，从范词仅存的五首的题材来看，至少有三首与边塞题材有关。如《苏幕遮》：

> 碧云天，黄叶地，秋色连波，波上寒烟翠。山映斜阳天接水，芳草无情，更在斜阳外。　黯乡魂，追旅思。夜夜除非，好梦留人睡。明月楼高休独倚。酒入愁肠，化作相思泪。

下片："黯乡魂，追旅思。夜夜除非，好梦留人睡。明月楼高休独倚。酒入愁肠，化作相思泪。"虽有结句的"相思泪"的字眼，全篇却是身在塞外的思乡之作无疑，虽然也有"酒入愁肠"的字眼，似与花间、宋初体的尊前杯下相似，但却是一种久在塞外的悲壮情怀。以此观之，则上片的写景，也就有了不同的意义："碧云天，黄叶地，秋色连波，波上寒烟翠。山映斜阳天接水，芳草无情，更在斜阳外。""碧云天，黄叶地"，这样美丽凄清的景色，固然可以作为男女别离的典型场景，但是，我们在有了下片的主体情怀的袒露之后，我们就可以深一个层次地领会作者此时所书写的乃是塞外秋色的凄迷惨淡，"芳草无情，更在斜阳外"就更是透露了其中的消息；

其三，范仲淹的《渔家傲》脍炙人口，更是边塞词作的早期佼佼者，可以视为是东坡词的先声：

> 塞下秋来风景异。衡阳雁去无留意。四面边声连角起。千嶂里。长烟落日孤城闭。　浊酒一杯家万里。燕然未勒归无计。羌管悠悠霜满地。人不寐。将军白发征夫泪。

《渔家傲》词调不见于唐、五代人词，一般认为始自晏殊。《词谱》卷十四云："此调始自晏殊，因词有'神仙一曲渔家傲'句，取以为名"。范仲淹于宋仁宗康定元年(1040年)任陕西经略副使兼知延州(治所在今延安市)，守边四年，"作《渔家傲》乐歌数阕，皆以'塞下秋来'为首句，颇述边镇之劳苦。"(魏泰《东轩笔录》)此词描绘了边声连角、千嶂孤城、长烟落日的边塞风光，展露了词人功业未成和思念家乡的复杂心境，豪放阔大、遒劲苍凉。

范仲淹此一组词作，皆以"塞下秋来"为首句，这说明此四字的内涵是词人感发诗兴的原因，它是词人创作此组词的背景，也是每一篇词的眼目。"塞下"二字点明地点，"秋来"二字点醒时间，此四字组合在一起就立刻有莽原浩野、肃穆萧杀之气。其中"秋来"二字，尤为全篇之脉络，以下，无论是"边声连角""羌管悠悠"的听觉描写，还是"衡阳雁去""长烟落日"的视觉描绘，都以"秋来"二字主旋，倾诉词人一腔心曲。

身在"塞下"而又正值"秋来"，其风景自然与内地风光迥异。"风景异"之"异"字是深有体会之语，没有在塞外度过悲秋之人是难以体会其境界的。不过，这没有关系，因为词人为我们描述了："衡阳雁去无留意。"此句前四字为"雁去衡阳"之倒文。衡阳，今湖南省市名，旧城南回雁峰，相传雁至此不再南飞。王象之《舆地纪胜》卷五十五《荆湖南路·衡州》载回雁峰："在州城南。或曰'雁不过衡阳'。或曰'峰势如雁之回'。"范公此时用典兼写实。

从浩渺的秋空落笔，描述边塞秋光，说万里晴空已看不见大雁的踪迹了。"无留意"三字赋予大雁与人的情感，正衬出人之思归之心——雁犹如此，人何以堪！

词人由塞下秋来、风景之独特的总体感受入手，谈出最能坐实此点的雁去秋空之景，再转入对"边声"的描写："四面边声连角起。"何谓"边声"？"边声"者，边塞所特有的悲凉之音也。李陵《答苏武书》曾有过描述："侧耳远听，胡笳互动，牧马悲鸣，吟啸成群，边声四起。"是的，如果你闭目冥思，将自己置身于边塞草原之上，侧耳倾听，你会听到风儿吹动着草原的音响，那虽不是"北风卷地百草折"的强劲寒风，也不是"一川碎石大如斗，随风满地石乱走"（岑参诗句）的轮台夜风，但它还是与江南湿润的斜风细雨不同，它伴着牧马悲鸣与胡笳互动，形成了具有塞北独特风格的节奏，从四面八方响起，弥漫了整个草原，并且，这"边声"与军营独有的号角之音和谐而为一体，为这幅塞外秋光图渲染了一层悲壮苍凉的色调。

"千嶂里，长烟落日孤城闭。"词人笔锋，由"边声连角"顺势而下，推出了边塞孤城的近景。只见数不清的山峰，形成天然的屏障，一轮夕日在弥漫的烟雾之中欲落未落，它的余辉映照着一座城门紧闭的孤城。"长"字显示了环景之阔大，"落"字具有悲凉的意味，而"孤"字、"闭"字，则在此氛围上又增添了军情紧张、戒备森严的氛围，为下文揭示词人复杂矛盾的二重心理提供了背景。吴世昌先生曾分析秦少游的名句"可堪孤馆闭春寒，杜鹃声里斜阳暮"具有某种凄厉感，这是因为"'可堪孤馆'四字都是直硬的'K-'音，读一次喉头哽住一次，最后'馆'字刚口松一点，到'闭'字的'P-'又把声气给双唇堵住了一次，因为声气的哽苦难吐，读者的情绪自然给引得凄厉了"。这一分析无疑是十分精彩的，它从发音给予人的情绪带来的影响，分析了古人诗词的艺术境界，但是，如果我们用吴先生的这个方法读一读范仲淹的"千嶂里，长烟落日孤城闭"，就可以知道秦观并非首创者了，只不过范仲淹以"里""孤""闭"等凄厉的音响与"千""长""烟""落"等畅快的声音结合在一起，从而形成凄厉与豪迈、悲凉与阔大、哽促与畅快统一的风格。

上片写景，然景中有人，景中寓情；下面言情，但情寓景中，人、情、景合一。"浊酒一杯家万里，燕然未勒归无计。"上句写词人饮酒之情景，是由上片层层铺叙、由远及近、渐次推出，但其特质已由外部之景而转至人物形象及内心世界。"家万里"与上面的边塞氛围一致，是词人举酒浇愁的原因，是"浊酒"而况"一杯"，又如何浇得这绵延无绝的乡思呢？"燕然未勒"是词人饮酒中的所思。范仲淹其人，"先天下之忧而忧，后天下之乐而乐"，此次经略陕西，是在西夏屡屡侵扰宋廷而宋军屡败的情况下奉命出征的，范仲淹欲效东汉时的窦宪，击败北单于，"登燕然山，去塞三千余里，刻石勒功"（《后汉书·窦宪传》）而还。然而，北宋积贫积弱，远无汉唐帝国之恢弘气势。燕然勒石，"鞭敲金镫响，齐唱凯歌还"早已不是倚马可待之事了。于是，老将军范仲淹发出了"燕然未勒归无计"的慨叹。

词人并非那种似"不食人间烟火"的英雄人物，他同样有着普通人所共有的感受和要求，他一方面追求着建功立业，勒石燕然，一方面又时时处于痛苦的乡思之中，特别是在此"塞下秋来风景异"之时，在此"长烟落日孤城闭"借酒浇愁之际。试看"羌管悠悠霜满地，人不寐，将军白发征夫泪"，正是其形象写照。"羌管悠悠"四字与上片之"四面边声连角起"呼应，有如旋律之复沓再现，只不过演奏的乐器出现了变化：前者为边声号角，悲凉而雄浑。此处是羌管，如单簧双簧之独奏，沉郁而抒情。"悠悠"二字极好，它写出了人对乐声的感受，若换成"声声"等就要逊色得多。更兼在"霜满地"三字，将视觉与听觉浑然一体，暗示了词人倾听悠悠羌管时凝视着满地寒霜、思念故乡的情绪。"人不寐，将军白发征夫泪"由前句自然推出，形象感人，悲凉慷慨。

边塞诗作，大约早在六朝时期就已不难见到，至唐代更是形成了一个诗派，不过，以镇边之统帅身份的人写边塞诗作的，还不多见。这一点，与北宋时期的特点——以文人为统帅有关，这使政治家、军事家和诗人兼于一身的范仲淹有可能写出了颇具新意的边塞佳作。

《御街行》的边塞意味不太明显，但也仍能看出其写作与边旅塞外的蛛丝马迹，如上片结句的："年年今夜，月华如练，长是人千里"，下片的："谙尽孤眠滋味"等等都是。

再次，范词尝试脱离词体别是一家的独特写法，相对于花间体细致入微的景象描写，刻画入里的心境摹写，范词开始出现大开大阖的纵横议论。譬

如标明是"与欧阳公席上分题"的《剔银灯》,其写法纯是士大夫抒情言志式的议论:

> 昨夜因看蜀志。笑曹操、孙权、刘备。用尽机关,徒劳心力,只得三分天地。屈指细寻思,争如共、刘伶一醉。　　人世都无百岁。少痴騃、老成尫悴。只有中间,些子少年,忍把浮名牵系。一品与千金,问白发,如何回避。

这首全篇都以议论组成的词作,不仅仅可以视为苏轼诗人雅词的先声,也可以视为辛弃疾的那种醉酒议论词风的先声。

范仲淹词,就其写作性质而言,可以进入到北宋时大夫祠,之所以仍旧在宋初体之中阐述,不仅仅在于范仲淹的生年略早,更在于范仲淹仍旧还在偶然作词的唐五代宋初词的窠臼之内,尚未能如同晏欧、张先、东坡等之具有士大夫词的词体意识。

第四节　宋初体的应制品性

从应体特征而言,花间体主要为宫廷贵族的应制应歌,宋初体主要呈现宋初宫廷之应制品性,张先等北宋中期词作则主要呈现应社之特征。

应制、应歌、应社是词学界常见的用语,但将此三种现象打并入词体的产生、发展和演变的历程之中,深入剖析此三者对于词体演变所发生的深刻影响,并从而做出深入研究的专论尚还少见。周济说:"北宋有无谓之词以应歌,南宋有无谓之词以应社",这也许是关于"应歌""应社"较早的说法。但具体何谓"应歌""应社",周济语焉不详,只是继续说:"然美成《兰陵王》、东坡《贺新凉》当筵命笔,冠绝一时。碧山《齐天乐》之咏蝉,玉潜《水龙吟》之咏白莲,又岂非社中作乎?"[①]关于应制,欧阳炯的《花间集序》说:"在

---

① [清]周济:《介存斋论词杂著》二,人民文学出版社,1962,第3页。

>>> 第十二章　北宋初期的词和宋初体

明皇朝,则有李太白应制《清平乐》词四首",这也许是关于"应制"最早的明确说法。以后,应制词甚多,以至成"应制体",如清人张德瀛所论:"应制词万俟雅言、晁端礼在大晟府时,按月(乐)律进词。曾纯甫、张材甫词,亦多应制体。它如曹择可有荼䕷应制词,宋退翁有梅花应制词,康伯可有元夕应制词,与唐初沈、宋以诗相夸耀者相颉颃焉。风气之宗尚如此。"[①]从古今学者对应制、应歌的这些重要词体现象的态度来看,多有贬抑,这从上文所引周济所论中使用"无谓"的字眼可知。之所以会出现这种状况,主要是由价值判断的误区所造成。不同时代有不同的误区,从而误导了学者们的学术思维理念:不论是古人的正统儒家观念,还是当代的某些正统观念,都会产生对于宫廷文化和教坊文化的某种偏见,而词体其实正是从宫廷中产生出来的,我们应该恢复其历史的真实。

应制着重体现了词体产生初期与宫廷文化之间的关联;应歌则着重体现了词体由宫廷向市井文化发散过程中的歌伎文化现象;应社则着重体现了词体文学被士大夫阶层广泛接纳的现象,体现了词体文学与士大夫文化和职业词人文化之间的关系。进一步可以说,应歌,也可以有广义和狭义之说。广义的应歌,是指词作的音乐性,词作要合于词的乐律,能被歌者演唱,要具有唱词与乐曲的宫徵靡曼,唇吻遒会,情灵摇荡之美,才可以称为应歌之作,这样,我们就能够理解一些学者认为东坡之前的词作,基本都是应歌之作,其实,又何止是张先、晏欧、柳永为应歌,即便是东坡词,也多是可以歌唱的,只不过演唱出来的风格不同而已。狭义的应歌,指的是应歌伎而做的作品,特别是当筵命笔,更是典型的应歌之作。

宫廷应制、歌女应歌、士大夫应社,三者之间体现了词体写作的不同消费对象、写作对象,其中歌伎应歌贯穿于始终,因为,词是音乐的文学,不论是早期的应制,如李白的宫廷应制词,写给帝王听,还是张先时代的士大夫应社词,写给当筵的士大夫同僚听,甚或是南宋中后期的姜白石的词人结社词,写给词社词人听,它们多是需要经过歌伎的演唱来传播的。其中白石之后的应社词,开始呈现摆脱歌伎,直接作为案头文学或是词人之间的吟诵

---

① [清]张德瀛:《词征》,唐圭璋编《词话丛编》,中华书局,1986,第4153页。

文学的趋势。应制、应社与应歌之间，是同中有异，异中有同，彼此有别却又相互依赖的关系。应制与应社词主要面对皇帝与士大夫官员，但同时又需要合于应歌；应歌词主要面对歌者，但有时也有迎合朝廷宴享歌词的需要。

从狭义的应歌来说，宫廷应制词虽然需要经过宫廷乐工的演唱，张先士大夫应社之作虽然也需要官府歌伎或是家伎的演唱，但其词体的创作者，其根本的服务对象并非乐工或是歌伎，其重心乃在帝王或是士大夫，这就是应歌现象在唐宋词史中可以作为一个独立的现象存在的原因。应制、应歌以及后来发生的应社现象，在不同历史时期，承当着不同的历史使命。概言之，应制、应歌与应社是唐宋词史中的重要现象，词体是在早期的应制中诞生，在应歌中发展，在应社的氛围中变革，也就是说，唐宋词的前期史，在某种意义上来说，就是由早期的应制、中期的应歌，向晚期的应社，再向东坡词代表的非应的体式演变的历史。

早期的撰辞歌舞和应制词大都粗糙，尚不具备词体的审美意义，特别是不具备律词定型化的特质，因此还不是严格意义上的词，直到李白的《清平乐》等出现，才可以确认为词体真正意义上的诞生。故早期的宫廷应制，其应制词中当然含有音乐的变化。广义的应歌问题，也就是词体的音乐性问题，是词体之有别于诗体的一个基本特性，当然会是从词出生时刻就含有的基因，但就此时期词的写作情况来看，词人并非是写给歌者的，而是伴随新兴的音乐写给皇帝和朝廷的，故此时期宫廷应制为其本质属性，应歌为其从属属性。

从飞卿体到柳永词的时代，是由应制向应歌转型的时代，应制与应歌两大属性并存，其中也有所不同，柳永之前，随着市井文化的日趋繁荣，市井歌伎应歌现象虽然日趋繁多，但就大的范畴来说，仍然在宫廷文化的范围之内，直到，柳永词出现，才真正标志了词体应歌阶段的确立和完成。故飞卿体与柳永词同为应歌，又有贵族应歌与市井应歌之不同。

早期宫廷词，从太白体直到飞卿体，其写作虽然也要迎合歌律，但其写作的目的是要服务于皇帝和上层贵族，故呈现了华贵、香软的特色。飞卿之身份跨越贵族与市井，他与令狐丞相的交往，以及令狐丞相托他撰写《菩萨蛮》，就是其应制属性的典型例证；而飞卿自身的落拓不羁，能逐弦吹之音，写侧艳之词的才情，则使他生活在市井文化之中，从而使其词作具有应歌词的属性。但直到柳永出现，其词作的直接写作对象主体是歌伎，柳永在相当长的一个阶段生活主要依靠由歌伎供给，因此，柳永词也就具备了歌伎应歌词的一切本质属性，这才真正标志了词体应歌时代的到来。

到张先体出现，则标志了词体应社时代的到来。张先体、晏欧体、包括东坡词、小山词，虽然都含有很浓郁的应歌性质，但应歌的因素，已经退居其次，撰词者的目光重心已经由歌儿舞女转向了士大夫，歌儿舞女往往成为词中写作的一个题材、由头，或是道具、话题，作者心中真正掂量的读者，乃是同席的士大夫，或说是同一个阶层的士大夫同僚。

南宋之后，词社兴起，狭义的应社现象成为词体主流，以姜夔为标志。白石体中的应歌，已经是词家之应歌，讲求音律，词法灯传，与早期面对歌儿舞女的应歌，已不可同日而语了。作为应制、应歌的词体现象，在不同的历史时期，拥有不同的词体意义：早期如李白应制词，与后来如周邦彦的应制词意义不同；早期如温庭筠、花间体的应歌与柳永的应歌不同，与南宋姜夔之后的应歌词更不同。就应歌发生的时间来说，也不是如同周济所说的在北宋，而是主要是发生在从飞卿体到柳永词的阶段，东坡词中虽然也有应歌现象，但已经不是主流。

应制、应歌与应社，都涉及词体写作的接受对象问题，词作为谁而写，这是词体产生和发展的一个重要视角，它是词体产生和发展的本源动力之一。

在对应制、应歌、应社等问题做出了概括的论述之后，再来探讨宋初体的应体情况，特别是宋初体所具备的宫廷词属性的情况。

《全宋词》的开篇，就是后晋宰相花间词人和凝之子和岘的应制词《开宝元年南郊鼓吹歌曲三首》，由《导引》《六州》《十二时》组成，充溢着宫廷气氛和对于太平盛世的歌颂。《导引》："……郊禋盛礼燔柴毕，旋轸凤凰城。森罗仪卫振华缨。载路溢欢声。皇图大业超前古，垂象泰阶平。（和声）岁时丰衍，九土乐升平。睹环海澄清。道高尧舜垂衣治，日月并文明……"皆为颂赞之语。《六州》："严夜警……荐苍璧，郊祀神祇。属景运纯禧。京坻丰衍，群材乐育，诸侯述职，盛德服蛮夷。（和声）殊祥萃，九苞丹凤来仪。膏露降，和气洽，三秀焕灵芝。鸿猷播，史册相辉。张四维……"。

又如丁谓《凤栖梧》：

十二层楼春色早。三殿笙歌,九陌风光好。堤柳岸花连复道。玉梯相对开蓬岛。莺啼乔林鱼在藻。太液微波,绿斗王孙草。南阙万人瞻羽葆。后天祝圣天难老。

朱阙玉城通阆苑。月桂星榆,春色无深浅。萧瑟篪笙仙客宴。蟠桃花满蓬莱殿。九色明霞裁羽扇。云雾为车,鸾鹤骖雕辇。路指瑶池归去晚。壶中日月如天远。

其一写祝宴场景,其二似写天上仙界,其实,仍然是宫廷风光,为宫廷宴享之作,可能是宋初燕乐的配词,可以作为朝廷君臣宴享之时的歌舞演唱所用,在词体发展史上,则可以视为晏殊体宫宴词作的先声。

再如夏竦词存二首,一首为宫词,虚写宫阙的寂寞,调寄《喜迁莺》,则可能显示了帝王私宴音乐消费的性质。吴处厚《青箱杂记》卷五记载:

景德中,夏公(夏竦)初授馆职,时方早秋,上夕宴后庭,酒酣,遽命中使诣公索新词。公问:"上在甚处?",中使曰:"在拱辰殿按舞。"公即抒思,立进《喜迁莺》,词曰:"霞散绮,月沉钩。帘卷未央楼。夜凉河汉截天流,宫阙锁新秋。瑶阶曙,金茎露。凤髓香和云(烟)雾。三千珠翠拥宸游,水殿按凉州。"中使入奏,上大悦。[1]

夏竦的这首《喜迁莺》,是典型的应制词,不仅其名物多为宫殿,如"未央楼""宫阙""瑶阶""金盘""凤髓""三千珠翠拥宸游"等等,以适合宫廷文化的气息,并且撰词者询问"上在甚处",也就是说,撰词者要考虑所撰之词要合于当皇帝听到此词的所在之地的氛围。《青箱杂记》所记载的这则资料非常生动地记载了宋初馆职,除了具有写作宫廷正式的文章的工作之外,还需要随时应对皇帝的差遣,应对"上夕宴后庭,酒酣,遽命中使诣公索新词"填写新词的应制任务。夏竦的另一首词作《鹧鸪天》则呈现应歌的色彩。

---

[1] [宋] 吴处厚:《青箱杂记》卷五,中华书局,1985,第48页。

镇日无心扫黛眉。临行愁见理征衣。尊前只恐伤郎意,阁泪汪汪不敢垂。停宝马,捧瑶卮。相斟相劝忍分离。不如饮待奴先醉,图得不知郎去时。

夏竦模拟一位即将与情郎相别女性的心态口吻,写她"镇日无心扫黛眉"的愁绪,和"不如饮待奴先醉,图得不知郎去时"的一醉心态。这和花间以来形成的男子而作闺音的艳科词,形成了明显的呼应。夏竦何时写作此词已不可考,但词中的"停宝马,捧瑶卮"之句,不自觉地透露出高贵的身份,和他的应制词之间有了某种关联,这首貌似应歌的词作,也应是写给宫中女乐来演唱给皇上听的,这是宫廷词中最为具有享乐性质的品类——宫廷私宴曲词,或说是宫廷娱乐性曲词。

而同在宋初体时代之中的聂冠卿,则写作了《多丽·李良定公席上赋》,显示了士大夫参与应社应歌写作的盛况,也透露出曲词写作在宋初阶段,由宫廷应制曲词向士大夫应社、应歌转型的信息。

想人生,美景良辰堪惜。问其间、赏心乐事,就中难是并得。况东城、凤台沙苑,泛晴波、浅照金碧。露洗华桐,烟霏丝柳,绿荫摇曳,荡春一色。画堂迥、玉簪琼佩,高会尽词客。清欢久,重然绛蜡,别就瑶席。有翩若轻鸿体态,暮为行雨标格。逞朱唇,缓歌妖丽,似听流莺乱花隔。慢舞萦回,娇鬟低亸,腰肢纤细困无力。忍分散、彩云归后,何处更寻觅。休辞醉,明月好花,莫谩轻掷。

聂冠卿此词是在"李良定公席上赋",因此,其词也就自然少了一些皇家宫廷的色彩,而多了士大夫酒宴笙歌的气息,其中既有士大夫喜爱的人生感慨的议论,"想人生,美景良辰堪惜";也有酒席宴会的盛况,"画堂迥、玉簪琼佩,高会尽词客。清欢久,重燃绛蜡,别就瑶席";更有酒宴不可或缺的歌儿舞女,"有翩若轻鸿体态,暮为行雨标格。逞朱唇缓歌妖丽,似听流莺乱

195

花隔。慢舞萦回,娇鬟低亸,腰肢纤细困无力"。《能改斋漫录》记载,蔡襄时知泉州,给李良定写信说:"新传《多丽》词,述宴游之娱。"于是赋诗记载昔日春游:"绿渠春水走潺湲,画阁峰峦映碧鲜。酒令已行金琖侧,乐声初认翠裙圆。清游盛事传都下,《多丽》新词到海边。曾是尊前沈醉客,天涯回首重依然。"[①] 正记载了士大夫应歌写作的背景,由于酒宴笙歌的主体是士大夫人物,如同词中所说"高会尽词客",于是,士大夫应社的词性也潜藏其中了。

此词上片以议论为主体,兼及景色,从人生发论,渐入东城风物,对于东坡词当有所开启;下片用赋体笔法,摹写女子之"轻鸿体态""行雨标格""缓歌""慢舞""娇鬟""腰肢"等等,可谓开柳永词的先河。

宋初体的宫廷文化属性,除了上述比较详细分析的作品之外,还有一些词作也透露出了与宫廷文化的联系,如苏易简《越江吟》中的"瑶池宴""隐隐金舆挽""玉麟背冷"等的金玉字面;寇准《点绛唇》中的"象尺熏炉"的华贵物象;丁谓的另一首《凤栖梧》中的"朱阙玉城""鸾鹤骖雕辇",分明是描写帝京宫城和帝王景象;杨亿《少年游》中的"寿阳妆罢,冰滋玉态",使用宋武帝寿阳公主的典故,呈现了某种宫廷文化的气息;陈亚《生查子》虽然以药名缀词,但第一首《生查子》起首便说"朝廷数擢贤",驸马都尉李遵勖《滴滴金》,则写"帝城五夜宴游歇""行乐已成闲话说"的帝城宴游的行乐生活等等,不一而足。

从上面的分析来看,宋初体呈现出以下几点特征:

(1)作者多为宫廷上层人物,有宰相,有驸马,有知制诰、太常少卿等,只有个别的隐士参与其中。

(2)词作多为偶然之作。

(3)其中一些词作体现出了宫廷应制特征。

此三点,并不是各自孤立的、偶然的现象,而是相互联系着的。它们也许说明了,由于曲词在唐五代时期一直是以作为宫廷音乐文化为主,发展到宋初,作为士大夫群体中的诗人们,还没有将词作为一种文学的体裁来看待。因此,曲词的作者,也就自然主要集中于宫廷,其词作,也就自然主要围绕着

[①] [宋]吴曾:《能改斋漫录》,唐圭璋编《词话丛编》第一册,中华书局,1986,第126页。

宫廷文化的不同类型，不同层次而产生，或是作为郊庙祭祀的配词，或是作为朝廷宴饮曲词，或是作为帝王后妃的私宴音乐消费的娱乐物。

宋祁尚在宋初体之内，而非新兴的士大夫词体。前文所引刘熙载的说法中，似乎有个十分明显的问题：张先（990—1078）的生年比宋祁（998—1062）早八年，但宋祁却仍在宋初体范畴之内，而张先却代表了后一个时期的词风。其实，年龄差距并不能说明什么问题，重要的是两个人实际的词体特质。张先虽比宋祁年长，但由于张先的生活，更为接近士大夫之间的群体生活，更早地使用了词作为士大夫酬赠往来的载体，从而具有开风气之先的历史地位，而宋祁的词风仍然逗留在宋初的写作习尚。更何况，张先比宋祁晚死十六年，他的写作生命是长于宋祁的。

再从写作的风格和方式上看宋初体和瘦硬体的不同以及宋祁的归属问题：宋初体的写作，既有早期文人词的政治抒怀，体现了词体尚未实现"别是一家"的痕迹，也有着花间体的艳科词风，是早期文人词和花间体的一次整合，而张先体则实现了从宫廷应制、歌伎应制到士大夫酬赠往来应社的飞跃。因此，张先体的写作，不仅数量多，而且写作的内容已经转变到士大夫的社会生活，而宋祁的词作今存六首，六首词作几乎首首涉及男女艳情，有一首描写女性的洗浴："姬监拥前红簇簇。温泉初试真妃浴。"[1]以下所引词牌均见《全宋词》。两首描写女性的春睡或是睡起："绣幕茫茫罗帐卷，春睡腾腾，困入娇波慢。"[2] "睡起玉屏风，吹去乱红犹落。"[3]一首写与女性邂逅相遇而产生的爱慕和惆怅："画毂雕鞍狭路逢，一声肠断绣帘中。"[4]《本事词》记载，此词是宋祁思念邂逅宫廷内人所作，呈现宫廷文化的特点。[5]两首写男女欢宴："扁舟欲解垂杨岸。尚同欢宴。日斜歌阕将分散。"[6]可知，宋祁的词作尚未进入到张先、晏欧等人那种较为广泛地描写士大夫生活的题材境界和精神境界，而逗留在花间词派的宫廷词风和宋初体词风的窠臼中。

---

[1] ［宋］宋祁：《蝶恋花》，《全宋词》，中华书局，1999，第116页。
[2] 同上。
[3] 同上，第117页。
[4] 同上。
[5] 参见叶申芗：《本事词》卷上，古典文学出版社，1957，第40页。
[6] ［宋］宋祁：《蝶恋花》，《全宋词》，中华书局，1999，第116页。

第十三章

柳永及其词

第一节 柳永的生平及其人格意义

一、柳永的生平

由于《宋史》无传,从生卒年到生平履历,争议颇多,向无定论,各家说法,相差甚大。柳永的生年,唐圭璋先生的《柳永事迹新证》定为雍熙四年(987),大多数学者都认为"似乎稍迟",蔡厚示、李国庭先生认为大约应该在980年[①],而李思永先生则提出当在公元971年[②];曾大兴在《柳永和他的词》中,认为柳永的《望海潮》,无论就作品的思想气魄还是艺术造诣而言,都不可能出自一个十六七岁的少年之笔,故将其生年提前至太宗兴国末年(983)左右[③]。薛瑞生《乐章集校注·前言》,认为唐圭璋先生柳永生于公元985—987年之间的推断,"虽所据有误,然大体相当"[④],本文姑且采用此说。单就出生时间而言,柳永比晏殊出生为早,比之欧阳修就更是两代词人。出生时间还仅仅是问题的一个方面,更为重要的方面,是柳永词代表了北宋早期的词风,而晏欧体则代表了稍后些由北宋士大夫词人群体觉醒所带来的词风。这种觉醒,本身就包含着对于柳永词的批判和继承,也就是说,柳永词是张先、晏欧的前代词体,是晏殊词的批判对象,到了欧阳修的时代,才进入到可以开始重新接纳柳永词的时代,东坡词并非直接承接柳永词而来,而是直接承接晏欧体,更直接的,是承接张先体的应社词体而来的,随后,才

---

① 参见《中国历代著名文学家评传·柳永》,山东教育出版社,1984,第15页。
② 参见李思永:《柳永家世生平新考》,《文学遗产》1986第1期。
③ 参见曾大兴:《柳永和他的词》,中山大学出版社,1990,第4页。
④ 薛瑞生校注:《乐章集校注·前言》,中华书局,1994,第1页。

能越过晏欧而上承柳永词。因此，柳永词排在晏欧体、张先体之前，是没有疑问的事情，而宋初体从有宋开国就有词作了，这是柳永无论如何也难以企及的。所以，本书以宋初体、柳永词、晏欧词依次为序排列。

柳永初名三变，字景庄，后更名永，字耆卿，在族中排行第七，世称柳七。福建崇安人。柳永出生在儒宦之家，祖父柳崇，以儒学著名，曾以母老为名，不肯出仕。父亲柳宜字无疑，曾在南唐与宋太宗、真宗时为官。柳永三兄弟，三复、三接、三变时皆有文名，号称"柳氏三绝"。

雍熙四年（987），柳宜五十岁，时为京东西路济州任城县（今山东济宁）令，柳永即生于此。柳宜接着调任全州通判，按照宋代官制的规定，在包括荆湖南路（全州即属此路）在内的边远八路为官时，不许携带家眷前往，故柳永四到九岁，在故里崇安度过其童年。柳永似乎是个不可思议的人物。华夏文化发展到柳永的时代，似乎还很难找到与柳永相类似的人物。自先秦两汉直到宋代，经历了先秦时代的游士，两汉的循吏，魏晋时代的名士，南北朝的世族，以及隋唐以还科举制兴起渐次形成的士大夫阶层；此外，还有隐士阶层作为在野的士与在朝的士相互制衡，并作为在朝的士阶层的后备。总而言之，士的存在，是以政治为中心点、为重心点的，不论是从政还是归隐，也不论游士还是循吏，乃至科举后的士大夫，都是以儒家文化的"修身齐家治国平天下""内圣外王"为归依的。柳永可谓其中的例外。

柳永当然不能不走科举的道路，但科举在柳永的人生中，并不像杜甫、苏轼那样的"致君尧舜"，有个具体的政治理想，也不像李白那样的"海县清一"——哪怕是个虚幻的政治理想。对柳永来说，科举中考，仅仅是个外形，就内里来说，男女情爱才是人生的第一要义。柳永少时读书十分刻苦，每晚燃烛勤读，崇安当地人因而命名他读书附近的山为蜡烛山。柳永当时的志向，也不外是传统的兼济天下。但当他踏上赴城赶考之路后，很快就迷失于都市的繁华和乐伎的歌笑。在科举人生和写词人生的选择上，命运势必将柳永推向一个也许他并不情愿而不得不去走的人生道路。景德二年（1005）与四年（1007），柳永接连考进士未中，于四年秋远游杭州，名篇《望海潮》当作于此时。

东南形胜，三吴都会，钱塘自古繁华。烟柳画桥，风帘翠幕，参差十万人家。云树绕堤沙，怒涛卷霜雪，天堑无涯。市列珠玑，户盈罗绮，竞豪奢。　　重峦叠巘清嘉，有三秋桂子，十里荷花。羌管弄晴，菱歌泛夜，嬉嬉钓叟莲娃。千骑拥高牙，乘醉听箫鼓，吟赏烟霞。异日图将好景，归去凤池夸。

这首词据罗大经《鹤林玉露》记载，原为献给两浙转运使孙何，从该作结尾的情况来看，确实有投谒之作的痕迹。该作以大开大阖、波澜起伏的笔法，浓墨重彩地铺叙展现了杭州的繁荣、壮丽景象，可谓"承平气象，形容曲尽"（见陈振孙《直斋书录解题》）。词作既然是慢词长调，起首处，柳永从大处着眼，虚处落笔，由大及小，由虚入实，层次上错落有致，正显示铺叙技艺。《望海潮》词调始见于《乐章集》，为柳永所创的新声。这首词写的是杭州的富庶与美丽。艺术构思上匠心独运，上片写杭州，下片写西湖，以点带面，明暗交叉，铺叙晓畅，形容得体。其写景之壮伟、声调之激越，与东坡亦相去不远。特别是，由数字组成的词组，如"三吴都会""十万人家""三秋桂子""十里荷花""千骑拥高牙"等词中的运用，或为实写，或为虚指，均带有夸张的语气，有助于形成柳永式的豪放词风。

柳词中的市井情趣，首先在于他的词表现了宋初时都市的市井风貌。这一点，莫过于他的代表作之一《望海潮》。

它以阔大的气势、高超的技艺，生动地再现了我国11世纪的都市岁月，或说是描摹出一幅都市生活画卷。此词既是慢词调，故词人起首处从大处着眼，虚处落笔，由"东南"而"三吴"，由"三吴"而"钱塘"，由大及小，由虚入实，宛知摄影中的摇镜头，由东南三吴的总体风貌，渐渐摇出杭州城外、城内的自然美景和都市风貌。在层次上错落有致，这正是柳永的铺叙技艺。"烟柳"三句为自然与都市之景的合写。词人在每一个名词之前冠以定语，如"烟"之于"柳"、"画"之于"桥"、"风"之于"帘"等，就使得景物充满灵气，形象如在目前。"参差"一句，总写其风貌，在静物中平添了几分动感。

"云树"以下六句，分写自然形胜与都会繁华。前者，作者集中笔墨写从杭州东南流过的钱塘江，从岸边之"云树"，至江中霜雪"怒涛"，结之以"天堑无涯"的慨叹，则钱塘之神貌已全出；后者，词人信手拈出"珠玑""罗绮"，则杭州都会之繁华豪奢,已不难想见。

下片以西湖为中心,再对杭州作深一个层次的描写:"重峦叠巘清嘉",分写西湖之水和湖外之山。西湖的内湖与外湖辉映,绕湖的山峰重峦叠嶂,水美山清,故总以"清嘉"二字。"有三秋桂子,十里荷花"句,更是神来之笔。桂子荷花,本非同时,又非同地,词人将岸边三秋之桂与湖中盛夏之荷组合在一起,再加以"重湖叠巘"湖光山色,视觉有"映日荷花"之美,嗅觉则有"三秋桂子"之香,时间与空间,视觉与嗅觉参差交错,直使人有恍如仙境之感,无怪乎当时"金主亮闻歌,欣然有慕于'三秋桂子,十里荷花',遂起投鞭渡江之志。"(罗大经《鹤林玉露》)以上三句,是写西湖之景,以下三句,是写西湖之人:在水光潋滟的晴光里,飘荡着悠远的笛音;在"浮光跃金,静影沉璧"的夜色里,时时会听到菱女那渺茫的歌声;更兼有钓鱼的老翁与采莲女在湖面上尽情地戏耍。那"弄"字、"泛"字、"嬉嬉"二字,都活现出西湖之人的愉快生活。此二层,先景后人,人景合一,使人有"人在图画中"之感。当然,此词也显示了柳永的"俗"的一面,它对"参差十万人家"的那种夸耀的口吻,"市列珠玑,户盈罗绮,竞豪奢"的似富商夸富等,都显露了市民情调。

如果柳永偶然写词,随后便去科举作官,则柳永也许会有另一种人生道路,但他擅长写词和浪漫的性格,连同对情爱人生的迷恋,使他必然地走上了一条不同于传统的人生道路,如同他后来所回忆的:"因念秦楼彩凤,楚馆朝云,往昔曾迷歌笑。"(《满朝欢》)这个迷失,使他成为了时代都市的弄潮儿,成为了不同凡响的填词高手。也可以说,柳永在填词作曲的歌舞生活中,发现了自我的价值。比之枯燥的科举和官场生活,这也许是更为合于自己本性的一种人生方式。宋人叶梦得《避暑录话》卷下记载:"柳永字耆卿,为举子时多游狭邪,善为歌词。教坊乐工,每得新腔,必求永为词,始行于世。于是声传一时。"[①]这可能是有关教坊乐工求文人为词的最早纪录,充分体现了柳永词的应歌性质。可以猜测,是柳永的填词才华,使他蹉跎科场而笑傲歌坛,从而走上了白衣卿相的人生路。而士大夫阶层对于以此名声大噪的柳三

---

① [宋]叶梦得:《避暑录话》(卷下),丛书集成初编本,商务印书馆,1985,第49页。

变的鄙弃，更将柳永推向了与士大夫分道扬镳的市井文化阵营。

各种资料记载如：柳三变游东都南、北二巷，作新乐府，骫骳从俗，天下咏之。遂传禁中。仁宗颇好其词，每对酒，必使侍从歌之再三。三变闻之，作宫词号《醉蓬莱》，因内官达后宫，且求其助。仁宗闻而觉之，自是不复歌其词矣。会改京官，乃以无行黜之①，以及仁宗皇帝（当时刘太后执政，应该是太后旨意）"且去填词"的批示，和柳永索性"纵游娼馆酒楼间，无复检约"，自称"奉圣旨填词柳三变"②的轶事，还有晏殊和柳永关于改官的对话，这些记载，其中似乎有着某种戏剧的成分，但却含有真实的因素：上层社会对于柳永的排斥是显而易见的。这一点，也可以从柳永的终生仕宦人生不得意，从柳永后来的词作中体现出来的寂寞情怀上见出。

二、柳永其人的人格意义

学术界有着所谓关于柳永的人生本质是传统的科举人生还是情爱人生的争论，也就是说，柳永的人生道路是仍然在传统的范围之内，还是溢出了传统。笔者的观点倾向于后者，这需要从几个方面来加以理解。

首先，科举在柳永的心目中，已经不是传统的儒家含义，而是情爱的附属品，我们从柳永的词作中，看不到任何柳永的具体的政治理想。相反的，柳永提及科举方面的事情，几乎都是从一种市井文化的角度来加以谈论的，或说是将科举视为一种光宗耀祖、提高物质生活水准，从而能更好的实现情爱人生的手段。我们可以将《乐章集》主要涉及这一问题的词句摘引如下：

> 走舟车向此，人人奔名竞利。……迩来谙尽，宦游滋味。（《定风波》）
>
> 便是有、举场消息。待这回、好好怜伊，更不轻离拆。（《征步乐》）
>
> 往来人，尽是利名客。（《归朝欢》）

---

① [宋]陈师道：《后山诗话》，何文焕辑《历代诗话》，中华书局，第311页。
② [宋]胡仔：《苕溪渔隐丛话》后集卷三十九，引《艺苑雌黄》，人民文学出版社，1962，第319页。

向此免、名缰利锁，虚费光阴。(《夏云峰》)

墙头马上，漫迟留、难写深诚。又岂知，名宦拘检，年来减尽风情。(《长相思·京妓》)

良辰好景，恨浮名牵系。(《殢人娇》)

其次，我们需要将柳永视为一个变化中的柳永，一个从不同视角来审视，从其人生意义的创新性来看的柳永。柳永晚年科举及第之后，被尊为"名宦"，也写过《煮海歌》这样反映民生疾苦的作品，这些，无疑说明柳永是一位有政治能力的士人。但从柳永的人生选择来看，他沉浸在都市的繁华中不能自拔。"钱塘自古繁华"，其所心向往之的，乃是都市的繁华与情爱的沉溺——说明柳永的深层次意识里，有着这种情爱人生、专业词人人生的本质。换言之，柳永为一时之俊杰，不论写词还是做官，他都会是一时之佼佼者，只不过他一开始接触到的是都市繁华，整个舆论已经将其定位为浪子词人，于是，柳永必将会终身背负着这个名声而难以摆脱，士大夫主流文化不能接纳他了。就人生取向的创新性而言，恰恰是专业词人的柳永，更为具有创新的意义，可以说，是主流文化的不接纳，反而成就了词史上的词人柳永，成就了中国文化史上新人生方式的开拓者——非仕非隐人生方式上的柳永。

所以，若从这个意义上而言，从这些词例来看，柳永对于科举、宦游的态度是具有批判性的，柳永式的人生方式，其目光指向了新的领域，涵纳了新的内涵，譬如富于新兴人文思潮的情爱观念、性爱观念、人性自由等。这种新人类似的人生方式，更为具有指向未来的意义：晚于柳永数百年的曹雪芹，更通过贾宝玉这个人物，将科举人生与情爱人生极端对立，说"女人是水做的骨肉，男人是泥做的骨肉"，科举仕途肮脏而情爱圣洁。从柳永上述的词例中，我们可以看到，柳永与曹雪芹笔下的贾宝玉有相似之处：柳永说科举是"名缰利锁，虚费光阴"，做官是"奔名竞利""名宦拘检"，埋怨自己现在"迩来谙尽，宦游滋味""年来减尽风情"。与"往来人，尽是利名客"的人群对应的，是"归去来，玉楼深处，有个人相忆"(《归朝欢》)，与"向此免、名缰利锁，虚费光阴"相对应的，是"筵上笑歌间发，舄履交侵"(《夏云峰》)的情爱生活。

这些也许是柳永发牢骚的作品,也许是柳永仕宦人生不得意时候所写,但它们也确实折射出柳永某些方面的人生态度。因为,单就这些认识来说,它已经不再是传统的"穷则独善其身,达则兼济天下",而是以自身生命的愉悦为本位。柳永经常在他的词中有类似的感叹,譬如感叹良辰美景如何美妙,但我们不要以为面对这样的良辰美景,柳永会发出应该刻苦读书,好好做官之类的感慨,这是贾政,而不是柳永、宝玉之类的人物的看法。柳永常常埋怨做官宦游,耽误了自己的情爱生活:"良辰好景,恨浮名牵系。无分得、与你恣情浓睡。"哪怕是这个女性仅仅是自己偶然结识的:"歌宴罢,偶同鸳被。""恁好景佳辰,怎忍虚设。"怎样才不虚设呢?柳永要:"遇良会,剩偷欢娱。"(《应天长》)"对好景良辰,皱着眉儿,成甚滋味","到得如今,万般追悔。"后悔为何?后悔的是:"怎生得依前,似恁偎香倚暖,抱着日高犹睡。"(《慢卷䌷》)所以,柳永笔下的美好事物,譬如美丽风景、美好回忆,以及往昔的时光、生命的追悔等等,无不是以情爱作为归依、作为目的。

这一点,如同有学者所说:"对仕宦生涯的怀疑和厌倦,对市(世)俗享乐的缅怀和向往,这一羁旅行役词的最核心的情意内涵,主要是通过一系列最具特色的时间意象、动物意象、人文意象和实物意象来体现的。"[①]反过来,我们也可以说,柳永的山水意象,经常是情爱和世俗享乐而不遂愿的铺衬。"陇首云飞,江边日晚,烟波满目凭栏久",这是何等的景致,何等的高雅,"每登山临水,惹起平生心事",这也是一句正经话,但美丽山水惹起柳永的回忆,却往往是"暗想当初,有多少,幽欢佳会,岂知聚散难期,翻成雨恨云愁"(《曲玉管》),是"追悔当初,绣阁话别太容易"(《梦还京》)。

柳永笔下所珍惜的时光,是"凤帐烛影摇红。无限狂心乘酒兴。这欢娱、渐入嘉景。犹自怨邻鸡,道秋宵不永"(《昼夜乐》),是"殢云尤雨,有万般千种,相怜相惜"(《浪淘沙》),是"我前生,负你相思债。怎得依前灯下,恣意怜娇态"(《迎春乐》)。科举之类的正经话,柳永也写,那常常是通过妓女之口来写,写一种庸俗化的市民心理科举,通过科举可以发财,可以光宗耀祖等,或者类似袭人、宝钗之类的话语,"早知恁么,悔当初,不把雕鞍

[①] 曾大兴:《柳永和他的词》,中山大学出版社,1990,第74页。

锁。向鸡窗,只与蛮笺象管,拘束教功课。镇相随,莫抛躲。针线闲拈伴伊坐。和我。免使少年,光阴虚过"(《定风波》)。将拘束功课,视为使他"镇相随,莫抛躲"的手段,自己得以"针线闲拈伴伊坐",可谓写尽市民心态。再如《迷仙引》,写一个"才过笄年,初绾云鬟,便学歌舞"的女孩,盼望他能为她赎身,而他已经功成名就,有能力与她携手同归:"已受君恩顾,好与花为主。万里丹霄,何妨携手同归去。"科举成为成就情爱的手段。就像是写给写歌妓虫虫的那样:"纵然偷期暗会,长是匆匆。""待作真个宅院,方信有初终。"(《集贤宾》)"便是有、举场消息。待这回、好好怜伊,更不轻离拆。""但愿我,虫虫心下,把人看待。"(《征步乐》)我们评价一个人或者一种词体的地位,不仅仅是看其拥有什么,更为重要的,是思考他或者它比前人或者前代词体增加了什么。对于柳永来说,无疑,新兴的以男女情爱为表现特征的人本思想,才是柳永的本质。而这一点,也成为柳永词的主要内容,并且成为柳永词词体形式特征的源头活水。

所以,对待柳永的人生方式和评断其人生方式的历史价值,需要看到变化中的柳永,被动行为意义上的柳永,以及客观意义上的柳永。换言之,倘若柳永也是如同晏欧一样,是个传统意义上的人物,我们的历史和文学史,能够多出一个好官员和一个贵族馆阁体词人,但却会失去了一个真实存在的柳永。

概言之,柳永词有以下几个基本属性。

1.俗词属性。柳词本身含有雅词的一面,但俗词更是它的本质属性。柳永其人本身就有两个属性,他本身应该说还是士人的一员,也自然拥有雅文化的一面,但他的词作,更多的是代市民立言,是写给市民看的,后者更是他的本质。柳永词与民间俗词的关系大体有两种可能:一种是按照传统的说法,词体发源于民间词,譬如敦煌曲子辞中的多数民间词,早于李白应制词,或者早于飞卿词,按照这个假设,则柳永词之于民间俗词之间的关系,是个由文人将词雅化之后,柳永重新将词回归民间俗词的过程。但词体早期形成的过程更存在另一种可能,那就是绝大多数敦煌曲子辞是晚唐五代到宋初的作品。敦煌曲子辞并非都是民间词,其中有边将、朝廷大臣之作,去除这些朝廷文武大臣之作,假定真正的民间词基本上为晚唐五代之作,如《云谣集杂曲子》可能主要是歌女演唱的脚本，备忘的台词手抄本，那么，词体的产生过程以及柳永俗词的产生原因，就要给予重新的诠释。如果是这种情况的话，则柳永俗词就可能是从晚唐五代到宋初歌伎词中直接产生出来的，是其中的佼佼者，也就是说，柳永俗词和晚唐五代到宋初歌伎词本为一体，都是晚唐五代到宋初的都市文化的产物。

2. 写真属性。诗歌表达作者的真实生活、真实情感，原本是天经地义的，风、骚以来，莫不如此。但词体原本是宫廷文化的产物，李白等文人应制写词，这就使它先天地带有模仿的性质。太白的《清平乐》，是应制作词，多模仿宫女、宫怨；飞卿体、花间体"男子而作闺音"，多是造景、造情、造语、造象之作；只有后主第一次以词体写作个人传记，具有突破意义。但后主所写，作为帝王生活，并不具有士大夫的普泛性。从这个意义上来说，柳永是以词体书写作者个人真实生活、真实情感而又带有普泛性意义的第一人。柳词的写真属性包括两个方面，一是作为士大夫一员的柳永的个人生活和情感，主要表现在他的羁旅之词，写他不被士大夫阶层所容纳的悲哀；二是作为士大夫叛逆而代市民立言的柳永，写作"误入平康小巷"沉醉于青楼楚馆的柳永，写出他的真实情爱和作为男人的种种欲念。

3. 近代文化属性。上述两个属性，都可以进一步提升概括为柳词的近代文化属性。词体产生于盛唐，而初盛唐之际，还是典型的宫廷文化时代；柳词所具有的市井歌伎俗词的特征，则是唐宋之际由贵族文化向平民文化转型的产物，柳永不但写作市井生活、市井情调，而且写作自己的真实情爱，并且是与妓女之间的泛爱，这就必然地溢出传统士大夫文化的范围，而拥有了近代文化的性质。柳词的慢词长调、铺叙写法、以白话入词等等写作特色，其实都是这一属性的具体表现，也是近代文化这一属性的必然结果。

4. 市井应歌词属性。胡适曾经将东坡之前的词概括为歌女的词，其实，这也是一个不够准确的说法。应歌虽然在词体产生初期就伴随而行，但就具体的词体演变情况而言，从太白到飞卿体，主要还是应制词的时代，呈现了某种贵族化的倾向，一直到柳永词的出现，才出现了真正直接为歌女而写作的狭义的应歌词。

第二节　柳词的慢词长调及与歌妓词的关系

在前文所述有关柳词本质的诸多问题中，其中最为关键的问题，就是歌伎词对柳词的影响问题，换言之，由于柳永词呈现了极为浓郁的市井俗词本质特征，因此，若是歌伎词的发展线索不能给予基本的清理，则柳永词的词体产生原因就会是一个永远的谜。柳永词在艺术方面的特色是开始使用慢词长调，以及善用铺叙手法，但我们知其然而未能真正地知其所以然。

柳永之前的文人词，不论是太白词、花间词、南唐后主词，还是柳永之后的晏欧词，都是以小令为主，为何唯独柳永词以长调著称？一个顺理成章的推论，是说柳永之前的词人，词体写作经验尚未丰富，小令较为易于掌握，到了柳永时代，借鉴前人的写作经验，柳永自然开始使用慢词长调，但比柳永年轻、词体写作晚于柳永的晏、欧等文人，何以还是使用小令为主？这不能不从他们的词体属性这一根本问题来寻求答案。

以前学术界曾有过推论，这个推论的前提基点，是以民间词——早期文人词——柳永词的发展顺序加以理解的，由此自然会得出柳永超越其前期的早期文人词，上溯到民间词来作为模仿效法对象的推断。但更为深入一步的问题是：柳永何以能超越现实词体写作风尚，同时也超越李白——温庭筠以来的文人词统而直接从民间词中汲取营养？如同前文所论，民间词并非如同我们此前想象的那样，产生于文人词之前，恰恰相反，它可能出现的时间最早是在中唐之后，而且所谓民间词，准确地说，其一开始可能还仅仅多为教坊乐工的演出脚本，一直到宋初才发生了由宫廷教坊乐工到市井青楼歌妓的普及化曲词音乐消费的转型。这一转型带来了市井青楼歌妓文化的兴盛，这种曲词音乐消费的市场化，必然地带来了慢词长调的勃兴，柳永长期生活于勾栏瓦舍之中，对于这种音乐曲调异常熟稔，同时对歌妓的演唱效果也异常熟稔，于是，遂使其成为市井曲词文化中的弄潮儿，亦由此产生了柳永词诸多特征。

柳词使用慢词长调的原因，应该主要有以下几点。

1.柳永到杭州之后的生活，每日混迹于教坊歌楼娼院，对于歌楼的各种曲调十分熟稔。薛砺若《宋词通论》谈道："北宋全部乐曲虽如此繁缛，而为文人所采者，则仅小令与引两项。"[①]文人之所以采用小令，其主要的原因，是文人对于其他曲调并不熟悉，采用小令反而容易掌握。而柳永不同，柳永虽然也是文人，但却是整日生活在歌楼娼院的文人，对于这些曲调，柳永不仅熟稔，而且可以成为其中的行家里手。所以，当时"采自市井俗乐及依式创制者，此类词调，以柳永《乐章集》为最多。……集中如《慢卷绸》《雪梅香》《黄莺儿》《夜半乐》《昼夜乐》《斗百花》等词，多于歌楼娼院中倚声试作者，其为当年井市习用之曲，或类似的制作，殆无可疑。"[②]

2. 柳词市井应歌的俗词性质，柳词的以白话入词以及铺叙手法的需要，要言之，即柳词的市井化、近代化文化性质使他选择了慢词长调。文人词不论是花间体还是南唐体，在写作方法上，是借鉴传统诗歌的含蓄的、意象的、典雅语的手法。花间体、南唐体等，骨子里源头仍在传统的诗歌作法，主要是借鉴唐诗的近体诗精神，其中包括以近体诗的格律精神，变民歌体的杂乱无章而为词体的新型格律；以近体诗的语言精神，变口语而为书面语，变白话而为文言语；以近体诗的意象精神，变民歌体的叙说而为情景交融式的写作手法，变直白庸俗情调而为含蓄高雅等。譬如敦煌词中的《菩萨蛮》："枕前发尽千般愿，要休且待青山烂。水面上秤砣浮，直到黄河彻底枯。白日参辰现，北斗回南面。休即未能休，且待三更见日头。"与《全唐五代词》所载"散见各卷曲子词"的一首《菩萨蛮》："自从远涉为游客。乡关迢递千山隔。求官宦一无成。操劳不暂停。路逢寒食节。处处樱花发。携酒步金堤。望乡关双泪垂。"假定这些所谓民间词产生于花间之前，也假定花间词人都受到过这些民间词的影响，则花间体等文人词对于民间词，是一个改造、提炼、加工的过程。民间词在词律方面是杂乱无章的，没有定型的，它们只是对于曲调的大致填词歌唱，可以有衬字。前首的"上"字，后首的"一"字、"双"字等等，温庭筠之后的文人词，是一定会将这些可有可无的衬字去掉，因为新型的词律已经在不自觉地约束着他们了，这就是唐诗的近体诗精神的制约；所谓民间词的语言是白话的；其手法是直白叙说的，这些，与温庭筠的同调

---

① 薛砺若：《宋词通论》，开明书店，1937，第56页。
② 薛砺若：《宋词通论》，开明书店，1937，第57页。

十四首比较阅读，是一目了然的。文人词既然要对民间词进行这一系列的文人化改造，慢词长调当然就不适合含蓄、凝练的精神。

当然，也存在着另外的可能性，就是这些所谓民间词，乃是温庭筠之后的宫廷教坊，或是宋初的青楼歌妓的演出脚本，由于歌妓的文化水平不高，并且在实际的演唱中，并不在意是否有衬字，有时增加一些衬字，反而会使演唱效果更为富于变化，如果是这种情况，就不存在温庭筠和花间词人对民间词的改造问题，则对所谓民间词实现改造的是柳永之词。

慢词长调并非柳词始作，恰恰相反，慢词长调在柳永之前已经在歌妓词中盛行。《云谣曲子词》开篇的《凤归云》，八十四字，上下片各四个均拍，是典型的"慢八均"，"慢曲通常为八均拍"[①]，不仅此一曲为慢曲，而且四首联章而下，叙说一个主题，是针对第一首"征夫数载，萍寄他邦"[②]而下的展开性的议论。《倾杯乐》"全词一百一十字，前片十一句五仄韵，后片九句五仄韵"[③]，是典型的慢曲长调，柳永也曾使用。两首《倾杯乐》，也是联章一贯而下，前首"忆昔笄年，未省离阁，生长深闺苑。闲凭着绣床，时拈金针……一时朝耍，荣华争稳便"，分明是柳永式的语言，柳永式的情调，甚至"忆昔笄年""时拈金针"等字面，都是我们在柳词中耳熟能详的。后一首实际上是对这个女子的再次描摹："窈窕逶迤，貌超倾国应难比。浑身挂绮罗装束，未省从天得知。脸如花自然多娇媚。翠柳画娥眉。横波如同秋水。裙生石榴。血染罗衫子。观艳语软言轻，玉钗坠素绾乌云髻。年二八久镇香闺，爱引猧儿鹦鹉戏。十指如玉如葱，银苏体雪透罗裳里。堪娉与公子王孙，五陵年少风流婿。"它有几个特点：一是使用赋体摹写，不厌其烦地摹写女子的装束容貌。二是不避讳口语俗语，也不避讳单音字节，如"貌超倾国应难比。浑身挂绮罗装束，未省从天得知。脸如花自然多娇媚"，"银苏体雪透罗裳里"。三是不避讳俗气的比喻："翠柳画娥眉。横波如同秋水"，"十指如玉如葱"等，更不避讳市井情调，"堪娉与公子王孙，五陵年少风流婿"等等。这些，其实都正是柳词的特点。

---

① 吴熊和：《唐宋词通论》，浙江古籍出版社，1999，第102页。
② 朱孝臧辑校《彊邨丛书》，广陵书社，2005，第1页。
③ 薛瑞生选注《柳永词选》，中华书局，2005，第29页。

与慢词长调的体制变化相适应，柳永创造并善于运用层层铺叙的手法。善于以白描手法写物抒情，善用情景交融的艺术手法，从而把传统抒情诗中融情于景的艺术手段和慢词结合了起来。此外还有"点染法"等一些艺术手段。在他的代表作《雨霖铃》中，以上各方面的特点皆可一一寻绎。

寒蝉凄切。对长亭晚，骤雨初歇。都门帐饮无绪，留恋处、兰舟催发。执手相看泪眼，竟无语凝噎。念去去千里烟波，暮霭沉沉楚天阔。　　多情自古伤离别，更那堪、冷落清秋节！今宵酒醒何处？杨柳岸、晓风残月。此去经年，应是良辰好景虚设。便纵有千种风情，更与何人说？

就全篇的结构而言，柳永使用铺垫手法：上片一层写景，一层写送别、一层写别后之景，下片则一层总括离别的伤感，一层写想象中别后的伤感，一层遥想别后经年的忧伤。六层之间，层层生发，让你有必欲一气读完之想。而每层之间，又有一些层次环环相扣。比如第一层秋景，分别由寒蝉点秋季、长亭点地点、"晚"字点时间。刚写"骤雨"，便有"初歇"，方言"帐饮"，便言"无绪"，才说"留恋"，便有"催发"，这种被陈匪石在《宋词举》中称为"半句一转"的手法，给人以时间的流转与空间的展延，如蒙太奇般意象迭出。

再如下片："多情自古伤离别，更那堪、冷落清秋节！"以递进手法"点"之，随后便以"今宵酒醒何处，杨柳岸、晓风残月"染之。没有点，则景物无神；没有染，则抒情空洞无依。点染结合，则情景无间，给人以强烈的艺术感染。这便是高度成功的"点染法"。

第三点。柳永使用具有他独特特点的铺叙手法创制出的慢词艺术，是一种独特的结构。此处借鉴一下学术界的学术成果，如赵仁圭先生在《宋词结构的发展》(载《北京师范大学学报》1996.3.)中提出：柳词的结构，是一种"直线型结构"。这种"直线型结构"对于前人的小令而言，是"由片段的感受和简单的场景，变为复杂的感受和多重的场景"，这种结构"不以曲、密、翼取胜，而以直、疏、平见长"。从时间意义上说，它一般按照过去、现在、将来的顺序发展，从空间角度看，它一般"应按照明晰的自然空间位置来转换，如从远至近，从内至外，从高至低，从东到西，或者反过来，但最好不忽此忽彼，以免破坏有规则的方向"。这些特点，使我们想起西方文学史上的左拉的自然主义的写作方式，也使人想起港台的一些通俗而又富有人情味的电视连续剧。他们生怕别人看不懂，不厌其烦地讲述着小市民的悲欢离合。因而，也如赵先生所指出：柳词中明确指示时空转换的关联词语特别多，如表明时间关系的"渐"字，出现了约40次，"正"字出现了近20次；"又"字、"乍"字都出现了10余次。还有表明空间的"对"字、"向"字、"望"字、"是处"等也都是反复出现的。还有，景物的铺叙与细节的描写业都与这种直线型结构有关。

再次，柳永词的语言与上述三个特点相一致。与其歌者之词的总体定位，与其"直线型结构"和铺叙艺术，与其市民情趣相一致，柳永在词中大量使用俚俗语汇，使词的语言进一步通俗化、口语化。

如一首《小镇西》："意中有个人，芳颜二八。……再三偎着，再三香滑。"其神态声口，一如市民说话。"有个人""偎着"等词的使用，都如口语一般。

柳永对词的革新，影响极深、极远、极大。前文所引"上达禁中"，是指对宫廷的影响；当时还有"凡有井水饮处即能歌柳词"的说法，这是说对民间的影响之大；苏轼曾批评秦观词"近来学柳七"，说明了柳词对后世词人的影响之大。这些都说明柳永之词，足可构成词史的下个时期，并衣被来者。

柳永当然也写小令，当然也有含蓄凝练的文人词的一面，但更为本质的特征，是民歌词式的铺叙。这样，它就需要着词体的空间和容量。李清照《词论》指出"柳永变旧调作新声"，这一新声，不是花间体、南唐体的凝长为短，而是柳永词的铺短为长，如《浪淘沙》《木兰花》《应天长》《长相思》《玉蝴蝶》等，本来都是小令，柳永都度为慢曲长调。以《浪淘沙》为例，《浪淘沙令》，"原唐教坊曲名，后用作词调名。唐人所作本为七言绝句体，平仄不拘。刘禹锡、白居易都有《浪淘沙》，其内容都是咏浪淘沙，如'擢锦江边两岸花，春风吹浪正淘沙。'词调名由此而来。至南唐李煜始另创新声，为长短句，分前后片。"①中晚唐时期的刘禹锡等皆作七绝，还属于声诗，不能算作词，五代时李后主所作为长短句《浪淘沙》"往事只堪哀"，是后来定型化的五十四字的样式，而柳永并不接受这样的定型，将《浪淘沙》作为慢词新声。如：

梦觉。透窗风一线，寒灯吹熄。那堪酒醒，又闻空阶，夜雨频滴。嗟因循、久作天涯客。负佳人、几许盟言，便忍把、从前欢会，陡顿翻成忧戚。愁极。再三追思，洞房深处，几度饮散歌阑，香暖鸳鸯被，岂暂时疏散，费伊心力。殢云尤雨，有万般千种，相怜相惜。恰到如今，天长漏永，无端自家疏隔。知何时，却拥秦云态，愿低帏昵枕，轻轻细说与，江乡夜夜，数寒更思忆。②

共一百三十四字。柳永另有《浪淘沙令》：

有个人人。飞燕精神。急锵环佩上华裀。促拍尽随红袖举，风柳腰身。簌簌轻裙，妙尽尖新。曲终独立敛香尘。应是西施娇困也，眉黛双颦。

这是《浪淘沙》的小令形式，与李后主的《浪淘沙》也不同。是故薛瑞生先生说"《浪淘沙令》，又名《浪淘沙》"③，似乎不够准确，《浪淘沙令》应是柳永创制的慢词《浪淘沙》的小令格式。柳永的《卜算子》也同样是长调：

江枫渐老，汀蕙半凋，满目败红衰翠。楚客登临，正是暮秋天气。引疏砧、断续残阳里。对晚景、伤怀念远，新愁旧恨相继。脉脉人千里。念两处风情，万重烟水。雨歇天高，望断翠峰十二。尽无言、谁会凭高意。纵写得、离肠万种，奈归云谁寄。

---

① 薛瑞生选注《柳永词选》，中华书局，2005，第3页。
② 唐圭璋编：《全宋词》第一册，中华书局，1965，第26页。
③ 薛瑞生选注《柳永词选》，中华书局，2005，第3页。

此词"《乐章集》入'歇指调'。八十九字，前片四仄韵，后片五仄韵"[①]。

柳永不仅在个体词上变小令为长调，而且，还经常采用歌妓词的联章体——使用同样的一个词调，歌咏一个主题，联章而下。这也说明柳词所要表达的内容的繁复，表达方法的细腻，需要着更大的空间。这样，柳词就不仅是在一首词内部采用铺叙的手法，而且在诸多词作之间采用铺排的手法。如使用《木兰花》铺排他喜爱的四位女性心娘、佳娘、虫娘、酥娘："心娘自小能歌舞。举意动容皆济楚。……""佳娘捧板花钿簇。唱出新声群艳伏。……""虫娘举措皆温润。每到婆娑偏恃俊。……坐中少年暗消魂，争问青鸾家远近。""酥娘一搦腰肢袅，回雪萦尘皆尽妙。……只要千金酬一笑。"分别写出心娘的舞姿，佳娘的歌喉，虫娘的举措调情，酥娘的腰肢颤袅等。

以上所说，可以说是柳词在外形方面与歌伎词的呼应，更为重要的，是柳词内在情调方面的市井心理。柳永是揣摩市民心理，主要是女性市民心理的大师，更是表现这种市井情调的大师。他以词的形式，特别是慢词长调的形式，将那些情爱中的小女子的内心世界表现得惟妙惟肖，细腻入微，丝丝入里。而要达到这样的艺术效果，一定的语言空间是必不可少的，这是柳词使用慢词长调的另外一个原因。前文所举的四位女性，可以作为例证。再如："世间尤物意中人，轻细好腰身。……娇多爱把齐纨扇，和笑掩朱唇。心性温柔，品流祥雅不称在风尘。"（《少年游》其四）都是以男性的感官的视角来欣赏女性美。柳永特别能够写出那些诉诸感官的细节，如《隔帘听》：

咫尺凤琴鸳帐，欲去无因到。虾须窣地重门悄。认绣履频移，洞房杳杳。强笑语，逞如簧，再三轻巧。梳妆早，琵琶闲抱。爱品相思调。声声似把芳心告。隔帘听，赢得断肠多少。恁烦恼，除非共伊知道。

慢词是宋词的主要体式之一，它与小令一起成为宋代词人最为常用的曲调样式。慢词的名称从"慢曲子"而来，指依慢曲所填写的调长拍缓的词。

[①] 龙榆生编：《唐宋词格律》，上海古籍出版社，1978，第71页，《卜算子》条下。

213

《词谱》卷十慢词"盖调长拍缓,即古曼声之意也。""慢曲子"是相对于"急曲子"而言的,慢与急是按照乐曲的节奏来区别的。"慢曲子"又称"慢遍",王建《宫词》说:"巡吹慢遍不相和,暗里看谁曲较多。"《词源》卷下说:"慢曲不过百余字,中间抑扬高下、丁、抗、掣、曳,有大顿、小顿、大住、小住、打、撺等字。真所谓'上如抗,下如坠,曲如折,止如槁木,倨中矩,句中钩,累累乎端如贯珠'之语,斯为难矣。"显然,由于曲调变长、字句增加、节奏放慢,与小令相比慢词在音乐上的变化更加繁多,悠扬动听。于是,这也就适宜表达更为曲折婉转、复杂变化的个人情感。

　　这里需要辨明的是"慢词"与"长调"的区别。慢词曲调较长、字数较多,但这并不意味着所有的长调都是慢词。如《胜州令》长达215字,分成4叠,现存宋韩师厚妻郑意娘所填的词一首。反过来,《高丽史·乐志》中所载的《太平年慢》则只有45字,双调。敦煌琵琶谱中的"急曲子"也有不短于"慢曲子"者。词调的"慢"与"急"是依据其音乐节拍的缓慢或急促来区分的,与字数没有必然联系。当然,乐曲的节奏放慢之后一般说来曲调要变长、字数要变多。而长调、中调云云,则是根据各调的字数多寡来区分的,这同样与"慢曲子""急曲子"无关。唐宋时期,没有"长调""中调"之说,至明清时期才出现这类划分,并将其与"慢词""小令"混为一谈,遂造成后人理解上的混乱。明人顾从敬刻《类编草堂诗余》,将分类编排的旧本改为按调编排的新本,将词重新分为长调、中调、小令三类:58字以内为小令,59字至90字为中调,91字以上为长调。清初毛先舒在《填词名解》中肯定了这一分类法,于是,这种分法在清代便甚为流行,而且往往将慢词与长调等同起来。一直到今天,个别学者依旧认同这种分法,王力先生在《汉语诗律学》中说:"我们以为词只须分为两类:第一类是62字以内的小令,唐五代词大致以这范围为限;第二类是63字以外的慢词,包括《草堂诗余》所谓中调和长调,它们大致是宋代以后的产品。"很明显,这些学者是将字数多寡与乐曲缓急两个不同标准混淆起来了,漠视了宋词本是合乐歌唱的音乐特质。对此分类法,清人已经加以驳斥。万树《词律·凡例》说:"所谓定例,有何所据?若以少一字为短,多一字为长,必无是理。如《七娘子》有五十八字者,有六十字者,将名之曰小令乎,抑中调乎?如《雪狮子》有八十九字者,有九十二字者，将名之曰中调乎，抑长调乎？"《四库全书》十分赞同万树的观点，《四库全书总目》卷一百九十九《类编草堂诗余提要》说："词家小令、中调、长调之分自此书始。后来词谱依其字数以为定式，未免稍拘，故为万树《词律》所讥。"今天多数学者已经舍弃了长调、中调、小令的分类法。然而，清人使用这种分类法已经约定俗成，在词论中所言的"长调"往往即指"慢词"，故必须辨明。

词的曲调样式除慢与小令以外，还有近、引两类。《词源》卷下称"美成诸人又复增演慢曲、引、近"。近，是近拍的简称，它是列于慢曲之后、令曲之前的曲子，如《好事近》《丑奴儿近》之类。近拍的字数大致介于慢曲与小令之间，最短的是袁去华的《卓牌子近》71字，最长的也是袁去华的《剑器近》96字。引，本来是古代乐曲的名称，在大曲中与序的意义相近，为前奏曲、序曲之意，如《千秋引》《天香引》之类。引的字数与近拍相似，最短的是苏轼的《华清引》40字，最长的是向子䛀的《梅花引》114字。所以，明清人往往根据字数将近、引归入中调，这仍然是不合理的。近、引的名称在于它们在乐曲中所处的位置，依然应该从音乐的角度去理解。近、引曲调较少，作品数量也不多，故附于此一并介绍。

第三节　柳词题材的广泛性及其词史影响

就词史的演变来说，从太白词到花间词和南唐词，可以视为词体雅化的一个过程，其进程的特点是：表现手法越来越含蓄，语言越来越精炼，传统的诗歌手法譬如意象、意境的使用越来越成熟。柳永词可能来自由教坊而兴盛于都市市井的歌伎词，他以文人词融合歌伎词，以文人眼光审视和汲取民间文化的因素，于是发展到宋初的似乎有些失去活力的文人词，在柳永的手中，立刻显得生动鲜活起来，可以视为文人词产生以来的第二个阶段。

柳永词将词为艳科、诗雅词俗的词本体两大基本属性都推向了极致，意味着词体从诗本体中分离出来之后的历程已经基本完成，词本体"别是一家"的诗史地位已经稳固确立。柳永之后的词体生命历程，应该是向着诗本体重归的历程，是个士大夫全面接受词体形式并将其不断升华雅化的过程。甚至不需要等到柳永之后，终点即是起点，柳永自身就开始了这种历程。柳永词中拥有六十余首羁旅行役之作，约占他全部词作的百分之三十。所以，有学者说："真正动摇了词世界由红粉佳人一统天下的格局的是'才子词人，自是白衣卿相'的柳永。"① 正指出了柳永对于词体的转折性地位和柳、苏之间的关联。

柳永词的题材方面广泛的开拓，就词体史影响来说，可以说是多方面的：

1. 柳永词中的主流，市井艳科词，将花间体以来的艳科词推向了极致，也可以说，词体的艳科属性、"别是一家"的属性，由飞卿体上溯太白体，并在花间体中得到确认之后，抵达柳永词的时代，词体从诗体分离的使命基本完成，故柳永词之后，晏欧体、张先体、东坡词开始了背离温柳的士大夫词的雅化运动，但温柳之于词体基本属性的奠定，其精神风貌，始终被词本体所涵纳。

2. 柳永词中的应社之作，可以视为张先体的先声。柳词中有相当数量的对士大夫上层官员的投赠应社之作，如《瑞鹧鸪》：

吴会风流。人烟好，高下水际山头。瑶台绛阙，依约蓬丘。万井千闾富庶，雄压十三州。触处青蛾画舸，红粉朱楼。方面委元侯。致讼简时丰，继日欢游。襦温裤暖，已扇民讴。旦暮锋车命驾，重整济川舟。当恁时，沙堤路稳，归去难留。

有学者认为此词献给范仲淹②。以词体谈论政治，赞颂所投赠者，大体也从柳词发端。这类词作，可以视为张先士大夫词的先声。再如《木兰花慢》：

古繁华茂苑，是当日、帝王州。咏人物鲜明，土风细腻，曾美诗流。寻幽。近香径处，聚莲娃钓叟簇汀洲。晴景吴波练静，万家绿水朱楼。凝旒。乃眷东南，思共理、命贤侯。继梦得文章，乐天惠爱，布政优优。鳌头。况虚位久，遇名都胜景阻淹留。赢

---

① 王兆鹏：《唐宋词史论》，人民文学出版社，2000，第59页。
② 参见刘天文：《柳永年谱及系年词考笺》，巴蜀书社，2005年出版，第18页。

得兰堂酝酒，画船携妓欢游。

学者多认为，此词为庆历三年（1043）柳永过苏州时投赠太守吕溱[①]所写。吕溱于仁宗宝元元年（1038）登进士榜首，故歌词中有"鳌头"称誉，词中以刘禹锡、白居易相比，称颂其才。再如《永遇乐》：

> 天阁英游，内朝密侍，当世荣遇。汉守分麾，尧庭请瑞，方面凭心膂。风驰千骑，云拥双旌，向晓洞开严署。拥朱轓、喜色欢声，处处竞歌来暮。吴王旧国，今古江山秀异，人烟繁富。甘雨车行，仁风扇动，雅称安黎庶。棠郊成政，槐府登贤，非久定须归去。且乘闲、孙阁长开，融尊盛举。

"此为赠苏州太守滕宗谅之作"[②]，词中所写，完全是士大夫话语，士大夫话题、议论的句式，瘦硬的风格等等。柳永词确实可以视为张先体应社词的先声，但应社词的标志，还是要确定在张先体之中，盖因柳永词的应社，还带有唐人拜谒投赠的意思，并非严格意义上的互相唱和。因此，我们只能见到柳永的投赠，还罕见对方的唱和应答。

3. 柳永词为极端真实情感的表达，这一点，大概与柳永的浪漫性格有关，故其词中所写，或是情爱写真，或是个人生活场景写真，都与当时士大夫尽量遮掩词作背景本事的写法不同。如《轮台子》：

> 一枕清宵好梦，可惜被、邻鸡唤觉。匆匆策马登途，满目淡烟衰草。前驱风触鸣珂，过霜林、渐觉惊栖鸟。冒征尘远况，自古凄凉长安道。行行又历孤村，楚天阔、望中未晓。念劳生，惜芳年壮岁，离多欢少。叹断梗难停，暮云渐杳。但黯黯魂消，寸肠凭谁表。怎驰驱、何时是了。又争似、却返瑶京，重买千金笑。

[①] 参见薛瑞生选注《柳永词选》，中华书局，2005，第131页。
[②] 参见薛瑞生选注《柳永词选》，中华书局，2005，第160页。

此词写作背景，一说为仁宗景祐元年（1034），仁宗亲政之后，决定扩大开科取士名额，又特开"恩科"，泽惠于历届科场沉沦之士，柳永闻讯后，即从鄂州起程赴汴京参加恩科考试，途中所写"楚天阔、望中未晓"，合于前面所述的情景[①]，也有认为是"庆历六年（1046）秋离湖南道州任赴陕西华阴任时所作"[②]。无论哪种背景，都基本是面对自我的写作，开了东坡词、秦观词打并身世入艳情写法的先河。

4. 柳永的漫游羁旅之词，也颇为东坡词所接纳。东坡词不仅仅是在慢词长调上接纳了柳永词，在词采声色等许多艺术表现的领域里，也大量地接纳了柳永词。譬如《一寸金》：

> 井络天开，剑岭云横控西夏。地胜异，锦里风流，蚕市繁华，簇簇歌台舞榭。雅俗多游赏，轻裘俊、靓妆艳冶。当春昼，摸石江边，浣花溪畔景如画。梦应三刀，桥名万里，中和政多暇。仗汉节、揽辔澄清，高掩武侯勋业，文翁风化。台鼎须贤久，方镇静、又思命驾。空遗爱，两蜀三川，异日成嘉话。

此词也是柳永的投赠词，"必为赠益州守蒋堂无疑"[③]。柳永赠益州知州所作的这种词，完全是士大夫词，后来张先的士大夫应社词正从此处而来，同时，"井络天开，剑岭云横西夏"类似这样的场景，也颇有一点豪放词的意思。

柳永词中的使用典故，也可以视为东坡词的先声，如《竹马子》："对雌霓挂雨，雄风拂槛，微收烦暑。渐觉一叶惊秋，残蝉噪晚，素商时序。"苏轼《黄州快哉亭，赠张偓佺》："堪笑兰台公子，未解庄生天籁，刚道有雌雄。"词中用典，正从柳词中来。

5. 柳永词的宫廷题材词，也是值得注意的一个特质。柳永由于其仕宦人生极为不得志，故多有希冀通过写词来上达天听的想法，故其宫廷题材词作不少。只不过，柳永的宫廷词，不同于早期宫廷贵族之应制，也不同于宋初士

[①] 参见刘天文：《柳永年谱及系年词考笺》，巴蜀书社，2005年出版，第17页。
[②] 参见薛瑞生选注《柳永词选》，中华书局，2005，第148页。
[③] 同上，第141页。

大夫应制,与后来周邦彦时代的大晟乐府应制更不相同。柳永宫廷词,为其特殊身份、特殊人生经历的应制。如柳永的《倾杯乐》为颂圣词:

> 禁漏花深,绣工日永,蕙风布暖。变韶景、都门十二,元宵三五,银蟾光满。连云复道凌飞观。耸皇居丽,嘉气瑞烟葱蒨。翠华宵幸,是处层城阆苑。龙凤烛、交光星汉。对咫尺鳌山开羽扇。会乐府两籍神仙,梨园四部弦管。向晓色、都人未散。盈万井、山呼鳌抃。愿岁岁,天仗里、常瞻凤辇。

再如写汴京风情的《破阵乐》:

> 露花倒影,烟芜蘸碧,灵沼波暖。金柳摇风树树,系彩舫龙舟遥岸。千步虹桥,参差雁齿,直趋水殿。绕金堤、曼衍鱼龙戏,簇娇春罗绮,喧天丝管。霁色荣光,望中似睹,蓬莱清浅。时见。凤辇宸游,鸾觞禊饮,临翠水、开镐宴。两两轻舠飞画楫,竞夺锦标霞烂。罄欢娱,歌鱼藻,徘徊宛转。别有盈盈游女,各委明珠,争收翠羽,相将归远。渐觉云海沉沉,洞天日晚。

"露花倒影"为柳词名句,被东坡评为"露花倒影柳屯田"。这些词作,显示了柳永欲取悦于朝廷的一个侧面,可以视为一种希望引发朝廷注意的宫廷题材词。《后山诗话》载:"柳三变游东都南、北二巷,作新乐府,骫骳从俗,天下咏之。遂传禁中。仁宗颇好其词,每对酒,必使侍从歌之再三。三变闻之,作宫词号《醉蓬莱》,因内官达后宫,且求其助。仁宗闻而觉之,自是不复歌其词矣。会改京官,乃以无行黜之。"[①]柳永宫廷词,虽然并不成功,但却对于后来的应制词,譬如北宋末期的大晟乐府,具有一定的启发意义。因此,可以看到,柳永词对于张先、东坡、少游、美成诸词,都有着直接的启迪和影响。

---

① [宋]陈师道:《后山诗话》,何文焕辑《历代诗话》,中华书局,第311页。

附录 1

曲词发生史研究述评

关于词体起源问题，现代以来以胡适的民间说提出时间最早，影响最大。胡适编纂《词选》，书后附录《词的起原》一文（1924年12月发表于《清华学报》第一卷第二期）。胡适关于词体起源问题，原本是为了中唐说，为了证明之，也为了他所主张的白话文学和民众创造的政治思想，胡适借用胡应麟"申其主观"对李白应制词的怀疑，将原本个人化的怀疑，演变成为将近一个世纪的否定："长短句的词起于中唐，至早不得过西历第八世纪的晚年。旧说相传，都以为李白是长短句的创始者，那是不可靠的传说。"[①] 该文主要谈论这样的几个观点："长短句的词起于中唐，至早不得过西历第八世纪的晚年"，"旧说相传，都认为李白是长短句的创始者。那是不可靠的传说"，"总观初唐、盛唐的乐府歌词，凡是可靠的材料，都是整齐的五言、七言，或六言的律绝。当时无所谓'诗'与'词'之分，凡诗都可歌，而'近体'（律诗、绝句）尤其都可歌。"[②] 其中有合理的成分，那就是当李白天宝初年创制曲词体制的时候，确实是在"都是整齐的五言、七言，或六言的律绝"的基础之上创制的，但说"凡诗都可歌"，却是没有依据的。当时正是由于缺少歌词，特别是缺少优秀的歌词，这才有了李白入宫为玄宗写作歌词的历史文化事件，才有了文人诗人的首次歌词写作。在否定了李白首先创造词之后，胡适接着否定了张志和这第二位文人写词者，认为还"只是一首变态的七言绝句"[③]。

关于词体起源民间说，胡适在这篇论文中，还仅仅是一个思想，是一个"疑心"："我疑心，依曲拍作长短句的歌词，这个风气是起于民间，起于乐工

---

① 胡适：《词选·词的起原》，中华书局2007年版，第339页。
② 胡适：《词选·词的起原》，中华书局2007年版，第340页。
③ 胡适：《词选·词的起原》，中华书局2007年版，第344页。

歌妓。"①证据却没有，仅仅是"疑心"而已，到了这本《词选》的序言中，胡适的民间说就已经成为了一个坚定的论断："词起源于民间，流传于娼女歌伶之口，后来才渐渐被文人学士采用，体裁渐渐加多，内容渐渐变丰富。"②至于根据，也没有实在的根据，仅仅是根据这个思想，提出"苏东坡以前，是教坊乐工与娼家妓女歌唱的词；东坡到稼轩、后村，是诗人的词；白石之后，直到宋末元初，是词匠的词。"③却不知，"教坊乐工的词"本是宫廷的文化，是宫廷乐工的词。所说"娼家妓女的词"，却又没有时间概念。又说："《花间集》五百首，全是为倡家歌者作的，这是无可疑的"④，说得非常决断，却不知古人早已经记载了花间集中的某些词人，是以为后蜀帝王作为写作为目的，其中一些词人因此而被称之为"五鬼"。⑤广而推之，胡适进一步推断出一个公式："文学史上有一个逃不了的公式，文学的新方式都是出于民间的。"⑥于是，民间创造一切新的文学体裁，文人学习，久之，遂扼杀之，也就成为了一个日益为大众接受的原理，说得人多了，似乎也就成为了一个真理。全然不管这始作俑者有无证据和合理的论断过程。胡适这一思想的产生及其接受，乃是风云际会，时代风气使然，帝国被打倒，民众成为国家的主人，历史自然是由民众，或说是民间创造的，学术话语在这个时代，又一次成为了政治功利的附庸。

胡云翼《宋词研究》脱稿于1925年5月，翌年三月，由北新书局首次印行。其中《词的起源》一节，将前人之说归纳为：长短句起源说、诗余起源说、乐府起源说、音乐起源说四种，认为其中只有音乐起源说最为合理："词的起源，只能这样说：唐玄宗的时代，外国乐（胡乐）传到中国来，与中国古代的残乐结合，成功一种新的音乐。最初是只用音乐来配合歌辞，因为乐辞难协，后来即倚声以制辞。这种歌辞是长短句的是协乐有韵律的——是词

---

① 胡适：《词选·词的起原》，中华书局2007年版，第348页。
② 胡适：《词选·序》，中华书局2007年版，第3页。
③ 胡适：《词选·序》，中华书局2007年版，第3-4页。
④ 胡适：《词选·序》，中华书局2007年版，第4页。
⑤ 吴任臣：《十国春秋·鹿虔扆传》记载："鹿虔扆，不知何地人。历官至检校太尉。与欧阳炯、韩琮、阎选、毛文锡等俱以工小词供奉后主（孟昶），时人忌之者号曰五鬼。"
⑥ 胡适：《词选·序》，中华书局2007年版，第6页。

的起源。"①这也许是比较早的由古人专注于由诗而为词（包括诗余说、乐府说等）的视角，转为由盛唐音乐的变化而引发词体的产生。但胡乐之传到中国，并非玄宗时代，而是更早的时代，即便是燕乐的盛行，也大致可以公元501年为标志，何以中间这二百余年不发生词的革命，而要到胡乐流行如此之久才会产生词？未能圆通。而况，玄宗所喜爱者，法曲也，法曲乃在中国之本土清商乐的音乐系统之中。

龙榆生《词体之演进》，亦复开始从音乐变革的角度来考察词体的起源发生过程："诗、乐本有相互关系；诗歌体制，往往与音乐之变革，互为推移。在古乐府中，亦有先有词而后配乐，或先有曲而后为之制词者。后者为填词之所讬始。"②指出了古乐府，特别是六朝乐府也有先有曲后为之词者，乃为后来填词之所讬始的源流脉络。又指出："开元、天宝，盖为新曲创作极盛时期。五代、宋初词所依之曲调，大抵此时已臻美备。"③正与笔者随后阐发之词体产生乃为盛唐音乐变革的结果相同，龙氏接着论说："惟曲调虽充分发达，而与乐曲伴奏之歌词，何以必待唐末、五代，乃见适合曲拍之长短句词体，昌盛流行？"④这是龙榆生所深思之问题。然若说盛唐音乐之本质，乃为大曲胡乐，则胡乐之大规模入中原，其鼎盛期当以元魏采用胡乐为标志，期间经历二百余年，何以必待二百余年之后才见词体之盛行？玄宗时代之音乐变革，其新曲本质乃为法曲，而非胡乐本身，或说是胡乐的中国化与本土清乐的整合。龙氏所说："胡夷之乐，相习既久，不期然而由接受以起消化作用，以渐进于创作时期。开元、天宝间，即促成胡乐之中国化。于是，大曲、杂曲，杂然并陈。"⑤王灼《碧鸡漫志》卷三记载："凡大曲，有散序、靸、排遍、攧、正攧、入破、虚催、实催、衮遍、歇指、杀衮，始成一曲，此谓大遍……后世就大曲制词者，类从俭省，而管弦家又不肯从首至尾吹弹"，等等，正说明就大曲制词者的状况，可以视为大曲的曲子化过程，以及大曲胡乐的中国化过程，因为，中国音乐要有中国的国情，而中国人的消费习惯，那就是更为

---

① 胡云翼：《宋词研究》，岳麓书社2010年版，第10页。
② 龙榆生：《词体之演进》，《龙榆生词学论文集》，上海古籍出版社2009年版，第2页。
③ 龙榆生：《词体之演进》，《龙榆生词学论文集》，上海古籍出版社2009年版，第19页。
④ 龙榆生：《词体之演进》，《龙榆生词学论文集》，上海古籍出版社2009年版，第19页。
⑤ 龙榆生：《词体之演进》，《龙榆生词学论文集》，上海古籍出版社2009年版，第20页。

欣赏短小的音乐，短小的诗歌，短小的艺术品的审美习惯，胡乐大曲在中国化的过程中，截长取短，取其一个小的段落，适合演唱的曲调，加以中国化，或者说，就当时音乐术语来说，就是清乐化的过程。如龙榆生所说："大曲便数既多，未易谙习，故裁截用之者有之，就本宫调制引、序、慢、近、令者有之。后世制词者，自乐于简易。"①"乐于简易"四字，正是中国古典式的审美习惯与创作习惯；又说："因旧曲造新声"②，龙榆生又针对隋炀帝王冑君臣所作《纪辽东》，评价说："综观一调四词，虽平仄尚未尽洽，而每首八句六叶韵，前后段各四句换韵，句法则七言与五言相间用之，四词无或乖舛者，欲不谓为倚声制词之祖可乎？而世人未暇详考，仅见词为长短句法，遂刺取《三百篇》中之断句，以为词体之所托始，又或谬附于南朝乐府，如沈约《六忆》、梁武帝《江南弄》之类，以词为乐府之余，并为皮傅之谈，未观其通者也。一种新兴体制之进展，必有所依傍，与一定之步骤，词体之发达，必待新兴乐曲大行之后"③，这里实际上已经建立起来一种法则，或说是阐发了一种文学史演变的规律，那就是不能以某种文学体制真正建立起来之前的偶然、偶合现象，视为这种文学体制已经成立的根据。以三百篇之长短不齐同时配乐的现象来说明词体起源于斯固然为谬，以南朝乐府及隋炀帝之既为具备长短不齐之体制，又具备平仄音律的基本样式，仍然不能视为真正意义上的词。盖因此时之乐曲，非词体盛行之后之乐曲，此时之音律，而非彼时之近体诗音律也。此意即为王灼《碧鸡漫志》所云"唐中叶渐有今体慢曲子"，亦为沈括所云："以词填入曲中，贞元、元和之间，为之者已多"，既然至贞元、元和之间，为之者已多，则笔者所论李白天宝二年、三年之际，李白创制词体为其始，正为吻合——先由少数天才诗人者的在宫廷之创造，渐次流布地方州府和民间，正是一个吻合的时间之窗。

龙氏关于词体起于民间还是起于宫廷文人之手的认识，是有着变化的，在《词体之演进》中，偏重于对李白写词的否定和对民间词的某种猜测："推

---

① 龙榆生：《词体之演进》，《龙榆生词学论文集》，上海古籍出版社2009年版，第21页。
② 龙榆生：《词体之演进》，《龙榆生词学论文集》，上海古籍出版社2009年版，第24页。
③ 龙榆生：《词体之演进》，《龙榆生词学论文集》，上海古籍出版社2009年版，第28—29页。

测词体之进展，不应只注意于诗人墨客，且须同时考核当时民间歌曲情形。"[1]又根据敦煌曲词，"窥见唐代初期作品之本来面目，知词体创制之伟绩，不在太白及刘、白之伦，而在不见史传之无名作者。"[2]至于具体情形，则猜测"或文士深通乐曲者之所为，以其人恒与乐工接近"，或者初期作品，就是乐工之所为："吾意此等初期作品，或竟出乐工之所为，或接近乐工者之所制"[3]，此等猜测，实际上已经接近门径，通往宫廷矣！盖因所谓乐工者，即为宫廷乐工也。

龙氏于20世纪30年代尚重申胡应麟、胡适之说，认李白词为不可能，但在50年代所编《唐五代词选注》中，已经有了变化，一方面，由于受到时代的影响，进一步承认民间词的创造："只有劳动人民和曾受压迫的知识分子，是最富于创造性的……从敦煌曲所保留的作品中，却可以看出有一部分可能出于开元间的无名作者之手"，[4]作为一代词学大家，当然知道仅凭"可能出自"是没有说服力的；而在评论李白的时候，已经改为接近肯定的说法："李白是喜欢乐府歌行的天才作家，经常自由地写出一些长短不齐的句子，这和新兴歌曲的新形式，是易于结合的。……现存宋人所编《尊前集》选有白作《连理枝》一首，《清平乐》五首，《菩萨蛮》三首，《清平调》三首，虽然未必全部可信，但从长短句歌词的发展形势来看，李白偶然兴到，搞一些新的玩意儿如《菩萨蛮》《忆秦娥》之类，似乎也没有什么必须否定的理由吧？"[5]相对比所谓可能出自开元时代劳动人民的敦煌之作，和"也没有什么必须否定的理由"的李白词作，两者之间的学术取舍，已经是清晰的了。若是李白之作是可以肯定的，而敦煌之作的产生时间和作者阶层至少目前是不能肯定的，则学术史当然应该取李白而舍民间之说。

王易于1926年教授于心远大学，撰《词曲史》一编用作教程，其内有溯源、具体二篇，从远源及近源两方面追溯词之由来。王易提出：语词之远源，则《三百篇》其星宿海也；以语夫近，南北朝隋唐乐府，殆龙门之凿乎。这

---

[1] 龙榆生：《词体之演进》，《龙榆生词学论文集》，上海古籍出版社2009年版，第35页。
[2] 龙榆生：《词体之演进》，《龙榆生词学论文集》，上海古籍出版社2009年版，第36页。
[3] 龙榆生：《词体之演进》，《龙榆生词学论文集》，上海古籍出版社2009年版，第36页。
[4] 龙榆生：《唐五代词选注·唐五代词导论》，上海古籍出版社2006年版，第6页。
[5] 龙榆生：《唐五代词选注·李白》，上海古籍出版社2006年版，第3页。

是从宏观的角度探讨词的渊源。而就其发生、发展的具体过程看，王氏则认为词体之所以构成，未必一时并出。大抵中唐以前，词调犹简，韵律犹宽，下逮晚唐益趋工巧。并指出，词体成立之顺序，凡有三例：初齐整而后错综，一也；初独韵而后转韵，二也；初单片而后双叠，三也。这是从微观角度所作判断。①

王易认为："唐代词体初立，凡为词者，皆兼为诗歌乐府，故所谓词家，皆诗人也。"②这又是一个很有意义的判断，词就其本质而言，乃是诗歌之一种，因此，就其本质而言，所谓词家，特别是词体初立之际，皆为诗人，这一逻辑关系，实际上已经指向了李白、张志和等早期文人词之创制者，虽然王易在具体的辨析上，否认李白词作为真。但王易综述徐炬《事物原始》云："词始于李太白，《菩萨蛮》等作，乃后世倚声填词之祖"，徐师曾《诗体明辨》云："自乐府散亡，唐李白始作《清平调》，《忆秦娥》，《菩萨蛮》诸词"等，"历来数词家者，鲜不推太白为首出矣"③，可知，关于词体起源的问题，原本是记载清楚的，并无混乱。二胡（胡应麟、胡适）以来，胡应麟申其主观，胡适为了证明民众白话之作用，词体发生的线索才混乱起来，是故王易之李白说，对于词体起源发生问题的正本清源，拨乱反正，亦有贡献焉。

郑振铎《插图本中国文学史》，用功十余年，于1932年由北平朴社出版。此著除以所引孤本秘笈之丰富为他人望尘莫及外，还尝试建立新的中国文学史框架。用作者自己的话来说，就是"发愿要写一部比较的足以表现出中国文学整个真实的面目与进展的历史"的"中国文学史"。④郑振铎认为："词是唐代可歌的新声的总称。这新声中，也有可以五七言诗体来歌唱的。但五七言的固定的句法，万难控御一切的新声。故崭新的长短句便不得不应运而生。"⑤这里面既有词的界说，又有词的发生过程。界说方面自然不够准确，因为，一方面，若从宽泛意义来说，一切可歌的新声，就要包括唐声诗，而唐

---

① 何晓敏：《二十世纪词源问题研究述略》，《词学》第二十辑，华东师范大学出版社2008年版，第96页。
② 王易：《中国词曲史》，团结出版社2006年版，第54页，第55页，第57页。
③ 王易：《中国词曲史》，团结出版社2006年版，第58页。
④ 何晓敏：《二十世纪词源问题研究述略》，《词学》第二十辑，华东师范大学出版社2008年版，第96页。
⑤ 郑振铎：《插图本中国文学史》，人民文学出版社1957年版，第416页。

声诗并非词，若从狭义的范畴来说，专指曲词的新声，则不仅仅是唐代可歌的新声是词，宋代，乃至以后的可歌的新声，或者不一定歌唱的案头按照词谱填写之作，也都是词。理解郑振铎的原意，乃是指词之初起时代的状态，意在与唐声诗之划清界限。就词乐来说，则主要是"里巷之音"和"胡夷之曲"，也就是主要是民歌和胡乐，殊不知，《旧唐书》所说歌者杂用的这两种音乐，也已经是朝廷采用之用于宫廷演唱，经过中国化、宫廷化之后的宫廷音乐。由此观念出发，郑振铎"可惜唐以前，那些胡曲的歌词皆已不传，或竟往往是有曲而无辞的"[①]，殊不知，胡乐大曲，原本就主要是有曲无词的舞曲或是行曲，中间偶有歌唱，也是用胡语演唱的，与国人所说的词是不搭界的。

胡适的词学观念，对当时及后来的词学界发生了广泛、深远的影响，其中"词体起源于民间问题，即成为1949年后，处于蜕变期的内地学界的一种颠扑不破的定律。几十年来词学界皆毫无保留地加以继承及发展，其影响直至今天。"[②]这里面是两个方面，一是通过敦煌词来陆续证明民间词的线索，另一方面，则是通过胡乐入华的史料，来证明胡乐乃为主要的词乐系统。从而整合为这样的词体发生概念：就音乐而言，乃是胡乐侵入和民歌乐曲结合的结果，就歌词而言，乃为民歌歌词和胡乐歌词双重整合的结果。这个论断，完全是由胡适的思想，加以时代民众至上的理论演绎出来的，并无实证与诗歌史规律内证的证明。

刘大杰的《中国文学发展史》，其"上卷成于1939年，下卷成于1943年"，分别于1941年和1949年出版，至1957年修订出版。刘大杰认为："在初期，词只是音乐的附庸，与乐府诗很相近似。不过古乐府多为徒歌，后由知音者作曲入乐，而词是以曲谱为主，是先有声而后有辞的。"[③]尝试区别词与乐府诗之间的异同，这是有贡献的。同时认为："填词的萌芽确起于齐梁间"，并引杨慎之说："填词必溯六朝者，亦探河穷源之意也。"依据当时整理得较为完备的《敦煌曲子词集》（王重民辑）一百六十余首，刘大杰认为敦煌词的产生时

---

① 郑振铎：《插图本中国文学史》，人民文学出版社1957年版，第417页。
② 何晓敏：《二十世纪词源问题研究述略》，《词学》第二十辑，华东师范大学出版社2008年版，第97页。
③ 刘大杰：《中国文学发展史》，上海古籍出版社1982年版，第526页。

间在盛唐后期到五代十国之间："敦煌曲词，代表一个很长的时期，大约产生在八世纪中期到十世纪中期这一个时代。"[1]

夏承焘20世纪30年代发表《令词出于酒令考》，提出令词起源于酒令，将词的起源引向了酒令文化与伎歌文化，王昆吾《唐代酒令艺术》等对此有进一步阐发。这些研究开拓了词体起源研究的视野，但景龙年间盛行的六言著辞歌舞，还仅仅是词体产生的雏形形态，不能作为词体产生的标志，而士大夫家宴酒令文化兴起于中唐，其地位是词在盛唐产生之后的重要链条，而不是词的起源本身。夏承焘先生并于50年代发表《唐宋词叙说》，曾有专门段落说及起源问题。夏承焘先生提出词的产生和流行，必在隋唐之际，60年代初期出版之《唐宋词欣赏》，其中"盛唐时代民间流行的曲子词"及"敦煌曲子词"二节，指出词最初是从民间来的，它的前身是民间小调，唐代民间词虽然作品都已经亡失了，但是还保存一篇"曲名表"（载崔令钦《教坊记》），认为这是民间词调的最早记录，而《敦煌曲子词》则是唐代民间词部分流传下来的证明。[2]夏承焘先生反对胡适之说，但主要是反对了胡适的词体起源中唐说，却将胡适的民间说推向前进，实际上是帮了胡适的忙，否则很简单，只要证明李白词为真，则民间词的产生已经在后。而夏先生所写作两作的时间，皆在20世纪50、60年代，期间的政治环境众所周知，将词归为民间创造，乃是必然。夏先生两大证据，皆不能成立：《教坊记》本是崔令钦记载盛唐宫廷音乐消费之曲调，怎么就成为民间曲调的证明了呢？敦煌曲词何时所作，何人所作，皆不能定论，如何就能成为是词体起源民间的证明呢？

夏承焘先生之后，是唐圭璋先生之论。唐圭璋先生与潘君昭合撰《论词的起源》一文，认为梁武帝江南弄，所配乐曲吴声西曲，本属清乐，乃古曲，而非新声，所以不能得出词起源于梁的结论。同时，又对燕乐重新阐发："'燕乐'是以隋、唐时中原一带民间音乐为主，又融合了前代的清乐、少数民族音乐和外来的音乐。"[3]该文在梳理文人词的起源问题时候指出："李白在

---

[1] 何晓敏：《二十世纪词源问题研究述略》，《词学》第二十辑，华东师范大学出版社2008年版，第99页。

[2] 何晓敏：《二十世纪词源问题研究述略》，《词学》第二十辑，华东师范大学出版社2008年版，第100页—101页。

[3] 唐圭璋、潘君昭：《论词的起源》，《词学研究论文集》，上海古籍出版社1982年版，第17页。

开元、天宝时依调作词完全有可能","我们亦可不必再怀疑它是伪作"。[①]这是一个非常清晰的判断,李白作词时间明确,按理来说,若是没有其他明确的记载,应该承认李白词为"百代词曲之祖"的传统说法。但由于时代的缘故,意识形态严重地影响,或说是制约着学者的判断,如同该文开篇所说:"研究词的起源,首先应该学习毛主席的指示:'人民……'",由此看来,词"必然是起源于劳动人民"[②]。对于词坛老前辈,笔者诚然不忍心引述。这不是前辈学者自身的问题,而是一个时代的阴影笼盖,没有哪个学者能够逃脱出来,但又不能不引用,因为,这是一代代学者先天接受民间说的一个历史背景。值得注意的,是唐先生此文,一方面强调民间,另一方面已经以是否为燕乐,即胡乐配乐来作为是否是词的一个标准。这是对词的另外一种误读深化的反映。

阴法鲁先生《关于词的起源问题》,对词乐主要是燕乐胡乐的说法,则提出了近乎相反的意见:"如果以燕乐代表隋唐时代传入中原地区的西域音乐,那么,认为词主要是用来配合这种燕乐的歌词,也是不妥当的",并开始关注到法曲的地位和作用:"唐代的法曲是清商乐、民间音乐和法乐(宗教音乐)相结合的产物。"[③]词乐并非以胡乐为主体,则必然是以华夏本土音乐为主,该文明确提出:"词最初是唐代音乐的产物。它主要是配合中原乐曲的,也有一部分是配合西域和其他地区的乐曲的。"[④]对于词调,也给予解释说:"凡是配过或填过歌词的乐曲,都应当称为'词调',但一般所说的词调或'词牌',却是指唐、宋时代经常用以填词的大致固定的一部分乐曲,约计八百七十多个(包括少数金、元词调)……唐宋词调中大约有八十个出于唐代的教坊曲。其中可以称为西域乐曲或具有西域情调者,有《苏幕遮》《婆罗门引》《柘枝引》《伊州令》《赞普子》(赞浦子)、《沙塞子》《西河》《甘州令》《梁州令》(凉州)、《酒泉子》等,约占十分之一强,充其量也不过占十分之二……因此不能说,

---

① 唐圭璋、潘君昭:《论词的起源》,《词学研究论文集》,上海古籍出版社1982年版,第23页。
② 唐圭璋、潘君昭:《论词的起源》,《词学研究论文集》,上海古籍出版社1982年版,第15页。
③ 阴法鲁:《关于词的起源问题》,《词学研究论文集》,上海古籍出版社1982年版,第2页,第5页。
④ 阴法鲁:《关于词的起源问题》,《词学研究论文集》,上海古籍出版社1982年版,第6页。

词所配合的音乐主要是西域音乐。"①阴法鲁先生的这一说法，无疑是有说服力的。

胡乐繁音促节，并不适合词体要眇宜修、含蓄蕴藉的风格，恰恰相反，曲词更为适合吴声西曲的江南风格。即便是这些以西域或是胡地、胡音为词调名的，也未必就是胡乐本身，而是经过民族化、本土化的音乐改造之后所形成的词调。阴法鲁先生曾经例举李煜《菩萨蛮》改名《子夜歌》："也有词调采用清商乐曲名而实无关系者，如李煜《菩萨蛮》词改名《子夜歌》。大概是由于词中有这样的句子：'花明月暗笼轻雾，今宵好向郎边去。'《菩萨蛮》是外国传来的乐曲，和南朝的吴歌不会有瓜葛。"②但究竟是根据词意而改动调名，还是借用已经格律化的词来采用江南的《子夜歌》来歌唱，或者，原本的《菩萨蛮》在玄宗时代，就已经中国化了，结合的是《子夜歌》的曲调旋律来歌唱，这些都是可以研究的。

除了上述所梳理之外，还有一些学者及专著值得关注：首先是刘尧民的《词与音乐》，系作者于20世纪40年代在云南大学文史系任教时所写作，原打算写作一部《词史》，写成第一章《词之起源》，就已有十余万言，遂题为《词与音乐》，收入云南大学《文史丛书》，于1946年铅印出版，并最终于1982年由云南人民出版社正式出版。此书首章题为《诗歌之进化与词之产生》，将词的产生融入到诗歌的进化过程，这是一个不小的进步，有重回古人之说的意思。引王昶《国朝词综序》："李太白、张志和始为词以续乐府之后，不知者谓诗之变，而其实诗之正也"，正变关系暂且不论，"李太白、张志和始为词以续乐府之后"，这是一个非常精准的论断。是故作者依次分析古诗与音乐的冲突，近体诗与音乐的接近，引《苕溪渔隐丛话》："唐初歌词多是五七言诗，后渐变成长短句"，由此证明"唐代入乐的歌词完全是近体诗，别的杂体诗是很少用的"。③引俞仲茅《爰园词话》："六朝至唐，乐府不胜诘曲而近体出，五代至宋，诗又不胜方板而诗余出"，认为"以诗歌的进化完全由于音乐的淘汰选择，这种见地极高"。④其实，诗歌的进化不能说是"完全"由音乐的因

---

① 阴法鲁：《关于词的起源问题》，《词学研究论文集》，上海古籍出版社1982年版，第6—7页。
② 阴法鲁：《关于词的起源问题》，《词学研究论文集》，上海古籍出版社1982年版，第10页。
③ 刘尧民：《词与音乐》，云南人民出版社1982年版，第29页。
④ 刘尧民：《词与音乐》，云南人民出版社1982年版，第40—41页。

素来决定,"乐府不胜诘曲而近体出","诗又不胜方板而诗余出",其中都是既有音乐的因素,也有诗歌自身演变的因素。

刘尧民随后总结:"绝句变成词的经过,应当有三种方式:一是由声多于词的绝句变成词;二是由声少于词的绝句变成词;三是由声词相当的绝句变成词"。其中第三种形式,就本质而言,实际上是体现了唐声诗的延续性,它们或者是由声诗而来的词,或始终是声诗,是词化的声诗。如《小秦王》《瑞鹧鸪》《木兰花》《玉楼春》《阳关曲》《生查子》《醉公子》《八拍蛮》《竹枝词》《三台令》等。刘尧民最后结论说:"可知长短句之产生,是因为乐曲的拍数有多少,拍式有长短的缘故。譬如《桂殿秋》的头一句不能不变七言一句为三言两句,是因为这调曲子分作两拍,每一拍包含三个音数。《杨柳枝》所以每句下多有三个字,是因为这调曲子的每七言句下多加一拍,每一拍包含三个声音的缘故。以此类推,绝句之所以成为长短句,是因为音乐的拍子有长短的缘故。"①总体来看,刘尧民对于词体产生的原因,更多地是从乐曲的拍数、拍式的长短等曲子的技术层面的因素来考虑。这个推断大胆而又具体,他以李后主《虞美人》为例,将长短不齐的《虞美人》按照整齐的七言律诗的形式来排列,左面附上平起仄收的平仄关系对照,竟然基本吻合,只不过在歌唱的时候,由于曲调节拍的关系,整齐的句式被改变为七五七九的句式,是乐曲的节拍将其截长补短了。这无疑是很有意思的推论,将朱熹之说具体化了,技术化了。

当然,刘尧民所论,也自有其局限之处。在刘尧民的时代,燕乐乃为词乐的音乐观念已经形成,因此,刘尧民会得出这样的判断:"词是成功在燕乐的系统中,当梁武、隋炀时还是在清乐系统和燕乐的初期时代中,音乐系统既不合……",②言外之意,梁武帝、隋炀帝时代的歌诗之所以还未能具备产生词的条件,主要在于歌诗的音乐尚在"清乐系统和燕乐的初期",殊不知,刘氏所说的到了"贞元、元和以后,音乐的条件成熟"的时代,燕乐大曲早就从玄宗时代就退居其次,清乐法曲的新兴声乐曲子才成为最新流行的音乐消费形式。

---

① 刘尧民:《词与音乐》,云南人民出版社1982年版,第89—90页。
② 刘尧民:《词与音乐》,云南人民出版社1982年版,第98页。

正由于这种燕乐观念的原因，刘尧民专门开设《燕乐与词》一章，将燕乐作为词体形成的的词乐来加以专门研究。其要点如下。

1. 燕乐为胡乐："只要有胡乐的分子掺杂着的总是燕乐。"引《唐书·礼乐志》："唐高祖受禅后，军国多务，未遑改创乐府，仍用隋氏旧文。至武德九年，始命太常少卿祖孝孙以梁陈旧乐，杂用吴楚之音。周齐旧乐，多涉胡戎之伎，于是，斟酌南北，考以古音，而作大唐雅乐。"刘氏所引这段资料，说隋代音乐，主要为北方胡乐，唐初承接隋代胡乐而来，一直到武德九年，才"斟酌南北，考以古音"，也就是说，才将南朝音乐，连同古代古音吸收进来。这充分说明，南北音乐，胡乐（燕乐）和清乐，是不同的音乐系统，而隋代唐初，一直是以北方胡乐作为主体的，词体之所以不能在隋代、唐初产生，一方面固然是等待近体诗的成熟，另一方面，也正是因为这种胡乐、燕乐之不适合产生要眇宜修的词来。

2. 法曲为燕乐的精华。唐玄宗时代盛行法曲，而法曲正是促成中国音乐由胡乐转型为本土音乐的关键之一，为了说明词体产生于燕乐，刘氏将与燕乐对立的法曲归结为燕乐的精华：本来法曲是和中国音乐有关系的音乐，应当与燕乐对立。凌廷堪《燕乐考原》说："盖天宝之法曲即清乐，南曲也，胡部即燕乐，北曲也。"因此，刘氏解释说："因为法曲又不纯粹是中国的音乐，它的乐器既掺用着胡乐，而后来又与胡部合奏，和'合胡部者为燕乐'的原则相合，仍然是广义的燕乐系统内的东西，就名为燕乐的精华也不为过。"[1]法曲代表的新兴清乐曲子，吸收胡乐合于中国传统的胡乐，包括胡乐体系的一些乐器，胡乐的节奏等，这完全是站在中国本土音乐的立场上对胡乐的吸收。譬如就像是汉语吸收一些外来语，仍然是汉语，中国文化吸收一些外来文化仍然是中国文化。怎么本土音乐系统的清乐，就成为燕乐的一部分了呢？天宝十三载，始诏与胡乐合奏，正说明此前是泾渭分明的，即便是合奏，清乐仍是清乐，只不过有胡乐的器乐、乐工加入，怎能一合奏，南方清乐就成为西域胡乐了呢？

刘尧民《词与音乐》对燕乐、胡乐、清乐的解释，成为了近半个多世纪

---

[1] 刘尧民：《词与音乐》，云南人民出版社1982年版，第233页。

以来，对于词乐解释的权威诠释，由此引导着对词体音乐发生过程的误读。词源燕乐，遂为继古人"词源于诗"之后的主流说法，对燕乐的理解，进一步演化为主要是源于胡乐，如胡云翼《宋词研究》、袁行霈等的《中国文学史》等多种文学史均为此说，认为词体乃是隋唐燕乐流行的结果，由于九部乐、十部乐的主要构成是胡乐（其中有八部为胡乐），因此，使研究者将目光锁定在：燕乐主要是一种胡乐，胡乐入华是词乐发生的主要原因，因此，这样的论述，成为继诗词同源说之后的主流说法。

以燕乐兴起来诠释词体的起源，似乎成为词与音乐关系的定论，其实问题颇多：燕乐本身的界说是含混的，燕乐不仅有狭义、广义之说，而且还有多层含义的不确定性。狭义而言，指初唐张文收创作的大曲《燕乐》；广义而言，指隋、唐、宋宫廷俗乐的总称："隋、燕乐和宋燕乐，均为广义的'燕乐'，是宫廷中所用俗乐的总称"；①更进一步的广义而言，"周代的'燕乐'用于讌享宾客，亦称房中乐……先秦燕乐的含义，略同东汉以后的食举乐。后世的'燕乐'概念兼表宴饮、游乐及一般欣赏活动，概括了宫廷中使用俗乐的一切用途。实为一种泛称。"②以上多种含义的燕乐，从历史时间段来说，分别有先秦时代的房中乐、东汉之后的食举乐，初唐时期张文收创作的《燕乐》大曲，隋代初唐时期胡乐为主体的九部乐、十部乐的总称，因此，又称盛唐至宋代的宫廷俗乐皆为燕乐。燕乐、讌乐、宴乐三者又是一个概念的不同写法。燕乐概念本身的含混，是词体产生音乐因素混乱不清的原因之一，更为重要的，是真正影响词体发生的词乐，其主体的构成并非燕乐，而是主要来自六朝的清乐，我们可以称为新清乐。新的清乐以法曲的形式，容纳吸收燕乐的因素，构成了与词体发生具有直接关系的曲子。

词源燕乐，与胡适以来的词源民间，两说混二为一，成为近几十年以来的主流说法，并进一步改造燕乐这一宫廷音乐而为民间音乐。如有学者说："词的产生主要是因为唐代民间诗人创造了新的乐章，附带也因为有外族音乐

---

① 中国艺术研究院音乐研究所编：《中国音乐词典》"燕乐"条，人民音乐出版社1984年版，第447页。
② 中国艺术研究院音乐研究所编：《中国音乐词典》"燕乐"条，人民音乐出版社1984年版，第447页。

的输入";①"词的来历,颇为多端,但最为重要者则为'里巷之音'和'胡夷之曲'";②任半塘为代表,则认为敦煌曲子辞的某些作品,特别是认为《云谣集杂曲子》的产生时间可能比较早,从而形成词源民间说。

这两种说法都有问题:关于词体来源于民间音乐的问题,"里巷之音"和"胡夷之曲"影响了词的产生的这种说法,是一种断章取义的引用,这种说法的来源,主要来自《旧唐书·音乐志》:"又自开元以来,歌者杂用胡夷里巷之曲……工人多不能通,相传谓为法曲"。③原文是"歌者杂用",所谓"杂用",势必是在"里巷之音"和"胡夷之曲"之外另有音乐存在。开元之后新兴的音乐变革毫无疑问是"法曲";玄宗在开元二年,就设置了梨园法部,同时设置内教坊,都是为教习法曲而设立的,就是这同一出处的《旧唐书》,也分明写着:"工人多不能通,相传谓为法曲"。可知,引用者将音乐史料中的"歌者杂用胡夷里巷之曲"中的"杂用",改为了主流音乐。任先生在《敦煌歌辞总编》所说"带浓厚之历史性"的词作,或是有宫廷背景的乐工之作,或是藩将祝寿之词,正是早期宫廷词的基本形态之一,不能视为所谓"民间文艺",宫廷乐工之作不能视为民间词。宫廷词是以宫廷为中心所发生的词。同时,任先生在《敦煌歌辞总编》中所论及的曲子辞,还没有哪首被学术界定论为确系民间之作,而早于李白天宝初期所作的《清平乐》词。

这些说法,也影响了国外学者的认识,其中以西方、日本为主,如1927年胡适《词的起原》提出词兴起于中唐,是绝句衍变的产物,随后日本铃木虎雄、青木正儿等也持此说,美国学者陈士铨(译音)发表《词之初起再探》,强调词的起源是隋唐胡乐传入的结果,1984年,美国学者瓦格纳的《莲舟:词在唐代民间文化中的起源》,其论点显然也受到国内民间说的影响。

对上述误读批判最力者,如香港饶宗颐的《敦煌曲》,摆脱传统的词源燕乐说的窠臼,将目光凝聚于玄宗时代的法曲、道调、散乐。认为法曲来自江南:"法曲为继承六朝以来流行音乐而集其大成者",④因此,与词体直接发

---

① 陆侃如、冯沅君:《中国诗史》(下),人民文学出版社1956年版,第529页。
② 郑振铎:《插图本中国文学史》,人民文学出版社1957年版,第416页。
③ [后晋]刘昫等:《旧唐书·音乐志》,中华书局1982年版,第1089页。
④ 饶宗颐:《敦煌曲续论》,新文丰出版公司1996年版,第7页。

生关系的曲子，对梁陈江南旧曲具有直接的继承关系。这里，"流行音乐"说法虽然不一定准确，但是，将法曲与声乐曲子联系在一起，还是很有贡献的。丘琼荪的《燕乐探微》提出法曲的本质是清乐，胡乐的盛行主要在隋代初唐。

　　国内学者则以洛地的批判最为系统彻底。洛地先是发表系列论文，如《"词"之为"词"在其律——关于律词起源的探讨》《"律词"之唱，"歌永言"的演化——将"词"视为"隋唐燕乐"的"音乐文学"是20世纪词学研究中的一个根本性大失误》等文，提出"律词"概念，认为律词作为文人词，与民间词相对，认为律词之律并不是指音乐，由此考察词体起源，将词主要指向文人词，指向近体诗的诗律对词体起源所产生的影响，这无疑是有积极意义的。但以笔者所见，在词体起源、发生的这个历史阶段，词与音乐的关系更为密切，我们称之为词乐。律词的出现，是词体发生之后才介入到词体之中的，具体而言，是经过中唐白居易、刘禹锡到晚唐五代才渐次进行律化定型的。换言之，词的起源，与词乐有着千丝万缕的关系，只不过是何种音乐才是真正影响词体发生的词乐，这是需要深入探讨的问题。但其中有些具体的讨论，颇具贡献。

　　洛地对王昆吾"词是隋唐燕乐的产物"的界说，提出质疑，甚至对王昆吾用作书名的"隋唐五代燕乐"的说法，也提出根本性的质疑：这一提法，"在音乐界是极少使用的。真要说音乐，隋燕乐是隋燕乐，唐燕乐是唐燕乐，二者相去甚远，并没有'隋唐燕乐'这样一类音乐。即使是唐燕乐，唐高祖、高宗时与明皇时，明皇时与安史之乱后的燕乐，并不完全是一回事。主要因为在宫廷音乐机构体制上即所谓'乐制'上，'九部——十部——二部'，隋唐间仿佛有所承袭，故而个别人连称'隋唐燕乐'是有的。至于'五代燕乐'，当时'五代、十国'，分裂割据，岂有统一之燕乐？"[①]这一质疑，无疑是极有价值的。但洛地之论也有其自身的问题，王昆吾之论的问题，在于将整个"隋唐五代燕乐"并为一谈，没有看到其中的质变；而洛地先生则走向了另外的一个极端，就是将这种变化过分强调了，譬如隋代、初唐之际，七部乐——九部乐——十部乐，虽然代有增加，却是量的变化，并无质的区别，称之为

[①] 洛地：《词体构成》，中华书局2009年版，第216—217页。

"隋代初唐燕乐",并无不妥;而到了盛唐两部乐,却是一种根本性的变革,也正是这种变革,带来了词乐的兴起和词体的创制;至于五代时期,不能统称之"五代燕乐",这是正确的,但比起初唐、盛唐之间的变革,五代之异的区别,其意义就要小得多,因为,词体的发生,到了五代的时候,已经基本完成。

总体来看,洛地先生有关词体发生的研究,颇具颠覆性,对此前过于神话词与音乐关系,特别是对词体产生于燕乐、产生于民间等胡适以来形成的观点,具有极大的冲击力,功不可没。洛地之说,影响很大,谢桃坊先生由此提出"新燕乐",以此来尝试解决燕乐说的诸多弊端。先是发表《宋人词体起源说检讨》,对于词体起源问题,引述南宋初年鲖阳居士《复雅歌词·序》:"五胡之乱,北方分裂,元魏、高齐、宇文氏之周,咸以戎狄强种,雄踞中夏。故其讴谣,涽糅华夷,焦杀急促,鄙俚俗下,无复节奏,而古乐府之声律不传。周武帝时龟兹琵琶乐工苏祗婆者,始言七均;牛洪、郑译因而演之,八十四调始见萌芽。唐张文收,祖孝孙讨论郊庙之乐,其数于是乎大备。迄于开元天宝间,君臣相为淫乐,而明皇尤为溺于夷音,天下熏然成俗。于是才士始依乐工拍但之声,被之以辞句。句之长短,各随曲度,而愈失古之声依永之理也。"(《古今合璧事类备要》外集卷十一)据此,谢先生认为:"从宋人的论述中可见:新燕乐是外来'胡乐'或'夷声',它始于隋代,唐开元后盛行于世,为世俗所喜好,于是相应地产生了长短句的新体歌词。"同时认为:"新燕乐与新体歌词之间的关系是不同于古代音乐与诗歌关系的",如同王安石所说:"古之歌者皆先有词,后有声""如今先撰腔子后填词,却是永依声也"[①],又引王灼:"乐府中有歌、有谣、有吟、有引、有行、有曲。今人于古乐府,特指为诗之流;而以词就音,始名乐府,非古也。"认为:"词体的出现,确立了以音乐为准度,因而可以按谱填词,倚声制词;这在中国音乐文学史上是一个新的发展阶段。"这也就如同刘尧民所说:"因为要'以诗从乐',诗歌才会有音乐的准度,才会变成长短句,成为词。"[②]

谢先生提出了"新燕乐"的概念,但却将这一概念,定位于"隋唐新燕

---

① 赵令畤:《侯鲭录》卷七,中华书局2002年版,第184页。
② 谢桃坊:《宋人词体起源说检讨》,《文学评论》,1999,第5期,第108—109页。

乐"。这一点，笔者前文已经略加辨析，隋代初唐之以胡乐为主体的音乐消费，可以视之为一种燕乐，而玄宗之后"小部音声"的法曲音乐，已经是另外一种音乐消费形式。对于词体发生的标志，谢先生总结宋人之说："宋人将词体起源时间的上限定在盛唐，下限定在唐末，其兴起的内部原因是文人的'倚声制词'，'句之长短，各随曲度'，即依据乐曲的节奏旋律而填写长短句的歌词"，[①]这是正确的，本书稿所论词体发生史，其时间上下限，正与宋人基本吻合。但另一方面，谢先生却以敦煌曲子辞的两首《献忠心》为标志，提出："这两首敦煌曲子词产生于盛唐，它应是词体起源的标志"，[②]但这一标志，其产生的时间以及作者的身份属性都不能真正确认，远不能与李白的宫廷应制词作为词体的发生标志相提并论。

此外，刘崇德先生的《燕乐新说》，其中专门有一个小节来探讨词体发生之与音乐的关系。刘先生说："词体并非直接产生于燕乐"，[③]作为一部专门研究"燕乐"的专著，在论证词体产生和燕乐关系的时候，开宗明义，明确指出，"词体并非直接产生于燕乐"，非对燕乐及词体发生问题有着深入的研究和深刻之体验，断难下此振聋发聩之断语。刘先生之所以敢于下此断语，有着其独到而精深的学术见解：

> 词体并非直接产生于燕乐，也就是说，词体并非是为燕乐乐曲配辞的文体。初唐之燕乐，其主体是以胡乐新声为代表的乐舞曲，曲型为器乐曲组曲，大体分为大曲、中曲（次曲）、小曲。而其乐舞亦以宫廷礼仪、歌功颂德之政教内容为主。当时有些文人所作应制之歌词，皆为唐初流行之五、七言体诗，既不趁乐曲之拍，亦不按乐曲之调。其中大部分是作为乐舞中间朗诵之词（见日本唐乐古谱《仁智要录》所载《甘州》咏词、《轮台》咏词、《采桑老》咏词，及《三五要录》在《长命女儿》《安公子》解题所云："咏词未传。"）个别可以被之管弦，引之歌喉者，亦为乐工依据曲

[①] 谢桃坊：《宋人词体起源说检讨》，《文学评论》，1999，第5期，第113页。
[②] 谢桃坊：《宋人词体起源说检讨》，《文学评论》，1999，第5期，第113页。
[③] 刘崇德：《燕乐新说》，黄山书社2003年版，第221页。

调重新配制,并非对乐曲"一字一拍(句)不敢辄增损"之曲子,故任二北先生将此类声乐别于曲子,而曰之"唐声诗"。唐玄宗开元二年(714)以服务于宫廷娱乐并且以演奏清商部"九代遗声"与法部新曲为主的教坊成立,同时也给了燕乐乐舞由宫廷走向民间和燕乐的汉化架起一道桥梁。在燕乐乐舞由宫廷走向民间及进一步汉化的过程中,一种短小灵活的乐舞曲,有些一开始就是歌舞曲,即"曲子"出现。曲子脱离了燕乐乐曲组曲的形式,并且将乐段的反复精减到两遍(个别有三遍、四遍)。每段的乐拍(乐句)规范为四拍到八拍(个别有多达十一、二拍者)。这也就为配制声辞统一的歌词创造了条件,于是在这种新型的歌舞形式基础上,便产生了曲子词这一声乐形式,由于起初歌词仍为乐曲的附属,故曲子词亦犹被称作曲子。歌词一体渐兴,或称之曲子词,或更强调其歌词之体,迳谓之"词"。[①]

刘崇德先生的这一论断,应该说是具有相当的创意。它的创意主要体现在对词体最初产生的过程,给予了比较大胆的描述:词乐不是燕乐本身,而是宫廷燕乐的消费形式流变到"以演奏清商部'九代遗声'与法部新曲为主的教坊成立",在这个历史时期,曲子出现,曲子的特点是:"一种短小灵活的乐舞曲,有些一开始就是歌舞曲",它"脱离了燕乐乐曲组曲的形式,并且将乐段的反复精减到两遍",这也就为配制声辞统一的的歌词创造了条件。其中有几个环节值得关注。

1. 开元二年(714),教坊成立,教坊是宫廷音乐建制,服务于宫廷娱乐,或说是帝王娱乐,教坊是脱离开燕乐大曲,或说是由此前流行燕乐大曲而走向新兴曲子的机构性保障,曲子,或说是曲词诞生于宫廷而非民间。

2. 教坊所演奏的音乐,并非燕乐(其中一部分不重要的乐工演奏雅乐,为立部伎),而是"以演奏清商部'九代遗声'与法部新曲为主",这里的关键词是"法曲",法曲是由燕乐而向曲子转型的中间环节,是曲子诞生的不可或缺的摇篮,或说是母体。法曲是"九代遗声"的华夏本土音乐,特别是江

[①] 刘崇德:《燕乐新说》,黄山书社2003年版,第221—222页。

南音乐。

3. 曲子。曲子的本质属性：首先是短小灵活，有学者说，曲子就是燕乐中大曲、小曲的曲子，这是错误的，燕乐系统中不能产生曲子，更不能产生曲词，这是笔者反复申明的。燕乐系统中的大曲、小曲，都是燕乐，都是胡乐为主体，行曲、舞曲为主体，都是繁音促节，都不能真正吻合华夏民族的音乐审美习惯，更不能吻合于文言为主体、含蓄蕴藉为主体风格的曲词的审美需要。曲子，是由教坊演奏新兴清乐的声乐歌舞表演形式，不同于燕乐大曲、小曲。

曲子的第二个属性，是歌舞表演，其中早期皆为宫廷表演，因此，曲词先天具有柔媚的女性特征，具有女性代言体的表演特征；曲子，与燕乐体系之间，同时也发生着联系，一些曲调、词调来源于胡乐、胡地，来源于燕乐大曲中的"遍"，但这种联系，显示了燕乐大曲的汉化过程，也显示了新生曲子对于自北齐、隋代以来流行的燕乐的汲取过程。

刘崇德先生同时也指出："词本指曲子词，其乐本曲子。曲子乃由唐开元天宝间教坊乐舞由宫掖向民间演化而来。其乐以九代遗乐，即六朝以来传统乐舞与胡乐新声，即汉化之胡乐为主。故词乐乃隋唐燕乐之流亚，其律以燕乐之二十八宫调：其节奏以燕乐之均拍：其词调则大多取自燕乐乐舞曲。亦可谓之燕乐乐舞曲之声乐化。而词乐一变为曲乐，而其又不断地在以套曲、联套，以节为拍的不断发展变化提高自己的表现力。……唐宋之燕乐则已名实俱亡。"[①] 在这段论述中，论者指出："曲子乃由唐开元天宝间教坊乐舞由宫廷向民间演化而来"，分明说明，曲子的发生时间，乃在开元天宝间，发生内容、地点，或说是过程，乃是"教坊乐舞由宫廷向民间演化而来"，但说"词调则大多取自燕乐乐舞曲"，则与前文所引阴法鲁先生统计的数字殊为不合，也与论者自己所作的统计"词乐之曲调，十之八九出于教坊乐部"[②] 的结论不相吻合。教坊，论者前文已经申明，教坊所演奏的音乐，并非燕乐，而是"以演奏清商部'九代遗声'与法部新曲为主"，将词乐定性为"燕乐乐舞舞曲之声乐化"，其"声乐化"三字固然醒目，但却仍旧依附于"燕乐乐舞舞曲"上，

---

① 刘崇德：《燕乐新说》，黄山书社2003年版，第220页。
② 刘崇德：《燕乐新说》，黄山书社2003年版，第217页。

与后来论述的"曲子脱离了燕乐乐曲组曲的形式"的论述未能得到统一。但无论如何，刘崇德先生的研究，具有突破性的意义，只是囿于燕乐之成说定见，而未能实现名实统一的突破而已，其内核却是非常合理的。

总结：以上有关词体起源发生的认识，自胡适提出"民间说"以来的百年走向，试与古人的看法作粗略比较，可以看出，今人之所谓民间说，燕乐说，皆为古人所无。古人的主流认识，乃认为诗词同源，词源于诗，古人多持此见，因此，词也就被称之为"诗余"，如清宋翔凤《乐府余论》："谓之诗余者，以词起于唐人绝句。"[①] 至于词到底是从哪个时代的诗中演化而来的，则是各有见解。其中主要的说法有：词源于诗三百，源于六朝乐府，源于唐人绝句等。源于诗三百，可以不论，源于乐府说和源于唐代近体诗说，最为有力，如刘大杰《中国文学发展史》所概括："以词出于乐府与由于唐代的近体诗变化而来的两说最为有力。"[②] 如王国维《戏曲考源》说："诗余之兴，齐、梁小乐府先之"；如朱熹《朱子语类》卷一四〇，认为今曲子是从古乐府而来："古乐府只是诗，中间却添许多泛声，后来人怕失去了那些声，逐一声添个实字，遂成长短句，今曲子便是。"[③]《四库全书总目·词曲类》："三百篇变而古诗，古诗变而近体，近体变而词，词变而曲，层累而降，莫知其然。究厥渊源，实亦乐府之余音、风人之末派。其于文苑，同属附庸，亦未可全斥为俳优也。"[④] 此论提出词体是诗三百、近体诗、词、曲的流变系统，是将词体视为诗体之一种来看待的，究其具体的产生原因，认为是"层累而降，莫知其然"，是诗体演进的必然结果，但具体发生的过程，则是不能探究出结果的。

古人将曲词视为诗之一种，词的产生，主要是乐府诗和近体诗演化的结果，曲词的发生，主要是宫廷文化演变的结果，后者的认识，要参见新旧唐书、《通典》等史料，古人几乎没有民间说的说法，反而多有对"伶工之词"说法的偏爱，即前文所引"亦未可全斥为俳优也"的俳优。如此说来，似乎笔者的学术观念是退化论，其实不然，胡适以来现当代的学术史，似乎游离

[①] 唐圭璋编：《词话丛编》第三册，中华书局1986年版，第2500页。
[②] 刘大杰：《中国文学发展史》，上海古籍出版社1997年版，第527页。
[③] 黎靖德编、王星贤点校《朱子语类》，中华书局1986年版，第3333页。
[④] 刘永济：《词论》，中华书局2007年版，第84页。

了正确的轨道，但却吻合于事物发展否定之否定的规律，经历了一个看山是山，看山不是山，再到重归看山是山的过程。胡适民间说的游离，以及漫长时间的探索，有利于学术界对词体产生大背景的深刻反思，重新以理性态度，深刻认知曲词发生于宫廷文化的历史本相，由此深刻认知华夏文化盛唐之前的宫廷文化的基本属性；而关于词体发生于燕乐的游离，更有利于将词体发生的音乐史问题给予深度追究，从而更为深入地理解词体起源发生的音乐过程，从而，更为有力地支持词体发生于宫廷文化的命题，将曲词发生的生命史过程，给予多维的、立体的诠释。

关于词体产生于盛唐宫廷文化，词体发生的诗歌史原因在于宫廷音乐消费由六朝乐府歌诗，向初唐近体歌诗，再向盛唐声诗转型之后的曲子之歌诗（曲词）转型的产物；音乐史原因，则是宫廷音乐经历魏晋南朝的清乐、北朝隋代初唐的燕乐，再到开元天宝的重归清乐，经历法曲中枢，引导了声乐消费形式的曲子的出现。笔者的这一观点，汲取了从刘尧民、饶宗颐、洛地到刘崇德各位先生的合理内核。但笔者这一观点的形成，发生于2007年的岁末，其时，以上的文献，笔者尚未涉猎。以上观点之所由来，主要来自古人的诸多记载，也就是来自对原始文本的辨析和思考。但毫无疑问，上述诸多学者，包括任半塘先生等诸多民间说学者中的许多具体论证，都成为前述观点论证的重要基石。

附录 2

系统揭示曲词起源发生的历史图景
——评木斋先生《曲词发生史》

曾维刚

摘　要：长期以来，学界在曲词起源发生这一重大词学基本理论问题上众说纷纭，形成诗余说、燕乐说、民间说等多种说法。木斋先生《曲词发生史》以其多年诗学曲词研究的深厚积累、缜密扎实的文献考证，钩玄索隐，追源溯流，论述了曲词起源发生于盛唐宫廷而非民间，源于盛唐法曲清乐而非燕乐胡声，并上溯曹魏，下及晚唐，详尽梳理了词体起源发生的具体历程。该书体大思精，别开生面，首次系统揭示出曲词起源发生的历史图景，开拓出词学研究的全新空间。

关键词：词学研究；曲词发生史；开创意义

曲词堪称中国文学史上的一朵奇葩，具有独特艺术魅力。千百年来，特别是二十世纪以来，有关曲词的研究可谓方兴未艾，成果丰硕。然而长期以来，学界在曲词起源发生这一重大词学基本理论问题上却众说纷纭（如诗余说、燕乐说、民间说等）。木斋先生新著《曲词发生史》（光明日报出版社2011年版），以其多年诗学曲词研究的深厚积累、缜密扎实的文献考证，论述了曲词起源发生于盛唐宫廷而非民间，源于盛唐法曲清乐而非燕乐胡声，并上溯曹魏，下及晚唐，详尽梳理了词体起源发生的具体历程，开拓出词学研究的全新学术空间。

一、追源溯流，别开生面

《曲词发生史》要回答的是曲词起源发生的问题，就必然要解决一些需要追本溯源的基本范畴和学术命题，这具有相当大的难度。但恰恰就是在这一问题上，体现出作者高明的学术智慧与识见。本书的一大特色，便是每遇到一个要考察的基本问题，都会进行一次寻根问底的流变史追溯，这也成为本书贯彻始终的一个重要研究方法。

例如曲词起源发生问题的研究之所以众说纷纭，首先与对词的界说不明有关。因此本书开篇即对词进行了新的明确界定，认为词的基本要素有二：其一是关于词的音乐性，一向说词是"配乐的歌词"，或说词是音乐的文学，这是流行的说法，需要认清，词不是隋唐燕乐的直接结果，而是通过曲子才产生的，词最早的名称"曲子"或是"曲子辞"，恰恰指明了词最为重要的音乐起源和音乐因素；其二是关于词的文学性，指出词乃是借鉴近体诗格律以词调来定型的一种诗歌体裁。对于词的这一界定，看似简要，却是作者在长期研究曲词问题的基础上凝炼而成，成为本书论述的一个起点，具有独特的学理性价值。

在对曲词进行明确界定的基础上，本书又上下千年，对自宋以降曲词发生史研究的得失进行了系统述评，既指出了学术史的一些误区，也认定了其中的合理内核。这样，本书的立意和论述就站在很高的学术起点之上。全书共十一章：第一章论清商乐始于建安曹魏——兼论《燕歌行》，主要论述清商乐发端于曹魏与《燕歌行》隶属清商乐系统的音乐属性、《燕歌行》与先秦燕乐的关系及其主题的演进过程。第二章六朝清乐和乐府诗的演进历程及其意义，主要论述南朝清乐及乐府歌诗的特质、南朝艳歌文化形成的原因及诗歌史意义。第三章北朝隋代初唐燕乐及其演进历程，主要论述胡乐的兴起及其与隋唐燕乐的关系、隋代初唐的燕乐歌诗写作。第四章著辞歌舞在初唐后期的盛行，主要论述隋唐之际音乐观念的演变及著辞歌舞的兴起和性质。第五章盛唐的音乐变革，主要论述盛唐法曲的兴起与盛唐宫廷音乐体制的变革，指出唐玄宗开元天宝之际法曲取代传统的燕乐大曲而盛行，而法曲主要是来自于江南清乐，盛唐宫廷法曲盛行的音乐史革命，成为曲词诞生的关键因素。第六章盛唐声诗和声诗绝句为词体发生的前夜，主要论述盛唐之后古风中的乐府和歌行、绝句与声诗，指出绝句是传唱歌诗向曲子词转型的重要环节。第七章李白对词体的创制，详细考辨了李白词的真实性，论述李白的宫廷乐府诗与歌诗写作，分析李白应制创作的《清平乐》词五首及其抒发个人情怀的《菩萨蛮》《忆秦娥》词，肯定李白是词体发生的奠基人，不愧为"百代词曲之祖"。第八章王维李白在曲词写作上的分野，主要论述盛唐诗风的觉醒、王李之分野与王维不能成为词曲之祖的原因，突显了盛唐词的宫廷娱乐文化属性。第九章中唐中前期文人词的渐次兴起，主要论述与宫廷具有种种联系的张志和、韦应物、戴叔伦、刘长卿、王建等人的乐府、歌诗及曲词写作。第十章白居易刘禹锡与元和长庆时期的诗词写作，主要论述新乐府运动对词史发生的影响、白诗与中唐家宴乐舞及其曲词写作的发生史意义，指出以白居易、刘禹锡为重镇，词体完成了由李白创制以来的宫廷文化向士大夫家宴文化和通俗文化的一次转型。第十一章温庭筠为词体发生史初步完成标志，主要论述温庭筠倾力写词与李商隐不写词的原因、飞卿词的本质特征及其形成原因，指出温庭筠的大量有意写词以及对词体诸多方面体制的创制，标志了词体发生史使命的初步完成。

由上可以看出，本书钩玄索隐，追源溯流，体大思精，别开生面，首次系统揭示出曲词起源发生的历史图景。尤其值得注意的是，本书自曹魏至晚唐，纵跨近七百年的时光，论述曲词起源发生史，难度之大可想而知，但作者匠心独运，始终以宫廷这一核心空间和词乐在漫长岁月中的形成过程为轴心，最终呈现给我们的绝非一部简单的、直线式的乐府、歌诗、曲词作家作品的"介绍史"，而是深入到每一个时代，深入到每一个具有转捩意义、枢纽地位的作家作品及事件之中，既考察纵向的演进流变，又有横向的剖面分析，发掘出不同时代之间、不同作家作品之间纵横交错的源流关系。这一点，使得本书成为一部名副其实的曲词的"发生史"，也是本书具有学术范式意义的一个精髓。

二、文献细读，缜密深厚

傅斯年说："史学便是史料学。"[①]事实上很多时候文学史研究也是如此。在文学研究中，常常出现这样的情况，即一个新的学术命题的立论，或一个

---

① 傅斯年著，雷颐点校《史学方法导论：傅斯年史学文辑》，中国人民大学出版社2004年版，第2页。

旧的学术命题的突破，往往有赖于新的史料发掘或旧有史料的创新性解读。曲词起源发生问题，乃是词学研究中的基本理论问题，长期以来学界产生诗余说、燕乐说、民间说等多种说法，可谓众说纷纭，形成一个词学疑案。要对这一千古词学之谜进行解码，进一步接近历史真相，从本质上推动曲词起源发生问题的研究，就不仅需要有突破陈说的才学与识见，更需要在文献史料层面有新的发掘与创获。《曲词发生史》正体现出木斋先生以实践为检验真理的标准，从实际出发，从细读历史文本出发解决学术问题的沉潜精神。强调证据，文献细读，堪称本书的突出特色和一大亮点，也成为本书走向成功的一个途径，具有重要的方法论意义。

本书的文献细读，主要在两个层面：一是历史材料，二是文学作品，并且体现了二者的高度结合。因此本书论证扎实，新见迭出。例如第一章论清商乐始于建安曹魏，指出关于清商乐之缘起，传统皆以为开始于北朝魏，或是更早一点的东晋，这种认识主要根据是《魏书·乐志》中的一段经典材料。就此，作者考察了《南齐书》记载王僧虔的上表奏章："今之清商，实由铜爵，三祖风流，遗音盈耳，京、洛相高，江左弥贵。"[1] 又据《隋书》的记载，证实清商乐的开始时间应该确定在曹魏三祖。作者正是依据新材料的发掘，为清商乐的发生与演变正本清源。进而，又据《晋书·乐志》、《三国志·武帝纪》等史料记载，具体论证了清商乐的兴起在建安十六年前后，在此前一年曹操颁布《求贤令》，在邺建成铜雀台，标志了一个文化艺术上的曹操奠基了新的文学艺术时代，进入到创制娱乐审美的清商乐的宫廷俗乐阶段，为新兴的清商乐填写歌词，也就成为了新的时尚。这一系列关于清商乐始于建安曹魏的文献发掘与历史考索，雄辩地揭示了曹魏时期的政治文化环境与文艺消费促使新的文艺思潮兴起的过程及其文学史意义。

又如同章论述《燕歌行》主题的演进过程，则是细密考察文学文本以求新解的范例。作者以《乐府诗集》为蓝本，从长时段考察曹丕、谢灵运、谢惠连、萧子显、梁元帝、王褒、庾信、高适等人的多首《燕歌行》同题作品，概括出《燕歌行》的主题有二：一是"时序迁换，行役不归，妇人怨旷无所

---

[1] 萧子显《南齐书·王僧虔》，中华书局1982年版，第594页。

诉"；二是"燕，地名也；言良人从役于燕，而为此曲"（此主题乃后世逐渐衍生而出）；认为乐府诗是一个后人不断同题模仿的诗歌体裁，在历经长时期的模仿之后，不断产生出新的传统，但不论如何，即便是高适的《燕歌行》，也仍然能见出与曹丕《燕歌行》发源之作相互近似的意思；并指出有些论者所谓"《燕歌行》是汉代乐府旧题，它的曲题来自于古代燕地民歌"之认识的疏失。这一富于创见的立论建立在详尽缜密的文本分析基础之上，自然确凿有据，言之成理。

本书第七章论李白对词体的创制，更典型体现出木斋先生无征不信的学术态度和文献细读、文史互证的功力。此章乃本书的重中之重，首先面对的便是李白词的真实性这一千年学术疑案。针对这一关键问题，作者广泛爬梳历史文献与文学材料，深入考证了李白《清平乐》、《菩萨蛮》、《忆秦娥》等词的真实性。书中列举能够证明李白词为真的各种证据，竟达十几条之多：1、欧阳炯写于公元940年的《花间集序》，明确指认李白应制词为文人词统之首。2、《尊前集》收录李白词十二首，其中有《清平调》声诗三首，《清平乐》五首，《菩萨蛮》两首。3、北宋王观有《清平乐·拟太白应制》词。4、北宋沈括的《梦溪笔谈》，也谈到了李白的《清平乐》词。5、《事物纪原》卷二载杨绘《时贤本事曲子集》提到李白创作《菩萨蛮》等词。6、李之仪写作《忆秦娥》，明确说明"用太白韵"。7、北宋末年邵博的《邵氏闻见后录》明确记载李白有《忆秦娥》词。8、南宋初期的王灼，也同样有《清平乐·填太白应制词》。9、南宋黄升《唐宋诸贤绝妙词选》在唐词之下首列李太白词七首，《菩萨蛮》下明确标明"二词为百代词曲之祖"，《清平乐令》下标注"翰林应制"。10、有学者常常以北宋文莹《湘山野录》的记载："'平林漠漠烟如织，寒山一带伤心碧。暝色入高楼，有人楼上愁。玉梯空伫立，宿雁归飞急。何处是归程，长亭连短亭。'止此词不知何人写在鼎州沧水驿楼，复不知何人所撰。"来证明宋人对于李白词的怀疑。事实上文莹随后即有记载说"后至长沙，得古集于子宣内翰家中，乃知李白所作"。此段资料分明生动证明了李白词的真实性，却被作为李白词伪作的主要例证。11、清人李调元撰《词话》卷一，记载了李白遗词。综上可见，李白词的真实性，应该已经是确凿无疑。如此详尽的考述，还仅只是一个方面，本书又指出，李白词作的真实性，不仅仅依靠史料证明，更为重要的，是李白词体写作有着各方面的逻辑依据：李白词体写作，是开元天宝时代音乐变革——词体的产生并非是燕乐的结果，而是通过盛唐时期法曲的变革，引发对声乐歌词消费的空前需要，词体的产生是对吴声西曲的清乐乐府继承和发展的结果，以及文化变革、近体诗格律成熟多方面因素相互影响的结果，也是李白于天宝初年入宫生活的必然产物，这一切遂使李白成为站在巨人肩上完成这最后突变的执行者。

要之，通过文献外证、文本内证、历史逻辑三者的有机结合，来进行考证和立论，力求论从史出，是本书的一个鲜明特色，本书也因此显得缜密而厚重。章学诚言："高明者多独断之学，沉潜者尚考索之功"[1]。木斋先生《曲词发生史》无疑是高明与沉潜深度结合的成功范例。

三、纳川入海，引玉不尽

若从更高远的层面来看，能够发现《曲词发生史》体现出作者纳川入海式的学术气魄和情怀，这也是我们理解本书的一个重要维度。要深刻认识这一点，还需拉长时间距离，对木斋先生的学术研究之路进行延伸的阅读。

近十年前，我开始系统考察南宋中兴诗坛，即拜读到木斋先生的著作《宋诗流变》（京华出版社1999年版），该著对宋代诗歌流变史做出的独到梳理令人印象深刻。事实上在此之前，木斋先生已出版《唐宋词流变》（京华出版社1997年版）、《苏东坡研究》（广西师范大学出版社1998年版）等著作，集中探讨唐宋诗词的发展演变。新世纪开始至今，木斋先生又陆续出版《中国古代诗人的仕隐情结》（京华出版社2001年版）、《走出古典——唐宋词体与宋诗的演进》（中国社会科学出版社2002年版）、《宋词体演变史》（中华书局2008年版）、《古诗十九首与建安诗歌研究》（人民出版社2009年版）及这部《曲词发生史》，加上在《文学评论》等刊物上发表《论唐代乐舞制度变革与曲词起源》等近百篇相关学术论文，可谓硕果累累。综合考察，不难发现木斋先生的研究，已逐步形成一个宏大的学术体系，那就是要尽其心力书写一个独特的中国古典诗歌流变史系列。若将《曲词发生史》置于这样一个学

---

[1] 章学诚著，叶瑛校注《文史通义校注》卷五，中华书局1985年版，第477页。

术体系中考察，我们就能够更为深切地理解这部发生史的"发生史"，理解本书极高的学术起点和最终标的。

值得注意的是，这里所说的"纳川入海"，绝非仅是一种量化的学术考量，也非仅是一般意义上的所谓学术积累，还有更深层次的学术方法和研究理念的转型，那就是回归文献，宏观研究中实证考据成分的日益强化、深化，这在木斋先生近作《古诗十九首与建安诗歌研究》及这部《曲词发生史》中体现尤为明显。

说到这里，不能不提起2010年的西安国际词学会，木斋先生提交了论文《论盛唐的音乐变革和乐舞制度变革对曲词发生的影响（外两篇）》，正是本书中的一个部分。当时我与木斋先生同组，至今记忆犹新的是，该论文在小组所有文章中引发了最热烈的讨论，甚至可以说是激烈的争论，尤其是有关李白词真伪问题的辩论。中场休息时我与木斋先生交换意见，先生强调其论证李白词为真，可谓是无征不信，可以列出十几条证据，资料甚多，言之凿凿，而质疑李白词为伪则仅是明代胡应麟及现代胡适、胡云翼等人的一种推测；并深切感慨，事实上学术研究应该一切从实际出发，从证据出发，不囿于权威陈说，应当允许学术有开拓创新的氛围和空间。这也让我想起宇文所安在《瓠落的文学史》中说过的一段话："我们一旦发现我们对文学史的理解和学术界常见的文学史存在相当大的距离，那么我们就应该寻找新的方法来重写文学史……我们应该把一切我们认为已经熟知的东西都重新进行批判性的审察。这自然不是一个轻松的任务。如果我们认真进行这样的批判性审察，最终的结果可能会深深地动摇我们已有的文学史叙述框架……他们让我们对很多东西的确定性减少了，但是，我们的知识却随之开阔了。"[①]诚哉斯言，在很多时候，确定性的减少，往往正意味着学术探索可能性的增多和我们认知空间的开阔，这是学术发展的必由之路。推陈出新，和而不同，海纳百川，多元共生的胸襟和气魄，正是《曲词发生史》对我们的又一深刻启示。从这个意义上来说，本书也具有筚路蓝缕、引玉不尽的开创意义。

当然，本书论证了曲词起源发生于盛唐宫廷而非民间，指出曲词由唐五

---

① 宇文所安著，田晓菲译《他山的石头记——宇文所安自选集》，江苏人民出版社2003年版，第5-7页。

代宫廷伶工之词到士大夫之词与民间词的历史走向，而对唐五代存在的民间词较少着墨，似还令人意犹未尽。反观先秦时期，"男女有所怨恨，相从而歌。饥者歌其食，劳者歌其事"[①]。至汉，"自孝武立乐府而采歌谣，于是有代、赵之讴，秦、楚之风，皆感于哀乐，缘事而发"[②]。秦汉时期，即便是宫廷乐府之作，无论是其发生空间还是歌唱流传，当都非与民间无关。这也启发我们思考，曲词起源发生涉及的问题极其广泛，就唐五代流传诸多民间词这一历史存在而言，其与曲词发生究竟是否具有联系？若然，又具有怎样的关联？在曲词发生的民间与宫廷之争上，我们是否有超越非此即彼的一元论藩篱的可能？诗谓"遡洄从之，道阻且长，遡游从之，宛在水中央"，我们系统揭示曲词源于宫廷这一历史面向的同时，是否也值得进一步寻绎曲词发生与民间的关联。

总之，《曲词发生史》以著者长期潜心中国古代诗歌流变史研究的深厚积淀、独特学术气魄与智慧，钩玄索隐，推陈出新，从一个全新角度探讨曲词起源发生这一重大词学问题，无疑是具有极大开创意义和学术范式意义的一部力作。

（载《中国韵文学刊》2012年第4期）

作者简介：

曾维刚，文学博士，苏州大学文学院教授，博士生导师。著有《南宋中兴诗坛研究》、《张镃年谱》、《故事里的文学经典·南宋诗》等。

[①] 何休《春秋公羊传·宣公十五年解诂》，《十三经注疏》，北京大学出版社1999年版，第361页。
[②] 班固《汉书·艺文志》，中华书局1962年版，第1756页。

后　记

　　余研究唐宋词先后已经有二十余年，先后出版有《唐宋词流变》《曲词发生史》《曲词发生史续》《宋词体演变史》等专著，此书稿《伶工之词——唐五代宋初词史》，实乃在以上四部拙作整合乃至重新表述所得。虽则四部专著，却从未有以"词史"为命题之作，盖因笔者认为，词史之作，应该是能够接近文学史历史真相，而又能勾勒文学史前后流变的历时性专著，需要倾一生之力而最终完成之相对而言的定稿。是故，余此前三十年所撰写之专著，皆不敢以文学史、诗歌史、词史之类的明目作为书名，而仅仅以"流变""演变"之类作为书题，以示其局部性、阶段性之成果。当下，笔者深感生命易逝，时不我与，不得不考虑作此文学史的完成性工作，以作此学术生命之总结。

　　说是欲要完成文学史的写作和出版，完成这一人生之夙愿，但仍旧不能不一段段分割开来写作和完成。就笔者之有特色的研究而言，主要有：（1）围绕诗三百和先秦散文演变为中心的研究，写作完成了《先秦汉初文学史》的初稿，承蒙人民出版社青睐，业已签约，当可在年内左右付梓问世，此为拙作文学史系列之第一卷；（2）围绕汉魏古诗及曹植甄后为中心，写作完成了《古诗十九首与建安诗歌研究》（人民出版社2009年出版），写作完成了《曹植甄后传》（等候出版），也完成了《魏晋六朝初唐文学史》的初稿（此为等候出版的中国文学史系列之第二卷）；（3）围绕曲词的起源发生问题，则有前述的几本专著问世，当下，又承蒙出版社约稿，在已经出版的几部专著基础之上，整合、修订、增补而为《伶工之词——唐五代宋初词史》,从而成为笔者预定计划分阶段出版中国文学史系列之第三卷;(4)此前笔者的唐宋词研究,当下不得不分割而为两部,另一部书稿《士大夫词——北宋中前期南宋词史》,书稿已经大体完成,等候出版;(5)有关元明清叙事文学的研究,笔者已经初步完成了对《红楼梦》的研究,由于其结论过于颠覆,不得不先经历一个漫长的岁月,完成其论文发表、专著评点的阶段之后,方始能进入到笔者《中国文学史》系列之第五卷,也就是以红楼梦研究为中心,带动以中国五大名著(三国、水浒、西游记、金瓶梅、红楼梦)为中心的元明清文学史的研究和写作。这一项工作,可能至少还需要十年之功。

此一次出版唐五代宋初词史,就其分期而言,感受到一个规律性的阶段划分,几乎是每一个王朝的初期,还都是延续着前一个时代的文风。至少在笔者的这一系列之中,已经有三卷文学史专著,都不得不以下一个时代的初期作为一代文学史的终结,这也是一个有趣的命题。

本书在2018年暑期应出版社约稿而用电子信箱发出,其后石沉大海,杳无信息,到岁末之际,忽然接到出版社方面的信息,告知此书的编辑工作已经基本完成,春节前后即应进入到印制出版程序,令我颇有措手不及之感。《后记》中提及的《先秦文学演变史》,已经由人民出版社在元旦之际印制出版,可以视为笔者中国文学演变史系列之第一部;而此书《唐五代宋初词史》,则可以视为是笔者此一系列之第二部——虽然,此书由于出版神速,而令笔者来不及细细校对,但也无可如何了。但愿一切都美好如意,也但愿能获得读者之喜爱。